《废都》的寓言

“双城”故事与文学考证

魏华莹◎著

中国社会科学出版社

图书在版编目(CIP)数据

《废都》的寓言:“双城”故事与文学考证/魏华莹著.—北京:中国社会科学出版社,2016.8

ISBN 978-7-5161-8617-6

Ⅰ.①废… Ⅱ.①魏… Ⅲ.①贾平凹—小说研究②西安市—地方史 Ⅳ.①I207.425②K294.11

中国版本图书馆CIP数据核字(2016)第170112号

出 版 人 赵剑英
选题策划 慈明亮
责任编辑 慈明亮
责任校对 张依婧
责任印制 戴 宽

出 版 中国社会科学出版社
社 址 北京鼓楼西大街甲158号
邮 编 100720
网 址 http://www.csspw.cn
发 行 部 010-84083685
门 市 部 010-84029450
经 销 新华书店及其他书店

印刷装订 北京君升印刷有限公司
版 次 2016年8月第1版
印 次 2016年8月第1次印刷

开 本 710×1000 1/16
印 张 19.75
插 页 2
字 数 292千字
定 价 76.00元

凡购买中国社会科学出版社图书,如有质量问题请与本社营销中心联系调换
电话:010-84083683

序

程光炜

2006 年，我去郑州大学文学院参加几位硕士生的毕业论文答辩，魏华莹是其中的一个学生。她本科也在这所大学就读。2011 年，已在郑州某专业性本科院校教书几年的她，决定借个人奋斗来换一个新环境。华莹硕士的业师，恰好是我大学年代最要好的朋友吕伟民教授，他在郑州大学从事比较文学与世界文学的研究。华莹跟我读博士，好像是我与伟民教授之间的时光传递，一种深厚的友情传递。对伟民和我来说，正好可以彼此更加频繁地互通音讯。魏华莹博士毕业那年，我特别邀请这位老友北上，来北京参加她的论文答辩。记得那天博士论文答辩结束后，我干脆住到中国人民大学对面的燕山酒店去，即伟民下榻的那家酒店，与他彻夜长谈。话题从我们当年在大学读书的点点滴滴，到相互认识的同学近年的变故，以及社会上的林林总总，都有所涉及。往事历历，包括曾经忘却了的细节，也都一一浮现眼前。这对年纪都过五十多的人来说，彻夜长谈是我们毕业分开三十多年中，从未有过的，想必以后也很少会再经历罢，真有一种亦真亦幻、入在梦中的感觉。

郑州大学现在地处这座城市的西郊。记得大学二三年级时，我回家途径郑州，住到了伟民家里。他父母对我非常热情，还有姐姐弟弟，可能事先都知道我们是最要好的同学。那两天，除在附近闲逛一下，最主要的节目，是我们骑车去路途遥远的西郊西流湖游泳。当时交通条件不同于今天，从他家的东郊，朝方向正好相反的西郊远途骑车，最少也得花费一两个小时的时间。当时我们是真年轻，一路放歌，一路还追逐着，比赛看谁蹬车更快，估计两边的路人颇感惊讶，也不知这两个疯狂的年轻人要干什么。2006 年华莹的硕士答辩，是在郑大城里的老校园，几年后我再去给研究生做讲座，不光时间空间都已变化，连学校也整体搬迁到了当年的西郊西流湖附近。不同在于，当年伟民骑车与我同游此地，他后来去新校区上课，却是开车走郑州的外环高速，人是物非，连交通工具都超越了几乎一个时代。

华莹进中国人民大学攻读博士学位后，心知自己原先读的是比较文学专业，年龄也比师妹略大两岁，所以非常勤奋。其实我并没有催她，只是让她慢慢补上现当代文学的专业课，另外，就是去图书馆摸摸相关的材料，算是为进门做点散乱的准备罢。我在很多处都写过，我的博士生课堂，实际是一个专业性比较强、话题具体细致的讨论课，换一种说法，就是老师和博士生都要拿出文章来，大家在课堂上一边比试一边从事研究。对华莹这个刚入门的学生来说，自然是件很辛苦的工作。她果然不负众望，后来不仅出手很快，文章比一般人写得多，而且质量一篇比一篇高，比如研究《废都》批判的论文，考察九十年代“顾准热”前后文化兴衰的文章，再比如分析“二王之争”的代际差异，以及与此相关，还需要进一步追问探讨的知识分子命运与九十年代大众文化兴起之间的复杂纠缠等问题。由于华莹史料文献充足，脉络清晰，注意把问题铺在材料里，对这些再做筛选、过滤，然后进行细密的叙述，所以她得出的结论，往往都得到大家的认同。久而久之，善于做材料，换句话说，擅长从事文学史的实证研究的印象，即在我这里建立起来了。读博三年，她在《文艺研究》和《文艺争鸣》这种声誉颇好的杂志上都发表多篇文章，尤其是考证《王安忆研究资料》史料不确并予以纠正的文章，都给人越走越顺的感觉。我听说该研究资料的编选者之一，特别给她写信，感谢她这篇考证文章的勤恳和认真。

可能是出于以上原因，毕业前一年，华莹找我商量她的博士论文题目时，我就想到了《〈废都〉与西安》这个范畴。我们意识到，选择这个题目，就不是用文学批评的方式来处理这部长篇小说，而是要绕开迄今没有得到正式“平反”的“《废都》批判风波”，绕开是是非非也包括许多没有沉淀下来的争论，在缺乏共识的前提下，用自己的方式去理解和进入它的内部世界。这种视角被称为“文学社会学”的方法，但实际上，过于明显的意图，也可能带来相反的效果，比如压抑了论述中的作品细读部分，让研究对象纯粹变成社会学理论的附庸等。这些忧虑也都在与华莹讨论的过程之中，一一地涉及，令人感到研究本身的难度。为做资料准备，华莹利用一个暑假，专程去西安待了半个多月。先是我介绍她认识西北大学中文系的周老师，由她介绍再结识贾平凹在西安的文人交际圈子，后来我看到华莹文章，才知道费炳勋教授也热情做向导，为她做相关的口述史资料，打开方便之门。那段时间，华莹又拿出在人大勤于耕耘史料文献的功夫和辛苦，一遍遍走访有关人士，还乘机采访了百事缠身的贾平凹先生本人。据说收获很大。等她从西安回来，开学复课再与我讨论各章各节的安排时，显然是成竹在胸了，至少怎么建立西安这座古城与《废都》的历史勾连，恢复这部长篇小说创作前后的原生态环境，已经比较有底了。对华莹这部花费近一年多时间完成的博士论文，又花费两年时间修改完成的专著，我想读者都拿在手里，有权作出评论，不再赘述。它对贾平凹文学世界研究的深入，对过去一般人鲜有涉及的大量创作内部情况的揭示，这座古城对作家的文化文学教养，以及它们之间是怎么发生隐秘的互动并凸显出极大的历史张力的，识者应能明鉴。

华莹在写作博士论文前后，一直紧盯《废都》初版本责编、著名编辑田珍颖女士，静心等待，锲而不舍。因事情复杂，牵涉面很广，田先生起初对她的访谈是拒绝或语焉不详的态度。好在华莹诚心在此，又抱着年轻学者奋力治学的热情，我想这是最后打动了田珍颖女士的理由之一罢，最终访谈成功。这篇访谈，有幸得到《文艺争鸣》主编王双龙先生和编辑张涛先生的支持认可，发在该刊上，意料当中获得了学界的广泛好评。一位从事现代文学研究的著名学者告诉她的学生说，在读这篇访谈之前，对《废都》这部长篇是有不好的印象的，读后始改变了看法。这应该是华莹的功劳，也是田珍颖女士慷慨支持和理解的结果。在我眼里，华莹俨然已是贾平凹研究领域一个不可忽视的年轻学者。她以《废都》研究，也可能将会以贾平凹的研究作为自己的立足点，是学术研究最正的路子。集中在一两个作家身上，经年历久地做长期探讨和研究，可能远比跑马式的写文章效果要好，也最能锻炼作者，培养他们的学术耐力。

通过这部著作的出版，我已看到了魏华莹研究工作的一线曙光。恍惚间也看到她将要继续走的长途。希望她把握机会，认真奋力前行，取得更可观的成绩。

2016. 6. 17 于北京亚运村

目　　录

第一章　绪论

第一节　选题意义

贾平凹的长篇小说《废都》自1993年7月问世以来一直备受争议，围绕它的各种批评蔚为大观。在1993—1994年曾引发知识界大围剿的“《废都》批判”，更多地从道德化角度对《废都》的性描写、“媚俗堕落”、对明清小说的仿制做出全面批评，逐渐压倒了对其“世情小说”层面的学理阐释。此后，对于《废都》“□□□□”的攻击更是不绝于耳，也导致其在1994年初被北京市新闻出版局以“淫秽色情”、“低级庸俗”为由而下令收缴。一段时间，《废都》成为一个禁区，只是以盗版的方式延续着生命力，这也使得对这部作品的研究远未展开，其内部话语成为被遮蔽的对象。之后，虽然也有零散关于《废都》的批评文章出现，但对其研究更多地集中于所引发的知识界大争论，有对社会转型期知识分子角色转换的探讨，有对其后长篇小说热的追踪，有对精英文化与大众文化界限消失的认定，有对盗版现象的分析，还有对文学走向市场的体察……总而言之，对于《废都》的研究，更多地停留在作为“文学现象”或“文学事件”的讨论。而一旦成为“文学事件”或“现象”，创作中作家个人性等因素就容易被忽略，取而代之的是社会的焦点和大众的兴趣，这种讨论方式显然忽略了对贾平凹创作《废都》的动因和作品本真描写的探讨，不足以释放作品的文学意义和话语空间。

伴随着2009年此书得以解禁和再版，社会价值观的改变和文学认知度的提高，为重新研究《废都》，将其回归文学本身，从而打破批评家套用的种种程式和理论，摆脱以往的道德论断，提供了更好的学术平台。如今，《废都》的出版已逾20年，完全可以将其历史化，作为可参照的文本来分析考察。正如韦勒克和沃伦在《文学理论》中所提出的，文学史“处理的是可以考证的事实”，“文学史的重要目的在于重新探索出作者的创作意图”，而这恰恰是当代文学学科长期忽视的研究范式。批评化的方法导致作品的意义远未释放出来，以思想史带作品的方法也会导致问题的被窄化，如何解读《废都》，对其做恰如其分的文学史定位，成为一个有意义的选题。贾平凹在《废都》后记和此后的访谈中多次提到这是一部“关于城的小说”，是“安妥我破碎了的灵魂”的“苦难之作”，是“生命之轮运转时出现的破缺和破缺在运转中生命得以修复的过程”，并且“一直反对把《废都》看作社会批判书”。因此本书尝试以“文史互证”的方式来重新解读《废都》，试图将对《废都》的研究从一个事件归于一本书，即消除批评话语的干扰，去做“个案”研究，实地考察、采访、探究贾平凹在《废都》中究竟写了什么，为何如此写作，去体味作家在创作《废都》时那份“仅属于个人的心情”，寻找那些被集体批评话语遮蔽的文学力量。

《废都》为我们营造了一个以西京—西安为城市象征意味的文学世界，展现了大量的都市景观、文人生活，当之无愧是当代第一部最为详尽、完整的有关西安城市地理以及城市文化叙述的文学作品。贾平凹多次提及，“《废都》里不少人物的确是有原型的”，“《废都》一书基本上写到的都是西安真有其事的老街老巷”。按照“文化地理学”的理论，文化的产生、发展、传播都会受到特定地理环境的制约，文化所具有的地域性与继承性构成了文化地理学独特的时空观。在这个意义上，将《废都》中的西京和现实中的西安做“双城故事”考察，将会更多地还原作品的文学意义和文化风貌。书中所写的大量的西安街巷、古迹、名胜、风物、吃食，忠实地再现了西安作为古都的历史和文化底蕴，通过对于贾平凹及其文人圈子的考察，也可以寻找出这座城不同于其他城市的独有韵味。西安是我国六大古都中建都时间最长的历史文化名城，自周秦西汉到隋唐，12 个王朝在此建都，历时 1100 多年。在最为繁盛的唐朝，不仅是全国的政治、经济和文化中心，也是当时世界范围内最为繁荣发达的国际性大都会，世界上第一座人口超过 100 万的城市。那时，近代闻名的伦敦、巴黎、纽约还远远没有出现，只有古罗马可以与它相比，可是罗马城最宽的道路还不及长安朱雀大街的十二分之一。然而，唐代以后，随着包括关中在内的黄河流域气候向寒冷干旱的方向转变，国内的政治斗争中心转向东部地区，民族斗争的主战场移向东北方，位居西北的长安作为中央王朝国都的地位一去不复返，逐渐演变为西北重镇。民国时期国民政府曾计划以此为陪都，定名“西京”，也是沿用古代西京的说法，但随着战事的发展，并未实施，自 1937 年以来，西安的名字因“西安事变”而再次震动全国。但世事沧桑，它的历史地位一再凋敝，只是作为陕西的省会城市，尤其是改革开放以来，东部沿海城市发展迅猛，相较之下，西安各项发展较为缓慢，沦为“废都”。

城市只是展现作品的舞台，在这个西京—西安双城故事中，《废都》以“四大名人”的方式勾连起 20 世纪 80、90 年代的浮世生活。生活在废都中的人们有着传统文化积习，却在转型时期面临着新的价值取向，与此同时，整个中国社会在经历巨大转型，计划遭遇市场，一切旧有的价值观念、行为规范纷纷发生转变。贾平凹的个人生活也面临转轨，在不惑之年，他遭遇种种困境，官司、婚变、疾病等的折磨，人生跌入谷底。在现代化的感召下，古城西安在改变、在拆迁，人的价值观需要重新定位。这对于习惯传统生活的贾平凹来说是个新的历史困境，他以庄周梦蝶的方式来反观这一切，发现旧有习惯的温情、美好的事物被毁灭，如年轻时期和景雪荫的友谊，以及对于老右派钟唯贤的同情，情感贬值，金钱肆虐，庄之蝶出现了不适应症，他四处突围，寻求自我发泄的渠道，却找不到出路，总是处于尴尬的生存境地。

《废都》的伟大之处在于写出了个人与时代转型中的双重困顿。这种困顿被安排在西安这座古城，它是中国文化的象征，汉唐盛世仍是至今不可企及的旧梦，然而，如此辉煌灿烂的文化在现代化的脚步中，却显得那样沉重和落后。在20世纪80、90年代，伴随着现代化的危机感，西安大规模的城市改造开始，旧建筑、古居、故迹纷纷被推土机铲毁，全球化的肆虐也迅速粉碎了其文化传承。对于贾平凹来说，他是这座城中传统文化氤氲的文人，盛唐文化所沿袭下来的诗书画对其是有影响的，他的书法是当代作家中声名最大的，他的绘画也是独具一格的。和莫言、余华等人来到北京，从北京写故乡不同，他自始至终不愿和西安分离，他爱这座城并沉浸其中。当突如其来的市场经济将传统的一体化社会结构打碎时，所有人都面临着何去何从的困境，有的在金钱中堕落，有的在下海中闯荡，有的坚守清贫，有的不自觉地随波逐流，总之，传统失势了，旧的一切似乎已经不合时宜。面对种种情境，贾平凹内心经历着怎样的苦楚和挣扎，《废都》中的庄之蝶总爱去城墙根下拣块汉砖，收集唐俑来精心布置自己的书房。生活中的贾平凹何尝不是如此，他热爱收藏，他不同时期的书房“静虚村”、“大堂”总是摆满秦砖汉瓦、各种器物。他爱好古文化、古传统，当他发现这一切不可挽回地凋敝时，他所熟悉的建筑、街道不可避免地被摧毁时，他不知所措，处于尴尬和困扰之中。他以庄之蝶的方式来寻求突围，来重塑自我，却发现无路可走，只有“中风”。

本书试图摆脱当代文学批评化、评论化的研究方法，也不愿以思想史带入文学作品的范式，而是为了还原、打开作品，因而更多地借鉴现代文学和古典文学的研究方法，如陈寅恪的“文史互证”法，梁启超提出的小说可以证史，以及现代文学中作家流派、故事周边的叙述方式。试图将《废都》作为文献，通过知识考古学、历史地理学以及社会学研究方法将其重新打开，进而发现书中所记载的西安城市文化地理、文人圈子、人物图谱以及贾平凹的人生故事，如何被汇聚为时代转型期的历史寓言。解读《废都》，可以帮助我们发现20世纪末中国社会所面临的巨大转型。西安在中国的“凋敝”，曾有的古老传统在改革开放后面临危机，一体化时代面临解体，多元化时代到来，市场和金钱成为通行法则。改革开放其实就是一场社会转型，在现代化的危机下，效仿西方发达国家成为时代潮流，与此同时，传统文化却受到蔑视、不断衰退。当整个社会都在崇尚追逐权力和金钱的时候，人性中冷漠的东西就肆无忌惮。庄之蝶的苦闷和挣扎并不仅仅属于他自己，也是人们面临着生产、生活方式以及思想、价值观念转变时所经历的困顿与挣扎，是在转型时期迷惘困惑和无所适从的整个中国社会的一段印迹。贾平凹以其文化守望者的情怀，以历史记录员的身份书写普通人的日常生活，却以史诗笔法为我们展现了20世纪末转折时代在现代、改革背景下的尴尬与生存。正如他引狄更斯所说的，这是一个最好的时代，这也是一个最坏的时代。

第二节　文献综述

《废都》在《十月》（双月刊）1993年第4期全文刊载，同时由北京出版社出版单行本。但书未出版，就引起很大轰动，一方面它是著名作家贾平凹所写，他在读者中一向有着较大的影响力，而且这本书因写“四大名人”被类比为当代《红楼梦》，引发数家出版社的抢稿大战。在问世之初，最先发声的是媒介批评。书未出版，因《星期天》误报道为“稿酬百万元”，“一部小说赚了100万元”的消息迅速被30多家国内外报纸炒红。这本是贾平凹的一位朋友在《平凹近来做啥》中披露了他在写作长篇小说《废都》，40万字的文稿已经完成，被北京十月文艺出版社拿走。但文章在排版时，本来应是1000字150元，却漏掉“字”，“原稿以1000150元的高稿酬”引发国内一片哗然，《光明日报》也以《宁可信其有》转载此事，引发了全国范围内关于“文学升值有望”的讨论，后被证实是一个“美丽的误会”。此后，各大报刊又进一步曝光作品内容，借用读过书稿的一些研究者、评论家的话语，声称此书是“当代《红楼梦》”、“当代《金瓶梅》”、“继《围城》之后写知识分子最好的小说”，等等。各种报纸杂志关于《废都》的报道不绝于耳，《中国青年报》予以连载，《南方周末》7月16日刊登《“〈废都〉热”与“百万稿酬”》；《光明日报》7月17日以整版篇幅登出《废都》后记，改名为“安妥我灵魂的一本书”；《羊城晚报》8月1日登出《沸沸扬扬炒〈废都〉》；《北京晚报》8月1日刊出《一部难得的世态人情小说——写在贾平凹的新作〈废都〉面世之际》；《文汇报》8月7日刊登《简说〈废都〉》；《陕西日报》8月17日第四版头条刊出《贾平凹与〈废都〉》；《文学报》8月12日登出《〈废都〉的性描写引起了争议》；《工人日报》8月15日刊登读者来信《〈废都〉让人看了不舒服》；天津《今晚报》10月11日刊登《〈废都〉引起的凶杀案》……报纸的迅速跟进一方面加大了对于《废都》的宣传和热销，也为“纯文学”与大众报刊的紧密结合提供了经典案例。这些媒介批评，因报纸所需要的趣味性使得《废都》的内容被严重窄化，如对于因写“四大名人”，有“□□□□”被认为是《红楼梦》、《金瓶梅》的比拟，这些评论文章更多关注大众的趣味，突出强调性描写的夸张铺排，而忽略其作为“世情小说”内在意义的释放。另一方面也使得作品的出版广受期待，征订数目不断攀高。但同时引发知识界的广泛批评，被认为是纯文学作家也开始借用媒体来炒作文学作品，迎合大众趣味，媚俗堕落。

与此同时，陕西西安也为《废都》的出版造势，它是伴随着“陕军东征”面世，因此，陕西文学界以及陕籍评论家纷纷发声。在1993年8月陕西经济广播电台开展了“《废都》大讨论”，参与者包括王愚、董子竹、费秉勋、王仲生、刑小利、肖云儒、李星、畅广元等。在这些讨论中，多是维护《废都》的意见，如肖云儒所提出的它是中国古典小说的复苏；王仲生认为《废都》是一部奇书，是形而下与形而上哲学的结合，是废都意识与意象主义的契合；王愚所认为的着眼于一批文化人人文精神的建构和演变；李星“作品写得大胆”，艺术表现形式是民族的、东方的和中国式的，但同时思想观念又是非常开放和现代的。相较而言，费秉勋教授持保守观点，他认为《废都》的写法和某些内容，恐怕在这个时代很难被理解和接受，因此不主张贾平凹发表这样的作品。20年后，笔者就此问及费教授，他说自己当时这样讲，是出于爱护贾平凹，担心会引发麻烦，现在想想这样的看法不对，书既然写出，就要出版，把它的价值呈现出来。

但是随着《废都》的一系列遭遇，费教授的担心很快转为现实，《废都》1994 年年初被禁，使得“淫秽色情”、“低级庸俗”的标签长期加封于《废都》，批评界的谩骂也对贾平凹的创作产生了巨大的打击和干扰。在与谢有顺的对话中，贾平凹曾提及《废都》被误读的阴影直接影响了自己整个 90 年代，现在也没有完全消除。①

其实，在 1993 年，对于文坛著名作家贾平凹的这部新作，文学界、评论界也积极响应，如“江苏当代文学研究会”举行“《废都》和《废都》现象”的学术讨论会；《当代作家评论》在 1993 年第 6 期开设“贾平凹作品评论小辑”，包括：雷达的评论文章《心灵的挣扎——〈废都〉辨析》，陈骏涛、白烨、王绯的“三人谈”《说不尽的〈废都〉》，李洁非《〈废都〉的失败》，韩鲁华《世纪末情结与东方艺术精神——〈废都〉题意解读》等；《文艺争鸣》在 1993 年第 5、6 期开出“《废都》争鸣专栏”，刊发包括易毅《〈废都〉：皇帝的新衣》，吴亮《城镇、文人和旧小说——关于贾平凹的〈废都〉》，张法《〈废都〉：多滋味的成败》等批评文章。这些评论观点，既有提出《废都》这部作品，不仅仅是为了宣泄贾平凹一己的苦闷，它对于梦想着走出商州，写出高境界大作品的他来说，必定有着内在的意义。以及有论者提出《废都》反映了世纪末人们的心理情结，因此它的意义不仅是古都的、中国的，也是世界的。同时又有批评认为其利用现代传媒手段促销成功，为一切艺术作了一次生动的现身说法；批评其男性中心观，女人被列为男人的性附庸，基于乡村文人眼中的性赞美，等等，愤怒声讨了作品对于女性的性别歧视倾向以及性关系的陈腐守旧，并将之归于这部“奇书”中最为畸形的核心部分。这些文学批评既有对作品的维护、溢美之词，也有世情小说的中肯评价，但更多是对于贾平凹从乡村到都市、从清新到颓废的创作转型表示不解。总之，所发出的各种声音，还只是文化观念不同的裂隙，也有助于对于文学作品的深度理解。

---

① 贾平凹、谢有顺：《贾平凹、谢有顺对话录》，苏州：苏州大学出版社 2003 年版，第 22 页。

但随后，各种各样毁誉共生、以毁为主的批评纷沓而至，对于贾平凹“媚俗”、“堕落”、“无耻”批判的声音也与日俱增，同情和理解的声音显然被批判者的愤怒所压低，在书商的推波助澜下，短短半年多时间，13 本关于《废都》的批判书籍密集上市。其中王新民选编《多色贾平凹》（陕西人民出版社 1993 年 7 月出版），《出版纵横》编辑部《贾平凹与〈废都〉》（陕西人民出版社 1993 年 7 月出版），井频、孙见喜《奇才·鬼才·怪才贾平凹》（西安出版社 1993 年 9 月出版），江心主编《〈废都〉之谜》（团结出版社 1993 年 9 月出版），先知、先实选编《废都啊，废都》（甘肃人民出版社 1993 年 10 月出版），黄海舟编《废都之谜》（贵州人民出版社 1993 年 10 月出版），十月编选《沸沸扬扬话〈废都〉》（中国友谊出版公司 1993 年 10 月出版），星明编著《贾平凹谜中谜》（太白文艺出版社 1994 年 9 月出版）。这些书籍多收录对贾平凹的身世、成长、家史、环境、个性、爱好、婚恋、为人处世、趣闻佳话的翔实描述，作家、批评家、编辑眼中的贾平凹，以及对《废都》创作过程和素材的介绍等。这些书籍通过活跃在贾平凹身边朋友们的讲述，也为我们了解《废都》的创作过程提供了文献材料。而对《废都》持否定性批判的文章多集中在多维主编的《废都滋味》（河南人民出版社 1993 年 10 月出版），肖夏林主编的《废都废谁》（学苑出版社 1993 年 10 月出版），陈辽主编的《〈废都〉及〈废都〉热》（中国矿业大学出版社 1993 年 11 月出版），庐阳的《贾平凹怎么啦——被删的 6986 字背后》（上海三联书店 1993 年 12 月出版），刘斌、王玲主编的《失足的贾平凹》（华夏出版社 1994 年 1 月出版）。这些书籍的出版以及随之而来的报纸文章，彻底使得贾平凹的形象由“乡土清新派”向“流氓作家”迅速转变，然而，对于《废都》的阐释更多地融入道德化苛责。《废都滋味》撰稿者愤怒地批判《废都》压根儿就没有灵魂、除了脱裤子无险可冒、一锅仿古杂烩汤等，并且指出《废都》就是贾平凹的滑铁卢。《失足的贾平凹》更是从题目就可看出编者的倾向和态度，认为此部作品媚俗而且自娱，是作者“义无反顾”的堕落，甚至有着“让贾平凹进牛棚”的激进意见。《废都废谁》相较而言更为客观和全面，其中既收录了对于《废都》持肯定、赞赏的文章，如白烨《三读〈废都〉》、王富仁《〈废都〉漫议》、温儒敏《剖析现代人的文化困扰》；又有否定、批评文章，如张颐武《闲适文化批判潮》、尹昌龙《媚俗而且自娱》、孟繁华《拟古之风与东方奇观》等；虽有学者的学理性分析，但也充斥着大众媒体甚至普通读者的随性意见。但此书编者率先提出“文学史上一个沉重而强大的《废都》现象正在诞生”。至此，《废都》及所引发的“《废都》热”作为一种现象或者文化事件引发了学界的重视，但因书籍1994年年初被禁，使得话题长期搁置。

此外，有关《废都》的评论书籍，还有辗转在香港出版的《〈废都〉大评》（天地图书公司1998年版）。此书由贾平凹的恩师费秉勋教授主编，是在1993年《废都》单行本临近出版时，费教授意识到它的出版发行所产生的新闻效应以及在全国各行各业读者中引起的关注、谈论、争辩的热烈程度，在中国现代文学图书出版史上是少见的，因而产生使命感，觉得应当让历史留下这一热潮中最严肃、最有深度的声音，于是向全国的评论家约稿，编成此书。这本书本应在1994年1月问世，但因为《废都》的突然被禁，在国内无法出版，后来由贾平凹联系介绍辗转到香港于1998年出版，因出版社认为字数太多，后费秉勋就交由贾平凹本人做些删减，成书由21篇文章组成，包括雷达《心灵的挣扎》、王富仁《〈废都〉漫议》、何西来《世纪之交的困惑》、张志忠《梦幻与毁灭》、徐兆淮《文化的尴尬与文化人的堕落》、钟本康《世纪末：生存的焦虑》、於可训《一幅古老文化落日的斑斓景象》、丁帆《萎缩变异文化形态的历史镌刻》、王仲生《〈废都〉——意象主义的对象化》、郜元宝《意识形态、民间文化与知识分子的世纪末哀绪》等。相较而言，保留的多是对《废都》持肯定意见和理解同情的文章，也可以对压倒性的“《废都》批判”起到矫枉过正作用。但由于此书在大陆没有出版，此书发行量少，影响范围很小。

1997年《废都》获得法国费米娜文学奖，但因敏感性，11月开奖以来，国内报纸虽有报道，但只是提及贾平凹的一部长篇小说获得

1997年度法国费米娜女评委奖，不提《废都》。1998年第2期的《文学自由谈》登出两篇文章介绍此事，其中章克雷《有感于〈废都〉居然获奖》，强烈质疑了《废都》获奖，并认为"《废都》是一部什么书，似乎早在几年前已经有了公论。可以说，无论从思想内容还是艺术角度来看，它都没有什么价值取向"。这说明，批评话语仍然没有从禁书的阴影走出。同时刑小利的文章《〈废都〉获奖：上帝的微笑》，介绍了《废都》获奖后在西安圈子中举办了小型的庆祝会，贾平凹有一段讲话，他说自己从观察和感受的角度来写这个时代。但这种忧患常常被人曲解或者先入为主地去审视自己的作品，这是一种悲哀，但也坚信，文学是讲大道理的，需要时空的检验。贾平凹这段话使笔者受到很大的启发，也许，《废都》并不仅仅是作家的一己情愫，而是融会作者对改革、对时代的深度思考，研究者也应该摆脱道德判断，从历史走向来把握文本信息。

随之而来的，是出现一些文章对《废都》加以"重评"。如2003年，李建军的三评《废都》，分别为《私有形态的反文化写作——评〈废都〉》、《随意杜撰的反真实性写作——再评〈废都〉》、《草率拟古的反现代性写作——三评〈废都〉》，仍是坚持对《废都》的压倒性负面评价。但是重新评价《废都》的其他文章也不断见诸期刊，2006年第3期《当代作家评论》推出了"重评《废都》"的3篇文章以及重刊《废都》后记，包括陈晓明《本土、文化与阉割美学——评从〈废都〉到〈秦腔〉的贾平凹》，王尧《评〈废都〉兼论九十年代知识分子》，鲁晓鹏著、季进翻译的《世纪末〈废都〉中的文学与知识分子》。这些文章，开始重新审视《废都》与20世纪90年代知识分子之间的关系，并且已经注意到应将《废都》的创作、批判与90年代的精神氛围结合并加以理解。

此后，对于《废都》作为知识分子内部"文学事件"的重新认识和挖掘得到越来越多研究者的重视，在诸位学者的论述中，"《废都》批判"都被认定为90年代重要的文化事件。如林大中、孟繁华主编的《九十年代文存》就提出，"从《废都》的有关论争开始，不仅因为这是90年代第一次大规模论争，重要的是，《废都》虽然是一部文学作品，但通过评价这部文学作品所表达出的思想文化观念，则显示了90年代初期度过了思想空场阶段后，思想文化界立场上的重要分歧。"[①] 陈晓明"它所汇聚的矛盾，它所引发的争论事件，实际上就是二十世纪九十年代初中国文学面临的困局，也是九十年代社会转型、知识分子重新出场的标志性事件"[②]。程光炜强调"《废都》批判"所牵涉的复杂问题仍然没有得到具有启发性的解释。它被认为是80年代文学终结和90年代文学兴起的标志，当代文学从此由意识形态轨道向市场经济轨道彻底转轨，所以"《废都》批判"在很大程度上应成为俯瞰当代文学转型的一个窗口。在诸位学者们的启发下，关于"《废都》事件"和"《废都》批判"的讨论文章开始出现，如黄平《人与鬼的纠葛——〈废都〉与八十年代"人的文学"》（《当代作家评论》2008年第2期），就较为精到地分析了"《废都》之所以激起知识分子的暴怒，某种程度上，在于它在这样一个过于敏感的历史时刻，讲述了'知识分子之死'"。"一场天怒人怨的大批判，已然可以预见。"[③] 笔者的《文变染乎世情——〈废都〉批判整理研究》（《文艺研究》2013年第2期），提出作为"媒体时代的经典个案"，在是否迈过市场经济这道90年代门槛的挣扎和纷扰中，《废都》成为时代情绪和历史话语的聚集目标，成为知识分子重新出发的牺牲品。在《废都》批判的风潮中，媒体、出版社、批评家、流言奇怪地混合在一起，共同演绎了这个盛大的"文学事件"。这些研究论文，还只是将《废都》作为文学事件来考察，没有足够释放其内部的文学与文化空间。

在"文学事件"之外，程光炜教授的文章《贾平凹与琴棋书画》（《当代文坛》2013年第2期）给了笔者很大的启发，这篇文章探讨了贾平凹在西安的"文人圈子"，他与画家、书法家交往故事的细枝

① 林大中、孟繁华主编：《九十年代文存》，北京：中国社会科学出版社2001年版，前言。

② 陈晓明：《穿过本土，越过"废都"——贾平凹创作的历史语义学》，见《浮躁·代序一》，北京：作家出版社2009年版，第1页。

③ 程光炜：《当代文学60年通说》，载《文艺争鸣》2009年第10期。

末节，借以重新理解贾氏小说的万千气象和丰富细致的文人气质。并且提出当代文学研究“历史化”的重要路径之一是如何“现代文学化”，也就是像现代文学研究那样如何在作家作品的周边营造和叙述各种各样的“故事”。没有这些故事，作家作品的经典化是无法完成的，对其历史定位也不可能真正实现。这就使得笔者重新思考《废都》，这是贾平凹反复所强调的一部“关于城的小说”，而有关它的研究话语中，除了王富仁在《〈废都〉漫议》中以自己在西安生活过三四年的身份从西安古都的特点来体味它，温儒敏《剖析现代人的文化困扰》提出“清明上河图”的说法之外，其他更多的是介入批评者的主观话语和道德考量。因此，重新解读《废都》，重新回味贾平凹所言“写四闲人，是我熟悉的四个类型”，“西安有西安的特点”，“《废都》一书基本上写到的都是西安真有其事的老街老巷”[①]，将文中所描述的西京与现实中的西安作“双城”对照，通过贾平凹及其文人圈子的讲述，去实地寻访西京—西安的文学地理，来重新还原、释放《废都》的文学意义与文化空间，成为非常有价值的选题。

关于城与人的选题，虽然在当代文学学科中较少触及，但在现代文学研究中对于都市文化、文人集团、文学流派却有着很多有益的研究成果可作借鉴。如赵园的《北京：城与人》（上海人民出版社 1991 年版）指出了人与城的精神联系、人对于城的文化意味的感受，强调应把京味作为一种风格去把握等。许纪霖、罗岗《城市的记忆：上海文化的多元历史传统》（上海书店出版社 2011 年版），既有鸳鸯蝴蝶派的“上海经”、新感觉派的“老城厢”、海派女作家的“江南梦”，又有中产阶层与上海的新形象，着重阐释上海的文化传统和城市精神。李欧梵《上海摩登——一种新都市文化在中国（1930—1945）》（上海三联书店 2008 年版），以都市文化为题，讨论上海的百货大楼、咖啡厅、公园、电影，以及由此带来的文人生活及其审美趣味的改变等一系列极为有趣而复杂的问题。李书磊《1942：走向民间》（山东教育出版社 1998 年版），这本以年为单位的文学史著作

① 贾平凹：《老西安》，北京：中国社会出版社 2006 年版，第 25 页。

写了两个人、两座城。人选的是陈独秀和郭沫若，城选的是昆明和延安，作者在书中意欲树立一种观念，即所谓文学史不仅应该是作品的发表史，而且还应该是作家的生活史，使文人互见，写成文学生活的历史。程光炜主编的《都市文化与中国现当代文学》、《文人集团与中国现当代文学》（人民文学出版社 2005 年版），提出应关注都市文化与文学生成的关系，以及相同的社会意识、审美观念所滋生的文人圈子对于中国现当代文学的影响。这些研究书籍，将城与人、城与文，城市的文化品格和文学作品的息息相通之处联系起来，触摸到了文学创作与都市文化的内在关系，可以借鉴并据此考察西安文化对于贾平凹创作《废都》的内在影响。

近年来，“都市想象与文化记忆”丛书的出版，从不同的文化、历史、文学角度，勾勒了城市想象的多重视景。编者陈平原、王德威等选择中国的几个古城作为考察对象，提出的学术构想是，通过了解历代古都的城市日常生活，还原其历史文化场景，在此基础上来谈论诗人们的聚会与唱和、文学的生产与知识的传播，探讨经典的确立与趣味的转移，相信会有不同于往昔的结论。起码关于文学史的叙述，不会像以前那样过于注重乡村与田园，而忽略都市与市井。现已出版的有《北京：都市想象与文化记忆》（陈平原、王德威编，北京大学出版社 2005 年版）、《西安：都市想象与文化记忆》（陈平原、王德威、陈学超编，北京大学出版社 2009 年版）、《开封：都市想象与文化记忆》（陈平原、王德威、关爱和编，北京大学出版社 2013 年版）、《香港：都市想象与文化记忆》（陈平原、陈国球、王德威编，北京大学出版社 2015 年版），混合着古人与今人、中国人与外国人、研究者与研究对象等对于北京、西安、开封这些既饱经沧桑又生机勃勃的古都的都市体验、文学想象以及描述、阐释。有论者指出，老舍作品中展现出的北京历史的真实，也许可以让历史学家的工作都相形见绌。这种新的研究视角，将都市研究作为“城市历史与文学想象的混合物”，更多地打捞古都文化对于文学创作的影响以及文学对于古都文化的传承和记录。

西方关于城市与文学研究的著述，同样具有启发意义。美国学者理查德·利罕《文学中的城市：知识与文化的历史》（上海人民出版社2009年版），提出城市的变迁和文学文本的生成有着不可分割的联系，因此，阅读文本也就成为阅读城市的有效方式。该书将文学想象作为城市存在及发展的编年史来考察，从启蒙时代的伦敦，一直到后现代的洛杉矶，既涉及现代城市的发展和演变，又注重文学表现方法的历史变迁，开启了对照理解城市和文学的新路径。英国学者迈克·克朗的《文化地理学》（南京大学出版社2003年版），提出应该将文化放在现实生活的具体情境中，在特定的时空里去进行研究，同时将其视为可定位的特定现象，着重探讨了文化的产生发展与自然地理环境密不可分的关系。此外，美国学者帕克等著的《城市社会学——芝加哥学派城市研究文集》（华夏出版社1987年版）所指出的城市环境的最终产物表现为它所培养的各种新型的人格；本雅明《发达资本主义时代的抒情诗人》（生活·读书·新知三联书店2012年版）通过透视波德莱尔笔下第二帝国时的巴黎，揭露了巴黎和现代人的秘密；卡尔·休斯克《世纪末的维也纳》（江苏人民出版社2007年版）中处于世纪末的维也纳，为思想和价值全面而突然的转型，提供了背景。这些经典著作都为研究《废都》的双城故事提供了较为完善的知识背景和理论视野。

解读《废都》的双城故事，虽然有很多城市文化的论著可供借鉴参考，但也不能忽略史料的收集，在这个意义上，贾平凹身边朋友们披露的一些故事性书籍的出版就具有很高的参考价值。如丹萌的《贾平凹透视》（百花文艺出版社2004年版），作者是被称作“第一任贾办主任”的何丹萌，以相交多年的朋友身份来透视贾平凹的人生道路，其中，“患病十年”、“《废都》与婚变”，详细记述了创作《废都》前后贾氏的患病情况以及离婚之事，为笔者提供了很多研究素材。王辙的《一部奇书的命运：贾平凹〈废都〉沉浮》（花山文艺出版社2011年版），著者就是贾平凹的朋友，曾策划出版《贾平凹游记选》的王新民，他从《废都》的艰难诞生写起，之后出版问世、火爆全国、舆论哗然、遭禁、被告抄袭、盗版蜂拥、获得大奖、再版以及反响，更多地关注《废都》出版之后的遭遇。孙见喜的《鬼才贾平凹》（第一、二部）（北岳文艺出版社1994年版），是贾平凹的乡党、好友孙见喜所披露的贾氏的平民生活，书中有大量鲜为人知的材料，从贾平凹的出生写到离婚，描绘了其人生前40年的生活轨迹。孙见喜的《贾平凹前传》（花城出版社2001年版），是关于贾平凹的三卷本长篇传记，分为"鬼才出世"、"制造地震"、"神游人间"，以故事、家常和平民生活见证了他从出生到1998年的人生轨迹。这些故事的讲述，来源于贾平凹身边的朋友们，他们有从"商州"时代就陪伴其身边的何丹萌，有从20世纪80年代就为其立传的孙见喜，还有持续关注其创作的王新民，以及亦师亦友的费秉勋，他们的著述都为笔者了解《废都》的故事周边提供了极其珍贵的材料。

第三节　研究方法

考虑到当代文学研究长期处于"批评化"状态，而忽略了"文学史"的研究，因此本书更多地借鉴古典文学、现代文学的研究方法，以此更好地解读《废都》，释放其文本意义，完成文学史定位。

一　文献法

文献法是文学研究领域非常重要的方法，本书通过收集、分析、研究各种现存的有关《废都》文献资料，从中选取有价值的信息，从而作为背景材料。所收集的文献，主要包括从国家图书馆报纸、期刊总目录中查找有关《废都》的批评文章；从《废都》批判的书籍中重新审视、发现问题；从贾平凹作品、研究专著中尤其是散文创作中提取关于《废都》创作的一些有价值的信息；从相关文学理论著述，如文学与城市、都市文化、历史地理学等书籍中汲取知识素养；从陕西、西安地方志中发现《废都》写作的相关史料，并对其做出恰当的分析和使用。

二　口述史料法

近年来，随着文学史研究的日渐"价值中立"化，现代文学研究的"史学"品质越来越重要，重视"实证"，强调史料挖掘等已成为学科的基本要求。而对于当代文学研究来说，对于史料的收集和整理相对较为薄弱，因为在一般的想法里，会认为当代离我们那么近，反而不存在史料的收集和整理问题，这也造成当代文学研究中出现过多笼统的以及宏观叙事的话语。但是，也有当代文学研究者特别强调史料的价值，如洪子诚、程光炜等教授的著述。因此，为了广泛收集关于《废都》的第一手材料，笔者采访并整理了贾平凹身边的朋友圈子、编辑、学者等关于《废都》的口述材料。采用此方法是受到梁启超《中国历史研究法》的启发，他在谈到史料方法时提出“近者以地方言，亦以人的关系言，谓距史迹发生地愈近，且其记述之人与本史迹关系愈深者，则其所言愈可信也”①。于是，笔者来到西安，寻访费秉勋、孙见喜、韩鲁华、王新民、穆涛等贾平凹过从甚密的朋友们，通过他们不同角度地讲述《废都》故事，寻求更为客观、真实、立体的史料。

三　文史互证法

因为当代文学研究中对作家作品的故事周边涉及较少，因此笔者更多地借鉴现代文学以及古典文学的研究范式，尤其是陈寅恪所提出的“文史互证”法，注重诗文与个人历史的重合，发现作者个人历史与写作经历之间的张力，在文史互证中展现社会发展情况。《废都》作为20世纪90年代最为轰动的书籍和文学事件，它到底折射出哪些社会风貌，从而引发如此大规模的社会话题。因此，以文史互证的方式介入，以考证历史地点与人物事件为中心，可以更为接近故事的真谛，也可分析出作者、读者与当时转型时期社会现实等诸多方面的联系，把握其如何写出世纪末人们的一段心迹。

第四节　研究思路

本书力图将《废都》研究从“文学事件”回归到“一本书”，

① 梁启超：《中国历史研究法》，北京：中华书局2009年版，第93页。

去探寻《废都》中的西京与现实生活中的西安之间的“双城故事”，以及贾平凹创作《废都》的意图，从而摆脱文学批评对贾平凹形象的塑造和有关《废都》的种种误读，给予此部作品客观、准确的文学史定位。尝试将《废都》历史化，以同情、理解、实证的态度去重新探索贾平凹及其《废都》书写，也有助于对当代文学学科研究方法的更新。

作为世情小说，贾平凹笔下的“废都”既是地理意义上的，又是时代意义上的。就地理而言，从一个千年古都演变为西北重镇，沦为经济相对落后的中西部省会城市，即从历史上的全国乃至世界政治、经济、文化中心“凋敝”为这样的西部省会城市。在这种“凋敝”中，生活在其中的贾平凹还是如是热爱它的文化与传统，在《废都》中忠实地记录了西安这座城的大街小巷、宗庙寺庵、风物小吃、婚丧嫁娶、节庆风俗等，是一本很好的西安“地方志”小说，更是以文学的方式展现了西安的都市韵味与古风民俗。就时代意义而言，在20世纪90年代，中国社会经历整体转型，文学和作家都遭遇到市场经济带来的冲撞和危机。庄之蝶的沉沦史就是一个很好的例子，一个西京城中的传统文人如何在商品经济大潮中被裹挟，成为“不自觉的人”。与此同时，新生力量如周敏却发现这座城的保守、封闭、落后，和历史的辉煌文化毫不相称的是它已经无法提供新的思维，正如他的那首诗，“迁到了繁华的都市，我遇到的全是些老头们，听到的全是在讲‘老古今。’”[①] 所以，废都文化也面临着转型，它一步步被现代化的焦虑所焚毁，有推土机对城市记忆的毁灭，有资本文化对传统生活的侵蚀，更有以西方文明为代表的全球化的无情扫荡。驻留其间的人们变得无聊无奈，虽然被雅称“闲人”，却弥漫着“痞子”气；虽被冠以“名人”，却早已颓败不堪。虚构小说也能记录现实，《废都》关于尴尬生存状态的本真传达，种种欲望描写的无力突围，以至于沉陷其中的人们面临何去何从的迷惘，也许这些正是那段历史中社会情绪的忠实写照，而《废都》就像一个历史寓言，

---

① 贾平凹：《废都》，北京：北京出版社1993年版，第320页。

它的出现恰如其分地写出了时代转型期人们的心灵迷惘与生存困境。

第二章“重构西安”，寻找到贾平凹如何从棣花镇走进西安城，通过20年的城市生活融入西安这座城及其城市文化中，《废都》中就实名采集了众多西安的大街小巷、古迹名胜、寺庙尼庵、风物、吃食、占卜、鼓乐、秦腔艺术等。通过对贾平凹文学道路的梳理，进而发现在其“商州之子”“乡土作家”名下一直有着对于西安文化的关怀，这主要体现在其散文创作中。本章还以文学地理考证的方式整理了《废都》中的西京城市地理与其背后的西安历史文化积淀，从而在文学地图中形成西京—西安的双向对照，借以分析和考察作者对于古都、故都的身份认同与文化情怀。

第三章“文人圈子”，作为废都故事的序曲出现。通过梳理贾平凹与古书、古琴、诗书画密不可分的内在气质，与文人圈子、艺术家圈子的交往对其创作影响，以及这些因素如何反映到《废都》中来，从而分析贾平凹的“传统”特质以及《废都》与古典文化的内在联系。在关于古乐埙的论述中，通过贾平凹朋友的讲述，来寻找其创作的内在动因。时代和个人的双向苦闷，如何透过埙声得以慰藉、宣泄和激发出灵感，并以此作为《废都》的“哀伤”基调。西安作为具有悠久历史的大都市，那曾有的汉唐文明、唐朝天空继续笼罩着这座城古色古香的文化氛围，作为文人，贾平凹与西安的作者圈子、艺术家圈子一直联系紧密，他们的生活方式、心路历程是贾平凹最为熟悉和了解的，于是，这些积习着古都文化传统的废都中人们的生活轨迹也在作品中以“名人”、“闲人”等身份淋漓尽致地表现出来。

第四章“人物及故事周边”，通过整理《废都》的人物谱系，进而分析出在作品中出现的近300个人物，他们的关系是如此纷繁复杂，既有历史人物，他们是古都辉煌文化的创造者、建设者、传承者，也有现代西安逐步凋敝的历史见证人物，更有当代活跃在西京城中的堕落者、颓废者。这种古今文化、文明以及素养的极大反差既与时代脉络走向有关，也和贾平凹这一时期的个人心绪不无关系。在1992年的长久苦闷中，经历了长期的疾病折磨、官司缠身、婚变纠葛，贾平凹的人生跌入谷底，与此同时，整个时代、社会也在发生急剧转向。1991 年的美国之行成为一个触媒，它使得贾平凹以更为宽广的视野来重新审视这座古城，进而发现，无论从地理意义上，和北京、上海等新时期先进城市相比，还是与更为现代的西方文明比较，古都的凋敝都是不争的事实，古都—故都—废都的意象也开始浮现。本部分通过人物谱系及故事周边考证了《废都》产生的原因。

第五章“历史与文学叙述”，来寻找“废都”作为时代意义以及地理意义上的双重寓言。随着 1984 年城市改革的兴起，以及改革开放进程的加快，古都西安的旧城改造进行得激进而急切，《废都》就为我们忠实记录了旧城改造的细枝末节。与此同时，随着社会流动的加速、城市壁垒的被打破，地域文化的被解构、国家文化的迅速涌入，全球化的无情扫荡，废都中的人们也经历了心灵裂变，具有了现代思维，而庄之蝶与传统文化的难以割舍使他成为这座城中最后的文化守望者。他热衷收藏，在一定意义上，收藏者就是继承人的态度，当他把秦砖汉瓦珍藏在家中，却发现外部的古居、建筑、文化、记忆都要不可避免地消失在推土机的轰鸣中，废都文化已经不合时宜，传统失势了。庄之蝶的孤独守望和无力挣扎、苦闷尴尬和随波逐流为我们忠实记录了文化守望者的心路历程，以及转型年代古都西安从地理到文化多重凋敝的历史现实，从而负载了沉重悲凉的废都意识。

第二章　重构西安

本章通过对贾平凹文学创作道路的梳理，来发现“商州之子”贾平凹如何从故乡棣花镇走向西安城，虽然他在20世纪80年代的创作基本是与主流文学保持同构关系，但在他的“寻根文学”根据地“商州”之外他还有着大量的西安书写，而这些城市书写极容易被批评家忽略，仍先入为主地将其归类为农村题材作家，过分强调其寻根作家的乡村文明情怀，以及城乡文化的二元对立以至于农民作家无法驾驭都市题材，这也导致《废都》问世时，研究界对其“乡土作家”身份外的城市书写有着严重的过敏和极端不适应，相关评论使得《废都》的意义被窄化，文学价值无法充分释放出来。通过梳理这些别样书写，我们可以发现西安城其实一直萦绕在贾平凹的创作过程中，20年的城市生活，古都文化对他的晕染如何内化为个人气质，他又如何在作品中持续传达对这座城的感知、喜爱和思考，促使《废都》在1993年的出版成为城市书写的集大成之作。通过考证《废都》中的历史地理，就会发现书中贾平凹信手拈来的那一个个地名、寺庵、古迹、风物，并不仅仅是背景或者名字的借用，实则是他有意为之的重构与安排，它们的出现都是负载着古都数千年的文明和文化，是西安这座城辉煌久远的历史见证。从西京—西安的双向对照中，我们会发现《废都》如何将它的历史积淀重新激活，而古今的巨大反差，那残存的古迹和虚有的地名却又使我们不免哀伤于它在90年代的凋零。

第一节　从棣花到西安

贾平凹是陕西省丹凤县棣花镇人。从出生的 1952 年到 1972 年被推荐去西北大学中文系读书，他在乡间度过人生的最初 20 年，也在作品中用很多笔墨抒写了作为“平娃”时期乡村生活的点滴，如《童年家事》（发表于《莽原》1982 年第 4 期）中那个 20 多口人共同组建大家庭的是是非非、纷扰烦乱，《山石、明月和美中的我》（发表于《钟山》1983 年第 5 期）灾难的童年、少年生活，如何培养了一颗羞涩的、委屈的甚至孤独的心灵。时隔多年之后，在与谢有顺的对话中，贾平凹仍然叙说着当年父亲的“反革命”经历给自己的少年生活所带来的巨大冲击，那种恐惧和痛苦。还好，这一切坎坎坷坷随着他在水库劳动的优异表现被推荐到西北大学中文系读书，成为一名工农兵大学生得以改变。大学中的勤奋好学，20 多篇作品的发表使得贾平凹 1975 年毕业后正式摆脱农村生活，进入陕西省人民出版社担任文学编辑，落户西安。

年轻的贾平凹其实已是一名老资格作家，他的短篇小说集《兵娃》1977 年 6 月就在中国少年儿童出版社出版，这是“一本反映农村中两条道路斗争的短篇小说集”，看到出书的年份，大家都可以理解其时代文艺的特色。在当编辑的过程中，从一次偶然的出差经历构思写出的《满月儿》（发表在《上海文学》1978 年第 3 期）获得 1978 年全国优秀短篇小说奖，贾平凹的文学之路豁然开朗起来。此后《山地笔记》（小说集，上海人民出版社 1980 年版）、《月迹》（散文集，孙犁作序，百花文艺出版社 1982 年版）、《一个老女人的故事》（诗歌，被《诗选刊》、《名作欣赏》转载），贾平凹的小说、散文与诗同时迸发，他的勤奋和才华获得文坛的肯定。然而，这条道路也并非一帆风顺。就文学倾向来说，贾平凹个人非常喜欢读古典书籍，他在回忆起大学生活时，就追忆了因“文革”期间读书“范本”的枯燥、对古典文艺寻找和发现的惊喜，喜读古书的趣味也构成了其文学创作的底色。在 1982 年 4 月为《当代文艺思潮》“作家与创作”

栏而作的《“卧虎”说》，率先提出“以中国传统的美的表现方法，真实地表达现代中国人的生活和情绪，这是我创作追求的东西”[①]。

但是，那毕竟还是20世纪80年代初期，文学与政治的同构关系仍很紧密，不论是伤痕文学、反思文学抑或改革文学，文学创作都有一条或显或隐的暗线作为指导和规训。贾平凹从清新的《满月儿》，到单纯透明的《山地笔记》，都是广受好评的。但是，作为一名年轻作者，他显然也在求新求变，创作逐渐从对山地男女情感美好心灵的书写，转变为对病态生活的揭露，对人生无常的追问和探求，包括《沙地》、《好了歌》、《二月杏》、《晚唱》、《厦屋婆悼文》等。这些“越轨”的创作转向迅速引起评论界的关注，1982年的《延河》杂志就刊载了“笔耕”组对贾平凹近作讨论会的会议记录。这是一次批判的会议，据费秉勋教授介绍，在此之前，领导已经多次找到贾平凹专门谈话，批评其创作中的“错误思想”。笔者采摘了正式出版物中有关此次会议的部分批评话语，“有一部分作品，思想倾向上出现了一些偏差，从过去写美人美事美景，到写丑人丑事丑景，怪人怪事怪景。”“有的作品描写了世外人的清静无为生活，把人当成返归原始、自然的自然人加以表现；有的作品，作者想在好坏、是非、美丑之间找到一种和谐因素，结果泯灭了是非之心；有的作品，描写主人公种瓜得豆，种豆得瓜，极力表现人生的无常。作者对什么是生活、对生活抱什么态度、生活的归宿在哪里这三个问题的回答，都是不够正确的。他追求的是一种类似超脱现实的宗教境界，表现了一种消极的出世思想和对生活的冷漠态度。”[②] 曾登载了《二月杏》的《长城》杂志也开展了对《二月杏》的批判，有些地质工作者甚至写信上告，一时间闹得沸沸扬扬。

种种批评和泼来的冷水使得年轻的贾平凹倍感压力，整夜睡不着觉，作者回忆，“在‘文化大革命’中，我父亲就被打成过历史反革命，我知道在政治上出了问题后前途就彻底没有了，那种恐惧和痛苦

---

① 贾平凹：《“卧虎”说》，见《人极》，武汉：长江文艺出版社1992年版，第402页。

② 本刊记者：《记“笔耕”组贾平凹近作讨论会》，载《延河》1982年第4期。

我是经历过的。所以，‘文化大革命’刚结束不久，我进入文坛后遭到铺天盖地的批判的时候，当时确实有一种恐慌感，我马上就想到我父亲的命运，害怕将来我不能写作。”在这种压力和惶恐之下，贾平凹不得不接受批评家的意见，“平凹同志创作中出现的某些不健康倾向，告诉我们，一个作家的艺术修养同生活修养、思想修养必须平衡发展，而深厚的群众生活根基更是一个作家健康的发展艺术才能的基础。”“由于年少成名，上大学以后又生活在远离自己主要描写对象的城市，他的生活或根基又是比较贫弱的。”① 针对平凹同志创作中的问题，胡采同志严肃指出：“生活底子厚了，思想有分量了，不那么轻飘飘了，就不会跟着风转；那些生活中本来有的，我们由于认识水平限制没有发现的东西，也就容易挖掘和写出来。”“这是一个有思想的评论家，也是一个陕西文艺界的老战士对青年作家语重心长的告诫。”②

“柳青的遗产”一直是被陕西文学界大力提倡和推崇的，路遥曾专门写出散文《柳青的遗产》，追忆了作家柳青当年如何毅然决然地离开城市生活，专程来到长安皇甫村，亲自参与到农村互助组和合作社运动中去，据此写出著名的《创业史》。可以说，在柳青遗产指导下的“深入生活”成为陕西文坛备受尊崇的创作方式，而仅仅满足自己的“生活圈子”或者“干脆躲进自己的内心世界去搞创作”③，则被认为没有出息的。贾平凹大学毕业一直生活在城市，创作逐渐脱离农村生活，“没有将视野放大”，因而被批评为根基贫弱导致出现不健康倾向时，他就备受这种文学传统的压力。1982 年下半年，贾平凹仅仅写了些小散文，几乎连一篇小说都没有写；1983 年初春，寒意尚未消退，他就从自己的生活圈子中走出，离开省城西安回到商洛山“深入生活”。据陪同贾平凹第一次游走商州山地的何丹萌描述，1982 年以前，贾平凹是不了解这些的。他虽然生在商州，长在商州，但他的足迹还仅限于丹江沿岸，走惯了的路，也只是沿着

---

① 李星：《评贾平凹的几篇小说近作》，载《延河》1982 年第 5 期。

② 同上。

③ 路遥：《柳青的遗产》，载《延河》1983 年第 6 期。

长坪公里来来往往，从棣花到西安，从西安到棣花。贾平凹在何丹萌的陪同下，走白浪、踏白云深处、返棣花、哼秦腔、唱山歌，《鸡窝洼的人家》、《小月前本》、《腊月·正月》、《商州》、《商州三录》相继问世，“商州”旋即成为贾平凹的文学根据地或曰文学发迹地。

可以说，在“柳青的遗产”指导下和文艺界老战士的告诫之下，多次赴商州“深入生活”的贾平凹创作之路豁然开朗，向来略显迟钝的他竟然紧紧踏上当时文坛极为流行的“寻根文学”节拍，并以此自我认同。“我原是山地里的土人，几年之间，倒成了城中的市民，虽然仍算是一个城市装潢的土特产吧，但毕竟对新的农村、新的生活，不全然尽知了。于是，在农历正月十六日，小女为我爆破了一串还剩余的花炮，我便一头钻山去了。我那时产生了一个奢想，也是下了一道命令，说：请结束你的游击战，在生你养你的商州故乡，开辟一块根据地吧，数年之间，或‘达摩面壁’，或‘居山落草’。”① 贾平凹确实开辟了新阵地，地理商州与文学商州同时屹立在当代文坛上，与沈从文的湘西、莫言的高密等共同汇聚了现当代文学的地理版图。贾平凹也第一次跟上文学的潮流，在“寻根”文学的浪潮中游弋得不亦乐乎。《腊月·正月》荣获1984年中国作协第三届全国优秀中篇小说奖，《浮躁》1988年荣获美国美孚“飞马文学奖”。台湾作家三毛也恭恭敬敬地给“心极喜爱的大师”贾平凹写出“您的故乡，成了我的‘梦魅’”②。

然而，贾平凹似乎并不满足这些，在商州取得文学上的巨大成就之后，他反而自省，认识到自身的差距和不足，显然，这种在“柳青的遗产”观照下的深入生活和现实主义创作方法，在贾平凹的文学创作中渐渐背离，古典文学传统和创作倾向在他的作品中逐渐复活。尽管在评论家的眼中，商州仍是一块可继续开垦的良田，“待到《小月前本》，《鸡窝洼人家》，《腊月·正月》以及《商州》系列小

---

① 贾平凹：《在商州山地（代序）》，《小月前本》，广州：花城出版社1984年版，第2页。

② 三毛：《三毛遗言贾平凹》，见肖夏林主编《废都废淮》，北京：学苑出版社1993年版，第9页。

说发表，他终于惊喜地悟到：‘商州这块地方，足够我写一辈子。’”①但我们发现，贾平凹本人对此并不满意，“我对于商州的小说现在只能说，那写的还只是地图上划分的一块行政区域的商州，若好一点的话，也只是新时期的那一块商州，根本还没有把商州当作心理上的商州，当作人类的宇宙的光照之下的商州。也就是说，我的小说仅仅是在悦目悦耳的境界下，或悦情悦意的境界下，远远没有达到悦神悦智的境界。”② 1985 年他的小说《远山野情》（《朔方》1985 年第 1 期）、《天狗》（《十月》1985 年第 2 期）、《冰炭》（《中国作家》1985 年第 4 期）、《黑氏》（《人民文学》1985 年第 10 期）等，就开始有着传奇或志怪的影子。曾镇南在《说〈黑氏〉》中，就发现“平凹放黑氏偕所爱者向深山逃逸而去，这颇有一点新聊斋志异的浪漫成分。这也是山野之人的趣闻吧”③。贾平凹 1985 年 7 月 4 日为《小说选刊》转载《冰炭》而作的《关于〈冰炭〉》中说：“古人讲：‘文之神妙，莫过于能飞。’飞在于善断，善续，断续得宜，气则充溢，这便有了诗意，也便弃了艰难劳苦之态。我的小说，以往尽吃此亏。一是底蕴不够，再是不能所蕴，刻意雕琢，而伤之精神。读庄文，才知晓：看似胡乱说，骨里却尽分叙，须从蹈大方处啊！”④ 可以看出贾平凹美学传统自觉向古典文学复归，有意挣脱以往写作框架的想法。

甚至对于获得美国美孚飞马文学奖的长篇小说《浮躁》，他在写作过程中尽是痛苦的回忆。《浮躁》仍然是一本关于商州的书，虽然只是虚构或曰作为载体的商州，作者依然指出创作的困境，“老实说，这部作品我写了好长时间，先作废过十五万字，后又翻来覆去过三四遍，它让我吃了许多苦，倾注了我许多心血，我曾写到中卷的时

---

① 王仲生：《冷静中的突破——近年陕西部分小说创作刍议》，载《长安》1986 年第 12 期。

② 同上。

③ 曾镇南：《缤纷的文学世界》，北京：中国文联出版公司 1988 年版，第 183 页。

④ 贾平凹：《关于〈冰炭〉》，《平凹文论集》，西宁：青海人民出版社 1985 年版，第 61 页。

候不止一次地窃笑：写《浮躁》，作者亦浮躁呀！但也就在写作的过程中，我由朦朦胧胧而渐渐清晰地悟到这一部作品将是我三十四岁之前的最大一部也是最后一部作品了，我再也不可能还要以这种框架来构写我的作品了。换句话说，这种流行的似乎严格的写实方法对我来讲将有些不那么适宜，甚至大有了那么一种束缚。”① 经过几年的调整期，在《四十岁说》中，贾平凹终于不满地指出对于所谓“深入生活”桎梏的质疑，“目下的现实里，甚多的人热衷于讲‘世界’，讲到很玄乎的程度，如同四个字的‘深入生活’，原本简单普通的话，没生活拿什么去写呀，但偏偏说得最后谁也不知道深入生活为何物了。还是不要竭力去塑造自己庄严形象，将一张脸面弄得很深沉，很沉重。”② 终于，在四十岁不惑之年，贾平凹在种种境遇的冲撞之下，自觉褪下“名人”的面纱，开始追求“唯有心灵真实”，摆脱“商州”、勾画“西安”的《废都》出现了。

第二节　西安这座城

其实，在创作长篇小说《废都》之前，贾平凹就已在文学创作中尝试书写西安。毕竟，1972 年从棣花到西安，再到《废都》创作完成的 1992 年，贾平凹业已在西安居住二十年，西安这座城已经紧紧地缠绕在他的生活和生命中。虽然他多次在文章中提及 19 岁那年来到西北大学读书时那种乡下人刚进城时的凄惶感受，“当我在十年前，背着一卷印花粗布纺的薄被子从山地来到西安，一站在金顶辉煌的钟楼面前，我险些要被吓昏了。现在，我每每走过钟楼，这种感觉还依然存在。”③ 但是在获得全国短篇小说奖、中篇小说奖、美国美孚飞马文学奖，已在文坛声名远扬、充分找到作家自信的贾平凹对于西安的发现也在悄悄改变，对于西安的写作构思也在逐渐形成。在写给友人的《一封荒唐信》中贾平凹曾如是说，“我是写了好多小说、

① 贾平凹：《浮躁·序言（二）》，北京：作家出版社 1987 年版，第 3 页。
② 贾平凹：《四十岁说》，西安：陕西旅游出版社 1994 年版，第 139 页。
③ 贾平凹：《心迹》，成都：四川文艺出版社 1985 年版，第 331 页。

散文、诗歌的，那当然都是些屁样的文字，作家的帽子好赖是戴了一顶，却戴得面红耳赤，常常觉得在大街上走，身后有指指点点的指头，墙角处有白多黑少的眼睛。但我还要继续写下去，且又有一个不大不小的野心：一想继续写商州那一块野山野地，二想写到那泾河和渭河上去，也就是那泾渭分明的岸边，那黄土高原和关中平原交接的厚土上的古风古俗，三想再写写西安古城方方正正井字形的街巷里的市民”。① 于是，西安古城也不时流注笔端。

《五味巷》（发表于《文学报》1982 年 10 月 21 日），写出长安城内的一条小巷，本来无名，因巷口卖醋、卖椒、卖盐、卖碱、卖甘蔗，便“五味，五味”地叫开了。《十字街菜市》（发表于《散文》1983 年第 8 期），写出十字街东南西口四街的瓜果菜蔬、纷繁热闹；《河南巷小识》（发表于《现代作家》1984 年第 5 期）写出在西安市内存在的神秘的河南巷（河南人聚集区），如何在最小的范围内，囊括最丰富的内容，介绍河南巷拥挤的生存之境，观照河南人怡然自乐的生活状态。《陕西小吃小识录》（《西安晚报》专栏）则通过介绍陕西的小吃，展示其习尚风俗，在贾平凹笔下，因“受用于口”，而“拿笔作录”的有羊肉泡、葫芦头、岐山面、醪糟、凉皮子、桂花稠酒、浆水面、柿子糊塌、粉鱼、腊汁肉、辣子涮羊血、甑糕等。在这些小品文中，贾平凹主要介绍在西安城中的所观、所闻、所感，采用平实的语言，更为重视造境和心绪的传达。

《阿秀》（短篇小说，发表于《延河》1982 年第 3 期）的主人公是一个从山地进城做保姆的漂亮姑娘，小说讲述一个质朴的农村姑娘是如何一步步被城市“物质化”的。从她身上，我们或多或少可以看出长篇小说《废都》中柳月的影子。阿秀模样很清秀，手脚又利落，是山地的人尖儿，本应在城市挣钱奉养寡居的母亲和上学的弟弟，但为了置办衣物装饰自己不但很久不给家里寄钱，反而向家乡的未婚夫索要钱财来满足自己的快活，渐渐地，“城里的生活是把刷子，阿秀身上的土气，一日一日被刷去了。她喜欢穿鲜艳的衣服，连

① 贾平凹：《平凹文论集》，西宁：青海人民出版社 1985 年版，第 159—160 页。

裤子也穿红的；喜欢让头发披下来，波浪式烫卷，喜欢用手托着右腮，牙齿咬着小指头，斜眼儿瞟着看人；喜欢抖着肩膀弹跳着走路。”① 在阿秀这里，还保持着乡下姑娘的良心，承受着向往城市生活、贪图享乐但同时又眷恋故土家人的矛盾与挣扎，到了长篇小说《废都》中的柳月，却又是另一个极致了。

中篇小说《废都》（发表于《人民文学》1991 年第 10 期）可以说是长篇《废都》的一个框架，一种思考。故事背景被设置在一个黄河岸边的土城，这里有着长篇小说《废都》中的甜水井、送水的邱老康和匡子、骨片水牌，有着四个太阳的异常天象，有着懂得天地玄黄、琢磨《邵子神数》而瞎了一只眼睛的林青云，有着古城墙、城隍庙、秦腔剧团和古街古宅，有着古都抑或废都、振兴古都抑或拆建古都的争议。然而，在故事的意境上，除了传达出古都就是废都的朦胧思考，对于古都拆建的惋惜之情外，还看不出对于城市生活的直面，反而更多流露的是沈从文湘西《边城》式的那种旷远韵味。那送水的邱老康和相依为命的孙女匡子，那在程顺和九强的爱情中徘徊却独自承受伤害的少女匡子，隐隐带着翠翠式的命运哀叹。那永远也走不出的土城，那璜元寺幽幽的钟声，虽然背后隐伏着哀痛，却仍可看出作者对于现实的有意疏离和对古都捉摸不定的暧昧态度。

这些零零散散关于城市的言说，在批评家眼中，极容易受到忽视，总是过分强调作为“乡下人”、都市“边缘人”的贾平凹一以贯之地与城市文明的对立，对于城市道德堕落的批判，甚至对于长篇小说《废都》，也为其寻找心理动因，“他找到了反面的打击对象，这就是都市。他对都市的近乎粗暴的攻击与其说是他的道德焦虑的纾解，因为他通过这种安全的攻击既表达了他内心深处的憎恨之情，又表达了他作为一个作家的文化态度。”② 作品“以‘四大文化名人’的生存窘迫和文化人格的失落为艺术描写的中心，进而写了作家眼中城市的种种丑恶现象的掠影和感觉，由此表现了作者对城市文明的厌

① 贾平凹：《阿秀》，载《延河》1982 年第 3 期。

② 庐阳：《贾平凹怎么啦——被删的 6986 字背后》，上海：三联书店 1993 年版，第 28 页。

恶和逃避”[1]。然而，这实实在在曲解了贾平凹，他对于西安的十字街头、大街小巷的描摹，亦是生机盎然，沉浸其中，也多次指出，“西安比起北京、上海、广州来并不大，但是，全世界大凡到中国来的人，都要来西安，这里有东方的文明，中国的文化。因此我十分骄傲。”[2]

其实，1985 文学新潮之后的贾平凹，尤其是经历了马尔克斯《百年孤独》获得诺贝尔文学奖的轰炸，已经自觉地开始了新的艺术思考。在谈及读书生活时，贾平凹说自己虽然读书不求甚解，但却把庄子、苏轼、韩愈、柳宗元、归有光、袁中郎、蒲松龄的作品都系统读过。外国作家那里，他研读《百年孤独》之后，震惊的是拉美作家在玩熟了欧美现代派之后，又回归自己的文学传统。而川端康成作为一名东方作家，却能将西方现代派的艺术与本民族的传统糅合在一起，创造出一个独特的境界。因此，这些启悟使得贾平凹在一度大量读现代派的作品而仿制那些东西时，才有意识地又转向中国古典文学艺术的学习。这种新天地新视野的开启和发现使得他更为讲究将中国传统文艺与西方现代思想熔于一炉。对贾平凹影响很大的日本作家川端康成在《趋向心灵》中写道，自己从很小的时候，就喜欢读日本的古典小说。在其心目中，日本文学的本源正是和歌。日本的古典小说有《源氏物语》和井原西鹤的作品。明治时期西方小说传入日本，但其后的日本小说并没有充分地消化西方小说。反而使他觉得，日本的小说并未能抵达成熟的境地，甚至提出怀疑，“不管怎么说，我已经写了近四十年小说，自然也有不少读者；但那些作品，并不能称作真正的小说。作为小说家立命于世，因而奢望犹存。我希望自己也能写出真正的小说；另一方面，我又更加反对拘泥于小说的类型或法则，欲求自由自在地表现心灵”。[3] 这段对于自己小说的不满和反省，

① 陈传才、周忠厚：《文坛西北风过耳——“陕军东征”文学现象透视与解读》，北京：中国人民大学出版社 1993 年版，第 7 页。

② 贾平凹：《心迹·后记》，成都：四川文艺出版社 1985 年版，第 332 页。

③ 川端康成：《趋向心灵》，高慧勤主编《川端康成十卷集》（第 10 卷），魏大海、侯为等译，河北教育出版社 2000 年版，第 185 页。

渴望“自由表现心灵”的言论也是贾平凹在长篇小说《废都》扉页里“唯有心灵真实”的追求，后记中对于年届四十、“仍没美文出来”焦虑的相互感应。川端康成的诺贝尔文学奖获奖作品《古都》对贾平凹的创作很难说没有影响，在其笔下，“古都自然指的是京都”，“在这里风物比人与故事更占有主要地位，我想写旧的都城中渐渐失去的东西”。显然，同样对于中国古典艺术有着自觉追求的贾平凹来说，中国传统文化的象征就在西安，就在他20年的生活圈子中。就在创作《废都》的同时，他写下了散文《西安这座城》，这是一篇颇具气魄的文章，“时至今日，气派不倒的，风范依存的，在全世界的范围内最具古城魅力的，也只有西安了。它的城墙赫然完整，独身站定在护城河上的吊板桥上，仰视那城楼、角楼、女墙垛口，再怯弱的人也要豪情长啸了。大街小巷方正对称，排列有序的四合院和四合院砖雕门楼下已经幽黑如铁的花石门墩，你可以立即坠入了古昔里高头大马驾驶了木制的大车喤喤喤开过来的境界里去”。[①] 并隐隐透露出写作的野心，“如果有机会收集一下全城的数千个街巷名称，贡院门，书院门，竹笆市，琉璃街，教场门，端履门，炭市街，麦苋街，车巷，油巷……你突然感到历史并不遥远，以至眼前飞过一只并不卫生的苍蝇，也忍不住怀疑这苍蝇的身上有着汉时的模样还是有唐时标记？”[②]

按照文化地理学的相关理论，“我们不能把地理景观仅仅看作物质地貌，而应该把它当作可解读的‘文本’，它们能告诉居民及读者有关某个民族的故事，他们的观念信仰和民族特征。”[③] 在《西安这座城》这篇散文中，贾平凹明确传达出他对于西安这座城的喜爱、感受和思考。“当世界上的新型城市愈来愈变成了一堆水泥，我该怎样来叙说西安这座城呢？是的，没必要夸耀曾经是十三个王朝国都的

---

① 贾平凹：《西安这座城》，《四十岁说》，西安：陕西旅游出版社1994年版，第135—136页。

② 同上书，第136页。

③ ［英］迈克·克朗：《文化地理学》，杨淑华、宋慧敏译，南京：南京大学出版社2003年版，第51页。

历史，也不自得八水环绕的地理风水，承认中国的政治、经济、文化的中心已不在了这里，对于显赫的汉唐，它只能称为‘废都’。”[①] 在这样一个“废都”中，尽管多次搬家，他却总是乐意居住在靠近城墙的地方，“现在我居住在叫甜水井的方位，井已经覆盖了，但数个四合院内还保留着古老的井台，古往千百年来，全城的食用水靠这一带甜水供应，老一代的邻居还说得清最后一届水局的模样，抱出匣子来让我瞧那手摸汗浸而光滑如铜的骨片水牌，耳畔里就隐约响起了驮着水梢的驴子叩着青石板街的节奏。”“我一切都在与历史对话，调整我的时空存在，圆满我的生命状态。”[②]

在长篇小说《废都》中，贾平凹做出了很好的“重构西安”的尝试，他在后记中写道，“一晃荡，我在城里已经住罢了二十年，但还未写出过一部关于城的小说。越是有一种内疚，越是不敢贸然下笔”[③]。每一类人群都有一种阅读城市的方式，作为在西安城中生活了二十年的贾平凹，如何在长篇小说《废都》中重构西安，言说这座古都所造就的内化于心的状态呢？“小说的真实是一种超越简单事实的真实。这种真实可能超越或是包含了比日常生活所能体现的更多的真实。”[④] 如果尝试对《废都》中的西京地理做出考证，对照找寻其间描摹的古迹、街巷、风物等，也许可以帮助我们了解这是怎样一本关于西安这座城的书。

第三节　《废都》地理考

本节主要借用历史地理学的知识，将《废都》中所涉及的西安地理加以考证，寻找它们的符号意义。仔细收集其中的街巷、古迹、

① 贾平凹：《西安这座城》，《四十岁说》，西安：陕西旅游出版社 1994 年版，第 135 页。

② 同上书，第 137—138 页。

③ 贾平凹：《废都·后记》，北京：北京出版社 1993 年版，第 519 页。

④ ［英］迈克·克朗：《文化地理学》，杨淑华、宋慧敏译，南京：南京大学出版社 2003 年版，第 57 页。

名胜、寺庵，我们会发现这些地理空间的借用其实是贾平凹精心准备并有意为之的安排，正是通过它们，《废都》为我们完整呈现了古老西安的城市地理，重构了西安的盛世版图，它所承载的汉代雄风与唐朝气象，抑或更为久远的古都文明，都是这座城的气韵与象征。通过整理《废都》中的地理名称，寻找发现其背后的历史故事，可以重现千年古都的辉煌文化。然而，在20世纪90年代的文学作品中，即便得以显现，也不免衰败的迹象，仅仅留下故事、传说抑或一抔土而已。

一　古迹

1. 唐贵妃杨玉环墓地

书中[①]第1页开篇：一千九百八十年间，西京城里出了桩异事，两个关系是死死的朋友，一次活得泼烦，去了唐贵妃杨玉环的墓地凭吊，见许多游人都抓了一包坟丘的土携在怀里，甚感疑惑，询问了，才知贵妃是绝代佳人，这土拿回去撒入花盆，花就十分鲜艳。

杨贵妃墓，距西安60公里，位于咸阳市兴平马嵬镇西500米处，传说只是杨贵妃的衣冠冢。冢高3米，墓呈半球形，门顶额横书“唐杨氏贵妃之墓”，墓后有一座高约6米的杨贵妃大理石塑像。历代文人曾留下了大量的关于李隆基、杨玉环的爱情故事，使杨贵妃墓闻名于世，墓冢周围雕刻有文人骚客的题咏。当地每逢农历三月初三，成群结队的姑娘们便来到这里游玩，临走时都要从贵妃墓上抓把黄土带走，回家后与面粉掺和，称为“贵妃粉”，据说涂抹之后可以使皮肤变白，容貌更为美丽。

2. 古城墙

古城墙在文中多次出现，已成为一种意境、一种氛围，城墙头上的埙声也构成了作品的主要基调。

第3页：于是寂静下来，竟静得死气沉沉，唯有城墙头上有人吹

① 贾平凹：《废都》，北京：北京出版社1993年版，第1页。本书所引《废都》文本都出自此版本。

动的埙音还最后要再吹一下。

第 10 页：陷入了苦闷的周敏，不能把这些说破于唐宛儿，唯有一早一晚去城墙头上吹埙。

第 264 页：（庄之蝶）后来竟停了摩托，一个人登上了城墙头，百无聊赖地散心了。

现今保存的西安古城墙兴建于明代洪武年间，有着 600 多年历史，西安古城墙在明、清时是一个庞大、坚固、严密的防御体系，现在是中国大型城垣中保存最为完整的建筑。它是在唐皇城的基础上建成的，完全按照防御战略体系，城墙的厚度大于高度，稳固如山，墙顶可以跑车和操练。初时的西安城墙完全用黄土分层夯打而成，最底层用土、石灰和糯米汁混合夯打，异常坚硬。后来又将整个城墙内外壁及顶部砌上青砖。城墙顶部每隔 40—60 米有一道用青砖砌成的水槽，用于排水，对西安古城墙的长期保护起了非常重要的作用。城墙四周共有四门，东长乐门、南永宁门、西安定门、北安远门，均为拱券式门洞，现存青石门楣上的门名均系民国元年陕西首任都督张凤翙楷书。

3. 钟楼鼓楼

第 5 页：钟楼鼓楼上的成百上千只鸟类就聒噪一片了。

第 54 页：巷口街头，日色苍茫。鼓楼上一片鸟躁，楼下的门洞边，几家卖馄饨和烤羊肉串的小贩张灯支灶，一群孩子就围了绞棉花糖的老头瞎起哄。

钟楼，位于城内东、南、西、北大街的交会处。始建于明洪武十七年（1384），原在今西大街广济街口；明万历十年（1582）陕西巡抚龚懋贤命迁于现址，迁建时除基座外，皆原件原样。清乾隆五年（1740）重新整修。为一座四角攒尖顶、重檐三滴水的高台建筑，通高 36 米。据清《重修西安钟楼记》所载，明代钟楼悬挂的是唐景云年间（710—711）所铸铜钟。现悬铜钟为 1995 年所按景云钟复制。①

鼓楼，位于北院门街的南端，东与钟楼相望。始建于明洪武十三

① 西安市地方志编纂委员会：《西安市志·第 6 卷·科教文卫》，西安：西安出版社 2002 年版，第 430 页。

年（1380），清康熙八年（1699）和乾隆五年（1740）分别重修。为一座歇山顶、重檐三滴水的高台建筑，通高34米，楼上原有报时巨鼓一面。楼南、北檐正中分别挂有“文武盛地”、“声闻于天”金字蓝底木匾，“文革”中被毁。

现在的西安已经重启了“晨钟暮鼓”制度。因为古人将一昼夜分为十二个时辰，以圭表或铜壶测得时辰，击鼓报时，以便让民众知晓。汉唐时，长安城中设有钟鼓楼，钟鼓报时以告知百官和民众时间。全唐代，鼓响，城门关闭，实行宵禁；钟鸣，城门开启，万户活动。白居易的弟弟白行简所写《李娃传》中提道：“久之日暮，鼓声四起。姆曰：‘鼓已发矣，当速归，勿犯禁！’”① 鼓声一响，街上就禁止行人，违者称为“犯夜”，要受拘禁。清末民国之后，因为有了新式的钟表计时，“敲钟击鼓”才逐渐淡出。

4. 华清池

第10页：初到西京，两人（周敏、唐宛儿）如鱼得水，粗略购置了一些家具和生活用品，先逛了华清池、大雁塔。

华清池，位于西安市临潼区，是在唐代华清宫遗址之上兴建的一座皇家宫苑。自古以来以温泉汤池著称，周、秦、汉、隋、唐朝的历代统治者，都将此地作为他们游玩享乐的别苑行宫。唐玄宗时期将汤井改为池，并依骊山建造宫殿，始称“华清宫”。因宫殿在温泉之上，也称华清池。据史料记载，唐玄宗在位的41年间来此地多达36次。白居易《长恨歌》中写道：“春寒赐浴华清池，温泉水滑洗凝脂。侍儿扶起娇无力，始是新承恩泽时。”言说的就是杨贵妃在华清池出浴后的醉人情景。如今的华清池大门上方有郭沫若书写的“华清池”匾额，宜春阁南面，有一座书墙，墙上刻着毛泽东手书的《长恨歌》（局部）书墙，长约10米，高20余米，气势恢宏，蔚为壮观。

5. 大雁塔

第13页：洋人来西京必去大雁塔，他（汪希眠）就出售画作，尤其是册页。

---

① 朱启正：《说文谈物》，上海：上海书店出版社2002年版，第73页。

第 142 页：那标志着这个城市的大雁塔不是也倾斜得要倒塌了吗？

大雁塔被视为古都西安的象征，是西安市的著名古迹和标志性建筑。始建于唐高宗永徽三年（652），玄奘法师为供奉从印度带回的佛像、舍利和梵文经典，在慈恩寺的西塔院建起一座古塔。塔的底层南门两侧，镶有唐太宗李世民撰文的《大唐三藏圣教序》和唐高宗李治撰文的《大唐皇帝述三藏圣教序记》，是对玄奘法师历经 17 年艰辛取经的赞扬，称玄奘为“佛教之领袖”。大雁塔是佛教艺术的杰作、古代楼阁式砖塔的精品。唐代诗人岑参曾在《与高适薛据登慈恩寺浮图》中赞道：“塔势如涌出，孤高耸天宫。登临出世界，磴道盘虚空。突兀压神州，峥嵘如鬼工。四角碍白日，七层摩苍穹。”大雁塔在唐代就是著名的游览胜地，新科进士及第后，有大唐天子于杏园赐宴，于曲江聚会饮酒，慈恩塔下题名等风俗活动，这就是人们常说的“曲江流饮”和“雁塔题名”。当年白居易 27 岁中了进士，写下了“慈恩塔下题名处，十七人中最少年”的诗句；刘沧更是豪迈地题下“及第新春选胜游，杏园初宴曲江头；紫豪粉壁题仙籍，柳色箫声拂玉楼”，把雁塔题名与登仙并提了，可见他们春风得意的喜悦心情。大雁塔所在的大慈恩寺由唐代皇室敕令修建，是唐长安城内最著名、最宏丽的佛寺，由玄奘法师主持，是唐代长安三大译经场之一，在佛教传播史上具有重要地位。

6. 碑林博物馆

第 14 页：他（庄之蝶）的夫人虽也雇人在碑林博物馆那条街上开着个太白书店，他却是不大缺钱又不大爱钱的主儿，只在家写他的文章图受活。

西安碑林博物馆位于西安市文昌门内三学街，始建于公元 1987 年，是收藏我国古代碑石时间最早、数目最大的一座艺术博物馆，陈列有从汉代到清朝的历代碑石、墓志及石刻造像等。这里碑石如林，故名碑林。它是在保存唐代石经的基础上发展起来的，唐代人所称的石经，包括公元 745 年唐玄宗李隆基书写的《石台教经》和公元 837 年刻成的《开成石经》。现在的馆区包括孔庙、碑林和石刻艺术室三个部分，所藏文物有11000余件。

7. 潼关县城

第9页：西京东四百里地的潼关，这些年出了一帮浪子闲汉。

第45页：世事沧桑，当年的豪华庄院如今成了这个样子，而且很快就一切都没有了！我老家潼关，历史上是关中第一大关，演动了多少壮烈故事，十年前县城迁了地方，那旧城沦为废墟。

东汉末年，曹操与马超曾在潼关大战，潼关之名，始见于史。潼关城，建于唐天授年间，明清扩建、重修。据说，康熙帝曾在1703年视察“大河上下”，从山西乘船过黄河至风陵渡进入潼关，仰望围绕的古城墙，惊叹不已，作《渡黄河潼关驻跸》，称潼关为“天下第一城”。据远在东海之滨的《山海关志》记载，“畿内之险，惟潼关与山海关为首称。”① 潼关城历经宋、元、明、清乃至民国的修葺，基本保存完好，但新中国成立后，因修建三门峡水库拆掉了潼关城楼，但具有讽刺意味的是，人搬了，城拆了，“三门峡蓄水后的水位，从来没有达到和淹没过潼关古城。”②

8. 乾陵

第389页：最后他（龚小乙）就穿上了一双巨大的草鞋，在广袤的八百里秦川上奔跑，奔跑过了那一座一座足以令西京人骄傲的如山丘一样的帝王坟茔，看见了乾陵。

乾陵，位于陕西省咸阳市乾县城北的梁山，是关中地区著名的唐十八陵之一，也是迄今为止中国甚至世界范围内发现的唯一的一座两朝帝王、夫妻皇帝合葬的陵墓，埋葬着唐高宗李治和皇后、后来称帝的女皇武则天。乾陵修建于公元684年，历经23年才得以完工，陵区基本仿照当时的京师长安城建造。修建在梁山海拔最高的北峰之上，因梁山南面两峰较低，故称其为“乳峰”。根据史书记载，陵墓本有内外两重城墙，四个城门，还有很多气势恢宏的建筑物。城墙的

---

① 《十大名关·山海关》，见 http://baike.baidu.com/link? url = AykSsOHdNVzJDY-IYOj-xawIF lewzezBXDNBxnMmgurIlbCekrqkc801。

② 俞茂宏：《西安古城墙和钟鼓楼：历史、艺术和科学》，西安：西安交通大学出版社2009年版，第26页。

四面，分别有南朱雀门、北玄武门、东青龙门以及西白虎门。乾陵的唐高宗墓碑，高达2米，最初为陕西巡抚毕源所立，因年代久远，原碑已毁，后来在清朝乾隆年间重立。在南门外立有专门为唐高宗和女皇武则天歌功颂德的《述圣记碑》和《无字碑》，还有很多参加高宗葬礼的各少数民族首领和友好国家使节的石刻像，多达61尊。可以说，在中国历史上，陵墓前石刻的数目、种类以及安放位置自从乾陵始有固定制度，而且这种制度一直延续到清朝。现今乾陵有郭沫若题写的“唐高宗李治与则天皇帝之墓”12个大字。

二　名胜

1. 南五台山

第13页：去年夏天邀一伙朋友去城南五台山野游，我也去了。

南五台古称太乙山，是我国著名的佛教圣地之一，位于西安南约30公里，海拔1688米。因山上有大台、文殊、清凉、灵应、舍身五个小台，也是五个小山峰，称为南五台，南五台山形峻峭，峰峦重叠，森林茂密，风景极为秀丽。《关中通志》记载，“今南山神秀之区，惟长安南五台为最”。原山上有寺庙数百座，包括观音寺、五佛殿、圆光寺、西林寺、圣寿寺塔等，历经战乱，大都荒废。圣寿寺塔建于隋代，方形七层，高23米。据传，大雁塔曾仿此塔而建，为西安现存最早的佛塔。隋唐时期，隋文帝、文帝之母，唐太宗、太宗之母每年都会来此地消夏拜佛，南五台誉满京城，成为佛教圣地。

2. 终南山

第37页：庄之蝶没法，只得托人去终南山购得一副。老太太却就把床拆了，被褥放在棺材里去睡。

第55页：当我在终南山的时候，就知道有了人的历史，便就有了牛的历史。

第107页，庄之蝶说：“她是干啥的，那么多钱？”老太太说：“终南山里的，赁了这门面做柿饼生意，整日用生石粉沾在柿饼上充白霜哩。”

第136页，牛月清说：“去年初夏，天下着雨，三个终南山里的麦客寻不到活，蜷在巷头屋檐下避雨，我就让他们来家住了一夜。”

第140页：在这一来世里，它是终南山深处的一头牲口，它虽然来到这个古都为时不短，但对于这都市的一切依然陌生。

终南山，是秦岭山脉的一段，西起宝鸡眉县，东至蓝田县，千峰叠翠，景色幽美，素有“仙都”、“洞天之冠”和“天下第一福地”的美称。主峰位于长安区境内，海拔2604米，“福如东海长流水，寿比南山不老松”中的南山指的就是此山。终南山地形险阻、道路崎岖，大谷有五，小谷过百，连绵数百里。《左传》称终南山为“九州之险”，《史记》说秦岭是“天下之阻”。宋人所撰《长安县志》载，“终南横亘关中南面，西起秦陇，东至蓝田，相距八百里，昔人言山之大者，太行而外，莫如终南。”[①] 至于它的丽肌秀姿，更是千峰碧屏，深谷幽雅，令人陶醉。唐代诗人李白写道：“出门见南山，引领意无限。秀色难为名，苍翠日在眼。有时白云起，天际自舒卷。心中与之然，托兴每不浅。”终南山为道教发祥地之一，据传楚康王时，天文星象学家尹喜为函谷关关令，于终南山中结草为楼，每日登草楼观星望气。一日忽见紫气东来，吉星西行，他预感必有圣人经过此关，于是守候关中。不久一位老者身披五彩云衣，骑青牛而至，原来是老子西游入秦。尹喜忙把老子请到楼观，执弟子礼，请其讲经著书。老子在楼南的高岗上为尹喜讲授《道德经》五千言，然后飘然而去。传说今天楼观台的说经台就是当年老子讲经之处。道教产生后，尊老子为道祖，尹喜为文始真人，奉《道德经》为经典，于是楼观就成了“天下道林张本之地”。

3. 莲湖公园

第90页：汪希眠老婆说：“之蝶，这事可不能给她说吧，明日莲湖公园东兴桥头第三根栏杆下见，不见不散。”

莲湖公园位于西安市城内莲湖路18号，建在唐代长安城的“承天门”遗址上。明代朱元璋的次子朱樉依此地低洼地势引水成

---

① 陕西地方志编纂委员会编：《陕西省志·旅游志》，西安：陕西人民出版社1996年版，第132页。

池，广种莲花，故名“莲花池”。1916 年被辟为公园，称为“莲湖公园”，是西安历史最悠久的公园。经过数年的建设，公园环境优美，游乐景点增多，设施不断完善。公园北门为传统建筑，古朴典雅。

4. 华山

第 95 页：前个月我（孟云房）去华山脚下的华阴县去讲《圣经》。

华阴县（今华阴市），距古都西安 120 公里，有“三秦要道，八省通衢”之称，位于新欧亚大陆桥沿线的重要位置。地形南高北低，山奇水秀，古有“山川形胜，甲于关中”之说。华阴设县有 2300 多年历史，春秋设邑，战国置县。

华山，被称为西岳，与东岳泰山并称，最早见于《尔雅·释山》一书。西岳这一称呼是因华山在东周京城之西，故称“西岳”。以后秦王朝建都咸阳，西汉王朝建都长安，都在华山之西，所以华山不再称为“西岳”。直到汉光武帝刘秀在洛阳建立了东汉政权，华山才重新恢复了“西岳”之称，并一直沿用至今。由于华山太过险峻，所以唐代以前很少有人登临。历代君王祭西岳，都是在山下西岳庙中举行大典。据《尚书》记载，华山是“轩辕黄帝会群仙之所”。《史记》载，黄帝、虞舜都曾到华山巡狩。秦昭王时曾命工匠施钩搭梯攀上华山。魏晋南北朝时，还没有通向华山峰顶的道路。直到唐朝，随着道教兴盛，道徒开始居山建观并在北坡沿溪谷而上开凿了一条险道，形成了“自古华山一条路”。华山还以其巍峨挺拔屹立于渭河平原，东、南、西三峰拔地而起，如刀一次削就。唐朝诗人张乔就在诗中写道：“谁将依天剑，削出倚天峰。”就是针对华山的挺拔如削而言的。

5. 兴庆宫公园

第 377 页：中秋节冷冷清清地度过，牛月清和柳月也觉得没劲儿，百般怂恿了一块去兴庆宫公园看了一次菊展。

兴庆宫公园，位于西安古城外东南角，因在唐代兴庆宫遗址上修建而得名，是我国最古老的历史文化遗址公园。据史料记载，唐代兴庆宫有隆庆池，传说李隆基少年时曾在池旁的“花萼相辉楼”居住，池内出现过黄龙，是出皇帝的征兆，后来李隆基当了皇帝，就将其改为龙池。开元初（713），李隆基将之改建，供其和杨玉环在此游乐饮宴。1957 年，西安市政府就在“兴庆宫”遗址上兴建一座公园，园中兴庆湖即在“龙池”原址之上建成。湖中碧波荡漾、岸边树木葱郁、草坪如茵、百花似锦、景色宜人。园内有唐勤政务本楼遗址，仿建有唐玄宗与杨贵妃游乐的“沉香亭”以及花萼相辉楼、长庆轩、缚龙堂、南熏殿、竹翠亭等众多景点以及阿倍仲麻吕纪念碑等多处名胜。

三　寺庵

1. 孕璜寺

孕璜寺在书中多次出现。

第 1 页：抱了去城中孕璜寺的老花工请教，花工也是不识。恰有智祥大师经过，又请教大师，大师还是摇头。

第 5 页：这日，老头拉着没有轮胎的铁壳轮架子车，游转了半天未收到破烂，立于孕璜寺墙外的土场上贪看了几个气功大师教人导引吐纳之术，又见一簇一簇人集在矮墙下算命。

第 7 页：孟云房，新居的平房正好与孕璜寺一墙之隔，隔墙不高，新婚后的孟云房平时没事，就常脑袋趴在墙头，听那边清器作乐，看那僧人走动。

第 230 页：据智祥大师说，西京皇城图书馆是有过一部的，当年康有为来西京，到处要看稀世文物，临走偷了几件东西，皇城图书馆和孕璜寺只发现被他偷了一枚砚台和一册经本，就上书陕西督军。

孕璜寺其实是个虚构的名字，在贾平凹的中篇小说《佛关》中曾出现。但据考证，《废都》中孟云房的人物原型董子竹当时家居大兴善寺附近，而康圣人盗经案则发生在卧龙寺，因此，孕璜寺在该书中是杂糅了大兴善寺和卧龙寺的故事，将之合为一体。

大兴善寺位于西安城南小寨附近，始建于晋泰始至太康（265—289）年间。隋开皇二年（582），文帝将其扩建为国寺，命名为大兴善寺。在唐代，是长安城内最具盛名的佛寺之一。据史料记载，当时大兴善寺的佛教制度与太庙相同，僧侣多达 300 余人。开元、天宝间，被誉为“开元三大士”的印度及西域高僧善无畏、金刚智和不空，相继在此传授佛教密宗。大兴善寺成为长安城内佛经三大译场之一，被誉为中国佛教密宗的祖庭。唐武宗灭佛时，大兴善寺被毁。明代永乐年间（1403—1424），重新修造殿堂和钟楼，稍复旧制。清代，该寺修建次数较多，基本形成现今规模。1943 年，太虚法师等创立的中国宗教教徒联谊会及两年后创立的世界佛学苑巴利文学院均设在寺内。后因驻军和“文革”，面目全非。1984 年，重新恢复寺庙，对外开放。1990 年，大兴善寺占地 120 亩，主要建筑有山门、钟楼、鼓楼、大雄宝殿等，均为中国古典式建筑，规模为西安佛教寺院之冠。现今的陕西省佛教协会以及西安市佛教协会都设在大兴善寺中。

卧龙寺，位于西安市碑林区柏树林街，根据寺内的碑刻记载，创建于汉代灵帝时期，距今已有 1800 多年。唐朝时，因著名画家吴道子为该寺绘有观音菩萨像，又称“观音寺”。宋代时期有高僧维果入寺住持，因为他终日喜欢静卧在寺中，人称其为“卧龙和尚”，宋太宗赵匡胤遂因此更改寺名为“卧龙寺”，后历经数代修葺，为陕西著名古刹。1900 年，因八国联军入侵北京，慈禧太后与光绪皇帝逃往西安避难，为卧龙寺带来了新的繁荣。慈禧太后施银千两重修卧龙寺殿宇，还手书“慈云悲曰”额；光绪皇帝赐“三乘迭耀”额，并为山门题写“敕建十方卧龙禅林”。而且西藏和蒙古的喇嘛、王公贵族们也千里迢迢送来各类真品、佛像，其中佛像被诏令供养于卧龙寺，所以现在的卧龙寺内所藏的小型佛像很多。卧龙寺自古以禅宗道场为主，兼及传播其他宗派的教义、经典，被称作为“各宗并弘道场”。据文献记载卧龙寺有八大镇寺之宝，亦称八景，即藤子佛、恶眼神钟、佛梵书唵字碑、飞来像、佛足灵迹图、吴道子观音像、明时开花碑和钱石。在“文革”中遭到毁灭性破坏，殿宇文物全被破坏，托纱造像被砸毁，经幢被砸断，南宋碛砂“大藏经”幸因民国年间移存省图书馆，未遭横祸。

“康圣人盗经案”，据史料记载发生在卧龙寺。《西安旧事》[①] 专门通过当事人的回忆录重提这件往事，“康圣人盗经” 当年曾在西安乃至全国引起轩然大波，该书提供了两种说法，一种是“只借看，未盗取”。依据的是当年任省议会议长的马凌甫的回忆，说康有为来西安游卧龙寺时，寺僧定慧请他用斋，康见寺中藏有宋版大藏经，十分喜爱，提出以正、续两部大藏经相换，没有被应允，后又提出为更好保存经书，运往上海影印，并与寺院签订了合同，却被误会为“盗经”。另一种是“借题发挥说”，依据的是经历此事的郑智毅的回忆，说当时寺内也同意换经，双方还签订了合同，但后来因卫兵拉书时将一部分不在合同内的经书也搬走了，被媒体披露后引发轩然大波，康有为就将合同撤销，并送回了全部经书。

2. 法门寺

第 6 页：果然第二日收听广播，距西京二百里的法门寺，发现了释迦牟尼的舍利子。佛骨在西京出现，天下为之震惊。

法门寺是历史悠久的佛教名刹，位于扶风县北 10 公里的法门镇。寺院因藏有佛指舍利而在唐代盛行一时。“1987 年，因修建新塔在清理残塔基时，发现距地表约一米多的唐代塔下地宫。唐代皇室多次迎送的佛指舍利和供奉的多种珍宝都原封不动地置于地宫。”[②] 地宫内出土的 4 枚保存完好的佛指舍利，是迄今世界上唯一仅存的佛指舍利。

3. 清虚庵

第 11 页：（周敏）发现了居家不远处有个清虚庵，庵里正翻修几间厢房。

第 81 页：清晨起得很早，庄之蝶骑车就去了芦荡巷副字八号周敏家。

第 145 页：白日就这么捱了过去，到了晚上，周敏还是迟迟不能回来，相隔不远的清虚庵的钟声，把夜一阵阵敲凉。

---

① 宗鸣安：《西安旧事》，西安：西安出版社 2009 年版，第 77 页。

② 陕西省地方志编纂委员会编：《陕西省志 · 文物志》，西安：三秦出版社 1995 年版，第 54 页。

第 208 页：清虚庵始建于唐朝，相传那时殿堂广大，尼僧众多，香火旺盛倒胜过孕璜寺的。到了明成化年间，关中地震，倒塌了一半屋舍，自此一蹶不振，再有修缮也只在剩余的一半地盘上。

据考证，小说中的清虚庵应为西五台云居寺，位于西安城内西北隅莲湖路南侧，原为唐长安宫城南墙的一段基址。相传唐太宗李世民之母笃信佛教，每年数次前往终南山南五台朝山拜佛，旅途劳顿，李世民为母尽孝，便仿照南五台在宫城广运门以西、太极宫城南墙上沿起伏地势，筑建了五座佛殿，供其母瞻仰朝拜。因共有五个高台，又与终南山南五台遥相呼应，故称西五台。据雍正《陕西通志・祠祀》引总督鄂海碑记云："西五台在城西北隅。是台基于唐，创于宋，屡葺于明。有祷必应，六月大会，岁以为常。"台自东而西，第一台名降龙观音殿，台前有韦驮殿；第二台名五大菩萨殿，台前有大雄宝殿；第三台名地藏菩萨殿，台前有观音大士殿；第四台名弥勒佛殿，殿前有老母殿；第五台名十二臂观音殿，台前有卧佛殿，系明代秦王朱樉所建。卧佛殿内的涅槃佛及侍立的十八罗汉塑像，神态各异，栩栩如生，堪称明代雕塑珍品。民国以来，战乱频繁，第四台殿宇，全部毁于战火，其余各台，殿宇尚存，有尼僧主持。1949 年后，寺被工厂占用。新时期以后，工厂先后迁出，每年农历六月十五日至十九日古会及平时佛事活动逐渐恢复。①

四　街巷

1. 北大街

第 20 页：周敏心急，搭了出租车径直去北大街文联大院。

第 250 页：刘嫂说，今日去北大街送了奶，回来路就堵了，怎么也走不过来的。

第 428 页：（唐宛儿）昨日我去北大街商场，那里有一件皮大衣，样子好帅的，冬天里你得给我买的。

---

① 西安市莲湖区地方志编纂文员会：《莲湖区志》，西安：三秦出版社 2001 年版，第 690 页。

北大街位于钟楼北，北至北门（安远门），是以钟楼为中心辐射出的四条大街之一，以方位定名。1966 年曾改名“延安路”，1972 年恢复原名。隋唐时代，此街是皇城内安上门（今南门）与长乐门（今北大街中段光辉巷西口）之间的一条大道。

2. 西大街

第 34 页：阮知非却取了一双给庄之蝶，说：“这一双是前日西大街商场朱经理送我的，它没编号，没故事的，我转送弟妹吧，你一定要收下。”

西大街位于钟楼西，由钟楼至西门（安定门）。唐最高行政机关尚书省即设在此街，在唐末韩建缩建的长安城内称为子城。明神宗万历十年（1582），巡抚龚懋贤命咸宁、长安两县重修四门城楼，以钟楼为中心辐射出四条大街，此街西段曾称西门大街，后统称西大街。1966 年曾改名“反帝路”，1972 年恢复原名。

3. 南大街

第 222 页：女人心细，先去南大街百货大楼上选了半日，选不中，又往城隍庙商场来。

第 249 页：四人就走下石台，向南大街走去。

南大街，明清时称南门大街，从钟楼至南城门永宁门之间的南北纵街。原为隋唐长安皇城的安上门街，明初改建西安城，改安上门为永宁门，此街称为南门大街。1966 年曾改名“反修路”，1972 年恢复原名。

4. 东大街

第 106 页：（牛月清和柳月）这么一路步行走过东大街，到了钟楼邮局门口。

东大街的历史可以追溯到隋唐时期，是以钟楼为中心辐射的东西南北四条大街中最长、最为繁华的一条。隋文帝建造大兴城时，这条街位于皇城东墙南门景风门内外两侧，因此被命名为景风门街，距今已 1400 多年。后明太祖朱元璋将奉元路改名为西安府，西安之名始见于史。之后，朱樉被封为秦王，镇守西安。开始在西安营建秦王府并扩建西安城，包括拆除景风门将其东移修建东门，统称为东门大街。民国时期，西安革命党人最先响应武昌首义，西安城被战火焚毁。革命将领张凤翙就任陕西省大都督后，用拆毁的残余房屋木料和南墙的砖瓦，对东大街进行了大规模的整修。仿照日本街市木结构房屋的样式，在街道两边修建木结构的两层楼房，南北距离和高低尺寸都基本保持一致，十字路口的屋角，都采用传统的中式飞檐。而且户与户之间都设有火檐墙（为了防止一家失火，殃及邻居的一种高出屋檐的砖墙，即防火墙）。沿着火檐墙，在各商户之间屋檐下顺势搭出走廊，将之连成一体，方便顾客行走又起到了遮风挡雨的作用。尤其是火檐墙壁上端修砌出各种精致华美的装饰砖雕，形态各异，栩栩如生，成为街头盛景。令人叹息的是，随着城市的不断翻新和旧城改造，这些火檐墙早已荡然无存，仅留下美好的记忆。

5. 广济街

第 34 页：庄之蝶带了皮鞋，匆匆离开了阮知非家，摩托已经骑过广济街十字口了，方记得身上有一张稿费通知单，掉头又返回钟楼邮局领取。

广济街，在唐代太极宫南墙的承天门与皇城南墙的朱雀门之间，传说因“广济义仓”在此放赈而得名。在《清代西安府志图》上有北广济街和南广济街的名字，因西大街从街中穿过，在西大街北侧的一部分街道叫北广济街，南侧的称南广济街。在南广济街东侧的“巡抚部院”即“南院”，是今日西安市委所在地。

6. 双仁府街

双仁府是书中常见的地名，庄之蝶的岳母就居住在此街。

第 35 页：（庄之蝶）自个却骑了“木兰”径直往双仁府街的岳母家来。

第 57 页：六月十九日黄昏，庄之蝶买了烧纸过双仁府来。

位于西安城西南，南起火药局巷东口，北止柴家什字南口，是一条南北走向的小街道。此街形成于明代。相传，街道南端有一户人家，将邻居果树上落入自家院中的果子如数送还主家，而主人却又分送四邻同食，赢得同街居民称颂，后此街被称为双仁府。1966 年曾改称“育红街”，1981 年恢复原名。[①] 双仁府是居民区，多是旧式老房，在南段有一条东西走向的半截巷名为“双仁府大巷”。

双仁府水局

第 36 页：因为这地方正是西京城四大甜水井中最大一口井的所在，儿子便开设了双仁府水局，每日车拉驴驮，专供甜水了。

第 140 页：（牛）才回忆起在它另一世的做牛的生涯里，是这双仁府甜水局一十三个运水牛驮中的一个。

将唐长安城墙和如今西安城墙对照看，这口甜水井应当在唐皇城南墙西边“含光门”内的位置。在清代，甜水井旁有座小庙叫作“无量庙”，供奉的是“无量佛”，在庙门口开有“甜水”茶铺。1959 年，修建公路时将原甜水井彻底填平。1983 年，政府号召种花植树，就在这一小块地方上，建了一个有着铁栅栏的小花坛。

7. 唐坊街

第 39 页：牛月清说：“京五刚才给我说冤枉，他看中唐坊街一个女子，又不好意思向人家说破，见天去街口等候那女子上班、下班。”

此处，应为糖坊街的笔误。糖坊街，东口在北大街北头，西口在立新街。据《西安老街巷》记载，《清代西安府志》上就有此街名，相传在清代这条街上有数家熬麦芽糖的糖房，延续了若干年，因此称之为“糖房街”（后人也写作糖坊街）。据 1936 年出版的《咸宁长安两县续志》中记载，“太子庙在城内糖坊街”，可见清代糖坊街曾有寺庙，1949 年前此街也有天主教堂开设的收容弃儿的“育婴房”。1966 年改名“八一街”，1972 年恢复原名。

8. 四府街

第 43 页：庄之蝶等烟散开，看看门牌，是四府街三十七号。门楼确是十分讲究，上边有滚道瓦槽，琉璃兽脊，两边高起的楼壁头砖刻了山水人物，只是门框上的一块挡板掉了；双扇大门黑漆剥落，泡

---

① 西安市莲湖区地方志编纂文员会：《莲湖区志》，西安：三秦出版社 2001 年版，第 179 页。

钉少了六个，而门墩特大，青石凿成，各浮雕一对麒麟；旁边的砖墙上嵌着铁环，下边卧一长条紫色长石。

据2012年6月17日《西安晚报》的“西安地理”板块介绍，四府街位于西安城内西南部，据说明代时秦王的第四子曾居于此，街道由此得名。此街南接小南门，北接琉璃街，长657米，和许多东西向的小街巷相通，报恩寺街、太阳庙门、冰窖巷、五星街（原土地庙十字）、梁家牌楼、盐店街，这些老西安们非常熟识的街道，都被四府街一一贯穿起来。其中，五味什字和五星街把四府街分成南北两段，于是在民国到1949年后的很长一段时间内，又有南、北四府街之分。过去，四府街从南到北，还有龙巷、先贤巷、杜甫胡同这几条命名很有文化味的小巷。据《西安府志》中记载，府城的西南城区有几座郡王府。从清光绪《西安府图》中可以看出，当时南四府街中段有“古营游击署”。那时的湖广会馆则横跨五味什字南北，位于四府街街西。北四府街湖广会馆北，还有“节孝祠”和“八旗奉直”。1966年，四府街还曾被改名为“红缨街”，1981年恢复了四府街的名称。北四府街南口路西，清代至民国年间有一座大当铺，其临街的雕花砖砌门房高大、坚固，直到20世纪80年代仍然存在。然而，从20世纪80年代开始，四府街上的几个大单位开始建造楼房，街道上的一些民房也开始改造，到了90年代，四府街才彻底变了样，古老的痕迹荡然无存。

9. 大麦市街

第69页：周敏说：“没问题，大麦市街老贾家的灌汤包子，吃多少我买多少。”

第72页：四个人于是到大麦市街吃了灌汤包子，又到茶馆喝了几壶茶，天黑下来方才散了回家。

大麦市街，位于西安市西大街西段路北，在北桥梓口北面营里寺门口。民国时北至庙后街、南至西大街统称为大麦市街。清末时，因北桥梓口有大的粮庄，粮食的交易也多集中于此，大麦市街因此而得名。大麦市街的美食闻名已久，清末慈禧太后西逃时经过大麦市街，曾在一家名为“天锡楼”的泡馍馆品尝过羊肉泡馍。1966年曾改称

“前卫路”，1972年恢复旧称。据西安地方志记载，大麦市街的老贾家灌汤包子，为西安清真风味新秀。选用精白面粉做皮，秦川黄牛肉为馅，配以牛骨髓原汤汁，具有皮薄如纸，馅嫩不腻，调料香浓的特点。

10. 朱雀门街

第74页：朱雀门街的小顺子

朱雀门，位于永宁门西侧。朱雀门街，位于朱雀门外，南起青松路，北至环城南路，此街原址为唐代长安城内的中央大街，由朱雀门直通明德门，即朱雀大街，又称天门街。

11. 炭市街

第81页：（庄之蝶）主意拿定，连夜就给赵京五拨了电话，让他明日一早来帮他去炭市街副食市场买了这一揽子菜蔬。

第397页：上礼拜天我（柳月）在炭市街市场买鱼，回来就看见慧明了，她和黄秘书坐的一辆小车停在路边。

炭市街，位于东大街中段北侧，北至西一路。清朝中叶，西安生活供热由南山薪木转变为北山煤炭，当时此街只是一个堆放煤炭的无名小巷，后因出售煤炭、盐碱、副食店铺居多，得名炭市街。1949年后炭市消失，1954年由上兰乡公所定名为炭市街，沿用至今。现为西安市乃至西北最大的副食品市场。1989年街道两端建仿古牌楼，沿街用玻璃钢瓦盖顶，气派非凡，热闹异常。

12. 芦荡巷

第81页：清晨起得很早，庄之蝶骑车就去了芦荡巷副字八号周敏家。

芦荡巷，古称卢进士巷，北接南院门，南到五岳庙街，是一条只有342米长、5米宽的小街道。据《明清西安词典》介绍，卢进士巷在原唐长安皇城太常寺处，唐末改为新城后逐渐成为居民坊。相传，清嘉庆年间因巷内居住卢姓进士而得名卢进士巷。辛亥革命时期的女革命者卢慧卿曾在此巷居住，去世后被葬在卢进士巷中段路东其宅地“慧园”内，于右任曾题挽诗：“落风朝阳一再惊，东南日暮复西征。入关知归多零落，礼罢国殇吊慧卿。”卢进士巷内居住的富商、名人很多，这很大程度上与它临近南院门有关。据陈太年回忆："与繁华的南院门比，卢进士巷很幽静、适合居住，巷子里的房子大部分都是一砖到顶的青砖房，很讲究。"① 城市改造前，芦荡巷共有 40 个院子，其中泾阳人姚文清的老院，兼具中国园林风格和西方建筑风格，还保存着南院、北院、后院三个小院，成为芦荡巷里一处标志性建筑。1991 年起，芦荡巷南段最先开始了低洼改造，1993 年，巷子北段也开始改造。现在，这条巷子已是小区密集，德福巷小区西区、芦荡巷小区以及市委家属院的一部分都在这条小巷上，那些历史悠久的老宅院早已见不到踪迹，只有现代化的林立楼房。

13. 竹笆市街

第 148 页：牛月清："今日清早去上班，在竹笆市街糖果店里看有没有好糖果儿，那个售货员看了我半天。"

竹笆市街也是西安一条有着悠久历史的街道，位于西大街鼓楼南端，南起南院门，北至西大街。唐朝时期曾是长安皇城内的"吏部选院"所在地。唐朝末年，韩建将长安城改造为新城后，这一地区就逐渐演变为居民坊巷。明代时，这段地带商市云集，有瓷器市、竹笆市、鞭子市、书店以及金店等，因其以买卖竹器规模最大，故得名竹笆市街。此街还有清代的巡抚部院，俗称南院门。而且东北临鼓楼、钟楼，可以说是正处在西安市内最为繁华热闹的地段。直到 20 世纪 90 年代，竹笆市的竹木器家具市场仍然很兴盛活跃。除了竹器店，这里还有多家西安著名的老字号。

14. 城东门口王家巷

第 166 页：洪江暗中将这笔款交给一个远门的亲戚在城东门口王家巷里开办了一家废品收购店，专做鬼市上的买卖。

第 167 页：城东门口的城墙根里，是西京有名的鬼市，晚上日黑之后和早晨天亮之前，全市的破烂交易就在这里进行。

早在明清时代，西安小东门城墙根底下就形成了远近闻名的古玩、旧货交易市场，距今已有数百年的历史，俗称"鬼市"。老西安

---

① 赵珍：《芦荡巷》，载《西安晚报》2012 年 5 月 27 日。

人一提到西安的“鬼市”大多还记忆犹新。“鬼市”，顾名思义不是正大光明的市场，只有偷偷摸摸地做事，神不知鬼不觉地做生意，由于多是见不得人的生意，开市的时间据说是凌晨和夜晚。“鬼市”发展得很快，从不起眼的一条小巷渐渐向北和西发展，渐渐有了门面铺子，渐渐有了柜台，渐渐地人们明目张胆起来。大一点的铺子有几十平方米，雇着伙计服务员来吆喝叫卖。“鬼市”的开市时间是有限的，要在有限的时间内争取最大的利益，不管东西从何而来，只要便宜就收购，人们发现了其中的奥秘，到此去买东西的人渐渐多了起来，“鬼市”慢慢成了一个繁荣的小市场。“鬼市”的存在还是西安20世纪80、90年代的事情，随着西安市的大规模拆迁，旧貌换新颜，“鬼市”也在无声无息中销声匿迹，成为西安人心目中一段永远抹不去的记忆。

15. 回民坊

第209—210页：庄之蝶与唐宛儿一夜狂欢，起来已是八点，两人全都面目浮肿，相互按摩了一气，匆匆去吃了回民坊里的肉丸胡辣汤。

回民坊的历史可以追溯到唐朝时期，当时的长安不仅是国都，还是世界性大都会。大批阿拉伯人以及波斯的穆斯林沿着丝绸之路来到长安从事贸易，开设有“胡店”、“波斯肆”、“波斯邪”等，贩卖着珠宝、香料和药材等物品，史书上将这些人称为“胡客”。此外，还有大量的外国使节和留学生居住在长安做官或留学，以及一些协助唐王朝平定“安史之乱”的西域穆斯林官兵，因在收复东西二京（洛阳和长安）战役中有功，被允留居京城，这些人不断地和当地居民通婚融合，现在回民坊里的住户多是这些先民的后裔。由于穆斯林特殊的宗教信仰，逐渐形成以清真寺为生活中心的聚居模式，即教坊制度，形成回族人聚居的“小集中”局面。回民大多聚集在西安城西北隅，包括北院门、北广济街、西羊市、大学习巷、化觉巷、大皮院、桥梓口等数条街道，当地人习惯称那里为回民坊，具有浓郁的穆斯林文化氛围。中国现存历史最为悠久的化觉巷清真大寺、道教城隍庙、佛教西五台、喇嘛教广仁寺等众多文化遗迹也都在此区域。现今的北院门仿古一条街是西安的标志性地点，它临近钟楼、鼓楼，街道两边是以仿明清建筑修成的二层商铺，也是西安最为著名的“美食街”，有着最具西安特色的美食：羊肉泡馍、灌汤包、肉夹馍、胡辣汤、镜糕、金线油塔、酿皮子、酸梅汤、岐山面、饺子宴、烤肉、腊牛肉等，以及各种传统器物，具有浓郁的清真特色和西北风情。

16. 城隍庙街

第222—223页：城隍庙是宋时的建筑，庙门还在，进去却改造成一条愈走愈凹下去的小街道。

城隍庙街位于西大街广济街十字路口以西。城隍是中国古代神话中的守城神，后被道教尊奉为“剪除恶凶、护国保邦”和管理亡魂之神。宋代以后城隍庙遍布全国，一般以有功于地方的已故名将、重臣为当地的城隍。西安城隍庙始建于明洪武二十年（1387），明宣德八年（1433）移居现址。清顺治时多次加以扩建，雍正九年（1731）大殿毁于火灾后，川陕总督年羹尧用拆除明秦王府的木材加以扩修重建。此后，乾隆、嘉庆、道光、光绪年间都加以修葺，故当时西安城隍庙以“规模整肃，栋宇崇宏，基地之广”闻名于天下。庙前临街原有一座面阔五间、高三丈的木牌坊，前踞铁狮子一对儿，牌坊内的青石道路两旁店铺相连，是明清以来地方手工业和小商品的传统交易市场。据文献记载，原址的主要建筑有大门、玉皇阁、乐舞楼、牌楼以及大殿、道舍、厢房等，后来多被毁掉，现在仅存有清雍正年间修建的大殿一座，琉璃瓦覆顶，门牌楼木质的枋梁斗拱构造美观繁华，做工极为精巧华丽。因为斗拱是中国古代建筑所特有的构件，到了明、清时期逐渐演变为装饰，是区别建筑等级的标志，越高贵的建筑斗拱越复杂、繁华，西安古城隍庙门牌楼斗拱的华丽，也足以说明其在当时的显赫地位。门牌楼的门顶正面大匾上书有四个贴金大字“都城隍庙”，背面大匾同样上书四个贴金大字“你来了麽”，据说均选自颜真卿的真迹楷书。牌楼后是一条南北走向的长通道，是商贾百工云集之地，主要经营一些小商品，包括日用百货、婚丧嫁娶类等小商品。

17. 尚俭路普济巷

第236页：说得孟云房连声念叨庄之蝶心好，就到了尚俭路寻了那条叫着普济巷去。

尚俭路位于解放路东侧，南起东大街，北至环城北路，1927年开拓。因抗日战争时期逃到西安的河南籍难民很多，大多聚居在城内东北隅已划定的大路旁，街两侧形成许多窄巷道，其间密集着高低参差不齐的简陋住房，居住条件很差，居民几乎全是河南籍。普济巷，应为普及巷，南起东新街，北至东二路。1949年以前，巷内两侧已有私买地皮修建了矮平房，新中国成立之初，陆续有人买地修建简陋的平房，这些地段通常是在一个门牌的大门内走道两侧住着一二十户人家，由于人口密集，房屋短缺，许多住户都在人行道上搭着小厨房。

18. 麦苋街

见280页：庄之蝶没了办法，一个夜里和赵京五去了麦苋街二十九号，幸好龚小乙在家。

麦苋街位于西安市莲湖区“回坊”，北院门往北，西安市政府和莲湖公园中间，为南北向街道。古代皇城里的帝王将相、文武大臣家里做饭，也和乡下人一样烧麦苋，麦苋烧出的饭特别香甜。麦苋街就在皇城根，是皇家的柴火街，街上堆满了大垛大垛的麦苋，从早到晚挤满了卖麦苋的乡下人和穿得花花绿绿的官家仆人。夕阳西下的时候，皇城里便炊烟袅袅，菜香飘飘。到了清代，这条街的南端称为麦营什字，民国初年，向北延长至二府街什字，统称麦苋街，街上店铺多出售煤炭、麦草。“文革”期间，一度改为“立新街”南段，直到1972年才恢复原名。

19. 菊花园街

第295页：一句话倒使得庄之蝶想起了汪希眠的老婆，便把那吃剩的几条鱼装了袋子，出得宾馆，便径直到菊花园街汪希眠家去了。

在唐朝时期，菊花园街位于长安郭城东城区的崇仁坊西部。明代扩建新城后，随着东城墙延伸，菊花园被圈进城内，逐渐成为府城内的居民坊巷。关于菊花园的来历，说法不一，有地名专家认为是源于清代时一位贺姓官员在此地修建宅院，院中种植大量菊花，故而取名菊花园，因为在当地比较出名，所以传来叫去便成了街名；有地方志研究者认为此街得名于清末时期，在这条巷子的北口路西，有一座叫娘娘寺的庙里面种植了很多菊花，每逢九月九日重阳节时，就会摆放多姿多彩的菊花供人们观赏，因而被称作“菊林寺”，这条街道也就得名菊花园街。这里还坐落着陕西辛亥革命元老、大都督张凤翙的老宅院，据张氏后人介绍，公馆为东西两进四合院式建筑，整座院子都是砖木结构，硬山灰瓦，木制雕花格子门窗。据当地老住户回忆，这一地段附近的大片区域，曾经都是张公馆，但是随着城市改造，早已经被陆续拆除，仅仅从残存的墙壁上，还能看出青石雕花和昔日的繁华景象。①

20. 正学制旗一条街

第 346 页：庄之蝶从未起过这么早，也不知要往哪里去，穿过一条小街，小街原是专门制造锦旗的，平日街上也不过车，一道一道铁丝拉着，挂满着各色锦旗，是城里特有的一处胜景。

据考证，此处描述的小街应为正学街。此街南北长约 175.5 米，均宽 8 米。北接西大街，南临马坊门街西口。民国时期，此街多为手工工艺家庭作坊，当时刻字、制作徽章、印刷名片、拓印字帖、旗帜印字，在西安已是相当兴盛。1956 年，部分公私合营，部分组成合作社。改革开放后，变化很大，正学街的手工艺尤以制旗工艺迅速发展，个体经营者不断登记开业。传统的手工刻、印、制也更新为机器制作。经营品种也由单一的制旗扩大为制作各种招牌广告、牌匾、标语与商标，是碑林区乃至西安市经营最集中、销售最兴旺的制旗一条街。②

21. 东羊市街

第 387 页，赵京五说：“去年她把一批烟壳子卖给东羊市街一家姓马的，姓马的开的重庆火锅饭店，汤里就放着烟壳，顾客盈门，都

---

① 薛雯：《菊花园》，载《西安晚报》2012 年 3 月 11 日。

② 西安市碑林区地方志编纂委员会：《碑林区志》，西安：三秦出版社 2003 年版，第 126 页。

说马家火锅香。”

东羊市街是一条东西向、长约百米的小街，沿街向西走到头就是东县门。隋唐时期，现在的东羊市街位置在长安城外郭东城区崇仁坊里，唐朝末年长安城以皇城为基础改筑为新城，此处被隔在了城外。到了明朝，城墙东扩，东羊市这一带又被圈进了城内。据元朝李好文的《长安志图》记载，当时长安城里已经有了一个羊市，那便是现在的西羊市。后来，城区的东面又出现了一个羊市，为了区分，便有了东、西羊市的称法。由此可见，东羊市的出现要比西羊市晚。据西安地名专家葛慧分析，明朝时西安与中国东部地区的联系更加紧密了，因此开始向东扩建府城，后将咸宁县府衙划入城内，现在的东羊市就位于县衙的东南侧，当时这一带是用来驻军的。到了清朝，东羊市地区被改建为市场，与当时的大菜市、马厂驿站接壤，因此吸引了城东及郊县的百姓来此买卖羊只。据记载，同治六年，西安府大旱，地方当局就在东羊市设立了恤嫠局用来办理赈务，这时的东羊市与粮食的关系就更为紧密了。历经沧桑的东羊市如今已经看不到古老建筑的踪影，现在的东羊市是一条安静的街道，呈现出一种缓慢的生活节奏。①

22. 北新街

第 474 页：四人当下就走到街上，乘了一辆出租车直往北新街而来。

北新街南口端对新城北门，北口在北城墙根。这条街的位置，在唐“太极宫”以东的“东宫”内中间偏南处，在明代是在秦王府北面“广智门”外，在清代是八旗校场附近，随着满城的毁灭而消失。1928 年，原满城区被开辟为新市区，首先开辟了东、南、西、北四条新街，沟通了新市区与城内主要大街的交通。

五　风物

1. 当子

第 317 页：那里是一个偌大的民间交易场所，主要的营生是家养

① 郭峰：《东羊市：羊儿远去留下宁静的小街》，载《西安晚报》2012 年 5 月 13 日。

动物珍禽，花鸟虫鱼，包括器皿盛具、饲养辅品之类。赶场的男女老幼及闲人游皮趋之若鹜，挎包携篮，户限为穿，使几百米长的场地上人声鼎沸，熙熙攘攘，好一个热闹繁华。庄之蝶大叫："这就是当子呀?!"

西安人把花鸟虫鱼之类的宠物交易市场叫作"当子"，这一独特的称呼，与清代居住在西安城内的旗人有关，也与西安西仓（清永丰仓）有些历史渊源。清代满族八旗子弟，是优越的贵族阶层，他们不从事农工劳作，也不屑于商业之类的经营活动，只须按月领取朝廷发放的俸银，便可过上优裕的生活。住在西安城内的旗人领取俸银的地方，就是现今位于莲湖区城隍庙后街的西仓，这里是清政府存放粮食草料的仓库重地。到了清末，政治腐败，国势日衰，处于风雨飘摇中的大清帝国，再也无力顾及它的子民了，那些昔日吃惯了皇粮的贵族，又不会别的营生，大都生活困顿，过着寅吃卯粮的日子。由于不平等条约的签订，大量的赔款，尚需搜刮民财来支付，八旗子弟的俸银也只得断档，只剩下些许俸粮勉强度日，尤其是大批低等级旗人，每当到了领俸粮那天，他们便把刚领出来的粮食，就地在西仓门前换成银子，用来偿还上个月吃用欠下的债务，这个月又借，下个月再还，就这样月月循环着，渐渐地，就在西仓门前一带，形成了一个以兑换粮食为主的集市。旗人地位优于汉人，他们崇尚祖先的金戈铁马，建功立业，或读书应试求取功名，而视买卖为贱业，就连卖粮食度日也羞于叫"卖"，而美其名曰"当"。当时的西安人，就把这种交易活动，叫作"旗人打当子"。旗人是养鸽、玩鸟、斗蛐蛐的行家里手，于是，这里便逐渐演变成了以交易花鸟虫鱼为主的集市了，西安人就称其为"当子"。其实早先的"当子"，是专指西仓南大门外到庙后街这一段地区。当时上"当子"的时间，是每逢阴历三、六、九日，不约而同上市交易，此规由清代一直延续到 20 世纪 50 年代末期，可谓历史悠久了。现在的"当子"还在西仓，但规模较之前大得多，其内容除了花草虫鱼等宠物，以及喂养宠物的谷豆饲料、笼具食具外，一些收藏品，如奇石、瓷器、书画、邮票、钱币等，也参与到交易中来，地域也由西仓周围扩展到附近的劳武巷、教场门一带。

而原来最古老的西仓南大门外那一段地带却冷清了。“当子”这一极具有西安特色的叫法，其含义早已不限于西仓一地了，由于宠物市场的红火，西安人把新形成的这类交易市场，都称为“当子”。

2. 吃食

葫芦头：

第39页：庄之蝶说：“葫芦头是西京小吃第一碗，虽说是猪大肠泡馍，调料不同味道就不同了。你以前吃过东门口‘福来顺’的，那当然差了，正宗的在南院门的‘春生发’，传说祖上是得了孙思邈的真药方子，吃起来不一般。”

据西安地方志记载，“葫芦头是古城西安特有的传统风味食品。相传盛唐时期，名医孙思邈在京都长安一家专卖猪杂羔的小店里吃‘煎白肠’，食后觉得腥味大，油腻多，便从药葫芦里倒出花椒、大香、上元桂等调料连同葫芦一起赠给店家，吩咐煮肉时放进调料以去除腥味。从此，‘猪杂羔’一改旧味，香气四溢，顾客盈门。店家感激孙思邈，特将药葫芦高悬门首，并将所卖食品取名‘葫芦头’。”①

而西安市地方志馆1986年编写的《西安今古》在“秦馔与游宴”板块详细介绍了“春生发葫芦头泡馍馆”，最初是何乐义1931年在南广济街开设的一个专营葫芦头泡馍的小店，当时一位山西籍的老主顾就用杜甫《春夜喜雨》中“好雨知时节，当春乃发生”的诗句，为其取名“春生发”。20世纪30年代，东北军到西安后水土不服，有几个病号来“春生发”吃了葫芦头后，感觉精神爽适，于是越来越多的人来此。后来张学良得知此事，专门要求军队的厨师照此葫芦头做“病号饭”，可总是味道不对，后来军部每天发20个“病号饭”牌子，通知“春生发”优先照顾。至今，“春生发”葫芦头仍是西安的饮食招牌。

羊肉泡：早在1400多年前的隋代，谢讽的《食经》就有“细供没忽羊羹”的记载，这大概是最初的牛羊肉泡吃法。相传，赵匡胤

---

① 西安市地方志馆编：《西安今古》（内部资料），西安新华印刷厂，1986年，第99页。

曾流落长安街头，乞求羊肉铺用肉汤浇泡发干的馍饼食用。他称帝后出巡到此，仍思旧食，店主急中生智，用死面烙成不全熟的饼，细心掰碎，用肉汤烹煮，然后加放肉片。赵匡胤食后大加赞赏，当即赐银百两。从此肉与馍合烹，始有声名。苏东坡还留有“陇馔有熊腊，秦烹惟羊羹”的赞美诗句。明代崇祯十七年（1664），西安即有专营牛羊肉泡馍的“天赐楼”，此后“一间楼”、“义祥楼”、“同盛祥”等十多家羊肉泡馍馆相继出现。①

此外，文中还多次出现西安小吃，如甑糕、麻食、三鞭汤、麻辣拉面、肉丸胡辣汤、镜糕、浆水面、玉米面搅团、辣子涮血块、腊汁肉，等等。

3. 占卜

第 1 页：大师命另一人取一个字来，那人适持花工的剪刀在手，随口说出个“耳”字。大师说：“花是奇花，当开四枝，但其景不久，必为尔所残也。”

第 447 页，庄之蝶说：“圆梦要寻你孟老师，你说个字我给你测一下。”唐宛儿不知说什么字好，忽见窗外的铁丝上挂有一串辣椒，就说个“串”字。庄之蝶说：“串字？无心为串，有心为患。”

测字，也作“拆字”。隋朝称“破字”，《隋书·经籍志》有《破字要诀》一卷，宋朝称《相字》。将汉字加减笔画，拆开偏旁，改为新字，或以谐音替代，随意附会，并结合求卜者的神情气色等推断其吉凶休咎。

此外，书中还有很多有关龟蓍卜、相面、解梦、看风水、白虎煞星等地方信仰的描述，不一一列举。

4. 鼓乐

第 245 页：西京大雁塔下有个名字古怪的村子，叫爻堡，人人却都能打鼓。相传，爻堡的祖先是秦王军中的一名鼓师，后落居在此了，鼓师的后代为纪念祖先的功德，也是要团结了家族，就一直以鼓

① 西安市地方志馆编：《西安今古》（内部资料），西安新华印刷厂，1986 年，第 101 页。

相传，排演“秦王破阵”的鼓乐。

锣鼓、社火素为西安市雁塔区传统的群众性文娱活动之一，其锣鼓金石之声和独特风格的社火——高跷、芯子、竹马、旱船、狮子、龙灯、大头娃等在西安市郊和长安等县历史悠久。为了弘扬“雁塔庙会”表演锣鼓、社火这一传统的民间艺术，雁塔区政府于1983年农历正月十五、十六日在雁塔庙会期间首次举办雁塔区民间打击乐表演大会，二三百人组成的表演队伍在小寨东、西路和雁塔庙会作精彩表演。从1987年开始，专门将雁塔庙会上的锣鼓表演，定名为“雁塔迎春锣鼓大赛”。是年有三兆西门、陆家寨、南沈家桥、东等驾坡、瓦胡同、北池头、蒋家寨、西八里和孟村组成的9支锣鼓队，千余名队员参加。1990年农历正月十五雁塔区民间锣鼓大赛，在秦王宫举行，再增民间艺术表演，有蒋家寨等13个村组队参加，时有观众3万余人。锣鼓表演民间艺术还参加了1991年西安市首届古文化艺术节开幕式。1991年和1992年农历正月十五举办了两次雁塔迎春锣鼓大赛，两年计有24个村组队参赛，演奏曲牌有《鸭子拌嘴》、《农家乐》、《丹凤朝阳》等50多个。

5. 蓝田玉

第16页：（周敏）刚才路过蓝田玉店，我进去看了，里面有菊花玉镯的。

蓝田玉是古代名玉，以产地陕西蓝田县命名。历代皇室和显贵都视蓝田玉为珍宝，秦始皇曾用蓝田玉做玉玺，乐府《羽林郎》曾有“头上蓝田玉，耳后大秦珠”，说明在汉代蓝田玉被大量制作首饰。据记载，唐明皇曾命人采蓝田玉为杨贵妃制作磬（一种打击乐器），杨贵妃的玉带也是蓝田玉，由于它的纹理结构像冰块撕裂一样，所以后来人们也用杨玉环的小名芙蓉来命名，称其为“冰花芙蓉玉”。

6. 秦腔

第78页：老太太说：“城里有易俗社，三义社，尚友社，你妹夫看戏从不买票的，我倒去乡里看戏？”

第129页：大会安排晚上去易俗社看秦腔的，许多代表已三三五五结伙一边散步一边往剧院去了。

秦腔，是中国最古老的戏剧之一，起于西周，以关中方言语音为基础，特别是泾河、渭河流域诸县的语言发声为“正音”。因周代以来，关中地区就被称为“秦”，秦腔由此得名。易俗社，成立于1912年，创办人是“同盟会”的成员和社会名流，如杨西堂、李桐轩、孙仁玉等，杨西堂为第一任社长。初成立时，以“移风易俗，辅助社会教育，改良戏曲，救济贫寒兄弟”为宗旨，因此，突破了旧戏班师傅带徒弟单纯学艺的方式，开设文化课程，并鼓励创作新戏。1924年，鲁迅来西安讲学，看了易俗社演出的新编历史戏《双锦衣》，除捐赠资金外，还题写“古调独弹”的四字匾额。1949年后，改为国营。

此外，《废都》中还有各种介绍传统节日和民风民俗，如元宵节灯会、中秋节走亲戚、民间医药、婚嫁、诞庆、丧葬、社火等不一一列举。

通过《废都》地理考，我们会发现贾平凹在长篇小说《废都》中看似信手拈来，实则有意为之的那一条条大街小巷、那一段段城市记忆、那一幕幕景观再现，背后都有着唐朝抑或更为久远的故事背景。如果说在现当代文学书写中上海怀旧所追忆的只是民国时期的浮华摩登，京味小说所陶醉的是清末文化的优雅趣味，而西安则可以追溯到更为繁盛悠远的汉唐文明，这就拉长了故事时空，使得古都的韵味更为久远绵长。然而，伴随着数千年的世事沧桑，在20世纪90年代，这些唐朝天空下的种种城市背景仅以留存在它的典故中，在这个意义上，西京只是一个舞台，它为我们演绎着历史的律动。试想，当贾平凹在精心考证书写西京地理、重绘西安文学地图时，实际上他所希望保存的更多是一种城市记忆，及其对于古都文化的历史情怀和守望姿态。

第三章　文人圈子

贾平凹在《废都》中重构了西安的历史地理，按照丹纳《艺术哲学》的理论，这种历史地理背景基础上的“精神气候”，即风俗习惯与时代精神对作家艺术风格总是会产生巨大的影响。辉煌灿烂的西安文化也对于这座城的精神传承起到极好的铺垫作用，这些不仅仅是贾平凹的创作基础，对其气质塑造和文化品格的形成也产生了重要作用。不论是和同时代的“50 后”作家相比，抑或更为新潮的当代作家群相比，贾平凹都可以算是其中最具有传统文人气质的一位。写作之外，他精于书法、绘画、收藏，研读古典书籍，更多接续的是中国古典文学传统，这不仅和他个人的兴趣爱好有关，亦和西安的城市文化氛围有关。《朋友》（重庆出版社 2005 年版）就详细记述了贾氏与诗人、作者、画家、书法家、编辑、名角等文人、艺术家圈子的谈文道艺、吃茶聊天等交往情况。贾平凹曾介绍，《废都》以西京城中的“四大名人”，画家汪希眠、书法家龚靖元、西部乐团团长阮知非、作家庄之蝶，来推动故事的发展。正是因为自己熟悉文化和文人圈子，才从这个角度切入写《废都》。1975 年从西北大学中文系毕业后被分配到陕西人民文学出版社担任编辑，到 1981 年调往《长安》杂志社，后成为西安市文联的专业作家、省市作协副主席、陕西话剧院文学顾问等，贾平凹的活动圈子基本上和文学、文化有关，他也在很多散文中提及与业余作者、书画界朋友的交往，因此，文化人的生活也是《废都》展现社会的着力点。本章重在梳理贾平凹的家世和文人圈子，通过考察其周围的风俗、习惯、文化环境、文人生活，来了解其重构西安的“日常经验”从何而来，从而知晓其创作的“底情”，更好地理解他如何在《废都》中用历史提供的材料勾勒出时代精神要素。

第一节 古书与收藏

与以往写作不同的是，《废都》更多接续的是中国古典文学传统，贾平凹在书中提及大量古典书籍，除了庄之蝶夫人开的太白书店所经营的书目中涉及畅销书金庸武侠小说和《查泰莱夫人的情人》具有现代气息以外，书中人物口中谈及、阅读的均为古典书籍，包括《西厢记》、《红楼梦》、《梁山伯与祝英台》、《浮生六记》、《翠潇庵记》、《闲情偶寄》、《洛神赋》、《西游记》、《素女经》、《水浒传》、《红楼梦》、《金瓶梅》等，而且行文中文言白话夹杂的语言特色，给《废都》打下了很多古典文学的底色，以至于有人在“《废都》批判”中将其归结为对“明清文学的皮毛仿制”。其实，这是贾平凹美学传统的自觉复归，在大量研读外国现代派作品之后，贾平凹发现只有借鉴本民族的形式才能传达出更为宽广的精神。据孙见喜回忆，“1980年前后，贾平凹接触的外国文学很多，那时他写作模仿现代派。他私下对我说，同时期的几个文友都模仿现代派写作，后来就发现这类作品在读者中市场不大，再是顽固坚持这条路子的文友，最后路越走越窄，气度越来越小，雕琢痕迹愈来愈重。于是他明白了，那些现代派大家的作品，除了各自的民族的文化不同、思维角度不同外，更重要的是那些大家的作品是蕴有极大的境界和力度，有着对人生的丰富体验和深厚的哲学美学内涵。”① 继而思考，如何写出古老的中国味道以及表达出中国人的感受，并不能仅仅将其看作是纯粹的形式方面的借用，必须寻求在中国思维下的写作方式，因为马尔克斯和川端康成的成功，虽然境界高远，“追逐全世界的先进的趋向而浪

① 孙见喜：《〈浮躁〉问世之始末》，星明编《贾平凹谜中谜》，西安：太白文艺出版社1994年版，第85页。

花飞扬，河床却坚实地建凿在本民族的土地上。”①

这种对民族文化认同和追求的审美取向和贾平凹的个人气质不无关系，费秉勋在《贾平凹论》中将之归纳为“婉约派词人的才情”，认为他更多地从对中国古代文化的混沌感受中，“感性地、融合性地接受了中国古典哲学，其中既有儒家的宽和仁爱，也有道家的自然无为，甚至有着程朱理学对世界的客观唯心主义的认知。”② 在前文中，我们也介绍了贾平凹爱读古书，这种气质的形成亦与他的成长道路有关，贾平凹的父亲毕业于民国时期的西安师范学校，当了一辈子的小学和中学语文教师，岳父做过旧社会的“保长”，《腊月·正月》中的韩玄子形象就是其父亲和岳父的投影，“他是民国年代国立县中毕业生。当时的县中何等模样？他只说一班仅有十一个人，读《四书》，诵《五经》，之乎者也的倒比现在的大学生文墨深。”③ 在《自传——在乡间的十九年》，贾平凹提及自己的干爸是一位旧时的私塾先生，家里有一本《康熙字典》，知道之乎者也，能写铭旌。这种家学和成长环境无疑使得贾平凹更多地认同和接受传统文化的熏陶。“文革”初期，他在乡间无所事事，不停地在邻村往日同学的家里寻借些没头没尾的古书来读，翻出过《古文观止》，浏览贾谊的《过秦论》，找到《今古贤文》阅读。到西北大学读书后，进校的第二年，他被怀疑患了肝炎，被单独安排在一间宿舍里，他趁机发奋读书和拼命写作，读了汉赋，又读了唐诗宋词元曲，《古文观止》、《史记》和《中国通史》等。

如果说读古书还带有那个年代农村背景出身作家的成长特色，其阅读资源更多带有“民间”自发色彩，如同为“50后”，出生在山东高密乡的莫言就在《童年读书》中讲述自己童年时代非常迷恋读书，但那时候既没有电影更没有电视，连收音机都没有，只有在每年的春节前后，村子里的人演一些《血海深仇》、《三世仇》之类的忆苦戏。在那样的文化环境下，看“闲书”便成为最大乐趣，自己偷

① 贾平凹：《四十岁说》，西安：陕西旅游出版社1994年版，第139页。

② 费秉勋：《贾平凹论》，西安：西北大学出版社1990年版，第223页。

③ 贾平凹：《腊月·正月》，北京：北京十月文艺出版社1985年版，第281页。

看的第一本“闲书”，是绘有许多精美插图的神魔小说《封神演义》，那是班里一个同学的传家宝，轻易不借给别人，为他家拉了一上午磨才换来看这本书一下午的权利。后来又用各种方式，把周围几个村子里流传的几部经典如《三国演义》、《水浒传》、《儒林外史》之类，全弄到手看了。但随着20世纪80年代改革开放，大量关于现代派的著作被翻译进来，莫言也移居北京，并接连遭遇现代派的福克纳、马尔克斯，文学创作出现重大转向。相较而言，贾平凹自始至终不愿离开西安，和西安城的历史文化紧密相连，他所接续的文学传统，更多的是中国古典文学精神，他所使用的语言，无论是“商州”系列抑或《废都》中的文白间杂，都更为精练、凝重、古意盎然，延续着中国古典文学传统，“现代派”对他的影响并不明显。

在一系列的散文和答问录中，贾平凹多次提及古书对自己的影响。1981年，《自在篇——文外谈文之一》中讲，“夜里又读了《红楼梦》，我觉那块石头真好，它既没有本事去补天，就让它留在草莽吧。”《静虚村散叶》中，贾平凹告诉我们，“那些年里，生活中原是多看着假面孔，多听着客套话，已经活得是很累的了，故不愿再读一些装腔作势的文章受罪。一日，正在家读一本《影梅庵忆语》，有熟人来，我便让他拿几本杂志去凉台上翻，待我读罢再饮酒对弈。当读到辟疆与董小宛两次相见之节，不觉被文字里涵和的一种丰富感情所摄，如仙如死，便合书默然寂坐。”① 1986年，《答〈文学家〉编辑部问》更是提到，读过一本《道德经》，不仅是喜欢老庄，也喜欢佛学方面的东西。要了解中国民族传统的东西，对中国的儒家、道家、佛家的了解是很重要的，这样才能弄懂中国的国民性，了解中国的文学发展史。又读了一遍《史记》，正在读《金瓶梅词话》。因为在病中，也读了一些中医书籍。1987年，在《妊娠序》讲，夜里阅读《周易》，至睽第三十八，属下兑上离。1993年《红狐》中说，十多年来，“我”读《聊斋》，夜半三更的时候，总企盼举头一看，其实

① 贾平凹：《周同宾散文集序》，《静虚村散叶》，西安：陕西人民教育出版社1990年版，第46页。

是早已经感觉到了，窗的玻璃上有一张很俏的脸，仅仅是一张脸，在向“我”妩媚。因此，贾平凹回顾自己的阅读体验，“我叹服过先秦的开放与深邃、博广，沉溺过魏晋的随心而述、神采飞扬，对汉唐的雍容与饱满，在一个时期里又充满了敬意。另外，我喜欢过‘性灵派’文人，读过‘笔记小说’，感慨并忘情过元的戏曲及明清的叙事小说。”① “中国的古代文学，每一个时期的，我都多少浏览过，每一个时期都有我爱的人和作品。不属于东方美学范畴的外国作家，我没有条件系统地去了解，读的是支零破碎的。”②

一个人的感觉和思维方式总是与他的经验有联系的，因为“现时中存在着某种由近及远的对时间的组织，过去就从中表现出来，或体现在纪念碑、古董上，或体现在关于过去的意识中。过去意识既表现在历史中，也表现在个人身上，在历史那里就是传统，在个人身上就表现为记忆。”③ 正是将自己的阅读兴趣和爱好转移到作品中，我们才可以看到《废都》的古色古香、才子佳人。作品中让唐宛儿无事时专门读那本《古典美文丛书》，里面收辑了沈三白的《浮生六记》、冒辟疆的《翠潇庵记》以及李渔的《闲情偶寄》。当唐宛儿读到李渔的文章，说女人最紧要的是有“态”，有态了三分人材便会有七分魅力，无态了七分人材也只有三分魅力，态于女人，如火之有焰，灯之有光，珠玉有宝气，于是就自信于自己绝对是有“态”的人，联想到自己对庄之蝶的诱惑，不禁飘飘然起来。在这里，贾平凹显然将自己读《闲情偶寄》之感，《关于女人》之说移到唐宛儿身上。在《关于女人》这篇散文中，他尤其强调了让男人沉醉的“女人味”就是古代李渔所说的“态”，类似于今人言说的气质和风度。并提出女人的漂亮不会永驻，女人的态却长伴终生，当这些观点被移植到《废都》中时，就被批判为贾平凹的男性中心观以及女性观念

① 贾平凹、穆涛：《平凹之路》，西宁：青海人民出版社 1994 年版，第 81 页。

② 贾平凹：《答〈文学家〉编辑部问》，《静虚村散叶》，西安：陕西人民教育出版社 1990 年版，第 167 页。

③ 唐小兵译：《后现代主义与文化理论——杰姆逊教授讲演录》，西安：陕西师范大学出版社 1987 年版，第 164 页。

的陈腐。其实批评文章都忽略了散文结尾贾平凹所特意强调的“态”，是那些更为注重活得与男人平等，活着最自为的人，“所以最有了态”。显然，在《废都》中，唐宛儿也仅注重其表而忽略了其实，自信于自己对庄之蝶的魅力，向男人依附索取，故而无法理解庄之蝶对特立独行、有着极强自我意识的阿灿的迷恋。因此她所憧憬的才子冒辟疆与佳人董小宛的美好爱情故事，并将之类比为自己和庄之蝶，也注定没有很好的结局。

除了偏爱古书，贾平凹还热衷收藏，虽未做过考证，但从披露的文字来看，他大概是中国当代作家中最具盛名的收藏家。他在多篇散文中都记述了自己的收藏兴趣。如《古土罐》，因为西安是古汉唐国都，出土的土罐很多，虽为文物，但多而价贱，自己就收藏了近百件。“有客人来，我总爱显示我的各种土罐，说它们多朴素，多大气，多憨多拙，无人了，我就坐在土罐堆中默看默笑，十分受活。”“土罐是土捏烧而成，百年之后我亦化为土，我能不能有幸也被人捏烧成土罐，那么，家里这些土罐是不是有着汉武帝的土，司马迁的土，唐玄宗或李白的土？今夜，月明星稀，家人已睡，万籁俱静，我把每个土罐拍拍摸摸以想象，在其身上书写了那些历史的人名，恍惚间，便觉得每个土罐的灵魂都从汉唐一路而来了，竟不知不觉间在一土罐上也写下我的名字。”① 在《与穆涛七日谈》中提及，“我酷爱石头，我的书房里到处是石头。我常怀疑我为石头托生，那个凹字，也可能是应了前生是个有凹坑的石头里。”② 在《玩物铭》中说，“我在我的书房里塞满这些玩物，便旨在创造一个心绪愉快的环境，而让我少一点俗气，多一点艺术灵感。”③ 包括汉罐、绥州拓片、铜镜、古琵琶、砚台、壁画、酒壶、老子讲经石等，看到这些，不得不使我们想起《废都》中庄之蝶的书房。

---

① 贾平凹：《古土罐》，见《五十大话》，南京：译林出版社 2012 年版，第 202、203 页。

② 贾平凹、穆涛：《平凹之路》，西宁：青海人民出版社 1994 年版，第 31 页。

③ 贾平凹：《玩物铭》，见《坐佛》，西安：太白文艺出版社 1994 年版，第 222 页。

这间房子并不大，除了窗子和门外，凡是有墙的地方都是顶了天花板高的书架。上两层摆满了高高低低粗粗细细的古董。柳月只认得西汉的瓦罐，东汉的陶良仓、陶灶、陶茧壶，唐代的三彩马、彩俑。别的只看着是古瓶古碗佛头铜盘，不知哪代古物。下七层全是书，没有玻璃暗扣扇门，书也一本未包装皮子，花花绿绿反倒好看。每一层书架板突出四寸空地，又一件一件摆了各类瓦当、石斧、各色奇形怪状石头、木雕、泥塑、面塑、竹编、玉器、皮影、剪纸、核桃木刻就的十二生肖玩物，还有一双草鞋。

靠门边的书架下是一方桌，上边堆满了笔墨纸砚，桌下是一只青花大瓷缸，里边插实了长短书画卷轴。屋子中间，也即那沙发前面，却是一张民间小炕桌，木料尚好，工艺考究，桌上是一块粗糙的城砖，砖上是一只厚重的青铜大香炉。炉旁立一尊唐代侍女，云髻高耸，凤目蛾眉，体态丰满。①

按照本雅明的观点，“收藏”是现代世界生存者的抗争和慰藉。在这种收藏中，灵魂徜徉在过去的精神财富之中，这个过去是他生存的土壤。“人的灵魂只有在这片由自己布置起来、带着手的印记、充满了气息的回味的空间里才能得到宁静，并保持住一个自我的形象。”② 用贾平凹自己的话来说，“凡是收藏文物古董的其实都是被文物古董所收藏。”③ 从这种嗜好我们可以看出，贾平凹抑或庄之蝶在书房中收藏的种种器物，旨在和古老的历史文化，即他一再强调的汉唐气象联系起来，并将自己寄寓其中。语言、信仰、风俗、工具、住所、艺术品等，统称为文化。人类的每一个体生存于文化环境之内，个体所生存其内的文化也会包围并制约着他的行为。贾平凹在写西安时用的是“老”字，在《老西安》中讲道，“综观历史，西安的文人

① 贾平凹：《废都》，北京：北京出版社1993年版，第92页。

② ［德］本雅明：《发达资本主义时代的抒情诗人》，张旭东、魏文生译，北京：生活·读书·新知三联书店2012年版，第12页。

③ 贾平凹：《藏者》，见《五十大话》，南京：译林出版社2012年版，第141页。

和在西安生活过的文人，如果罗列起来，足以作为一部中国的文学史。”[①] 仓颉造字，司马迁作《史记》，班固的《汉书》，李白、杜甫的诗歌，白居易《长恨歌》，孟郊“春风得意马蹄疾，一日看尽长安花”，明清关中书院，包括近现代的于右任、吴宓、王子云、赵望云、石鲁、柳青等都是典型代表。

汉唐是中国传统文化最为光辉灿烂的时期，汉人、汉语、汉学、唐人、唐装、唐三彩，“汉朝时中国与地中海地区并驾齐驱，而从唐朝开始的1000年中，中国成为世界上最为强大、富裕和先进的国家。”[②] 在《废都》的地理考中，我们会发现西安地理的浓浓古意，“关中自古帝王州”，其实，那数不尽的帝王陵墓、宫殿遗址、古刹名寺、巍巍山川、古老城墙、钟楼鼓楼、碑林书院，不仅仅是地理学的沉积，伴随其间的还有文化传承和积淀。仅举唐代文化全盛时期，诗人和诗歌艺术发展到高峰，清人编纂《全唐诗》收录作者两千余家，诗四万八千九百余首。其中自成一家的大诗人，就有数十位之多。“李杜文章在，光焰万丈长。”白居易的诗因平白如话，语言流畅，广为传布，“禁省、观寺、邮候、墙壁之上无不书；王公、妾妇、牛童、马走之口无不道。”贾岛骑瘦驴横穿朱雀门大街，见秋风正高，黄叶遍地，想得“落叶满长安”一句。[③] 唐代也是我国书法艺术的黄金时代，唐太宗李世民、高宗李治都很酷爱王羲之、王献之的书法，时时观赏和临摹，过世也要将其带入地宫。京师长安书道隆盛，名家辈出。初唐的虞世南、欧阳询和褚遂良，盛唐的颜真卿，晚唐的柳公权，他们在楷书方面创造了自己的书体和流派，欧、颜、柳体广为流传，延续至今。篆体大家李阳冰，草书名家张旭、怀素、贺知章等，其书法艺术均为时人所推崇、后人所敬仰。这些人的书法大作琳琅满目，称誉京华。其中不少佳品刻于碑石之上，流传至今，现在大多保存在“西安碑林”或西安地区附近。[④] 唐代画苑名家辈出，

---

① 贾平凹：《老西安》，北京：中国社会出版社2006年版，第49页。

② 费正清：《中国：传统与变迁》，北京：世界知识出版社2002年版，第121页。

③ 武复兴：《西安话古》，天津：天津人民出版社1982年版，第45页。

④ 刘庆柱：《长安春秋》，北京：人民出版社1988年版，第233页。

著名画师吴道子、李思训、韩干、张萱等人的作品，遍布宫廷、官署、寺庙和官僚贵族之家。吴道子仅用一天时间，在兴庆宫大同殿上画出了嘉陵江三百里山水；韩干画马“擅飞龙之质，尽喷玉之奇”。以至于到了1924年鲁迅还专程到西安去追寻“唐朝的天空”。

随着唐末动乱以及之后国都东迁北移，西安作为政治文化中心日渐消亡，逐渐变为一个弃都、废都，所以，鲁迅对于“唐朝的天空”的追寻也无功而返，据孙伏园回忆，“我们看大小雁塔，看曲江，看灞桥，看碑林，看各家古董铺，多少都有一点收获。在我已觉得相当满意，但一叩问鲁迅先生的意见，果然在我意中又出我意外地答复我说：‘我不但甚么印象也没有得到，反而把我原有的一点印象也打破了！’”① 王富仁在介绍“废都”时讲，“我是曾在西安生活过三四年的，它就是贾平凹《废都》中的西京，是一座‘废都’。我这个山东人到了西安这样一座古都，开始感到样样新奇，但久而久之，便觉出了一种怪怪的说不清的味道。”“至少我在西安的时候，它几乎没有一处能让你感到一种生气勃勃的美，到处是一片荒凉、颓败、残破的景象。”② 昔日繁华不在，唯有文化留存。文化是习得的，这个习得的过程意味着，个体内化这个群体的观念、价值和信仰。贾平凹在回顾《废都》写作时也曾讲：“我后来以西安为原型，一个是对西安的历史、文化熟，再一个它是农村中的城市，又是一个废弃了的古都，它容易和古代传统的那种味挂上钩，切合点容易找到，写作中容易传达这种味。”③ 对于时刻萦绕在一个秦俑、汉罐、唐三彩营造的空间的贾平凹来说，他也将自己置身于汉唐的自信与大气中。然而，在不断对于收藏品的寻找和发现中，也无法忽视这种盛唐之后陕西乃至西安文化的没落走向，如他在《陶俑》中讲述秦兵马俑的威武壮观，

---

① 孙伏园：《鲁迅先生二三事·〈杨贵妃〉》，《1913—1981鲁迅研究学术论著资料汇编》第三卷，北京：中国文联出版公司1987年版，第794—795页。

② 王富仁：《〈废都〉漫议》，《废都废淮》，北京：学苑出版社1993年版，第201页。

③ 《李星、费秉勋与贾平凹谈〈废都〉》，先知、先实选编《废都啊废都》，兰州：甘肃人民出版社1993年版，第40页。

汉代俑的仪态端庄，唐俑的男人力量和女人自信，而随着国都地位的丧失，宋代的陶俑就再也没有豪华和自信了，明朝陶俑的精气神已经丧失殆尽，只有顺服与无奈。在观察、收藏这些陶俑时，贾平凹难免会油然而生古都的颓败、没落之感，更不用说在20世纪90年代随着改革开放，东南沿海城市快速崛起、古都西安迅速凋敝的社会现实中。因此，古都、废都的悲凉、颓废之气也贯穿《废都》始终，而这主要通过埙声表现出来。

第二节 古乐埙

贾平凹曾多次回顾，在构思长篇小说《废都》中，很长时间找不到思绪，正是无意间在城墙根下听到刘宽忍的埙声，才让他找到了灵感，写出《废都》。

> 我第一次听到埙声也就是认识刘宽忍的时候，那是上世纪的一九九二年。整整的一个秋天，我的苦闷无法排泄，在一个深夜里，同一位朋友在城南的一片荒地边溜达，朋友并不是个好的倾听者，我才要返回家去，突然听到了一阵很幽怨的曲子，当下脚步便站住了，听过一段就泪流满面。朋友骂我太脆弱，说那是音乐学院的人在练习吹埙的，差不多的夜里都要来吹一阵的。埙？埙是什么？隔着苍茫月色往荒地的南边看去，地头上是站着一个人，我走了过去，这就是刘宽忍了。他有着和我一样高的个子和一样憨厚的脸，但比我年轻。我们的谈话极少，他似乎并不欢迎在他练习吹奏时被人打断，只是对我说了：谢谢你喜欢埙乐！就走开了，身影消融在月色里。我的朋友嘲笑我自讨没趣，一块踏着坚硬的土地已经折回有二百多米了，埙声又在远处响起，如泣如怨，摄魂夺魄，我说：我一定会和他交上朋友的，因为这埙声像硫酸一样能灼蚀我！[①]

① 贾平凹：《埙演奏法序》，《朋友》，重庆：重庆出版社2005年版，第316页。

贾平凹随后就带领朋友孙见喜、王新民一起去找刘宽忍。笔者采访孙见喜时问及此事，他讲当时因平凹要去学埙这个乐器，就领着自己和出版社的年轻编辑王新民到西安音乐学院找刘宽忍，但是到了之后，因刘出去办事了，没找到，一行人正要返回去，刘宽忍回来了，原来是在去办事的路上想起要回来取个东西，于是就在大门口碰上了。孙见喜就说是专门来拜访你的，他说那他回来得正好，就一起到他的房子里，他拿着乐器向他们表演，给他们介绍埙。当时同行的王新民向笔者讲述，那是自己第一次听到埙声，感觉很惊奇，尤其是在80年代末当时那种环境下，当时的整体情绪还是有点压抑的，各方面形成的原因吧，刘宽忍当时心绪也不好，刚离婚，带着个小男孩，住在一间宿舍里，吹出的更是一种悲凉的味道，就和“废都”比较吻合。这和西安这个地方有关系，西安历史厚重，也很辉煌过，但是现在落后了，由首都变成了西部的一个省会城市，而且还是欠发达的、相对落后的城市，各方面都比较落后。但是其他方面欠发达，文化积累还是好的，节奏慢点，对于文化人来说就能保持较好的心态，能沉下来，作品会深刻厚重些。

“同其他任何事物一样，音乐也占据一个观念上的空间，而不是处在真空之中。它处在人类其他一些重大而变动着的关怀之间，它既对这些关怀产生影响，又为这些关怀所制约。”① 从贾平凹和王新民关于埙乐的讲述中，我们不难发现苦闷、悲凉等关键词。戈尔告诉我们，“在思考音乐时，我们应当少一点纯化的和孤立的观点，多一点关于它与我们人类事务的复杂的日常状况有不可分割的联系的观点。”② 八九十年代之交，很多杂志都经历了重要的编辑人事变动，发生了转向。贾平凹所供职的《长安》编辑部也是如此。据1989年8月12日《西安晚报》载，“经陕西省委宣传部同意，省新闻出版局日前做出决定，对根本违背办刊宗旨，违反期刊

---

① ［美］瑞德莱：《音乐哲学》，王德峰、夏巍、李宏昀译，上海：上海人民出版社2007年版，第2页。

② 同上书，第18页。

管理规定，主要负责人在西安动乱期间错误严重的《长安》文学月刊，立即实行停业整顿。”并撤销姚正兴同志《长安》主编职务，令其检查交代错误。虽然贾平凹平日为人低调，当时也没有当文联主席，就是编稿子、开开会，基本上是在家里搞创作，难免心里不有所波动。学者王晓明也曾回顾此时的心情，提及20世纪80年代晚期的一系列社会事变，说就像扑面而来的风沙，刮得自己晕头转向。又仿佛是从一个长长的美梦中忽然惊醒，四周的一切变得如此陌生，不必说社会、公众以及政府那些大事物了，就是身边一些自以为相熟的朋友，都有着出乎意料的举动，包括自己内心深处涌动着的隐秘想法，也会让自己大吃一惊。[①]“经过这一外部世界性的剧变和内部心灵域的裂变，人们开始用新的眼光和新的心态去看待过去、现在、未来的人和世界。历史的终结和起点凝聚起一个巨大的历史寓言，同时也将一种空前的历史困惑和价值分裂留给了90年代的人们。”[②]简而言之，他在90年代初期思想处于一种低调状态，将1990—1992年称为贾平凹思想沉闷和心灵苦闷时期，大抵不会有错。

所以，在《废都》中，独自欣赏埙乐的庄之蝶会有如此黯淡、哀伤的心境：

> 你注意过没有，一早一晚城墙头上总有人在吹埙，我曾经一夜偷偷在远处录了，录得不甚清晰，可你闭上眼慢慢体会这意境，就会觉得犹如置身于洪荒之中，有一群怨鬼呜咽，有一点磷火在闪；你步入了黑黝黝的古松林中，听见了一颗露珠沿着枝条慢慢滑动，后来欲掉不掉，突然就坠下去碎了，你感到了一种恐惧，一种神秘，又抑不住地涌动出要探个究竟的热情；你越走越远，越走越深，你看到了一疙瘩一疙瘩涌起的瘴气，又看到了阳

① 王晓明：《刺丛里的求索》，上海：上海远东出版社1995年版，第2页。

② 王岳川：《中国镜像：90年代文化研究》，北京：中央编译出版社2001年版，第32页。

光透过树枝和瘴气乍长乍短的芒刺，但是，你却怎么也寻不着了返回的路线……①

理解任务中这一已知的存在于主观经历中生活联系的情境，可将之称为自我投射，即将自我投射到一部作品或一个人物之中。贾平凹在回答笔者提问时，回顾起这段时光，自己写的好多作品，交给《人民文学》也被告知无法发表，于是才写了几个土匪系列，《美穴地》（发表于《人民文学》1990 年第 7 期）、《白朗》（发表于《中国作家》1990 年第 6 期）、《五魁》（发表于《中国作家》1991 年第 5 期）、《晚雨》（发表于《十月》1992 年第 4 期），当时是连续发了这四个作品，都是写土匪的。自己的所有创作中只有这几部作品是写以前的事情，剩下的大部分作品都是写现实生活。当时是这样的社会背景，个人又患肝病，病情很重，几乎是奄奄一息了，个人的情绪苦闷和中国社会碰撞到一起，正如古人所说的，当个人的际遇和时代的际遇在某一点重合的时候，那个时候发生的故事，既能代表你自己，又能代表时代，当时恰属在这个情境中创作了《废都》。在写作《废都》时，是有意没分章节的，心内就由那暗暗的埙乐控制着小说情节的发展与变化。

“悲伤既是时代的特征，他在事物中所看到的当然是悲伤。不但如此，艺术家原来就有夸张的本能和过度的幻想，所以他还扩大特征，推之极端。特征印在艺术家心上，艺术家又把特征印在作品上，以致他所看到所描绘的事物，往往比当时别人所看到所描绘的色调更阴暗。”② 在埙出现之前，庄之蝶爱听的是哀乐。

庄之蝶参观过许多葬礼场面，但今天的乐响十分令他感动，觉得是那么深沉舒缓，声声入耳，随着血液流遍周身关关节节，又驱散了关关节节里疲倦烦闷之气而变成呵地一个长吁。他问店

① 贾平凹：《废都》，北京：北京出版社 1993 年版，第 111 页。

② ［法］丹纳：《艺术哲学》，傅雷译，南京：江苏文艺出版社 2012 年版，第 42 页。

主："这吹奏的是一支什么曲子？"店主说："这是从秦腔哭音慢板的曲牌中改编的哀乐。"他说："这曲子真好！"店主惊着眼睛说："你这人怪了，哀乐有好听的？"①

埙出现后，以埙来推动故事，吹动的是一种人生的苦闷与悲凉。可以说，埙声是废都的基调。而作品无章节的写法，也是以埙声来推动故事的起承转合，贯穿于行文的节奏。小说中陷入了苦闷的周敏总是到城墙头吹埙，庄之蝶被埙声沉醉。而反感埙声，认为其"悲不戚戚"的废都中的其他人却最终也走入埙声，"刘嫂牵了牛在城墙根歇凉，正是周敏在城墙头上吹动了埙，声音沉缓悠长，呜呜如夜风临窗，古墓鬼哭，人和牛都听得有些森寒，却又喜欢着听。"② 唐宛儿"当周敏下班回来，再要去城墙头上吹埙，她不让他去，她让他就在梨树下吹。她说她不反对吹埙了，她也喜欢了这埙的声音。"③

埙，是上古时期的乐器，距今有七千多年历史。据说，埙是起源于一种叫作"石流星"的狩猎工具。在远古时期，先民会用绳子系上一个石球或者泥球，投出去用以击打鸟兽。因有的球体中间是空的，在抡起来时会兜风发出声音。人们大概觉得挺有意思，就拿来吹它，于是就慢慢地演变成了一种乐器埙。埙的上端有吹口，底部呈平面，侧壁开有音孔。最早时候，埙大多是用石头或骨头来制作，后来又出现陶制的，形状也不尽相同，有椭圆形、扁圆形、球形、梨形以及鱼形等，其中以梨形最为普遍多见。《乐书》引用古人谯周的话说："幽王之时，辛公善埙"，周代"八音"之一的"土音"乐器有缶、埙。缶是一种生活用具，也可作为敲击乐器，土制的吹奏乐器，就只有埙。《诗经·小雅》中还有"伯氏吹埙，仲氏吹篪"说。在秦汉之后，埙主要用来演奏宫廷音乐，因而被分成颂埙和雅埙两种。

埙出现在作品中，传递的是远古的悲凉，阴冷，荒凉，混沌。"简约的旋律，低沉的音阶构成的那种难以名状的、无可诉说的人

---

① 贾平凹：《废都》，北京：北京出版社 1993 年版，第 64 页。

② 同上书，第 55 页。

③ 同上书，第 457 页。

世、人生的大悲哀，大孤独，大痛苦，不仅仅铺染了作品的底色，而且浸润了、渗透了、弥漫了、笼罩了作品中每一个人物，每一个物象的精髓、腠理。这不只是一种氛围，一种基调，一种情绪，一种体验，事实上，它本身就是一种存在。埙的出现，无疑，在时间上，将小说的容量无限地推向了过去。而过去在某种意义上，就是现在，就是未来。”① 中国民乐是内向性的，本来是抒发自我心绪的，中国味道应该是更古老、深远的东西。埙的声响最能与西安这座古城气氛相融，它是那样的古老、浑厚、土气、神秘，有极强的穿透力，恰好暗合了贾平凹“我只想写出一段心迹。但我绝对强调一种东方人的、中国人的感觉和味道的传达。我喜欢中国古乐的简约，简约到几近于枯涩，喜欢它的模糊的、整体的感应，以少论多，言近旨远，举重若轻，从容自在，在白纸上写写黑字了，更多地在黑纸上写白字。”②

贾平凹在《关于埙》中如是说，“我喜欢埙，当我第一次听到埙乐时，我浑身战栗不能自己，以为遇见了鬼。”③ 有了古琴、有了箫，有了埙，又有了两三个懂乐谱会乐器的朋友，“我们”常常夜游西安古城墙头去作乐。“我们”觉得发这样的声响宜于身处的这个废都，宜于我们寄养在废都里的心身。中国的古乐十分简约，简约到几近于枯涩，而这样的乐器弹吹出这样的声响，完全是自己对着自己，为自己弹吹，而不是取悦别人。

费秉勋作为“长安古乐社”成员，讲述在20世纪90年代初，自己和孙见喜谋划着想学古琴，刘宽忍也是因此认识的，而且还商量着建立了乐社，想时常聚会娱乐，曾提议多到城墙上活动。在朋友圈子中，孙见喜最先显露的是音乐才能，他年轻时曾在乐队里吹长号，二胡和箫也把玩，而费秉勋年轻时在宣传队待过，吹笛子、拉二胡都很不错。贾平凹虽自认为是“最笨的一个”，吹埙和弹琴，终是学不

---

① 王仲生：《〈废都〉构筑了一个意象的世界》，先知、先实选编《废都啊废都》，兰州：甘肃人民出版社1993年版，第85页。

② 贾平凹：《“废都”就是“废都”——关于〈废都〉的一些话》，载1993年7月17日《陕西日报》。

③ 贾平凹：《关于埙》，见《坐佛》，西安：太白文艺出版社1994年版，第265页。

会，但也成了乐社里只会欣赏的人。相较而言，刘宽忍更为专业，他是西安音乐学院第一批硕士研究生毕业并刚刚留校任教，于是这一帮朋友就到处去观赏购买笛箫和古琴。贾平凹的散文《红狐》中就记载了“宽哥送琴”的雅事，“却有人抱了琴来”，“这是一架古琴，钟子期和俞伯牙相识的那一种古琴，弹‘高山’‘流水’的那一种古琴。宽哥也是寂寞的人——其实谁都寂寞，狼虎寂寞，猪也寂寞。——因为精神寂寞，他学了五年琴。他把琴送于我，我却不懂得琴谱，他明明知道我不懂得琴谱，他竟要送琴的。”正是精神寂寞，在古城墙上赏玩古乐心境又不同，于是就有了费秉勋、贾平凹、孙见喜、刘宽忍组建长安古乐社和夜游古长城的活动，后来专门出了《废都》埙协奏曲。

1. 风竹（埙与古筝）

风以竹显形。四面来风中，竹潇洒、竹得意、竹尴尬、竹惊恐。适应于不适应中终归于不适应；有为于无为中而终无为。

2. 坐望（埙与乐队）

水月·幽钟·苦茶·禅人。静观蝼蚁争斗你死我活，坐望青山明月两相忘。云在山头，爬上山头云更远；月在水面，拨开水面月更深。山色遥看近却无，残墙破处月补缺。

3. 夜行（埙与乐队）

苦闷中的自省，沉沦中的挣扎，失落中的不屈。

孤独的夜行人，远山的招魂声，泥泞中的脚步，崖畔上的孤灯。

4. 如莲（埙与古筝）

五色莲花，四色豪光，白鹤远去，暗香幽来。水流心不竟，云在意俱迟。①

---

① 孙见喜：《鬼才贾平凹》（第二部），太原：北岳文艺出版社1994年版，第716—717页。

贾平凹说："我喜欢埙，它是泥捏的东西，发出的是土声，是地气。"① 虽然现代文明产生了很多种的新式乐器，可以演奏出华丽的乐章，但是却没有埙那样蕴含着一种魔怪。女娲用泥捏人的时候，也同时捏了埙，因为它和人是如此的相似，人凿七窍有了灵魂，埙凿七孔有了神韵。录制的这盒音带，原本是几个朋友夜游古城墙墙头的作乐，而且作乐不是为了良辰美景，也不是要做什么寻根访古，只是觉得发这样的声响宜于废都，宜于身心。《废都》埙协奏曲随着书的热卖将这一久不为人所知的乐器"埙"带热，成为西安旅游景点必不可少的特色产品。埙，接续的是中国古老文化，从七千年前出现，作为曾经的宫廷乐器到逐渐陨落，成为文物，其实它一直深埋于陕西这一块土地，并历经着岁月沧桑。正如那首埙乐，作为乐器，它已经沦落，在豪华的西洋乐器面前显得那样的土气和简约，但却有着久远的意境，在失落中有着不屈的魂灵，在枯涩中传达出旷远的韵味。通过埙的隐喻，才能更好地传达出废都的无尽沧桑。

第三节　圈子

在贾平凹周边，除了长安古乐社，还活跃着很多圈子，包括作者圈子、书画家圈子、戏曲家圈子等，这些圈子共同构建了其日常生活。以至于《废都》被作者自认为"是我迄今写得最顺手最自然的一部书。我对文化圈的人事太熟悉，以至于知道十分只写出了一二分，在写作时常常因事情太多而不知该写哪一件，作品完成后，曾后悔有许多极有趣的事未能写进去"②。日常生活中所包含的内容比我们想象的更有意义。"不同的人有着不同种类的日常生活；他们所参与的日常例事与活动的种类取决于他们的社会地位；要想了解某人的日常生活是如何被塑造的，那么就要了解他们所处的社会本身是如何

---

① 方越：《贾平凹走出了〈废都〉》，先知、先实选编《废都啊废都》，兰州：甘肃人民出版社 1993 年版，第 107 页。

② 贾平凹，王新民：《〈废都〉创作问答》，江心主编《〈废都〉之谜》，北京：团结出版社 1993 年版，第 22 页。

被形塑和组织的。”[①] 正如齐美尔所指出的，“即使是最为普遍、不起眼的生活形态，也是对更为普遍的社会和文化秩序的表达。”[②]

陕西作家群在文学史序列中通常是一个极具特色的存在，柳青的《创业史》是一部史诗性作品，他以自身20世纪50年代长时间生活在陕西长安黄埔村，参与当地的农业合作化的生活写出了这部小说来“向读者回答的是：中国农村为什么会发生社会主义革命和这次革命是怎样进行的”[③]。陕西韩城人杜鹏程的革命历史题材小说《保卫延安》是“当代”最早被评论家从“史诗”的角度评论的作品，“够得上称为它所描写的这一次具有伟大历史意义的有名的英雄战争的一部史诗的。”[④] 路遥关注“城乡交叉地带”的《人生》，以年轻人的视角切入社会，将作者对社会变迁的观察融入个人人生选择的矛盾和思考当中，感应着时代的大变动；《平凡的世界》更是获得第三届茅盾文学奖。这些在“柳青的遗产”观照下的现实主义与时代精神结合的创作方法一直是陕西文学的传统。在80、90年代的陕西，中青年作家也多以“群体”而存在着，“且不说这个‘群’的全部人马，单以地理而分，陕北有路遥、李小巴、赵熙，关中有陈忠实、邹志安、王吉成、王宝成、王观胜、王晓新，陕南有京夫、王蓬，还有写铁道生活的莫伸，写学院生活的王戈，他们个个英英武武，有声有势，各以自己的作品占却阵地。”[⑤] 对于贾平凹来说，“我虽然读过这个‘群’的各位文友的作品，且他们每一作品问世，我兴奋之情犹如我的作品问世，认认真真去读，有的写信祝贺，有的当面道喜。”[⑥]

贾平凹在西安作家群中，既是新秀，又是主力。他成名很早，1979年《满月儿》获得首届全国优秀短篇小说奖时，他只有26岁。

---

① ［英］英格利斯：《文化与日常生活》，周书亚译，北京：中央编译出版社2009年版，第5页。

② 同上书，第4页。

③ 柳青：《提出几个问题来讨论》，载《延河》1963年第8期。

④ 冯雪峰：《论〈保卫延安〉的成就及其重要性》，载《文艺报》1954年第14、15期。

⑤ 贾平凹：《预言留在以后》，见《平凹文论集》，西宁：青海人民出版社1985年版，第18页。

⑥ 贾平凹：《平凹文论集》，西宁：青海人民出版社1985年版，第18—19页。

在他周边，活跃着一批年轻作者和业余作者圈子。据邢良俊回忆，早在陕西人民出版社编辑部工作时，贾平凹“除去写作，就练字作画。爱在一个白纸小本上画钢笔速写，印象最深的是一丛挤得紧紧的树，旁边批道：天空那么大，为什么要挤来挤去。标题是‘群木’。后来，他发起一个文学社，社名就叫‘群木’，西安的文学青年均以能加入这个社为荣。”①

孙见喜讲述自己当年在文学社活动情况

我大学时学的是机械制造，毕业之后就被分配到河南南阳伏牛山下的国防军工企业，是1979年去的，那时候在厂里当技术员，有时也给厂子编一些节目啊，业余时间自己也写一些东西，不知道写的是随笔还是散文、小说，没有目的。当时地方上创作抓得很紧，南阳文化局，还包括那个镇平县，每年都会找一些作者开笔会，主要是从各个县、各个企业找一些有写作基础的业余作者，还有从农村来的，召集到一起，拿上自己的习作相互交流。当时郑州有个杂志叫《奔流》，那里有一位老编辑，叫杜道恒，他是南阳人，经常回来辅导我们写作。后来杜道恒老师和我交流时就说你是哪里人，我回答说是陕西商洛的，跟南阳两个镇是紧紧相连的。杜老师就说，你们西安有个青年作者贾平凹很有前途。我说我读过他的作品，是1978年去上海出差的时候，在等车的时候买了一本《上海文学》，读过《满月儿》，但当时不知道他是西安的。杜老师就对我讲贾平凹是陕西人民出版社的一名编辑，工农兵大学生被分到那里去的，他说你有机会回到你们陕西的话，你可以去拜访一下这个青年作者。然后有一年春节，我就给贾平凹写了一封信，就说我读了你一些作品，我自己也在学习写作。后来春节我回老家了，年

① 邢良俊：《初为他人做嫁衣》，星明编《贾平凹谜中谜》，西安：太白文艺出版社1994年版，第6页。

后回河南厂子里上班的时候就收到他的回信了，他说当时也在商洛，他老家是丹凤县的。我是商洛县的，两个县临近，他老家离我老家只有 20 公里，这在情感上就接近了一步。后来回陕探亲的时候我到西安去看望了他一次，我给他拿了一瓶河南出的芝麻香油，小小的一瓶。他当时住在出版社家属院六楼别人家的一间灶房里，只有五六平方米，刚能搁下一张单人床，单人床旁边连一个凳子都放不下，只放了一张桌子，坐在床上可以趴到那个桌上写作。然后他那个木桌上的杂志啊，很多，还有一些随地摆，摆得有一人多高，我在那里翻看着，觉得很惊讶，这人的信息量真大，我说这都是你发表的作品？他说都是各地寄来的刊物，有约稿的。当时，他找了个对象，很漂亮，她就在那儿忙着给我们烧水。我问你是西安人吧，人家那女的一笑，说哎呀，你看我怎么是西安人，你看我像西安人？我说你是哪里的？她说自己也是丹凤县的，他俩是一个村的。这就是韩俊芳，我和他们的第一次见面，就是这么个过程。后来我也写过一些短篇，给贾老师看过，他挑了一两篇，也向别人推荐过。因为都是家乡的人，感觉语言很对味儿。后来到 1981 年，有一个机会，因为西安总参这里有个厂的老技术员，家在南阳，想解决两地分居的问题，长期无法解决，就给我所在的厂子写了封信，希望调回去，说有对调的话也行，这样更方便。有这样的一个机会，我就调回了西安。回到西安之后，我和贾平凹的联系就方便多了。他当时已经结婚了，带着媳妇、娃在北郊的农村租房子住。当时他那个地方已经聚集了一批业余作者，有工厂的，也有社会上的，还有一些教师，都是业余喜欢写作，经常在他那里聚会，都是拿着个人的作品，交流一下，互相看一下，有时候也互相推荐下。我当时在南郊住，礼拜天就骑上自行车到北郊去，那时候很年轻，30 多岁吧，从南郊骑自行车过去有几十公里路，40 分钟就蹬到了。这也形成了西安本地的一个很小的圈子，后来，我就在西安一些刊物上发表了一些短篇小说，在这个圈子里也算混熟了。

此外，我们也可在贾平凹的系列散文中找寻他和作者朋友交往的逸闻趣事。《怀念路遥》，“想起他拉我去他家吃烩面片，他削土豆皮很狠，说：我弄长篇呀，你给咱多弄些中篇，不信打不出潼关！”《读安黎》，与安黎相识，时间并不长，是读过了他的《丑脚丫走过故乡路》，那是一部自传体小说，里边记有两件事，一件是他们的村子叫麻子村，“是十个麻子九个怪”，于是记住了他的来源；另一件是他的父亲是个驼背，他认为父亲活着是来还罪的，于是也记住了他的一种生存。《方英文小记》，“前些年我进商州，找的是何丹萌，后来何丹萌调走了，那间霉而黑的屋里接替的是他，我就又找他。住下的这个夜里，他必然就开始攻击我的文章，朗读他的文章，直朗读得我的头枕在床头昏迷了，他说：‘你不会欣赏！’”贾平凹说：“在陕西我有一批作家朋友，也有一批艺术家朋友，我们常能交流，这种亦师亦友、亦庄亦谐的气氛很好，互相激励，一棵树或许能长大，但容易分枝，一群树挤着往上长，都目望高空，就都长得高而且直。”①

除了作者圈子之外，“西安城里，有一帮弄艺术的人物，常常相邀着去各家，吃着烟茶，聊聊闲话。有时激动起来，谈得通宵达旦，有时却沉默了，那么无言儿呆过半天；但差不多十天半月，便又要去一番走动呢。”② 正是和艺术家朋友的走动和交往，才使得他对于书法、绘画、戏曲、音乐的评论不停地见诸报端，包括《听金伟演奏二胡》、《读画随感》、《读吴三大作品》、《画家逸事》、《读贺荣敏画有感》、《读马海舟书画》、《叶炳喜的书法》、《李杰民的书法》、与鱼闻诗《关于秦腔〈恩仇夫妻〉的通信》等。日常

---

① 贾平凹：《坐佛》，西安：太白文艺出版社 1994 年版，第 3 页。

② 贾平凹：《品茶》，《爱的踪迹》，上海：上海文艺出版社 1985 年版，第 93 页。

生活的形塑不仅受个人社会地位的影响，而且受人们身处其中的文化环境的影响。因为不同的文化环境，包括年龄、人生阅历以及经验的不同，也会形成各种各样的圈子，这些自发而成的圈子通常有着共同的旨趣。在现代文学中，关于作家流派和文人圈子的研究非常深入和专业，程光炜主编的《文人集团与中国现代文学》就专门收录了诸如《学衡》作者群、北大的两个教授集团、京派小说家的文化心理结构以及延安文人的文化环境等，专门探讨了基于共同的出身、兴趣爱好以及城与人的关系所形成的文人集团或文化圈子。但在当代文学研究中，显然非常忽略这一块，作家似乎都被认为是特立独行的，并没有注意到他们所身处的文化环境和地理环境以及文学传统对其创作的影响，更不用说所长期来往的圈子对其气质旨趣的重要作用。尤其对于贾平凹来说，他的古书、收藏、古乐等艺术气质从何而来，他为何能成为诗书画并进的作家，显而易见，他同生活周边的西安艺术家圈子的交往情况，也应是我们的重点考察对象。正是在书法、绘画、古乐等艺术家圈子的熏陶和来往中，在写作之余，贾平凹不仅是琴棋书画的欣赏者，也是很好的参与者、实践者。

在《平凹作画记》中，贾平凹专门讲述了自己习画的由来。本来是得意于在年纪不老的作家中，自己的毛笔字可入书品。因为不断有人求字，自己也有给别人写字正好也可练书法的想法，就当成一件玩事。但因索字的人常常事先拿出数张纸来，时间久了，自己竟白落了很多纸，一日突发奇想，有这么多纸，为什么不试着作画呢？想起别的画家总是将墨大泼大涂的，自己也开始泼，也开始涂，心里感觉怪畅美的。一日，刚画完，恰好来了一位搞美术理论的朋友，见到自己作的画，连呼是鬼狐附体，说了好多让他吃惊的好话。自己又是见不得鼓动的人，虽然没有受过训练，也就得意地开始画起来，并将之归为无知无畏的秉性。

关于贾平凹的书法，据丹凤县党史办主任屈超耘介绍，“贾平凹在小学五年级时，班主任吕彦秀的毛笔字写得很好，他送给平凹一本欧阳询的字帖，平凹的字是从欧阳询的字习起，才成现在这个样子的。"[①] 而贾平凹的绘画本是些漫不经心的涂抹，其早期作品，应该追溯到1970年前后在丹凤县苗沟水库办"工地战报"时，他办黑板报、油印小报，板报上他画题头尾花，油印小报上用铁笔刻画工地人物，老贫农的烟袋、突击队长的镢头、铁姑娘的拉车等；后来他的画为人所称道，是因为他结识了西安美术学院的专业画家，他们在技术层面上给贾平凹以指导，而贾平凹又从意象方面、内蕴方面以及文人画等诸多方面与画家朋友们交流，这样的相得益彰使他增添了作画的兴趣和信心，于是才有了几大册精美画册的出版，有了他南北各地的画展。所以，在考察贾平凹的艺术气质形成时，我们不能忽略西安的艺术家圈子对他的影响。

因此，在作家身份之外，贾平凹会"毫不谦虚地说，我对于绘画、音乐、书法、戏剧的爱好，热情并不比文学低，其有些见解和对文学的见解有过之而无不及。我平日读的书中，相当多的则是这方面的书"。"如果有人说我的作品中多少有一点东方美学思想的影响，那很大程度得力于中国的文人画、民乐、书法和中国戏曲。"[②]《我的台阶和台阶上的我——人道与文道杂说之三》中他自我介绍，1971年，在水库工地上"为了活跃战报的版面，我学会写各类字体，学会绘画插图，学着写诗"。1981年，"我什么都想写，顺心所欲。开始了学写中篇，开始了进攻散文，诗的兴趣也涨上来了。又爱起了书法，绘画，戏曲。"《山石、明月和美中的我——文外谈文之二》中讲，自己喜欢国画，是因为国画既忠实生活，又突破了生活的极限，工笔而写意，含蓄而夸张，"沉繁消尽留清瘦，画到无时似有时"，能够在有限的内容中唤起无限的思考和意趣。同时又非常喜欢戏曲，因为戏曲融诗词、音乐、舞蹈、绘画、雕塑、工艺、建筑、武术、杂技等为一体，表演的虽不是生活的真实，但是通过表演，却让人感受到生活真实的幻觉。

基于此，才有了他诸多关于诗书画、戏曲的杂谈和品评，《观浩

---

① 孙见喜：《鬼才贾平凹》，太原：北岳文艺出版社1994年版，第433页。

② 《贾平凹答〈文学家〉问》，载《文学家》1986年第1期。

然逆书》，“中国的书法之所以是一种艺术，正在于它是人的情感，是时代的情绪。传统的有众多源系，或娟秀或典雅或狂颠或敦厚，区别也在此。”“但浩然的逆书，正是在于长期正规学习字的框架结体的基础上反正的，这叫入格而破格，不入相而为大相。也正是艺术诞生于拘束，也死于拘束，死于自由又新生于自由。”[①]《读吴三大书品》，讲述陕西人知书艺，陕西人都以推崇三大、师从三大为荣，家有三大墨迹的视为宝。自己初次遇到吴三大时，见他头大口大臂大，其相如虎，因而敬畏不敢上前搭讪。后来发现满街牌匾多为他所题字，自己曾专门一路慢走，用手精心在口袋里临摹。《读王军强山水小品随感》，发现中国画本来是从整体上感知和把握世界，因此，在观王军强山水小品时，会有仰观宇宙之大，亦可俯察品类之盛，甚至会感受到在整个空气里都游荡着画家的幽灵。《读贺荣敏画有感》，近日读到贺荣敏的画作，很有些启悟，他的作品虽然是随着西方绘画的潮流而驱动，但中国画的传统的河床却在潜藏着，如堆塔直上乃成高，如疏水远源方成流。《三人画读感》，拜识侯志强、陈其道、郭均西三位友人新作展出后，赶读所悟：作文不能就事论事，作画亦不能就物论物，否则硬壳不裂，困之小气。古人以人品进入大画境之说，实则也是多与社会接近，多与自然接近，多与哲学接近，通贯人生宇宙之道，那么就有自己的思想，自己的角度。大的艺术家要学技巧，但不是凭技巧成功，而是有他的形而上的意象的世界为体系的。到易俗社看秦腔后给导演鱼闻诗写信发表感悟：我反对实物上台，戏剧就是戏剧，一切在意象上讲究。

贾平凹和书法家、画家、曲艺家朋友们的交往，他个人诗书画精工的特点在当代文坛的确是别样的存在，这不仅和个人旨趣相关，也和西安古城的城市文化有关。涂尔干告诉我们，“每一种城市都创造一种心灵状态，每一种文化都有自己确定的准则以调节人们的行为，这种准则会内化为人们内心的一部分。”[②]“当今的事实是西安的文化

① 贾平凹：《静虚村散叶》，西安：陕西人民教育出版社 1990 年版，第 79—80 页。

② ［美］理查德·利罕：《文学中的城市》，黄福海、吴子枫译，上海：上海人民出版社 2009 年版，第 8 页。

氛围要浓于别处的。我到过许多极普通的市民家，多多少少都收藏有古书字画，并数次看到中堂上悬挂‘一等人忠臣孝子，两件事读书耕田’，‘读书是福，开卷有益’的条幅。”① “走遍全国大小城市，手写的风格各异的店铺匾额西安最多，即便那些流动于街头巷尾叫卖的小吃担，如甑糕、笼笼肉、蜂蜜凉粽，担头上晃悠晃悠的一个小木板招牌上也常是集了颜真卿的字或于右任的字。”书画学会，书画研究院，多得连书画界的人也搞不清。看到这些，你就不难理解《废都》中书法家龚靖元的受欢迎程度。

> 你在西京大街小巷走走，看看所有招牌题字，你就知道龚靖元的大名了。民国时期，所有的字号是于右任所题，于右任也没龚靖元如今红盛！
>
> 全城的高档宾馆没有不挂龚靖元的字，所以他到任何宾馆，要吃就吃，要住就住，宾馆经理接他如接佛一般。市里烹饪协会考厨师，考官首先问：龚靖元吃过你的菜吗？若回答吃过，这厨师第一关就过了；若说没吃过，说明你压根儿还差等级。②

有些学者认为“社会固然是由个人组成的，但个人一旦组成社会，社会就有了独立存在的特性，或者说具备了单个个人所不具备的‘突生性质’，因此，它是一个实在的整体”③。每个人都是他所属文化的产物，文化积淀也是推动和养成人个性的重要因素。贾平凹指出在西安，有一批很有成就的画家，他们形成了一种关中画派。曾感叹“与石鲁同生活在西安，是我作人的荣耀”的他，正是在西安城市文化氛围和艺术家圈子不断晕染下，成为当代作家中少见的诗书画同时并进的一位。1998年出版的《贾平凹书画》是中国当代作家出版的第一本书画集。在作品自序中，贾平凹专门回顾了书画之路，自己的

① 贾平凹：《老西安》，北京：中国社会出版社2006年版，第49页。

② 贾平凹：《废都》，北京：北京出版社1993年版，第14页。

③ 周晓虹：《理解国民性：一种社会心理学的视角》，《天津社会科学》2012年第5期。

字被认定为书法是在20世纪80年代的中期，那时，尝试用毛笔在宣纸上写字，忽然有了一种奇异的感觉，从此一发不可收拾。毛笔和宣纸会产生自娱的快感，后来读到了许多的碑帖，慢慢品味，才大致能理解古人的笔意，也大致能感应出古人在书写时的心绪。

贾平凹诗书画并进的创作道路，使得他一方面可以通过字画获得巨大的收益，以此补贴文学创作的微薄进项，可以将文学创作作为一项事业，一种志趣来书写，而非作为谋利的手段来迎合某种写作范式，因而保留更多本真情绪，也使得他的作品恒久保持对社会现实的关注和思考。同时，这也和西安的城市文化氛围有关，在西安，有着汉唐的文化积淀和传承，书法院、画院不计其数，爱好者更是颇多，书法、绘画名家辈出，和他们的交往也熏陶培养了贾平凹的艺术旨趣。文人、艺术家圈子的来往甚密，更是使得贾平凹对小说中的人物生活十分熟悉，他们是自己20年的城市生活中长期接触的人与事，甚至最初想过在《废都》中以四大闲人为线索，但考虑到那样结构太大，字数将太长，读者会厌烦，“故只集中写庄之蝶，我想有些材料留下以后去写。我对书画家、戏剧家生活之熟悉，可以说胜于熟悉作家，但是要反映‘废都意识’，我接触的书画家及戏剧家反倒没有作家来得深刻”。[①] 所以，文人圈子和他们的日常生活也成为《废都》故事的背景，那熙熙攘攘出现的人群、那热闹繁多的事件，为我们汇聚了一幅西京城的“清明上河图”。

① 田珍颖：《关于〈废都〉的通信》，见萧夏林主编《〈废都〉废谁》，北京：学苑出版社1993年版，第196页。

第四章　人物及故事周边

本章主要借用古典文学和现代文学的研究范式，如借鉴《红楼梦》、《金瓶梅》研究中关于人物谱的方式，鲁迅研究中其人生故事对创作的影响等既有成果，来重新解读、考证《废都》故事，解释《废都》的成因。通过整理人物图谱，可以发现这部40万字的小说竟有300多位人物出场，他们中既有古人，又有现代人、外国人，他们的出场既代表着过去的辉煌文化，又代表现在的不堪境遇和未来的颓败走向，而正是通过这种古今之别所带来巨大反差的折射，“废都意识”体现出来。同时，在人物之外，以文史互证的方式，通过故事周边的叙述可以更好地释放作品的张力，考证《废都》故事与贾平凹人生故事的重合之处，可以帮助我们理解这一时期困扰贾平凹的疾病、官司、婚变等如何成为作品中的故事元素，进而还原作品是如何将作家的个人遭际与时代境遇结合起来，而突如其来的美国之行又如何成为催化剂，使其完成废都意识的整体思考。

第一节　人物谱

关于《废都》，在其问世之初，确实也有学者指出其“清明上河图”般的丰富性，这也是根据作品中的人物繁多有感而发的评价，之后，随着社会和批评关注的热点转向庄之蝶的“性解放”，并作出压倒性批判和窄化理解，以至于《废都》中到底出现多少人物，并没有人继续关注并对此做出考证。本节就试图填补此项研究空白，通过统计作品中出现的全部人物，并进行初步的整理和介绍，梳理出他们的从属关系和职业特征，为以后的《废都》研究做出基础性的铺垫工作。小说的重笔在作家庄之蝶，着重描写的也是其家庭生活，因此，以庄之蝶为中心，辐射出“四名人”、“四闲人”，可以勾连出20世纪90年代的社会生活，展现了那个时代真实的“浮世绘”。而与历史人物的辉煌灿烂相比，现世人物的颓败、不堪愈加明显，通过历史人物和现世人物的古今差异描写，废都意识也尽情折射在其中。

一 历史人物

历史上出现过的59人（按照人物出场顺序排列），杨玉环、释迦牟尼、石涛、八大山人、张大千、齐白石、石鲁、毛泽东、陈传才、牛奇人、杨虎城、刘镇华、慈禧、赵翘楚、李鸿章、文徵明、胡宗南、李清照、曹雪芹、周恩来、沈三白、冒辟疆、李渔、董小宛、蒲松龄、康生、刘少奇、诺贝尔、王之涣、白居易、唐玄宗、李史鱼、马凌虚、刘太和、莎士比亚、孙思邈、康有为、秦王、韩信、霍去病、胡适、鲁班、潘安、华盛顿、达尔文、老庄、郑板桥、黄宾虹、武则天、王羲之、王献之、颜真卿、欧阳询、柳公权、张旭、米芾、于右任、希特勒、唐僧。多涉及在古都西安生活过或者和西安有密切联系的人物，可区分为以下几种。

1. 军事人物

主要涉及汉代两位将军。韩信，秦末汉初军事家。楚汉战争期间，指挥井陉之战、淮水之战和垓下之战等著名战役，辅助刘邦灭楚兴汉，先后被封为齐王、楚王，继又黜为淮阴侯，《史记·淮阴侯列传》记载其事迹。霍去病，西汉武帝时期的杰出军事家，好骑射，多次率军与匈奴交战，留下了“封狼居胥”的佳话。

2. 政治人物

秦王，指李世民，书中所涉及的《秦王破阵乐》即《秦王破阵舞》，最初乃唐初的军歌。李世民登基后，专门将这首乐曲编成了舞蹈形式，再经过宫廷乐人的艺术加工和处理，逐渐形成了规模庞大、富丽堂皇的大型乐舞，也可以说是中华民族在鼎盛时期的历史象征。武则天、唐玄宗、杨玉环为唐皇帝、贵妃，他们和西安最为密切，也是大唐盛世的象征和见证人物，前文中所涉及的乾陵、华清池、杨贵妃墓地也和他们有关。慈禧与西安的交集发生在1900年八国联军入侵北京后，她曾带领光绪皇帝逃至西安，在此生活过一年多时间，本书第一章所涉及的卧龙寺就是在慈禧居西安期间施银、赐额的情况下迎来新的繁荣。康有为在前文有关卧龙寺“康圣人盗经案”中已有详细介绍，不再赘述。赵翘楚、李鸿章，涉及慈禧在西安期间，奕劻和李鸿章作为清廷全权代表，与八国联军在北京谈判，各国代表提出要严惩“首祸诸臣”，慈禧下令庄亲王载勋、左都御史英年自尽。军机大臣赵翘楚被诸大臣及外国代表看作“纵拳”的祸首，要求严办。慈禧最初打算保住赵翘楚，仅给其以革职留任处分，并电令中方代表据理力争。但外国代表态度强硬，并以武力相威胁。清廷遂对赵翘楚的定罪一再加码，改为“交部严查”，又改“斩监候”，再改“斩立决”。消息传出后，因赵翘楚是长安人，且一向廉洁干练，官声颇好。1901年2月20日，西安坤民为赵请命，聚集者达数万人。清廷迫于内外压力，又改为赐令自尽。2月24日，赵翘楚书绝命诗二首，其中有“生死由天原不计，满目哭送却伤神”之句，颇为悲怆。赵自尽时，因身体强健，吞金未死，喝鸦片与砒霜，仍未死，一直从午后1时折腾到深夜11时，尚未咽气，监刑人再三催促，赵家人迫不得已，“乃以棉纸遍糊七窍，灌以烧酒而闷煞之。屡绝屡苏，反复数次而后毕命。”① 《废都》中通过其后人赵京五之口详细叙述了这一历史事件。杨虎城，曾任陕西省政府主席、西安绥靖公署主任，发动了震惊中外的“西安事变”，改写了中国历史。刘镇华，民国军阀，《废都》中涉及其当年的“西安围城”事件，历时8个月率部攻打

① 西安市地方志编纂委员会编：《西安市志·第七卷·社会人物》，西安：西安出版社2006年版，第63页。

西安，军民死伤五万人。牛奇人，风水先生，西安围城中靠奇艺解救城围，击溃刘军，被赏双仁府一条街和经营水局，是作品中庄之蝶夫人牛月清的祖父，被作为牛家显赫家世的起源和荣耀。胡宗南，民国重要将领，其一生历经黄埔建军、东征、北伐、内战、抗日战争，直到1947年指挥进攻占领中共首府延安，转战西北，官至第一战区司令长官、西安绥靖公署主任，成为手握几十万重兵、名震一时的"西北王"。康生，精于鉴赏，书画尤见擅长，据说曾送给刘少奇一面十四折扇面，两指间宽，竟用蝇头小楷誊抄了整整一篇《论共产党员的修养》。毛泽东，60年代曾手书《长恨歌》，但没写完，只从开头"汉皇重色思倾国"写到"惊破霓裳羽衣曲"。《废都》中专门提及康生手书扇面和毛泽东手书《长恨歌》，如何促使庄之蝶费尽心机地从龚小乙处夺走，然而，书中所叙述的康生手书纸扇内容本应是中国共产党的社会主义总路线总方针的决议，并非《论共产党员的修养》，而毛泽东的手书《长恨歌》真迹保存在中央档案馆，只是在仙游寺（白居易作《长恨歌》之处）刻石为记，所以关于手书《长恨歌》的争夺只是作者的文学虚构。

3. 文化人物

老庄，道家文化代表人物。王羲之、王献之，东晋时期著名书法家，合称为"二王"。王羲之书法兼善隶、草、楷、行各体，精研体势，博采众长，摆脱了汉魏笔风，自成一家，影响深远。代表作《兰亭序》被誉为"天下第一行书"。潘安，西晋著名文学家，美姿仪，少以才名闻世。欧阳询、颜真卿、柳公权、张旭，唐代的书法艺术代表人物。欧阳询以楷书为最，笔力险劲，结构独异，后人称为"欧体"；颜真卿的书体被称为"颜体"，与柳公权并称"颜柳"，有"颜筋柳骨"之誉。张旭开创了狂草书风格的典范，史称"草圣"。孙思邈，唐代著名道士，医药学家，医学巨著《千金方》是我国历史上第一部临床医学百科全书，被后人誉为"药王"、"医神"。王之涣，盛唐时期的著名诗人，以善于描写边塞风光著称；白居易，唐诗人，有"诗魔"、"诗王"之称。米芾，北宋书法家、画家，书画自成一家，能画枯木竹石及山水，擅篆、隶、楷、行、草等书体，宋四家（指苏轼、米芾、黄庭坚、蔡襄四人）之一。文徵明，明代中期最著名的画家、大书法家，“吴门画派”创始人之一，与唐伯虎、祝枝山、徐祯卿并称“江南四大才子”，与沈周、唐伯虎、仇英合称“明四家”，其诗、文、画无一不精，人称是“四绝”中的全才。石涛，明清时期最富有创造性的杰出画家之一，擅花卉、蔬果、兰竹，兼工人物，尤善山水，其画力主“搜尽奇峰打草稿”，一反当时仿古之风，与弘仁、髡残、朱耷合称“清初四高僧”。八大山人，即朱耷，明末清初画家、书法家，笔墨特点以放任恣纵见长，苍劲圆秀，清逸横生，不论大幅或小品，都有浑朴酣畅又明朗秀健的风神，章法结构不落俗套，在不完整中求完整，朱耷的绘画对后世影响极大。郑板桥，清代画家、文学家，“扬州八怪”之一，擅画兰、竹、石、松、菊等物，代表画作为《兰竹图》。《废都》中专门提及赵京五院子的照壁上是砖雕的郑燮的独竿竹，两边有联：“苍竹一竿风雨”、“长年直写青云”。齐白石，现代中国绘画大师，擅画花鸟、虫鱼、山水、人物，衰年变法，笔墨雄浑滋润，色彩浓艳明快，造型简练生动，意境淳厚朴实。黄宾虹，现代画家、学者，擅画山水，为山水画一代宗师，早年受“新安画派”影响，以干笔淡墨、疏淡清逸为特色，为“白宾虹”；八十岁后以黑密厚重、黑里透亮为特色，为“黑宾虹”。所谓“黑、密、厚、重”的画风，正是他显著的特色。于右任，现代书法家，陕西省三原县人，早年是同盟会成员，长期在民国政府担任高级官员，又是书法家、著名报刊活动家、教育家，曾参与创办复旦大学、上海大学、西北农林专科学校（今西北农林科技大学）等，筹办《神州日报》、《民呼日报》、《民立报》以宣传资产阶级革命主张。1926 年，他与冯玉祥、刘觉民等人解救西安之围，出任驻陕总司令。后担任国民政府审计院长、监察院长。他亦是中国近代书法史上的艺术大家，尤擅魏碑与行书、章草结合的行草书，首创“于右任标准草书”，被誉为“当代草圣”、“近代书圣”、“中国书法史三个里程碑之一”（另外两位为王羲之、颜真卿）。石鲁，现代画家，因崇拜清初大画家石涛和现代文学家鲁迅而改名“石鲁”。早年就学于成都东方美专图画系，1940 年赴延安入陕北公学院，从事版画创作，后专攻中国画。1959 年创作《转战陕北》，名声日隆。后与赵望云创立“长安画派”。长期生活在西安，擅长人物、山水、花鸟，绘画风格犷率、硬朗，有“黑、重、怪、野”之喻。“文革”中受冲击发疯，闹市中去买苦胆，《废都》中庄之蝶无路可走、发疯而去肉铺买“苦胆”也是借用此典故。此外，还有众多的文学大家，如婉约派词人李清照，作《聊斋志异》的蒲松龄、《影梅庵忆语》的冒辟疆、《浮生六记》的沈三白、《红楼梦》的曹雪芹，等等。

二　现世人物

除了庞大的古典人物群，在《废都》中，活跃着更多的现世人物，“名人”、“闲人”之外，政商经文、佛道卜谣、贩夫走卒、三教九流莫不囊括，通过他们的出场，既展开了《废都》故事，又浮现了转型年代的社会生活乱象。

1. 有名姓

共 88 人，包括：智祥大师、苏警察、黄德复、孟云房、夏捷、慧明、赵京五、周敏、唐宛儿、汪希眠、龚靖元、阮知非、庄之蝶、牛月清、洪江、景雪荫、钟唯贤、刘嫂、韦老婆子、王安、雁塔文化馆刘馆员、高文行、西大街商场朱经理、王嫂、黄鸿宝、柳月、龚小乙、陈冲、老黄、根胜、王婆婆、李洪文、韦寡妇、严副厅长、王鹤年、荀大海、小方、张主任、薛瑞梅、武坤、小顺子、金庸、老史头、瞿副省长、卖柿饼的马香香、邮局发行科姓贾的、张来子、宋医生、尚贤路街道办事处王主任、蜡烛厂女工阿兰、市报社庞先生、孟烬、郝二娘、文联魏副主席、美协小丁、舞协王来红、作协张正海、作协搞书评的戴尚田、法门寺祥云大法师、穆家仁、阿灿、阿贵、小顺、白玉珠、司马恭、小丽、柳叶子、小朱、刘大瑜、顺子、陆老头、德胜、小红、翠玲、刘小卡、旅行社余导游、东羊市街马家火锅姓马的、环保局杨科长、卖菜的吴三、兽医焦跛子、老齐、大正、老虎、牧子、黑老三、王炜、小菊、戴安娜王妃。

2. 无名姓

计200余人，多以职务、职业或身份替代。涉及各行各业，有作家、书法家、画家、乐家、政客、法官、律师、中医、西医、护士、教师、警察、编辑、僧人、尼姑、个体户、工人、民工、兽医、营业员、商场经理、保姆、书商、气功大师、小偷、暗娼，涵盖城乡居民、三姑六婆、卜辞相命、贩夫走卒，等等。

包括：孕璜寺花工、说谣辞老头、市长、市长夫人、孟云房茶友老婆、邻人、唐宛儿丈夫、儿子、四大恶少、龚靖元夫人、市烹饪协会、厨师、粗脚女子、文化厅厅长、宣传部部长、周敏房东、老尼姑、阮知非老婆、老婆情人、景雪荫丈夫、卖石头眼镜的青年、庄之蝶岳母、阴间老岳父、岳父坟临一家三口、糖坊街女子、售货员、赵京五姨、爆米花的小贩、柳月照看的婴儿、打制戒指的小炉匠、商州来的炭客、王婆婆的丈夫、儿子、牛月清北郊干表姐、姐夫、表姐老爹、酒馆店主、喝酒汉子、门口摆杂货摊的小贩、喝酒老头、戴白色眼镜的年轻人、钟唯贤的恶婆子、天籁出版社总编、汪希眠母亲、捎信人、老中医、长途车司机、老太太、女儿、小伙子、四个码花花牌的老太太、照相馆冲洗部的人、四五个佩戴治安袖章的人、三女一男上访户、秘书长、人大主任、人大代表、城建局领导、自来水公司领导、省报社编排室主任、副主编、车间工人、四个街道工厂、三个终南山里来的麦客、北京来约稿的女编辑、张来子爹、张来子舅、担瓦罐的邻村人、饭店服务员、糖果店售货员、孟云房第一个老婆所生的儿子、部队团长、常务县长、地区专员、孟云房隔壁老头、小媳妇、工商局、税务局、水电局、环卫局、所在街道办事处、洪江远门亲戚、小偷、扒贼、书店三个女服务员、黄厂长小儿、医学院附属医院教授、卫生局局长、王主任老婆、阿兰大姐、三个业余作者、细柳巷作家、市报的编辑、书商、乡下亲戚、亲戚老婆、作家老婆、蒸馍师傅、车马店的炭客和菜客、民工、阮知非爹、孟烬的娘、汪家保姆、工程师、市民族事务委员会、市佛学、房管局、卖镜儿糕的老汉、守山门的派出所人、市民委主任、市民政局长、老护士、小护士、小伙子、老领导、宾馆经理、领导秘书、刺绣厂女工、陕西督军、台湾商人、北郊老者、摸骨老太太、年轻男女、小儿、渭北人、老女人、阿灿儿子、被偷钱的妇人、刘嫂超生的小儿子、运动员、戴市容卫生监督员袖章的人、黄厂长老婆、尾随柳月的小青年、装修工人、白玉珠军人儿子、省报文艺部、龚小乙单位领导、白玉珠母亲、中央首长、省市领导、农民、市民、顺子驼子娘、电视台记者、报社记者、顺子媳妇、胖儿子、区政府、法院院长、卖醪糟的摊主、电业局局长、画家们、歌手、文物古董收藏家、秦腔角儿、五个律师、暗娼、黑脸汉子、省职称评定办公室的领导、柳月小同乡、凉粉摊主、医院院长、陪同黄厂长的人、干表姐的儿子、打扫卫生的老太太、健身跑步的老年人、制作名片的汉子、劳务市场的农民工、赵京五母亲、批评家、大学中文系教授、卖辣子涮羊血块的、陪护人员、四个副厅长、钟唯贤痴傻儿子、懂按摩的人、火化炉管理员、鸭子坑的妓女、迎春楼的妓女、赶车的马夫、终南山下来的炭客、渭北的赶毛驴贩运火纸、瓷器和棉花、烟草的脚户、戏班子里敲板的、陆老头女儿、军官、市卫生局局长、几个好玄学的人、天山派真人、红卫兵、小学生、鬼市摊主、洪江收购店看门老头、外宾、石鲁女儿、柳叶子丈夫、派出所所长、等候做流产的女子、新疆师父、三轮车夫、国家公安部的领导、画商、头缠孝巾的人、龚家亲戚的子女、抬果子盒的人、开店母女、商贩、牛医、停车站等车的人、政法委书记、树林子里的少男少女、市长司机、隔壁单元的人、陪娘、迎亲队伍、穿旗袍的服务员、带相机的来宾、自荐为庄当保姆的人、两个求签名的姑娘、出租车司机、影院墙根的两个人、门口收票的人、黄厂长老婆娘家兄弟、制作纸花的老太太、阮知非情人、牧子老婆、公交车上小偷、杀牛的汉子、模特、长虹饭店的经理、宣传部部长老婆、文化局、景雪荫小姑子、歌舞厅服务员、打阮知非的胖子、菜客、美国小伙、唐宛儿丈夫雇的四个打手、周敏爹娘、山西削面馆的老板娘、高院院长、骑自行车的人、卖肉的等。

3. 图谱

这熙熙攘攘、纷繁出现的众多人物，主要通过四名人、四闲人的活动轨迹串联起来。笔者以简单的图谱对人物做出归纳概括。

四名人：

- 庄之蝶（作家）
  - 女人
    - 牛月清（夫人）
      - 母亲
        - 邻居：王嫂、王婆、丈夫、儿子
        - 阴间：丈夫、驼子娘、女鬼、牛月清干娘
      - 北郊干表姐：丈夫、父亲、儿子
      - 单位老黄
    - 唐宛儿（情人）
      - 周敏（私奔对象）
      - 潼关丈夫、儿子、四个打手
    - 阿灿（情人）
      - 大姐（安徽宿州邮局工作人员）
      - 穆家仁（丈夫）、儿子
      - 阿兰（三妹）、王主任（尚贤路街道办事处主任）堂哥卫生局局长
      - 阿贵（邻居）、老太太
      - 区政府办公人员
    - 柳月（保姆、情人）
      - 前雇主（糖果店售货员）、婴儿
      - 赵京五（恋爱对象）
      - 大正（丈夫）
      - 美国小伙
  - 政界
    - 市长、市长夫人、儿子大正、保姆小菊
    - 秘书长黄德复
    - 人大主任、市民委主任、市民政局局长、环保局杨科长
  - 工作
    - 文联门房韦老婆子
    - 报社文艺部张主任
    - 天籁出版社总编
    - 省报社编排室主任、副主编、车间工人
    - 北京约稿女编辑
    - 学生作家、求教的业余作者
    - 文联的老魏副主席
    - 美协小丁
    - 舞协王采红
    - 作协张正海
    - 作协搞书评的戴尚田
    - 画家们
    - 崇拜者：文学青年小红、翠玲，求签名的两个姑娘
  - 生活
    - 刘嫂与牛
      - 老齐（丈夫）、超生小儿子
      - 卖菜的吴三（邻居）
      - 焦跛子（兽医）
      - 杀牛汉子
    - 暗娼
    - 宋医生（中医）
    - 小酒馆
      - 店主
      - 通天地老者
      - 喝酒汉子
      - 戴白色眼镜年轻人
- 龚靖元（书法家）
  - 妻子
  - 龚小乙（儿子）
    - 小丽（前女友）、小朱（小丽现男友）
    - 柳叶子（卖大烟的）王胖子
    - 单位领导
  - 国家公安部领导人

- 汪希眠（画家）
  - 汪老太太、保姆
  - 老婆
  - 三个儿子、一个私生子
- 阮知非（西部乐团团长）
  - 老婆、老婆情人
  - 女秘书
  - 打阮的三个人、胖子
  - 西医附属医院的医生

四闲人（庄之蝶周边）

- 孟云房
  - 妻子
    - 第一任妻子、参军儿子
      - 部队团长
      - 常务县长
      - 地区专员
    - 第二任妻子（孟烬娘）
      - 孟烬
      - 工程师
    - 夏捷（现任妻子）——前夫、儿子
  - 佛界
    - 智祥大师
    - 慧明
  - 大师
    - 气功大师
    - 卜师
    - 北郊奇人、儿子、儿媳
    - 天山派真人
    - 新疆大师
- 赵京五
  - 先祖赵翘楚
  - 黄鸿宝（农药厂厂长）——妻子、情人
  - 出事朋友（字画藏品）——毛泽东、康生书法
  - 四大恶少
  - 旅行社余导游
  - 老虎（闲人）
  - 牧子（红道黑道人物）
    - 黑老三（黑道人物，管西片）
    - 王炜（黑道人物，管北片）
  - 石鲁的女儿
- 周敏
  - 工作——西京杂志社
    - 主编钟唯贤
      - 恶婆子
      - 痴傻儿子
      - 薛瑞梅（互有好感的同学）
    - 编辑
      - 李洪文
      - 苟大海
      - 小方
    - 业余作者王鹤年
  - 官司
    - 文化厅
      - 厅长、严副厅长、韦寡妇
      - 省领导——瞿副省长、宣传部部长
      - 武坤（前主编）
      - 景雪荫（处长、庄之蝶同事）——父亲、丈夫、小姑子
    - 法院
      - 白玉珠（法官）
      - 司马恭（审判员）——母亲、儿子
- 洪江
  - 太白书店
    - 邮局发行科贾
    - 书店的三个服务员
    - 前妻、刘小卡（现妻）
  - 洪江收购店——看门老头

三　古今之别

通过人物图谱我们可以发现，在作品中所涉及的历史和现世人物中，更多的是有关文化人物，包括历朝历代的书法家、画家、文学家、各色才子等，他们以自身的艺术成就浓墨重彩地书写中国艺术史，在世界文化史上也占有重要地位。此外，《废都》中出现大量关于“四”的应用，如故事开头育出四朵奇花，一枝蕊为红色，一枝蕊为黄色，一枝蕊为白色，一枝蕊为紫色；天上出现四个太阳；西京城内四大名人、四大恶少；庄之蝶拥有四个情人；以及多次出现的四个码花花牌的老太太、四个副厅长、四个打手等，也是沿袭古代传统，表达出混沌的意味，甚至可以说对西京城内“四名人”的推崇也是沿用古代“四才子”的说法。在前文中，我们分析了文人圈子对贾平凹的创作生活和精神气质的影响，在《废都》中，文人生活也是作者最为熟悉因而也是铺张描写的对象，并且通过其生活周边，将触角延伸到各行各业，尤其是活跃在庄之蝶周围的文化圈四闲人，连接的更多是 20 世纪 90 年代城市平民、三教九流、百态人生的浮世生活。然而，细细归纳《废都》中涉及的 300 多个人物，发现这些不同时期的人物被杂糅到一部四十万字的小说中，就会有着鲜明的对照，古代人物的辉煌、古典文化的灿烂与今昔文化的堕落、文人的无行无德形成极大反差。相比较四闲人而言，四名人应是当代西京城的荣耀和象征，他们分别是诗书画乐的顶尖人物，备受时人敬仰，却是那般“盛名之下”的不堪与堕落。

四大名人中的第一名，画家汪希眠的对应者最近距离可以找寻到开创“长安画派”的石鲁，这是与他时空最为密切的西安著名画家。与开创“长安画派”、以“黑、重、怪、野”独创一格的石鲁相对应，画家汪希眠毫无任何创新和过人之处，按照书中的描述，他很聪明，“学什么像什么，所有名家之作都可仿制，上至石涛、八大山人、下至张大千、齐白石。”有钱又喜好女人，有三个儿子和一个私生子，当然，这些开销主要依靠仿制画作骗人和谋利，作品中对其创作的“最高评价”就是仿制的石鲁画作连石鲁的女儿都辨别不出。书法家龚靖元，他的参照对象是民国时期活跃在西安的书法家、革命家、教育家于右任。民国时期，几乎所有的字号牌匾都是于右任所题，但于右任也没龚靖元如今的红盛，西京大街小巷所有招牌题字都出自其手，全城的高档宾馆没有不挂他的字，但其人嗜赌如命、情人众多，因赌博经常被公安局抓走甚至惊动公安部来视察的领导，他在书中唯一的一次正面出场就是在城隍庙商场购买麻将，书法作品收入也主要用来偿还赌博罚款和儿子吸毒款，最终发疯而死。西部乐团团长阮知非自称“活鬼闹世事”，脱离秦腔本行，领着红男绿女表演歌舞、走模特步，最为时尚风流却被人打瞎了眼睛。而作家庄之蝶，被认为是声名最大的一位。他的出场安排颇具魏晋名士之“轻裘缓带，不鞋而屐”的风味，“院子里就有一人趿了鞋出来，个头不高，头发长乱，穿一件黑汗衫，前心后背都印着黄色拼音字母。奶牛突然长叫了一声。……那人笑笑，拍拍肚子，就趴到牛肚下边，口接了奶头用手挤着吮起来。”就这样“貌不惊人”、“不善修饰”的庄之蝶却是不折不扣的大众情人，众女性崇拜、暗恋对象，唐宛儿、柳月、阿灿、听讲座的小姑娘，上至贵夫人汪希眠老婆下到卖淫为生的暗娼等均不能抵挡其魅力，主动求爱如飞蛾扑火。这种受欢迎程度，可与古之潘安“掷果盈车”相媲美。然而与潘安夫妻情深不同的是，庄之蝶的苦闷突围是从寻觅一个又一个的情人开始，最终伤了情人、毁了家庭、废掉了自我。

历史的辉煌荣耀、大气磅礴和90年代废都中的人物生活也构成极大反差。曾拥有整条街的赵翘楚后人赵京五只保有三进程院子中的一间厦房，且“光线极暗，好一会儿才看清白灰搪的墙皮差不多全鼓起来”。而祖上开办双仁府水局，被赏了双仁府一条巷的牛月清也仅仅守住几间平房，只能立于已经封盖的那口井台上，“想象当年街巷里的气象”。古有蒲松龄开“聊斋”作《聊斋志异》，今有庄之蝶的“求缺屋”文艺沙龙，本想借此构思长篇小说，然而除了开办两次活动：一次是众人齐讲黄段子、一次是气功大师搞骗局之外，只是庄之蝶与唐宛儿、阿灿等人的偷情场所。不论是外在空间抑或是内在心灵都存在极大的古今反差，让我们不得不好奇和追问在“唐朝的天空”生活下的子民90年代为何遭遇此种挤压、堕落与颓败。哲学家帕斯卡尔曾有一句名言："对于人，没有什么比他自己的状态更为重要的了。"[①] 看来，若要找寻答案，亦需先叩问作者贾平凹书写时的状态。

贾平凹在《废都》的扉页专门郑重声明：情节全然虚构，请勿对号入座；唯有心灵真实，任人笑骂评说。这很容易使人联想到《红楼梦》开篇所写：满纸荒唐言，一把辛酸泪，都云作者痴，谁解其中味。尽管《废都》曾被戏称为"当代《红楼梦》"，不仅从题头的交代，到作品中所置办的宴席、开列的菜单，礼节走动、人情往来都有《红楼梦》的影子，甚至成语接龙游戏（如《红楼梦》诗社中的即景联句）抑或柳月诱惑庄之蝶的那一段白藕胳膊（恰如《红楼梦》中薛宝钗之于贾宝玉）都有相似之处，但二者传达出的味道还是有着本质不同。倒是费秉勋对此的看法颇有洞见，分析了其联系和差异。在接受陕西省人民电视台采访时，他提出《废都》之于贾平凹正如《红楼梦》之于曹雪芹，主要是针对二者的创作状态而言的。在接受笔者采访时，他更是提出《废都》是贾平凹的自序传小说，两日后，他在博客上登出《〈废都〉创作心理管窥》，提出"奇苦极郁"产生《废都》。"奇苦极郁"本是清代红学家潘德舆评《红楼梦》时所说，认为曹氏因"奇苦极郁"，而借《红楼梦》得到宣泄。"奇苦极郁"也可称为"孤愤"，在宣泄孤愤时，蒲松龄用狐鬼，施耐庵用梁山好汉，曹雪芹用儿女，"都是一把辛酸泪"。这种理论，司马迁讲述得更为深刻，他说自古以来的伟大著作，都是遭遇苦难的人写出来的，"盖文王拘而演周易，仲尼厄而作《春秋》，屈原放逐，乃赋《离骚》；左邱失明，厥有《国语》；孙子膑脚，兵法修列；不韦迁蜀，世传《吕览》；诗三百篇，大抵贤圣发愤之所为作也。此人皆意有所郁结，不得通其道，故述往事，思来者。"[②] "意有所郁结"就是"孤愤"，就是"奇苦极郁"。左邱双目失明，写了《左传》、《国语》，司马迁遭腐刑，写了《史记》，所以清代的红学家说曹雪芹

---

① ［法］帕斯卡尔：《思想录》，何兆武译，上海：上海华东师范大学出版社 2005 年版，第 103 页。

② 费秉勋：《〈废都〉创作心理管窥》，http：//blog. sina. com. cn/s/blog_ 4900e6a60101e8tr. html。

是“盲左腐迁”。继承这一理论的后来又有“穷而后工”。[①] 所以即使一个天才作家，如果一直处于顺境，就可能写不出伟大深刻的作品；而当他在人生历程中出现大的苦难，精神、生命出现危机的时候，他对宇宙人生会产生一种异乎寻常的认识和感受。费秉勋教授是研究古典文学的专家，亦是贾平凹的良师益友，他当然明白“文章憎命达”和更为确切地知晓贾氏创作《废都》的真实状态。借用他的分析继续探索，我们可以试图找寻《废都》与贾平凹的生命联系，以期有更多的发现。

有学者曾将文学作品比作“生命的形式”，说一件作品“包含着情感”，恰恰就是说这件作品是一件“活生生”的事物，也就是说它具有艺术的活力或展现出一种“生命的形式”。[②] 贾平凹本人也将《废都》称为自己的“苦难之作”，在后记中写道，“这些年来，灾难接踵而来，先是我患乙肝不愈，度过了变相牢狱的一年多医院生活，注射的针眼集中起来，又可以说经受了万箭穿射；吃过大包小包的中药草，这些草足能喂大一头牛的。再是母亲染病动手术；再是父亲的癌症又亡故；再是妹夫死去，可怜的妹妹拖着幼儿又回住在娘家；再是一场官司没完没了地纠缠我；再是为了他人而卷入单位的是是非非中受尽屈辱，直至又陷入另一种更可怕的困境里，流言蜚语铺天盖地而来。”“这个时候开始写这本书了。”[③] 参照理论和实践，《废都》应该是贾平凹遭遇人生困境的悲苦之作，难怪其能从“悲不戚戚”的埙声中找寻到创作灵感，并让悲苦的埙声成为《废都》的创作基调和底色。作者坦承：“《废都》里有我的情愫，但又不完全是一己之私。我谛听自己的内心，但我也关注现实，因为我是都市平民，平民并不缺乏悲天悯人的情怀。但我又是作家，作家又称闲人，偷得浮生半日闲，闲情也来自人间的。正是关注现实，关注生命，我注重笔

---

① 费秉勋：《〈废都〉创作心理管窥》，http：//blog. sina. com. cn/s/blog_ 4900e6a60101e8tr. html。

② ［美］苏珊·朗格：《艺术问题》，北京：中国社会科学出版社 1983 年版，第 52 页。

③ 贾平凹：《废都·后记》，北京：北京出版社 1993 年版，第 520 页。

下的人物的参差而不是人物的对比；注重其悲，悲中尤重其凉，注重其美，美中尤重其凄。”① “对我而言，《废都》不仅是生命体验，几近于是生命的另一种形式，过去的我似乎已经死亡了，或者说，生命之链在四十岁时的那一节是断脱了。”② 在四十岁不惑之年，贾平凹的人生遭遇到怎样的打碎与重建，在《废都》中又如何呈现自我的苦痛呢？川端康成的研究者长谷川泉曾指出：“川端人生道路上的盛衰和模糊的连接点上有着他作品形成的微妙之处。”③ 其实这种说法对很多作家都适用，更不用说被称为“自序传”的《废都》。我们可以通过探究贾平凹的个人生活和作品的连接点，进而分析《废都》是如何在作家本人客观和主观发生极度矛盾的境际中产生的。

第二节　故事周边

当庄之蝶的“性解放”成为批评关注的聚焦点，作品中的其他成分势必受到严重压抑，这对于作品理解无疑造成巨大的困难。而当代文学研究长期被批评话语覆盖，也使得一些敏锐的文学史研究者对此范式不满，如郜元宝的《没有“文学故事”的文学史——怎样讲述中国现代文学史》提出应该注意文学史的细节，应该包括文本的形象描写与一些越来越趋于湮没的虽然不一定可以坐实但不妨一提从而有助于后人理解文学与历史生活之关系的“本事”。如程光炜《贾平凹与琴棋书画》所指出，当代文学研究“历史化”的重要路径之一是如何“现代文学化”，也即像现代文学研究那样如何在作家作品的周边营造和叙述各种各样的“故事”。没有这些故事，作家作品的经典化是无法完成的，对其历史定位也不可能真正实现。因此，本节通过笔者对贾平凹身边朋友的寻访，试图考证出有重要关联的“废

① 扬子：《我只想写出一段心迹——〈废都〉首发式访平凹》，《沸沸扬扬话〈废都〉》，北京：中国友谊出版公司1993年版，第40页。

② 贾平凹：《贾平凹说：〈废都〉就是〈废都〉》，先知、先实选编《废都啊废都》，兰州：甘肃人民出版社1993年版，第11页。

③ 《日本各家论川端康成》，《日本文学》1983年第3期。

都”故事，以“文史互证”的方式重新解读释放《废都》到底写了什么，贾氏为何如此写作。通过重回作品内部，发现整理《废都》与贾平凹的人生故事重合之处，来完成对于作家个体生命的偶然性考察，进而恢复并凸显与贾平凹个人生活相关的具体细节与场景，这些对于《废都》的理解把握和经典化定位无疑是个有效路径。

一 人病

《废都》中最重要的三个主人公是庄之蝶、周敏、孟云房，三人的名字串联起来就是“庄周梦蝶”，显而易见受到老庄哲学的影响。《庄子·齐物论》讲，“昔者庄周梦为胡蝶，栩栩然胡蝶也，自愈适志与！不知周也。俄然觉，则蘧蘧然周也。不知周之梦为蝴蝶与，蝴蝶之梦为周与？周与蝴蝶，则必有分矣。此之谓‘物化’。”[①] 在这样一种意识中，人很容易在幻觉中，不知庄周梦蝶还是蝶梦庄周了，进入那种物我两忘、心醉神迷的境界。无独有偶，贾平凹在写于 1989 年 11 月 15 日夜的散文集《人迹》“跋”中记述，“从去年的七月，我写一部长篇小说时患乙肝病倒，从此开始了一年零两个月的病院生活。长长的孤寂同病毒一起在折磨我。整日的独躺独想，起先以为是一种最残酷的刑罚，到后来便觉得有吸大烟的效果，因为夜里睡得安稳，现在不会迷糊，你想啥就来啥，睁着眼好像又在梦中，完全处于逍遥游了，所以便疑心庄子一定是患过大病躺过病床的。”[②]

贾平凹是中国当代文坛的“著名病人”，曾自嘲“没有倾国倾城貌，只有多愁多病身”。据他自己介绍，从 20 多岁的时候就开始生病，当时西安市的医院每年都会去住，一住就是两三个月。友人曾在文章中回忆其对医院的熟悉程度，“贾平凹记性差，去老朋友家也常常敲错门，谦着脸看开门人的冷眼。对西安的医院他却了如指掌，有人生病要住院，他便一一细数着推荐：这家脸黑，心更黑，那家的药总是过期的，再有的一家治不好病专给添病，最后甩甩手，‘住 × ×

① （战国）庄周：《庄子》，北京：北京燕山出版社 1995 年版，第 47 页。

② 贾平凹：《人迹》，广州：广州旅游出版社 1990 年版，第 138—139 页。

吧，那家打针的小手虽然凉，心肠却热。’这些学识都是他的亲身体会，他身上的病从读大学时就获得了，从此在体内时隐时现，随着他名气的渐大，就越贴越紧，要是把针比做箭，用他自己的比喻已是万箭穿臀了。”① 1988年，贾平凹在写作长篇小说《忙忙人》（这部小说因病中断，未完成）的时候，得了乙型肝炎。8月12日，住进了西安市传染病医院，气氛单调而又压抑。9月11日，他写下散文《人病》：

> 病院里，我们像囚犯一样要穿病服，要限制行动于一个极小的院子里，虽然那院墙是铁制的栅栏，可以看见外边的人。但看见了外边行人穿着花花绿绿行走，就顿生列入另册的凄凉。②
>
> 在医院的西楼角，也即在厕所的旁边，是有一株古槐的，古槐的树杈上白天常见到卧一个猫头鹰。每到夜里，它就叫了，它一叫，我们都惊慌起来，肯定在第二日，最迟不超过第三日，定要抬出去一个的。这不是迷信，一定是猫头鹰闻着了欲亡人的气味在鸣叫。大家都走出来，默默地目注着一个裹着床单的躯体去天平间。他永远太平无烦恼苦痛了。他的毛巾、牙具被拿出来放在窗台，他的母亲或者他的妻子在地上滚着哭。那条床单也折价永远归了他。③

据朋友们介绍，贾平凹当时病得很重。费秉勋讲那一阵自己经常到贾家去，贾和韩俊芳当时的关系挺好，但是肝病很重，就在传染病院住着，已经肝腹水了，韩俊芳在他面前没有表现得很难受，但是每次从医院里看望出来就会蹲在野地里哭很长时间。朋友何丹萌介绍自己当时几乎是每个礼拜都要看望他一次，有时与韩俊芳同行，有时与孙见喜结伴，有时就独自一人去了，因为贾入院时已经是肝腹水了，

---

① 贾平凹、穆涛：《生病》，《平凹之路》，西宁：青海人民出版社1994年版，第155页。

② 贾平凹：《平凹散文》，杭州：浙江文艺出版社2000年版，第375—376页。

③ 同上书，第377—378页。

最终没有转化成肝硬化，实属奇迹。1989 年 1 月 26 日，上海的《文学报》用大字标题登出《作家患病读者忧来鸿传讯报平安》，说据传言贾平凹病重，得的是肝癌。为此《文学报》总编辑特向作协陕西分会书记处书记白描询问贾近况，白描复信讲贾平凹是因肝腹水住进了传染病医院，病情已经好转。当时他也积极配合医生治疗，按时吃药打针，按时起床和休息，手头不安排创作上的“大活”。

这一时期，贾平凹的散文集《人迹》不容忽视，按照他的说法，纯属“心情不好的时候写些散文”，《人迹》不仅是此时心路历程的见证，更是长篇小说的积累，甚至提供了很多《废都》的直接素材。不管是因著作出版，殷切切送给某人一册，在扉页上恭正地题写：“赠×××先生存正。”过罢一个月，偶尔去旧书收购店见到此书，于是折价买回，在扉页那条提款下又恭正地题写：“再赠×××先生存正。”写毕邮走，来到一家酒馆喝酒，回想起来不禁乐而开怀。此情节在《废都》开篇即出现，×××被命名为高文行。另一情节是好友×君，虽编辑 15 年杂志，但生活清苦贫困，英年早逝，仅遗留下一支笔和一副深度近视眼镜。待到送亡友去火葬场火化时，发现待化的队列冗长，忽然看到墙上张贴有“本场优待知识分子”，于是立即返回取来编辑证书，果然火化得以提前。此情节被用于《西京杂志》主编钟唯贤去世后在殡仪馆火化炉的遭遇。而《门》中的黄厂长，制造了三〇农药，出五千元钱换来五千字的宣传报道。因社会对于广告已经失去信任，对报道却无限神秘，于是农药销路挺好。黄厂长发了财，轻看、作践发妻，在羞辱之下，妻子喝了三碗农药，被送往医院却未死，医院化验农药无毒。消息传出，为挽救颓势，黄厂长欲出钱再写篇报道，称研制出新型的专为那些发了财而家庭发生分裂的人制造的夫妻乐三〇牌农药，谁料却含有剧毒。这种荒诞不经的故事同样被移植在《废都》中 101 农药厂厂长、乡镇企业家黄鸿宝与其妻及庄之蝶的往来之中。当然，这些细枝末节的储备也许只是细微的点缀，而收录其间的《太白山记》则是写作视角和方法的大转换。

1989 年 2 月，贾平凹由西安市传染病医院转到西安医科大学第二附属医院，5 月写了新体小说《太白山记》，由 16 则笔记构成，写作方式极为独特，作品发表后就被评论家称为“新聊斋”，被认为是接续了“志怪小说”的文学传统，那“恍兮惚兮”的混沌风格传达了神秘文化不可言说的气息。贾平凹对此也“自我感觉良好，是比我病前的作品少了几分浮躁气”。在《上海文学》发表时，后面附有金吐双（贾平凹的化名，贾氏因被算卦先生讲命中缺土，自称“双土居士”）写的《“太白山记”阅读密码》，文中说：“贾平凹患病住院，已经住得很久，以他所言，世界观也改变了，再加上他崇尚气功，脑子里整日是怪异念头，这些全体现在《太白山记》上了。时下的文字作品中，时髦着潜意识的描述，方法多是意识流，以一种虚的东西写实的东西。《太白山记》却是反其道而行，它是以实写虚，将人之意识变成实体写出，它的好处是不但变化诡秘，更产生一种人之复杂的真实。”① 这种“以实写虚”的方法也被运用到《废都》中实写“日常生活”背后的“废都意识”哲学中。贾平凹曾专门讲到疾病是一种哲学，“你一个人躺在床上的时候，你无奈，觉得自己很脆弱，很渺小，伤感的东西就出来了。我没有倾国倾城貌，却有多病多愁身。多病必然多愁。我是一个写作者，这种情绪必然就会带到写作中。好多人说，你太敏感。这都是病的原因，病人的心事多。有人说我的文章里有鬼气，恐怕与病有关。得病久了，思维会改变。病是哲学。”②《太白山记》基本上是在病床上写的，肝病一发作，打几天点滴就可稳定，然后就能生活自理，一个人待在医院里，用电炉子熬药熬粥，来些朋友聊天，也看书，写写小文章，那时候想象力丰富，尽是奇思妙想。亚·蒲柏专门讲道，“疾病是一种早期的老龄。它教给我们现世状态中的脆弱，同时启发我们思考未来，可以说胜过一千卷哲学家和神学家的著述。”③

我们无法断定《废都》中的那头“哲学牛”是否酝酿成熟于病

---

① 贾平凹：《〈太白山记〉阅读密码》，载《上海文学》1989年第8期。

② 贾平凹、谢有顺：《贾平凹谢有顺对话录》，苏州：苏州大学出版社2003年版，第102页。

③ ［英］亚·蒲柏：《论疾病》，林时编《疾病的隐喻》，广州：花城出版社2003年版，第57页。

中，但“被隔离的凄苦”、“被歧视的遭遇”确实使得贾平凹看待世界的眼光更为冷峻和复杂。因此才会出现，“当我站在铁栅栏内向外张望那些歧视我们的人群时，总作想：别神气十足以为你们干净吧，或许，你们是没有查出乙肝的病人，我们是查出了乙肝的健康人!”“我们是病人，人却都病了!”[①] 这种“人却都病了”的哲学思考在《废都》中体现得淋漓尽致，贾平凹奋不顾身，将备受尊崇的文化人、作家一一拉下神坛，“一等作家政界靠，跟上官员做幕僚。二等作家跳了槽，帮着企业编广告。三等作家入黑道，翻印淫书换钞票。四类作家写文稿，饿着肚子要清高。五等作家你潦倒了，×擦沟子自己去把自己操。”在这种环境下，连最清高、干净的庄之蝶也学会钻营、谋财害命、放浪形骸。这种无所顾忌的写作姿态使得批评家大跌眼镜，他们已经适应了那个作为文坛上最纯净的，与伤痕文学、寻根文学、地域小说等潮流都沾得上边的当代著名作家、才子贾平凹，“好像是一个智慧、淡泊的隐士，在悠缓地讲说民俗和隐秘的人物、故事。他仿佛要把一切全都送到没有时间性的‘过去’之中，而这‘过去’是没有一丝烟火气的，是属于未经‘现代化’污染的宁静悠然的‘净土’的。”[②] 虽然贾平凹以“庄周梦蝶”的方式来实现自己从“净土”到“废都”的转换，还是引起批评家的惊叹“贾平凹怎么啦”，甚至是批评和谩骂。1993 年庄之蝶的爱情游戏和性冒险迎来最为严厉的知识分子集体批判，但 20 年后，他们却发现小小的庄之蝶早已如影随形，活跃在自身的每一个角落。这种疾病之下的激情爆发所导致的写作与批评的双向断裂，也恰好印证了英国女作家伍尔芙所说，“疾病是大忏悔”，可以使人祛除虚伪而回归真诚。人们在生病时，往往“会有一种孩子似的直率。事情一一说遍，真相脱口而出，而健康与小心的上等人对此本是讳莫如深的”[③]。

---

① 贾平凹：《人病》，《四十岁说》，西安：陕西旅游出版社 1994 年版，第 45 页。

② 庐阳：《贾平凹怎么啦——被删的 6986 字背后》，上海：三联书店 1993 年版，第 161 页。

③ ［英］弗吉尼亚·伍尔芙：《伍尔夫随笔集》，孔晓炯等译，深圳：海天出版社 1993 年版，第 106 页。

在病中，这段多灾多难的岁月更是伴随着生离死别，1989 年 9 月 10 日，贾父去世，那篇感人至深的《祭父》述说了内心的悲痛，“父亲是极不甘心地离开了我们，他一直是在悲苦和疼痛中挣扎，我那时真希望他是个哲学家或是个基督徒，能透悟人生，能将死自认为一种解脱，但父亲是位实实在在的为生活所累了一生的平民，他的清醒的痛苦的逝去使我心灵不得安宁。”① 1991 年 1 月 4 日三毛自杀，贾平凹为这位崇拜自己的台湾作家写出了《哭三毛》、《再哭三毛》。1992 年 11 月 17 日，路遥因肝癌去世，年仅 43 岁；1993 年 1 月 16 日，邹志安死，年仅 46 岁。加上 1991 年杜鹏程去世，可以说这段时间，陕西省作协“满眼都是白花，充耳都是哀乐”，被低沉、阴郁的氛围所笼罩。贾平凹置身其中，难免有物伤其类的悲哀。据说，在西安，贾平凹是一位著名病人，路遥的英年早逝使得更多的人担心甚至断定贾平凹的身体也撑不了多久。同时，路遥又是因肝癌去世的，这对身患肝病的贾平凹来说“不仅是一个信号，是一种提示，也是刺痛他内心深处那个沉疴的重重一刀。面对路遥的遗容，他也伤心落泪了，然而路遥死后，他似乎把好多事情一下子看开了，有了一种豁出去的感觉，他说：‘我没有儿子，父亲死后，我曾说过我前无古人后无来者了，现在，该走的未走，不该走的却走了，几十年奋斗营造的一切都稀里哗啦打碎了，只剩下身体上精神上都有着病的我和我的三个字的名字，而姓名又常被人叫着写着骂着。’他觉得自己什么也没有了，他不管也不顾了，仿佛这才醒悟了要真真正正按照自己的意志去活人了。”② 于是，就有了汪洋恣肆、直面人生的《废都》写作。

二 官司

《废都》小说里贯穿前后的主线就是一场官司，源于在《西京杂志》编辑部帮忙的周敏写了一篇文章《庄之蝶的故事》，里面写到庄之蝶年轻时期的恋爱故事，他当年在杂志社工作时如何同本单位的一

① 贾平凹：《祭父》，《四十岁说》，西安：陕西旅游出版社 1994 年版，第 64 页。
② 丹萌：《贾平凹透视》，天津：百花文艺出版社 2004 年版，第 138 页。

位女性情投意合，如漆如胶，又如何阴差阳错未能最后成为夫妻。这篇文章因之触怒了故事中女主角的现实原型景雪荫，引发为一场官司。《废都》以这场官司为支点，勾连起庄之蝶与《西京杂志》编辑部，与教授、学者、文人圈子，与法院系统、文化厅系统、市长，与闲人等的交往，可以说是《废都》展现世态人情的一个重要载体。据孙见喜向笔者讲述，这场官司确有其事，就是自己在《文学家》杂志1986年第1期发表的《贾平凹其人》及其后引发的风波。

孙见喜讲述"官司"风波始末

1984年，陕西人民出版社要办一个大型文学刊物，贾平凹就向编辑部主任介绍了自己"文人圈子"中的孙见喜，说企业里有这么个业余作者，然后杂志社就把孙借调过去。刚去时的主要工作是看社会来稿，当时有好多社会上自然投稿，需要初选一下，有些业余作者就是帮助初选一些稿子。一年以后感觉他工作还可以，就正式调到出版社做编辑，编杂志。因为我毕竟不是学中文的，是从创作实践来的，当时一块儿去的有三四个人，都是业余作者出身，都是一边编稿子，一边自己搞创作，这么过来的。后来编辑部办的《文学家》杂志，要搞一个专栏，叫作"当代作家研究"，每一期选定一个作家，它的内容包括这个作家的创作生活，得有一篇纪实文学，得有他的作品，或是中短篇小说，或是长篇片段，后面附几篇评论。每一期推出一个作家。第一期推出的就是贾平凹，我就写了关于他的纪实文学，写了四万多字。后面写到他初到出版社工作的时候，一个农村娃娃、工农兵大学生，在那个地方，毫无优势可言，没有任何家庭背景、没有任何经济背景，就是一个人闯进了那样一个世界，非常孤独。当时同事中有一个大学女同学，比他低一级，也是刚到出版社工作，人家家庭有背景，但是对他很关心，给他送一点吃的啊，两个人关系比较好。过去的时候我就了解这些情况，就写进作品中了，用了Y君替代下。他也跟我讲过这些故事，他们两人在电线杆底下约会啊，给他送吃的啊，当时他们两个也不像是谈恋爱，但是两个人的情感是很真挚的，比较纯洁的一种友谊吧，后来继续发展下去也有可能。但是毕竟因为家庭差距太大，可能性很小。于是我就把这段感情生活写进去了。写进去以后，因为这个女的人家父亲是省上的领导，什么时候受过这种委屈呀，就不愿意。关键是出版社的知情人都议论纷纷，这个人当时还没在西安，在外地，他们就说孙见喜把你写进去了，怎么样，怎么样，好多人在那里煽风点火。一怒之下，她就找到出版社，要告状，要打官司，就为这打了六年官司。

她说是侵犯了她的名誉权，侮辱她了，就告我、告贾平凹、告出版社。人家在局里工作，开始告到区法院，好像是莲湖区吧，审理来审理去，这个构不成什么，第一是没有说你的名字，外面的读者也不知道 Y 是谁；第二，这中间写的是美好的交往，也没有直接写你们两个恋爱了，或者有爱情了什么的，没有这样的字眼，都是讲大学同学、同事之间的交往，感情很好，来往多一些，互相关心更多一些，这些算不上把你侮辱了。所以，就没有判侵权，就判她败诉了。败诉了以后，人家就上诉到省高院，省高院并没有审这个官司，就直接判了，判我侵权了，然后叫我赔钱，就是打官司的费用。当时我就找到省高院去，问为什么连审都不审就判了。人家就说，你这都是写作的人嘛，还用我们解释？咋，再判一次，正式给你出个文件，我们在报上再登一下，有什么意义？这官司就不要登了，判你输了，你就不要再打了，就是这个意思。然后判的是陕西人民出版社在《陕西日报》上道歉，登道歉信，我没有写，出版社写了。写了之后，我就找到出版社总编钱国忠，这个老钱比我高几届，我们也算是熟人，他也写散文，我给他的散文写过评论。我说老钱，这是怎么回事？老钱说，哎呀，你不要再说了，我们这里压力大得很，宣传部直接打电话来，就这样弄。他说这个没有在正版上登，在广告版上登着呢，尽量缩小影响。他说你也理解我吧，咱都是小人物，我也难处得很。出版局打电话、宣传部打电话，都是咱的顶头上司，这事就过去算了。后来我说，你也不坚持原则，那也没办法，咱是小人物，就这么处理了。因为还告我们编辑部，还告他们三方的吧，最后那几个说，咱把它给分摊了，最后我们每人出了些钱，就分摊了。

现在时过境迁也看淡了些，但打官司的那几年我简直是身心俱焚，因为这个事情也不好意思再去找贾老师，再打扰人家我觉得不好，虽然那场官司到高院的时候把贾老师剥离了，但在他心里也是个事儿，对他来讲也是个压力。那六年里我本来想写几部长篇的，因此推后了好多年，而且在出版社，也有人跟着说，说你给咱惹了多大的麻烦，大家都不得安宁。《废都》里写周敏打官司的这个材料，是另外一个朋友（刘小平），从商洛过来的，他原来在县城是个建筑工人，喜欢文学，就漂到西安来了，类似于今天的北漂。漂到西安来，在这个编辑部当当编辑，在那个杂志社当当记者，或是去哪儿跑跑发行，总在文化圈混的，有这么个朋友，好像有领个女的来那事。贾老师就一直帮他忙，一会儿给他找工作，一会儿帮他其他事情，他有时候也给贾老师惹一些麻烦，还得去处理。这人也有他可爱的地方，讨人喜欢，嘴很甜，腿很勤，你让他办个事，跑得比谁都快，办完以后给你有交代，有头有尾，谁不喜欢这样的？再一个就是给大家增添乐趣，和贾老师还是在一块儿玩，就这么个关系。所以，《废都》中实际上是把这两件事情结合到一起去了。

笔者查阅了《文学家》杂志在 1986 年 1 期所开辟的专栏“陕西中青年作家研究·贾平凹专辑”，刊登了孙见喜的“作家介绍”《贾平凹其人》以及几位研究者的评论文章：费秉勋《贾平凹与中国古代文化及美学》、陈华昌《贾平凹散文和中国传统审美意识》、韩望愚《贾平凹散文的特质、意境和语言——平凹散文近作漫评》，李星《贾平凹：一个不断实现着的自我》。其中《贾平凹其人》，可以视为贾平凹的前传之一，“棣花镇”介绍了贾平凹1952年出生时家乡、家族情况，棣花镇的庙宇、风俗等。“二十年”则介绍了童年、少年、青年时期的学习、生活，在水库工地上的工作情况。“在西大”，是1972年因为贾平凹在水库上的突出表现，被县上推荐到西安上大学。西北大学的学习生活和初习写作的尝试，逐渐地，诗、故事、小说、儿童文学在许多报刊上不间断地出现。“当编辑”是大学毕业后经过有关文艺部门的竭力争取，贾平凹没有回到他的家乡商洛，而是留在了西安市，分配到陕西人民出版社文艺部工作，横卧在西五路六十五号院出版社家属院的一套一室户的单元房厨房中。之后就涉及Y君，他和她都从西北大学毕业，她晚他一年到出版社。他们以前虽非一个年级，却老早就认识。

> 这Y君是自小在城市长大，父母都是高级干部，家中生活相当阔绰。每个星期天回家，她都要给他带些好吃的来。出于礼貌和急切，每个星期天下午的五点，他都要到西五路的第二根电线杆下接她。见了面，目光相交，化作无声的笑，他这样，她也这样。
>
> 只要平凹乐意，她愿意为他作一切服务。她唯一的期望是他多发表作品，早日成就大才。应该说，她评判事物的准确程度是不低的，至少在对贾平凹未来的判断上是这样。那时，在出版社，确实许多人都把他不当一回事，而她却独具慧眼，施他以温情，应当说是难能可贵的。多少年后，贾平凹每每忆及此君，总不免要心动神移一番。
>
> 她要下乡去了，他送到火车站。一网兜苹果，你推给我，我推给你；临要进站，却是你紧抓着那边，我紧抓着这边，谁也不松手……那陶罐，她后来也设法替他带了回来。他请专家作了鉴定，确认那是一只汉罐。

这只罐，平凹搬了三次家，始终放在他的书架上。那罐子里，他插着一卷宣纸，那是他手书的一帧条幅。条幅上写着一首诗，固定着一个永恒的怀念：你有多少愁绪，你就有多少云；我有多少柔情，我就有多少水。水升腾为云，云降落为水；我们永远不能相会。只有到了夜里，月亮出现，那该是我们的眼睛。我看着你，你看着我，默默地淌下露珠的相思泪。爱使我们有了距离，距离使我们爱得愈深……①

当这些年轻时期的美好交往被见诸文字，在《废都》中通过“庄之蝶的故事”得以呈现，却让庄之蝶感到不安：“女性虽未提名道姓，但事情框架全是与景雪荫发生过的事情，却那时与景雪荫好现在也后悔，虽内心如火而数年里未敢触动她一根头发，甚至正常的握手也没有。如今写成这般样子，似乎什么事情都已发生过了，那么，双方皆有家室儿女，景雪荫的丈夫读到此文怎么感想？牛月清读后怎么感想”？这件事情最终愈演愈烈，在故事内外都被诉讼为官司，《废都》中也借李洪文之口说出：“景雪荫现在矢口否认，让她拿出否认的证据来，文中说她送庄之蝶了一个古陶罐，古陶罐我在庄之蝶的书房见过的，她也要赖了?!”② 无独有偶，我们可以在贾平凹的散文《玩物铭》中发现这个汉罐的踪迹：

这确实是个汉罐。陶质的，高二十七厘米，长颈胖肚。肚的上部有一圈图案，似麒麟又非麒麟，据说是龙的子孙的一种，但名字我还未查出。

七八年前的时候，一位女子与我关系尚好，她去关中乾县下乡，回来与我谈乡间生活，说，那里修“大寨田”挖了许多墓，农民将完整的带回作了尿盆，破坏的大片苫了院墙头……当时，城里还没有重视地下文物的风气，乡下更不知这瓦罐的好处，且

---

① 孙见喜：《贾平凹其人》，载《文学家》1986年第1期。

② 贾平凹：《废都》，北京：北京出版社1993年版，第104页。

> 关中黄土之下埋有十三个帝王墓陵，王公贵戚的坟丘更不计其数，随时老牛拉犁就会翻出一些古时的东西来。……我那时也不知它的价值，只想象其本质本色的一定好玩，就说：“你再去，拣一个完整的给我抱回来。”她果然就抱回一个了。
>
> 罐子从此就一直放在我的书架上。
>
> 但遗憾的是，那位曾经与我关系友好的女子，因为别人的一篇特写的文章而与我反目起来。那特写里曾涉及过这个瓦罐，她断然否认了，且说了许多难听的话，干了许多伤情的事，甚至要控告我到法庭。我一直在缄默，忍受这种人心变异的痛苦，也准备到了法庭上示出这瓦罐的证据。这却使我十分作难，人去物在，这瓦罐已与我有深厚感情啊，万一在法庭以它示证，那女子竟要物归原主该如何是好？故我打消了示证的念头，宁愿忍受一切法律制裁了。①

多年以后贾平凹曾回顾打官司，说一共打了3个半官司，耗费心神，以后再也不打官司了。《废都》中指的就是那半个，到高院时被剥离被告身份。然而就是这半个官司，催生了《废都》。从故事开始时的“令他终生难忘的景雪荫，现在回想起来，那简直是他人生长途上的一袋干粮，永远咀嚼不完的”。到结尾处，一日夜间庄之蝶在恍惚中和景雪荫苟合，在豪华宾馆里举行了结婚典礼，在洞房中戏弄景雪荫之后又当着客人的面庄严宣告与景正式解除婚约，而且电视上也立即播放了这一声明。之后，“他终于大笑：我完成我的任务了！”这就不难理解贾平凹的从1983年《爱的踪迹》的温情：“有多少水，你就有多少柔情，有多少云，我就有多少心绪，水升腾成云，云降落为水，咱们永远不能相合。天黑了，日子多寂寞，月亮是我们的眼，我看着你，你看着我，夜夜把相思的露珠淌着。爱使我有了距离，距离是我们爱的永久。”② 到1990年《人迹》的凄冷：“人迹板桥霜”，

---

① 贾平凹：《玩物铭》，《守顽地》，北京：人民文学出版社1991年版，第200—202页。

② 贾平凹：《天·地》，《爱的踪迹》，上海：上海文艺出版社1985年版，第1页。

“试想，人的一生怎不是在行走一个后是苍崖前是黑林上有夹峰下有深渊霜在滑风在扯战战兢兢移移挪挪裹脚难迈的独板之桥呢?!”[①] 也许对于历经长久“官司”煎熬的贾平凹来说，爱的踪迹早已无处可寻，独有物是人非、人心变异的内在苦痛。

三 婚变

在众多朋友的讲述中，大家都认为在创作《废都》的时候，贾平凹的内心非常痛苦，可以说，正是痛苦产生了这样一部作品。当然也有之前所谓的单位争斗，就是《长安》停办了之后，文联几个人为了个人利益，有些争权夺利的行为，所以这方面也感到比较苦恼。还有和另外一个女的打官司，就是曾经一起工作过的出版社年轻女编辑，两个人走得也比较近，但是贾平凹作为男性，自觉地认为人家是官宦出身，不宜结婚，而且当时他好像已经结婚了，但是因为一篇纪实文学文章两人打起了官司。还有母亲的病、父亲的去世等可以说是几件事情碰到了一起。但是，说来说去，最痛苦的还是他个人的婚姻家庭问题。

因贾平凹一直未能解脱父亲去世的痛苦，《西安晚报》的老编辑张月赓等人就带着他去韩城散心。韩城是一座古城，《诗经》中就有“溥彼韩城”的记载，又是汉史学家司马迁、宋政治家张昇、清代东阁大学士王杰等历史文人的故乡。这次韩城之行，贾平凹结识了一位曾在由其小说改编的舞台剧里饰演角色的女演员，参观游览时，两人很能谈得来。[②] 后来，二人越走越近。他爱人知道后，当然是非常生气的，来来回回产生很多是是非非，加上有些朋友也不好，互相传话，矛盾越搅越乱。写《废都》的时候，最初是在当时耀县水库写的，那个女演员，有时候也偷偷地去看他。他当时的妻子韩俊芳是非常自尊的，她不是一般女人，打定主意要离婚。所以贾平凹非常痛苦，因为两个人一直都很恩爱，他平日都是集中精力做自己的事情，

① 贾平凹：《人迹》，广州：广东旅游出版社 1990 年版，第 1 页。

② 孙见喜：《贾平凹前传》（第 2 卷，制造地震），广州：花城出版社 2001 年版，第 52 页。

对外的朋友啊，或是社会上的那些关系，主要是韩俊芳帮他处理，而且处理得非常得力。后来可能是两个人都有一些事情，彼此心里都有气。在这个过程中，路遥的死，对贾的冲击非常大。《贾平凹前传》第二卷“制造地震”记载了这段“黑色的日子”：1992 年 11 月 20 日，贾平凹从西安晚报社搭车去参加路遥追悼会。22 日，一整天待在柏油巷家中，寻找当年的结婚证。24 日，陈彦来，留其谈心，畅诉心中痛苦。又翻箱倒柜，继续寻找当年的结婚证。陈彦始知二人闹离婚。25 日，孙见喜、何丹萌闻知此事，赶往贾家劝说。26 日，费教授在电话中告知孙，贾、韩已于上午 11 时，正式离婚。办完手续后，贾平凹就来到费秉勋家，泪流满面，费教授知晓其内心的苦痛，明白其已无处可去，就将其送到户县，因为户县李连成的妻子做饭很对贾的口味。27 日，早，孙见喜赶往费教授家，问及事情始末，10 点，寻到柏油巷，家中无人，10 点半，来到市文联韩俊芳办公室，寻到韩，韩向其哭诉事件过程，言平凹与人有染。劝解后，孙留下四句话：得理让人，放人一马，平和大度，宏观在胸。28 日，早 9 时费教授赶到户县见平凹，11 时景平去户县见平凹，下午 4 时，马建涛到户县见平凹，晚 7 时，孙见喜赶到户县见平凹。众人夜里集体商讨挽救婚变的方案至次日凌晨 3 点，大致的意见是平凹主动认错，争取对方谅解，然后复婚。然后众人要贾谈想法，贾痛陈情史，言某女士善解人意，大方、潇洒、气质好，又尊重他，能谈得来。坦言，就此离异，妻女今后怎么过，确实丢心不下。但若复婚再回去，韩脾气太犟，常给他心中造成不悦，言他接济一些穷亲戚往往受阻，在韩面前没有自豪感。说韩没有追求，哪怕学裁剪，学画画都可以，只要有精神上的追求就行。31 日，众人去找某女士，女士追问：贾平凹藏在什么地方？言及贾已离婚，她说大家应该拯救贾出苦海，言谈间泪流满面。晚 8 时，众人来韩家，韩神志平静，说有自己的人格和尊严，坚决不同意复婚。说她把啥话都给贾讲了，事已至此，感谢朋友们的关心，这事今后不要再提了。此后，贾开始了流浪写作，12 月 4 日，由户县转战大荔县，途经西安，贾自言：这个城市里，已经没有我的家。12 月 24 日，又回到户县，继续写作，到腊月二十九日晚上，抄完了全书的最后一个字。那年的春节也是贾第一次离开家在外度过，在户县李连成家包饺子，并写下一副对联：佛无量祥猴护法得西方一籽籽成栋梁，人勤劳闻鸡起舞凭汗水万点点石成金。

可以说，《废都》的写作过程贯穿着贾平凹的婚变史，这在90年代，不仅和个人因素有关，亦和时代氛围有关。1991年“赵本山和葛淑珍共同走进办事处。调解员问女方：‘你是不是真心实意与赵本山离婚?’回答是：‘同意’。这位没有工作、没有文化的家庭妇女委托一同去的哥哥写了离婚申请，赵本山在回答同意离婚后交出了写好的离婚申请”①。1991年，作家马原与同为辽大中文系毕业的学妹冯丽因“积怨日甚”离婚；余华与潘银春离婚，源于1989年在北京鲁迅文学院与北师大中文系合办的研究生班结识的陈虹，次年二人在北京结婚。1992年余秋雨与前妻李红离婚，起因于“一封不该被发现的信件”，结局为1979年开始的这段婚姻告终。古城西安，也接连报出了文艺界知名人士张艺谋、路遥的离婚新闻。据张艺谋前妻肖华自述，正是巩俐的一封情书将自己击垮。而路遥的弟弟则回忆到，1992年年初，林达正式提出和路遥离婚，在此之前，她不知提出过多少次要离婚了。作为一个女人，当作家的妻子是非常不易的。作家可能会为写作献出生命，但当作家的妻子同样要承受普通女人难以容忍的各种心灵痛苦。当时，路遥正在写作《早晨从中午开始》，他把离婚之事交给了弟弟，实际上他只是将这件事当成一项“工作”，并不存在任何情感。林达也很开通，她不要任何东西，准备一个人去北京成家立业。而且她是北京知青，回故乡也一直是她的梦想。就在准备了结这桩婚姻悲剧之时，路遥却住进了医院……②

在八九十年代之交，“离婚潮”“第三者”成为一个热闹的社会话题。1988年，《陕西日报》增刊《星期天》报纸从3月26日到5月21日（第164期到第172期）开展了沸沸扬扬的“关于第三者的讨论”，围绕着《第三者插足是有其客观原因》、《不能全怪“第三

---

① 《赵本山婚变》，载《星期天》1991年8月3日。

② 王天乐：《苦难是他永恒的伴侣》，马一夫、厚夫、宋学成主编《路遥纪念集》，北京：人民文学出版社2007年版，第336—337页。

者"》、《不能为"第三者"辩护》、《莫把腐朽当神奇》、《冤哉！第三者》、《这样的第三者应该褒扬》、《何来"第三者"》、《漫谈第三者与婚外恋》、《第三者止步》、《第三者害得我好苦》、《家庭的固化剂——第三者》、《送鲜花的"第三者"》、《谁之过?》、《试论"第三者"》、《性爱·恋爱·乱爱》开展大规模的讨论。"第三者"介入、离婚问题已成为普遍的社会现象。据王新民讲述那一时期，自己陪同贾平凹去陕西人民出版社领取《贾平凹游记选》的稿费时，总编见到贾来，忽然问道，你还没有"换班子"呀？随同的友人感到很惊奇，不知总编此言是因为外在风气如此，还是听到了什么传言。

回到作品内部，《废都》中也涉及众多的离婚故事，孟云房先后两次离婚，扬扬得意于三任太太一个比一个年轻；101 农药厂厂长、乡镇企业家黄鸿宝发了财之后瞧不上糟糠之妻，和情人鬼混，最终家破人亡；太白书店的洪江赔偿前妻 5 万元钱加上废品收购店，得以离婚再娶年轻姑娘。此外，包养情人、携女游玩，婚姻与爱情分裂的状态在四大名人中比比皆是，汪希眠有钱又好女人，龚靖元同汪希眠一样总有赶不走的一堆女人。即使最为"高尚"、"纯洁"的钟唯贤，却也饱受无性无爱的婚姻之苦，而在内心幻想重续年轻时期的美好爱情。柳叶子的丈夫还专门询问收破烂的老头，"你还收旧女人不收?如果你收旧女人了，我敢说这个街上没有一个男人不想把老婆去旧换了新的!"……种种乱象使得庄夫人牛月清也按捺不住，愤愤然，"现在社会风气坏了，到处都是贪图钱财、地位、权势和只管自己享乐的坏女人"。而对于妄想以年轻貌美的姿色取悦庄之蝶，做着"庄夫人"美梦的唐宛儿、柳月来说，虽用尽百般解数，在庄之蝶那里也并没有得到有效回应。激情过后，唐宛儿问庄为啥不快些娶了自己？庄之蝶听了，"就勾下了脑袋，一脸痛苦状。"庄一边恳请唐宛儿体谅他的难处，一边对妄想取代主妇的保姆柳月心生厌恶，觉得她"太鬼，太有心计"。

庄之蝶总的来说是个软弱、被动型的男人，既表现在他接受了唐宛儿之后，自我雄壮之词"你若有一分表示我会有十分勇气"，也表现在汪希眠老婆倾诉衷肠之后，"惊得一句话也说不出来。他详细地回忆了与这女人初识到现在的日日月月，有无限的悔恨、遗憾和感慨。”但他又是个传统型文人，爱读古书，受传统文化影响颇深。接待唐宛儿之后，庄之蝶就想起唐诗里关于描写贵妃出浴后无力的诗句，体会那不是在写出浴，完全是描述了行房事后的情景了。读到清虚庵里《大燕圣武观女尼马凌虚墓志铭》时，不禁叫道：“这真是美文！描绘的这位马氏令人神往。当年我去洛水岸边，看见那河就想起《洛神赋》，不能自已，临风而泣；今日这碑，倒好像我是见过她的，人宛然就在眼前。可怜她这般花容月貌，命途多舛，让人伤情！”惹得唐宛儿心生嫉妒。和阿灿在一起，也是“体验着所有古典书籍中描写的那些语言”，“所有曾在《素女经》中读过的古代人的动作”。正是在这种“千古文人风流梦”的熏陶和启发下，庄之蝶在《废都》中被安排了贤妻美妾俏丫头的故事套路，以及飞来的艳遇阿灿，这样就更好地承接了中国传统士大夫的理想，所谓“是真名士自风流。红袖添香夜读书，美人捧砚草华章，这是古来历代名士做得圆或者做不圆的香闺梦，从屈原的芳草美人、山鬼水魅，到后来的‘宫体诗’、‘艳体诗’，到关汉卿醉舞狂歌中吟出的‘我是个普天下郎君领袖，盖世界浪子班头’，到蒲松龄托物寄情，以狐状人的才子佳人故事，直到被鲁迅先生所讥笑的身为五四新文化运动骁将却仍然丢不开红袖添香之梦的刘半农，借用《长恨歌》的话，便是‘天长地久有时尽，此恨绵绵无绝期’”①。

当庄之蝶年轻时没有条件，被讥讽为“一脸村相”时，即便面对景雪荫的好感“内心如火而数年不敢动她一根头发”，因为有着这样长久的压抑，待到成名以后，被称为“福贵双全”的他在外面处处受到女人的迎合和宠爱，我们看到书中唐宛儿、柳月、阿灿、小红、翠玲等见到庄之蝶就一派荣幸的样子可知他的声名魅力，而家里的妻子却仍数年如一日，没有自我精神追求，仅仅满足于服侍他的衣食住行，将其当普通男人对待，时而训斥，时而约束，难免让庄之蝶

① 张志忠：《梦幻与毁灭——〈废都〉读解》，《废都大评》，香港：香港天地出版公司1998年版，第61页。

产生心理不平衡，他向赵京五诉苦“我在外边前呼后拥的，回到家里就这么过日子”！因为性无能，牛月清对他很放心，认为他“有贼心没贼胆，有贼胆也没有贼力气”。而忽略了“女人之所以要做真正的女人，首先要懂得男人的秉性：男人是朝三暮四的，是喜新厌旧的，是吃了碗里看在锅里的，不胡思乱想的男人不是男人，所谓的在性上的高尚与卑下的男人之分是克制的力量强弱，是环境的允许与限制，是文化重负下的犹豫和果断”①。所以，当他面对着外界的诱惑，如“花狐狸”唐宛儿的迎合和迷恋时，会无法抵抗。因为作为男人，他在《红狐》中已述说心迹：“十多年来，我读《聊斋》，夜半三更的时候，总企盼举头一看，其实是早已经感觉到了，窗的玻璃上有一张很俏的脸，仅仅是一张脸，在向我妩媚。”当然，婚姻问题，冷暖自知，除了文人风流梦被唤醒之外，外人即便是亲密的朋友也很难掌握问题的全部，也许作品的细枝末节却提供了解读的小小窗口，虽然我们都知道小说虚构和生活真实总是存在着较大的距离，但是毕竟是洞察生活的一个侧面，借之也可有更多的发现。庄之蝶与牛月清，一出场就存在着极大的不和谐。牛月清第一次出场的场景是这样的：

> （庄之蝶）进了小院门口，赵京五正在屋里同牛月清说话，听见摩托车响就跑出来，说：“总算把你等回来了！”帮着先把车后的城墙砖抱了进屋。牛月清尖声叫道：“快别把这破烂玩意儿往家搬！”庄之蝶说：“你仔细看看，这是汉砖哩！”牛月清说：“你在文联那边屋里摆得人都走不进去，还要在这边摆！一块城墙砖说是汉朝的，屋里的苍蝇也该是唐代的了！”庄之蝶看着赵京五，一脸难堪，却说道：“这句话有艺术性。你那艺术细胞只有在发火时最活跃。”……就让赵京五在这儿坐着，他先骑车把城墙砖送到文联那边的房里去。
>
> 刚返回来……突然记起鞋子的事，就从提兜取出来给牛月清。牛月清说：“给我买的？”庄之蝶没有说是阮知非送的，她

① 贾平凹：《关于女人》，《四十岁说》，西安：陕西旅游出版社 1994 年版，第 87 页。

恶心阮知非，骂是“流氓”。就说是昨日在孟云房家，夏捷送的。牛月清见是一双细高跟的黑色牛皮尖角鞋，叫道：“天神，这么高的跟儿，这哪里是鞋，是刑具嘛!”庄之蝶说：“我最讨厌你这么说话，如果是刑具，满街女人都是犯人了!”……牛月清当下脸上不悦起来……庄之蝶只好将鞋收起，说那就还给人家好了，免得落一场人情。就和赵京五出门走了，装鞋的兜儿挂在摩托车上。

对于《废都》中存在的备受诟病的性描写，贾平凹本人很不认同，他说自己这部书写的就是文人圈子的日常生活，那就不能只写白天的事，也要写写晚上的事。因此，牛月清的第一次出场，在白天与庄之蝶发生冲突后，晚上的故事也浮出水面：

(庄之蝶）一进双仁府小院，入门就睡下到天黑，牛月清把饭做好了才起来。起来又独独坐了一回，说肚子不饥，也不吃饭，要骑车回文联那边住屋去过夜。牛月清说：“今晚不消过去了，就住在这边吧。”庄之蝶支支吾吾的，说晚上还要写写文章的，牛月清就说：“你要过去，我晚上可不过去的。”庄之蝶明白她的意思，心想我躲清静才过去的，脸面上却做一副苦态，叹口气出门走了。[①]

牛月清洗毕了，在身上喷香水，换了净水要庄之蝶也来洗……双双钻进蚊帐，把灯熄了……忽然庄之蝶激动起来，说他要那个了，牛月清只直叫“甭急甭急”，庄之蝶已不动了，气得牛月清一把掀了他下来，骂道：“你心里整天还五花六花弹棉花的，凭这本事，还想去私生子呀!”庄之蝶登时丧了志气……过了一个时辰，两人方背对背睡下，一夜无话。[②]

---

① 贾平凹：《废都》，北京：北京出版社 1993 年版，第 54 页。

② 同上书，第 62 页。

后面涉及庄、牛的场面有多处，多是如此，白天为了生活琐事争吵，晚上或是庄之蝶躲到书房去睡，或是夫妻相对无言。对于庄之蝶的种种冷淡和性无能使得牛月清也不止一次地说出，“咱们这算什么夫妻”。“无论它的其他方面是什么样子的，日常都有这样一个本质的特征：它不容许任何约束力的存在。它四处逃逸。”[①] 也许可以帮助我们理解庄之蝶的“求破缺”以及在唐宛儿那里通过性的发泄寻找到“无忧堂”。人到中年之后，庄之蝶多年累积的苦闷已无法压抑、四处游走，声名所带来的重负已使他难以忍受，当面对新鲜女人的追逐和诱惑时也终于无法自持，开始放纵自己、接待女人，与唐宛儿、柳月、阿灿等人四处偷情，寻求刺激和自信，然而，因不具有婚姻与爱情分离的“现代思维”，这些性冒险和出乎常规的举动也并未使其生活增色，反而越发无路可走，最终是与唐宛儿道了声“保重”、嫁别柳月、意念中报复了景雪荫、寻不到阿灿，导致孤零零一个人在城中找不到去处，又自觉无法挽回牛月清，只好出走“南方”，别寻他处，最终中风。文外，贾平凹和某女士的互有好感也没有结果，年轻时期的美好情感以破碎和伤害了结，和妻子多年以来相濡以沫的爱情、婚姻终结，在城中已没有家[②]，自言，“该走的未走，不该走的都走了，几十年奋斗的营造的一切稀里哗啦都打碎了。”[③] 涉及婚变，总是莫大的痛苦之事，即便和林达闹着多年离婚的路遥，在1992年离婚之事付诸实施，友人向路遥恭贺说这是好事时，路遥却黑着脸说，“婆姨都没了，还是好事?”离婚总会使当事者产生失落感，又回到婚前的独身生活，离婚前那种对对方难以容忍的甚至是仇恨的心理，经过一段时间会淡化，岁月的流逝，心情的平复，会使人们对过去的时光产生回味，回首幸福的往事，感到失去了生活中极为珍贵的东西。

---

① ［英］海默尔：《日常生活与文化理论导论》，王志宏译，北京：商务印书馆2008年版，第4页。

② 贾离婚后，柏油巷房子判给韩俊芳，在费秉勋夫人刘岚的帮助下，贾被聘至西北大学做兼职教授，西北大学提供一处住房供贾容身。

③ 贾平凹：《废都·后记》，北京：北京出版社1993年版，第520页。

因此，可以想见的是，婚变给贾平凹造成了极大的内心痛苦。友人在叙述这段往事时，总是提及二人在办完离婚手续后，在含光门外依依惜别的场景，以及贾平凹来到费秉勋家里痛哭流涕的样子。1977年贾韩在西安街头偶遇，贾平凹与“能将四书五经倒背如流”、“君臣父子，纲目不可混淆”的贾父展开长久的抗争，终于在1979年1月1日在丹凤县城领取结婚证书，贾平凹在多篇文章中记述了夫妻二人在方新村的恩爱生活，甚至讲“她是我作品永远的模特”。当这样十多年相濡以沫的情感不再，他难免会有生活忽然断裂之感，而且不仅家庭破裂，朋友们也对此多不能理解，劝诫“离婚便有了喜新厌旧之嫌，有损先生道德形象”[①]。因韩俊芳的贤惠在朋友圈中颇得人心，也出于朋友道义为了维护贾的声名，一轮又一轮的攻势来刺激他尽早复婚。他在《废都》后记中写道：“这本书并没有写完，但我再没有了耀县的清静，我便第一次出去约人打麻将，第一次夜不归宿，那一夜我输了个精光。但写起这本书来我可以忘记打麻将，而打起麻将了又可以忘记这本书的写作。我这样神不守舍地捱着日子，白天害怕天黑，天黑了又害怕天亮。我感觉有鬼在暗中逼我，我要彻底毁掉我自己了，但我不知道我该怎么办。”这个时候，韩鲁华的一封信警醒了自己，“他在信中骂我迷醉于声名之中，为什么不加紧把这本书写完?!”[②] 笔者在采访韩鲁华时，他说当时听到了贾平凹的一些传闻，因为朋友圈子都知道贾、韩夫妻感情很深，贾甚至为韩自杀过两次。遭遇这么大的变故，自己就很担心他走不出来，就此堕落，因而写了一封信，大致意思是我们都是从农村出来的，走到今天非常不易，让他一定要振作起来，把书写完，不管怎样，要用作品说话……写《废都》时的那年春节，是贾平凹第一次离开家在外过节，颇有孤苦沦落之感。而故事结尾，他宁愿把庄之蝶写死，后觉得不妥，改为中风，也不愿写出“庄牛婚变”成为事实，只是写到牛月清的要离婚，庄之蝶的不回应以及逃离，可见他内心还是割舍不断多年的感

---

① 丹萌：《贾平凹透视》，天津：百花文艺出版社2004年版，第150页。

② 贾平凹：《废都·后记》，北京：北京出版社1993年版，第523页。

情。时隔多年以后，贾平凹还在《秦腔》中无尽追忆，很多人都从白雪身上看到了韩俊芳的影子。因而，不管是在《废都》内外所涉及的婚变，都可以发现贾平凹所承受的痛苦，以及写作时的激情与冒险，然而，这些激情的爆发和超越时代的冒险也使得作品长期被误读，接下来狂热的“《废都》批判”弄得贾平凹更为心乱，朋友劝解复婚的努力也因此受阻。在20年后，笔者采访贾平凹的朋友时，大家还颇为遗憾地说，当年的《废都》批判太厉害了，把贾平凹逼走了，朋友们也没有心思做复婚的工作了……虽是趣话，但仔细分析我们会发现，对贾平凹来说，这本书只是自己袒露的一段心迹。对此，乡党白烨有一段较为中肯的评价，“显而易见，平凹并没有顾忌《废都》写出来后，家人们会怎么看，朋友们会怎么看，领导们会怎么看，评委们会怎么看，他只是无遮无挡、不管不顾地开怀敞扉、推襟送抱，把自己看到、感到和想到的明与暗、好与坏、美与丑、善与恶一股脑地抛倒在光天化日之下，任人笑骂评说。对这样赤诚相见的作家和作品，人们理当用同样的态度去回报，那就是在认真地阅读中去仔细品味其中的深意和厚味，而不要匆匆忙忙地浏览，轻轻易易地否定。”①

四　美国之行

在《废都》的构思写作过程中，还有一个非常重要的机缘，就是贾平凹1991年的“美国之行”。这次美国之行，是贾平凹第一次离开国内，出国考察，途经香港、漫游美国，历时一个多月。如果说王安忆1983年的美国之行带有自己的知青经历，会感慨“你会觉得这个国家那么特殊，那么和别人不一样，首先它的先天那么好，因为我插队落户过嘛，中国根本不会有这么肥沃的土地，而且没有灾难，庄稼长得那么好。你看他们地图会觉得很奇怪，他们州的边界会划得这么整齐，这就体现出后天的优势。像我们就犬齿交错”②。但从抽

① 白烨：《三读〈废都〉》，萧夏林主编《〈废都〉废谁》，北京：学苑出版社1993年版，第164页。

② 王安忆、张新颖：《谈话录》，桂林：广西师范大学出版社2008年版，第91页。

象的角度来讲，就是把思想视野给拓宽了，回国之后写出影响极大的《小鲍庄》。而贾平凹从自己的旨趣出发，也有着更多的发现，比如说他爱逛美国的博物馆，欣赏收藏的艺术品，视野和格局也在不自觉地扩大，这也使得他对于“废都意识”的思考产生巨大的飞跃，从之前中篇小说《废都》有着沈从文《边城》意境中的边远小镇，到写大都市生活的40万字长篇小说《废都》完成其艺术视野的大转换，“美国之行”应当说是一个诱发点。整理、考察贾平凹的美国之行，可以帮助我们更好地理解《废都》的创作动因和哲学思考。

在本章开头，笔者罗列了作品中出现的大量历史和现世人物，如果细细甄别，我们会发现，在这些的人物中间，竟然活跃着许多外国人的名字，他们是释迦牟尼、诺贝尔、莎士比亚、华盛顿、达尔文、希特勒、戴安娜。释迦牟尼是佛学与宗教，诺贝尔文学奖是文学最高奖项，莎士比亚是文学巨匠，华盛顿是美国的象征和美元的标识，达尔文是生物学家、进化论的奠基人，希特勒是纳粹领袖、第二次世界大战的发动者，戴安娜是英国王妃和流行时尚的代言人。这些人物和那些古色古香的中国古代才俊、历史人物、当代文人圈子共同融合在《废都》中，使得作品不仅具有中国味道，更融入了国际视野和全球思维，这在贾平凹以往的小说中是绝无仅有或很少出现的。解读他们，可以帮助我们理解作品在中国形式之外的现代思考，用贾平凹的话来说，如何寻找“云层之上”的那一片光明。也许，那一片光明就是人类所共通的思想，这也使得《废都》的哲学思考具有了更广泛意义上的普遍性。

《废都》是贾平凹第一部关于城市的书，之前贾平凹的文学根据地是“商州”，创作倾向是“寻根”和“改革”，批评界将其定位为“农民作家”，而且所处的文学重镇陕西传统特色也是强调“深入生活”的农村题材小说。对于贾平凹此次的写作转向，很多读者、评论家包括身边的朋友孙见喜等人最初都不理解。他在系列访谈中回应这个问题，提到之所以写城市，是因为自己在农村生活只有19年，而在城市生活已经20年了，而且城市更具有现代思维以及人类共通的东西。其实，这些感受思考和写作转向与贾平凹1991年的美国之行有着直接联系。

1988年，贾平凹的长篇小说《浮躁》荣获美国美孚石油公司的飞马文学奖。该奖的设立是为了促使那些较少被译成英文的其他国家的优秀文学作品获得国际承认，因此由美孚石油公司提供赞助，每年授予一个国家的一位作家。1988年在该届文学奖顾问聂华苓的提议下决定授予中国作家。中国作家协会为此专门成立了由唐达成、萧乾、刘再复、汪曾祺、茹志鹃五位专家组成的评选小组，经过层层遴选，最终花落《浮躁》。10月26日，中国作协和美孚石油公司在北京举行了新闻发布会，宣布将该年度奖项授予《浮躁》，病中的贾平凹也专程赶到北京参加。评委会委员们对该作品的评价是：在当代中国进行改革与开放的巨大浪潮中，长篇小说《浮躁》站在时代的高度，把握住了当代改革中生活巨变的脉络，以及在经济、政治、文化、道德、心理等各方面所经历的复杂曲折的斗争，作品虽然描写的是偏远山区的农村生活，却相当典型地反映了具有传统文化氛围的中国现实。接着，英文版的翻译工作也委托葛浩文开始进行，并议定在美国路易斯安那州立大学出版社出版，届时贾平凹将赴美参加英文版的首发仪式。

在1991年10月，英文版《废都》被葛浩文先生翻译出版，于是，贾平凹前往美国参加英译本《浮躁》的首发式，这是他第一次离开大陆，来到海外。途经香港停留三天，一系列紧张有序的活动使他见证了资本主义的运作方式。《今晚报》特约记者虞锡圭发自香港的专电："这是三十九岁的贾平凹第一次来香港，也是他首次离开黄土地出国访问。他那充满大西北乡土气息的作品，使香港许多读者对他产生了一些有趣的好奇心，甚至有人把他想象成他作品中的人物：'两道粗壮的剑眉和一把浓密的络腮胡子，说不定头上还扎着白毛巾'，是个'巍巍乎彪形大汉'。但当他穿一套剪裁可体、式样入时的灰色大方格双排扣西服，偕夫人风度翩翩地步入会场时，人们一看这位文质彬彬的白面书生，不禁哗地一声惊赞，接着便是一阵热烈的掌声，有人甚至浮想联翩地叹道：真的，古老的大西北，终于在改革开放中跟上了时代的步伐!”[①] 10月12日，贾平凹飞抵美国纽约，历经20多天，在纽约、华盛顿、丹佛、洛杉矶等城市参观、讲学、游览。在哥伦比亚大学与美国著名的文学界人士进行座谈之后，参观了纽约大都会艺术博物馆，“在这个全美最大的博物馆里，平凹几乎走不动路了，他为这里丰富而精美的藏品所震撼，特别看到中国古代的艺术品，他的心情十分复杂。这座1870年建立的博物馆里，设有埃及艺术、希腊罗马艺术、东方艺术、伊斯兰艺术、西欧艺术、美国艺术等部门，平凹说，‘拿’人家的艺术充门面虽有‘盗’的嫌疑，但这恰恰形成了美国人全方位吸收的心态和性格，美国文化大而博就由此形成。”[②] 10月30日回国，带回几样小礼品分给朋友们，给方英文的是一只美国产的打火机，给孙见喜一部英文版本的《浮躁》，送给费秉勋一支高级水笔，给陈彦一张美元说这是世界上最硬通的东西。他说：“在美国，感受最深的，不是这个国家的富裕，而是他们的大器。他说，我们也应当寻找我们民族的大器。”[③]

《废都》出版之后，贾平凹在一次访谈中还专门提到美国之行对自己的影响。

> 我曾经到美国去了一次，感受特别深，在美国接触了好多作家，老的、中青年的都有，还有汉学家。他们认为对中国的农村小说有些地方看不懂，中国小说严格的讲大部分都是农村小说。美国也有写乡村的小说，例如反映黑奴的作品等等，这对中国人来说虽然没有经历过，却可以想象出来。但是读咱们的农村小说，对其中牵扯到的“粮票、民办教师、以工转干”等等，外国人死也理解不了和想象不出来。因此如果小说中所写的农村生活太具体太重了，而且变化又特别快的话，外国人读起来特别

---

① 孙见喜：《鬼才贾平凹》，太原：北岳文艺出版社1994年版，第592—593页。

② 孙见喜：《贾平凹前传》（第2卷，制造地震），广州：花城出版社2001年版，第240页。

③ 田珍颖：《从〈鸡窝洼人家〉到〈废都〉》，王新民主编《多色贾平凹》，西安：陕西人民出版社1993年版，第133页。

> 累，对那些新名词永远也想不开，想不开就没有共同的认识，就无法感染他们。即使现在的中国城市年轻人都已经看不懂中国七十年代的农村作品了。从那以后我就想人家提的很有道理，不是说我们的作品要讨好外国人，但起码你要考虑你的作品老写这个东西就肯定走不远。写城市，虽然我们的城市落后，但总有一个共同的规律性的东西可以让人想象的来，这样总比写农村的生活更容易使人接受。另外，对写城市生活的作品我看了一些，总觉得其中缺少些东西，没有味，当时我就想比如《红楼梦》、《金瓶梅》，严格地说这两部作品就是城市文学，是明清时的都市文学。为什么这两部作品读起来那么有味，而现在就缺少这些味道呢？怎么样才能使作品既能表达时代气息又能传达中国古典文学的味道呢？一直在寻找这个契合点，这个契合点很难找，因为它预感得到却找不到，一用老预感写现代生活就是两张皮，看起来很不舒服，怎样处理好这个东西，令我思考了好长时间，后来觉得不妨试一下，才开始动笔。①

虽然我们不甚了了《浮躁》的英译本对美国汉学家，抑或普通读者来说是否存在着阅读障碍，书中对中国农村的农业社、土地承包、家族争斗、乡下人哲学、专业户、城镇待业知青种种情状的描述会给国情之外的读者带来多少理解困难，但据披露的资料显示，在1988年获奖之后，按照商议应在1990年出版英译本，但翻译工作进行得极其艰难，出版时间也相应后推。却正是这次的美国之行，使得贾平凹开始放弃那坚守多年的文学根据地商州，开始更多地考虑文学的普遍接受问题，并在写作中自觉地寻求人类共通的东西。贾平凹曾说："张艺谋的成功，能给小说家提供好多值得思考的东西。他的东西跨出了国土。这对中国文学怎样被外部接受，有参考价值。"②

---

① 田爱兰：《巧遇贾平凹谈〈废都〉》，先知、先实选编《废都啊废都》，兰州：甘肃人民出版社1993年版，第2页。

② 贾平凹、韩鲁华：《关于小说创作的答问》，萧夏林主编《〈废都〉废谁》，北京：学苑出版社1993年版，第63页。

1988年，西安电影制片厂摄制、张艺谋导演的《红高粱》获得柏林国际电影节金熊奖。柏林国际电影节是国际三大电影节之一，也是世界各地电影大师的逐鹿之地。张艺谋的这次夺冠，是中国电影也是亚洲电影第一次荣获此项大奖，在整个电影节上产生极大的震动，西方人对中国电影刮目相看。1992年，张艺谋执导的影片《秋菊打官司》荣获第49届威尼斯电影节最高奖——金狮奖。张艺谋、贾平凹同为陕西人，并且先后走出陕西、中国，拿到世界级奖项，这对他们个人来说，也是莫大的激励与鼓舞。对于荣获美国飞马文学奖的贾平凹来讲，肯定有着更高的艺术追求，这在《废都》中两次出现诺贝尔的名字、专门提及庄之蝶戏言，“我不是诺贝尔文学奖获得者”、“打扮成这样要去领诺贝尔文学奖啊”可见端倪。作为中国文坛最负盛名的作家，贾平凹想飞得更高，也在不断反省，《四十岁说》就表达了这种夙愿与思考。

> 无论中国的文学怎样伟大或者幼稚，事实是我们就在其中，且认真地工作着，已经不止一次，十次八次，说过许多追求和反省，回过头来都觉得很坏。作家实在是手艺人，文章写得好，就是活儿做得漂亮……
>
> 供我们生存的时空越来越小，古今的、中外的大智慧家的著作和言论，可以使我们寻到落脚的经纬点。要作为一个好作家，要活儿做得漂亮，就是表达出自己对社会人生的一份态度，这态度不仅是自己的，也表达了更多的人乃至人类的东西。作为人类应该是大致相通的。
>
> 我们应该自觉地认识东方的重整体的感应和西方的实验分析，不是归一和混淆，而是努力独立和丰富，通过我们穿过云层，达到最高的人类相通的境界中去。
>
> 通往人类贯通的一种思考一种意识的境界，法门万千，我们在我们某一个法门口，世界于我们是平和而博大，万事万物皆那么和谐又充溢着生命活力，我们就会灭绝所谓的绝对，等待思考的只是参照，只是尽力完满生命的需要。生命完满得愈好，通往

大境界的法门之程愈短，如果是天才，有夙愿，必会修成正果，这就是大作家的产生。[1]

如果我们理解贾平凹“通往人类贯通的一种思考一种意识的境界”的追求，就不难体谅在西安市文联重办刊物时[2]，主编贾平凹为何不顾市领导有关《新长安》甚至至少要带点“长安”字样的刊名提议，而坚持取名《美文》，并提出“大散文”的理念。在“大”的境界观照下，贾平凹坦言，如果自己没有去过北京，就会认为西安是一个大城市，是个现代化城市；如果自己没去过纽约、华盛顿、洛杉矶和香港，也会认为北京是最大、最现代化的城市。但事情恰恰不是这样。在他所居住的西安城，如果从现代大城市的目光和视角来打量，相较而言更像是个大农贸市场。[3] 在国际化视野的参照下，也许西安与北京、上海，与华盛顿、纽约相比，又与西安唐代的世界之都相比，真的只能算作“废都”。

在《废都》后记中，贾平凹表达了寻找“千古”文章的夙愿，并讲“中国的《西厢记》、《红楼梦》，读它的时候，哪里会觉得它是作家的杜撰呢？恍然如所经历，如在梦境”[4]。《西厢记》、《红楼梦》都借男女之情抒发幽愤，成为千古名作。对于有着渴望“云层之上的光明”，有着人类共通的现代性思维追求的贾平凹来说，这些都是很好的借鉴。因为在现代主义卷入的所有关系中，它与古典时代的关系是最为突出的。“如果他在选择主题和戏剧处理上更靠拢古典，那么他的表现的激情的力量足以使他成为当前现代主义的最重要的代

---

① 贾平凹：《四十岁说》，西安：陕西旅游出版社 1994 年版，第 139—141 页。

② 前文提及，西安市文联大综合性文学月刊《长安》在 1989 年停刊，作为西北文化重镇的西安，没有一份与其地位相称的文学杂志似乎说不过去，于是，文联打了报告，市领导就指示由贾平凹牵头准备，重办刊物。1992 年 9 月 23 日，《美文》创刊并举行首发式。

③ 贾平凹、穆涛：《平凹之路》，西宁：青海人民出版社 1994 年版，第 68 页。

④ 贾平凹：《废都·后记》，北京：北京出版社 1993 年版，第 519 页。

表。”[①] 1992年7月，贾平凹完成长篇小说《废都》的总体构思，在柏油巷家中的小书房里，和朋友孙见喜有了一场谈话。在这次谈话中，贾平凹透露出自己这个长篇不写农村了。说仔细回顾了自己的人生阅历，童年幼年少年青年加在一起，在农村生活的时光不过19年而已，而来到城市生活已经超过20年。自己写农村生活题材的作品已经有了几十本书，今后也想试着写写城市生活了。而且他专门指出，写中国的农村生活必然离不开风俗民情和文化背景之类的东西，这些翻译起来就很困难，常常要加很多注解，而且外国读者没有相同的知识背景，读起来就难以理解接受。但是城市生活中的许多现代文明事物则是全世界相通的，这对自己是个新领域。甚至讲了关于《废都》的认真思考，用一个长篇，安排几个文化人，包括受挫的作家、浸染上毛病的书法家、搞文物的、复制古字画的，以此来透视当代城市生活、表现文化古城的废都意识以及传达世纪末的社会情绪。[②]

通过整理《废都》人物谱和故事周边，我们会发现在作品中，贾平凹不仅在用心收藏西安的地名、街道、古迹、名胜，还在费尽心力收藏它的千古风流人物。这座古都积攒着那么多的逝者、陵墓，然而他们却创造了非凡灿烂的废都文化，废都中的现代人还因循着它的传统，承递着它的文脉，以至于随随便便捡到的砖头都是块汉砖，吟出的诗句“霜叶红于二月花”都带有唐朝色彩。但随着时光流转，却打上了当下时代生活的烙印。在20世纪80、90年代，贾平凹的生活经历着种种断裂，他的人生处于谷底，人病、官司、婚变缠身，“几十年来奋斗的一切都稀里哗啦打碎了”，与此同时，整个中国社会抑或西安古城在通货膨胀、改革开放、市场经济的快速转轨中也经历着巨大的社会裂变与种种的价值不适应，世界范围内也迎来冷战终结、全球化浪潮、资本主义急速扩张的整体转型。历经美国之行后贾

① ［德］本雅明：《发达资本主义时代的抒情诗人》，张旭东、魏文生译，北京：生活·读书·新知三联书店2012年版，第108页。

② 孙见喜：《贾平凹前传》（第2卷，制造地震），广州：花城出版社2001年版，第327页。

平凹也开始重新审视废都文化，并将其置于国际大视野中重新打量、思考，这种思考通过他所熟悉的文人圈子的日常生活来表现出来，描写了这一时期他们的尴尬生存与突围。当作家个人的苦痛与时代的苦痛碰撞到一起时，就可能会产生大作品，这时的思考，就不仅仅代表他自己。当爱好古书、古文化的庄之蝶会因自己的“古气”备受朋友的不理解和“现代化”教导时，连拣块汉砖搬回家里都会受到妻子的训斥时；当去过上海、北京等现代化大城市的贾平凹发现西安和它们相比只能算作大农贸市场，当爱好收藏的他发现美国博物馆的博大精深和倾心追求的大器早已转移他国时，当疾病、婚变、官司的折磨使其发现自己的坚守其实也早已将生活弄成一团糟时，他无法不面对种种理想与现实的落差，并将自己的哲学思考通过文学作品表现出来。《废都》正是作家的个人际遇人生悲苦与时代转型社会阵痛的有效结合，从而用那沉痛的底色、废都的意象来安放破碎的灵魂。

第五章　历史与文学叙述

《废都》是贾平凹的苦难之作，不仅是他人生困顿时期的生命体验、一段心迹，又有着他“安妥灵魂”、“千古文章”的夙愿和追求。在300多个浮动出场的饮食男女、日常生活背后，更是连接着20世纪90年代的西安社会百态和众生世相，有说谣辞的老头关于政治、经济问题的折射，有哲学牛关于城市和现代化的反思，有老岳母通天地鬼怪的延伸，这些都使得作品的时空意识得以拓展，进而寻求那种能够“更加从容自在，超越激愤，以平和大度之心去写既有现代意识、又能传达中国人情感的作品”①。可以说，在这个意义上，“废都”更像是一个历史寓言，它通过旧城改造写出了古都在现代城市化进程中的沦落和转向，文人沉沦于经济热潮，金钱肆虐、传统失势、道德溃败，古都中的人们被置于尴尬的生存境地。在这一过程中，庄之蝶所承载的传统与现代的矛盾，他的挣扎与随波逐流，他的觉醒和抗拒，他的发现和思考，都为我们展示了转型社会的光怪陆离，文人群体的裂变以及文化守望者的孤寂。

第一节　旧城改造

在“重构西安”一章中，《废都》为我们详细记述了古都西安的

① 虞锡珪：《以平和大度之心传达情感——贾平凹在香港谈创作体会》，《今晚报》1991年10月17日。

历史地理，那些街巷、古迹也是西安作为千年古都的历史见证，四合院、牌坊、砖雕、门楼都铭刻着古都的历史传承和文化记忆，然而在20世纪80、90年代，随着城市改革在1984年开始启动，此后在改革开放的进程中，尤其是沿海经济特区现代化城市的感召下，内地大规模的城市改造开始进行，很多旧房子、街巷、古居等都损毁在推土机的轰鸣中。《废都》在铺排不可胜数的西安历史地理时，也通过庄之蝶对城市记忆的爱惜和游走，忠实记录了旧城改造的细枝末节。

在《废都》开篇，作者就为我们讲述西京城的改变，市长在“发展文化和旅游，短期内倒有政绩出现”的启发下，开始了西京古城的重建，专门改建了三条“仿古”大街：一条为仿照唐代建筑街，专门出售书画、瓷器以及古物类；一条街为仿宋代建筑，专门经营省市的传统民间风味小吃；一条为仿明、清建筑街，主要是集中各色的民间工艺品和土特产。而与此同时，那些历史真迹却渐渐消失。开篇出场的西京显赫世家赵翘楚的后人赵京五邀请庄之蝶，想让他去自己家的旧式四合院看看，因为市长决策在那里修建一座体育馆，一大片房子就得全拆，如果不去看，就再也看不到了。

> 说话间，两人到了赵京五家。
>
> 门楼确是十分讲究，上边有滚道瓦槽，琉璃兽脊，两边高起的楼壁头砖刻了山水人物，只是门框上的一块挡板掉了；双扇大门黑漆剥落，泡钉少了六个，而门墩特大，青石凿成，各浮雕一对麒麟；旁边的砖墙上嵌着铁环，下边卧一长条紫色长石。
>
> 进了大门，迎面一堵照壁，又是砖雕的郑燮的独竿竹，两边有联，一边是“苍竹一竿风雨”，一边是“长年直写青云”。
>
> 入得院来，总共三进程，每一进程皆有厅房廊舍，装有八扇透花格窗，但乱七八糟的居住户就分割了庭院空地，这里搭一个棚子，那里苫一间矮房，家家门口放置一个污水桶，一个垃圾筐，堵得通道曲里拐弯。
>
> 赵京五招呼在两只矮椅上坐了，庄之蝶才发现矮椅精美绝伦，一时叹为观止，说：“我在西京这么长时间了，真正进四合

院还是第一回。以前人总是说四合院怎么舒服，其实全成了大杂院。这要住一家人是什么味道？”

赵京五说：“这本来就只住我们一家，五〇年，城市的贫民住进了，住进来就再不能出去了；且人口越来越多，把院子就全破坏了。”

庄之蝶说：“世事沧桑，当年的豪华庄院如今成了这个样子，而且很快就一切都没有了！”①

与之同时，“双仁府地区的低洼改造开始实施，北头的几条巷子人已经搬迁，老太太就恐慌：下一个月，或者是冬季，就该轮到她搬迁了，那这条昔日的水局巷，那有着古井台的亭子就要再没有了！她把那些骨片水牌就一日数次地拿出来看，唠唠叨叨给女儿说前朝，讲后代。”②

在古都西安的80、90年代，城市改造一直是一项重要工程。从1981年到1986年，“新建和改建道路220.8公里，相当于1980年前全市铺装道路总长度的48.7%”③。《1980—2000年西安市城市总体规划》，就专门提及旧城改造，“旧城改造的重点是居住建筑、市政工程设施及道路交通。旧城内90%是旧住房，质量低劣，市政设施差，特别对100多处低洼棚户地区9000多住户要加强维修，逐步改造。”从80年代中后期开始，西安大规模的城市改造持续进行。1993年1月14日《西安晚报》刊载《去年市政府“十件事”大多提前完成》，“城市低洼棚户区和危旧房屋改造工程进展顺利。年初安排实施的劳动村、北火巷、东仓门、南坊巷、新城巷、和平村、昌仁里、尚勤路中段、瓦窑村、迎春巷、保吉巷等11处低洼棚户区和危旧房屋改造工程陆续全面开工，多数项目已完成主体或大部分主体。”其实这种关于历史痕迹的打碎与重建并不是西安一个古城的现象，1949

---

① 贾平凹：《废都》，北京：北京出版社1993年版，第43—45页。

② 同上书，第479页。

③ 西安市地方志馆编：《西安今古》（内部资料），西安新华印刷厂，1986年，第9页。

年后，就伴随着全国范围内古迹的渐渐消失，拆掉真文物、重建假古董的现象比比皆是。文化古都北京，随着1949年后“一批古城墙、城楼和街市公共建筑，如钟鼓楼、牌楼等被拆除。十年‘文革’对北京市文物古迹的破坏达到了顶点。60年代初，北京市第一次文物普查，登记各类文物达8060项，经过‘文革’的破坏，仅保存下来2529项。”[①] 据记载：1949年北京老城区的胡同有3250条；1990年北京老城区的胡同有2257条。[②] 拆掉古迹，更多是将城市文化记忆粉碎，地方特点、人文价值以及光辉历史随之化为乌有。

虚构小说也可以记录现实，“处理文学与社会的关系的最常见的办法是把文学作品当作社会文献，当作社会现实的写照来研究。”[③]《废都》就为我们忠实记录了80、90年代西安旧城改造的细节，作品中市长做电视报告，“这个城市是太古老了，新的市政建设欠账太多，在已经改造了四个低洼区后，今年市政府还要下狠心筹集财力物力，改造西城门北段和双仁府一带的低洼区。”[④] 而作家庄之蝶一边写文章赞扬政府的民生工程，一边却每日早起去门口吮了牛乳，就骑着那辆女士“木兰”车去低洼改造区闲逛溜达。甚至连他自己都不知道要来这儿干什么，只是整晌整晌伴在推土机推倒残墙断壁的轰鸣声中，围着看那一群上了年纪蹲在土堆上唠叨的人，听他们唠叨着这片低洼区过去的模样。最终，在庄之蝶的留恋中，赵京五家的四合院化为废墟，双仁府人去楼空，推土机正在四处推倒着土房子。与之同时，古城西安在推土机的轰鸣声中失去了赵翘楚故居、张伯英故居、张凤翙故居、陈树藩故居，以及曾经朱门大户林立的甜水井街、文人雅士齐集的何园……城市化的进程不可逆转，作者也只得用哲学牛来愤愤不平：“城市是什么呢？城市是一堆水泥嘛！”推土机所推倒的，

---

① 阎伍玖：《北京市文物古迹景观现状分析与建设研究》，载《人文地理》1992年第4期。

② 汤浩：《北京胡同的历史与未来》，《城市住宅》2009年第7期。

③ ［美］勒内·韦勒克：《文学理论》，刘象愚等译，南京：江苏教育出版社2005年版，第111页。

④ 贾平凹：《废都》，北京：北京出版社1993年版，第295页。

更多的是一种文化记忆；而水泥所建构的，则是外在同质的内心隔膜。

这一时期城市化进程所伴随的，正是中国社会整体转型以及现代化的危机。早在1776年，亚当·斯密在《国富论》中提及，中国长期以来曾经是世界上最为富有的国家之一，它的土地最为肥沃、人民最勤劳、人口也最多、最为富庶。然而，这个国家很长时间内似乎停滞不发展了，五百多年前访问过中国的马可·波罗曾对它的耕作、制造业以及众多的人口作过翔实的描述，可是它们与今天到过中国的旅游者的描述仍然几乎相同。在帝制时代，中国的历代皇帝极少有兴趣向亚洲大陆以外的地区扩张，当工业革命使西方国家崛起时，中国仍在停滞。毛泽东在朝鲜战争时关闭了中西交往的大门，结束了西方帝国主义对中国的影响。1978年以前，中国政府对境外事务的参与十分有限。在邓小平时代，“在邓小平的领导下，中国人愿意放下架子，承认自身的落后，不断向外国学习他们所能学到的一切。”[①] 据《邓小平思想年谱》记载，邓小平在1978年11月26日、27日和29日分别会见了日本民社党访华团、美国专栏作家罗伯特·诺瓦克和日本公明党的竹人义胜。在这一系列谈话中，邓小平向外国客人表明，中国要改革，“根本的一点，是要承认自己的落后，承认现在很多方法不对头，需要改”；并介绍了中共中央目前正在举行会议的中心议题，就是“去引导全党、全国人民一心一意奔向四个现代化”。[②]“现代化”这个词确立于20世纪初，它的意义就是“跟上时代，就是给予某物（一幢建筑，一处室内布景）一种新的或现代的外表，或是采纳一种更现代的观点”。雷蒙·威廉斯的《关键词——文化与社会中的词汇》为我们提示了把握“现代”一词的途径：“现代”不仅意味着比过去更好，而且它就是通过与过去（传统）的对立或分离来确定自身的，这种“传统—现代”二元论建立在以“进步”的目的

① ［美］傅高义：《邓小平时代》，冯克利译，北京：生活·读书·新知三联书店2013年版，第462页。

② 李向前、韩钢：《新近发现邓小平与胡耀邦的三次谈话记录》，载《百年潮》1999年第3期。

论为内容的线性的时间观念上。至此，中国开始改变20世纪50年代以来与西方的对抗关系，真正加入全球化进程，开始从农业文明向工业文明的急速转变，在落后与先进，封闭与开放中向西方寻求突围之路。然而，由于第二次世界大战后意识形态、地缘政治包括“文革”内乱的长期干扰已经造成封闭的中国长期停留在世界格局之外。与此同时，欧洲在马歇尔计划推动下复兴，亚洲“四小龙”利用战后时机迅速崛起，长时间的隔离使得中国仍然停滞在传统的农业社会和一体化格局。重新打开国门后，从官方到民间一致发现“发展经济”成为更为迫切的命题。种种落后的现实使得向西方工业文明学习的脚步迈得急切而又激进。

昨天的故事在奔腾不息的中国改革开放浪潮中显得那么格格不入，以至于连历史文化古城西安也备受冲击，外来的焦虑和危机使其加快了跟进的步伐。在90年代，尤其是沿海城市、京沪的迅速崛起，西安的城市地位迅速下降，现代化的危机更显深重。西安这座历史文化名城，从西周到唐代长期是历代王朝统治全国的中心，到清代前一直是历代王朝设立在西部的地区政治、行政统治中枢，民国以后到“文革”前为西北地区和陕西省的政治中心，“文革”期间因中央西北局撤销，此后只是陕西省的省会城市。所以，在《废都》中，会听到阮知非抱怨，“我每一次去上海，一回到西京，也觉得西京街道窄了，脏了，人都是土里土气的”。在农业文明追逐工业文明的过程中，古城西安也在焦虑，“汉唐雄风今何在？尽在文史古籍中。”因为现代西安虽然不再是中国政治经济文化中心，但毕竟汉唐雄风余威犹存，仍然是中国的特大城市，其经济发展一直居于全国中上位水平。50、60年代中国工业布局的西移，大大增强了西安地区工业基础力量，到改革开放前夕，西安工业总产值居于全国大城市第九位之前。然而，改革开放后，西安的经济地位却不断下滑。据1991年年底的统计资料显示，在全国100万人口以上的大城市共31个，共有城市（含县级市）479个，西安的综合经济效益指标，其中人均国民收入在31个大城市中居第26位，在479个城市中所居位次为140；人均国内生产总值在31个大城市中居第27位，在479个城市中所居位次为133；人均工农业总产值在31个大城市中居第28位，在479个城市中所居位次为130。[①] 可见，在1992年，西安市的经济发展水平，不仅在31个大城市的偏后位，而且低于一大批中小城市。在现代化的焦虑下，废都中的人们也在寻求突围，奔向如火如荼的商品经济。在《废都》中，阮知非会自造美元请柬，将华盛顿的头像换成自己的，真正钻到钱眼里；庄之蝶、周敏会不约而同地出走废都，奔向南方“寻梦”。在一定程度上，西京/南方，西安/中国共同演绎着落后与先进的时代症候，因此，古都西安的推倒与重建就显得更为激越。从现代化以来，旧在新的映衬下就显得那么格格不入、不破难立，那些被推土机推倒的民房旧居、碾碎的砖石木雕已逐渐将这个城市褪去历史的年轮，也许，在这个意义上，西安是中国的废都。甚至连西京城的“古文化艺术节”，节徽竟选为大熊猫，因为是北京方面赠送的，这也许从侧面说明了城市文化的凋敝，连城市的名片都依据外来者的经验和标准。

在贾平凹的自述中，本想写庄之蝶和周敏要去海南，后改为南方。海南自建立特区以来，热遍全国，各地人才齐涌海南。在古城西安，“为了梦中的椰子树”也“以压倒一切的舆论优势，摇撼着古城老旧的梦”。“堂堂交大学府，饭堂、宿舍、走道、教室，本科生研究生以及他们的讲师们导师们，三五人中、七八步内，准能听到‘海南’这个热乎乎、亮堂堂的词……煌煌省政府大楼，从科员到处长到管处长的更高层的人物，也神不守舍、言不由衷地议论起那个‘蛮夷之地’的新动向。”[②] 1992年1月8日到2月21日，邓小平考察深圳、珠海、上海等地，进一步指出“改革开放胆子要大一些，敢于试验，不能像小脚女人一样。看准了的，就大胆地试，大胆地闯”[③]。市场经济更加如火如荼，在商品大潮的裹挟下，西京城中最具有传统文人趣味的庄之蝶也出走南方/海南。但是，即便有着出走

① 邹东涛：《西安，如何重振汉唐雄风》，《西安晚报》1993年4月21日。

② 沈奇、白立：《为了梦中的椰子树——海南人才大潮启示录》，《延河》1988年第8期。

③ 邓小平：《邓小平文选》（第三卷），北京：人民出版社1993年版，第372页。

的可能，他却走不动了，他中风了，倒在了废都的火车站，留下耐人寻味的结局。其实，庄之蝶即便没有中风，也并没有做好出走的准备，除了那个皮箱他别无他物，即便在废都中，他写作之外的副业包括所办的书店、所置的画廊皆无任何营利迹象。他骨子里是属于废都晕染的传统文人，连他无饭可吃时，从西餐厅走出的柳月给他送去的是山西削面，他的胃和神经都属于过去，属于这个城，属于废都。

前文提及，贾平凹是深受古书熏陶和有着收藏爱好的，他不同时期的书房“静虚村”、“大堂”、“上书房”中布满秦砖汉瓦、拓片、铜镜、古琵琶、砚台、壁画等，“在我的书房里塞满这些玩物，便旨在创造一个心绪愉快的环境”。[①] 在作品中，他的代言人庄之蝶宁愿忍受夫人的训斥也要把捡的汉砖带回家中，把赵京五家门口郑燮的“独竿竹”做成拓片，庄之蝶的书房摆放着西汉的瓦罐，东汉的陶良仓、陶灶、陶茧壶，唐代的三彩马、彩俑。收藏者的态度是一种继承人的态度，在更深一层意义上，“收藏”可以看作是现代世界的生存者的抗争和慰藉。本雅明告诉我们，“由于资本主义的高度发展，城市生活的整一化以及机械复制对人的感觉、记忆和下意识的侵占和控制，人为了保持住一点点自我的经验内容，不得不日益从‘公共’场所缩回到室内，把‘外部世界’还原为‘内部世界’。在居室里，一花一木，装饰收藏无不是这种‘内在’愿望的表达。人的灵魂只有在这片由自己布置起来、带着手的印记、充满了气息的回味的空间才能得到宁静，并保持住一个自我的形象。”[②] 在这样自我营造的环境中，贾平凹抑或庄之蝶更多是一种旧式文人的自我认同，他研习诗书画、酷爱古书和古乐，活跃在文人圈子中，他居住在西安/西京城中，也分享并沉醉于秦风汉骨、盛唐气象的积淀传承。虽然他意识到这种文化是内敛的、封闭的、保守的，但并不情愿走出，所以才有了庄之蝶在前往南方的火车站中中风倒下。即便意识到废都的即将逝去，它没有上海年轻有朝气，没有深圳新移民的特点，但是贾平凹仍

---

① 贾平凹：《玩物铭》，《坐佛》，西安：太白文艺出版社 1994 年版，第 222 页。

② ［德］本雅明：《发达资本主义时代的抒情诗人》，张旭东、魏文生译，北京：生活·读书·新知三联书店 2012 年版，第 12 页。

会说“我可能今生将不得离开西安，成为西安的一部分，如城墙上的一块砖，街道上的一块路牌。”① 所以我们看到更多的是对旧城改造的哀婉和叹息，“城市在改造，到处是新建的居民楼区，到处也有正被拆除的废墟，我所熟悉的那些街，那些巷，面目全非，不见了那几口老井和石头牌楼，不见了那些有着砖雕门楼和照壁的四合院，以及院中竹节状的花墙和有雕饰的门墩。怅怅然，从垃圾堆里寻到半扇有着菱花格的木窗和一个鼓形的柱脚石，往回走，街上又是车水马龙，交通堵塞，真不知是该悲还是该喜？”②

《废都》初版的20年后，笔者在西安走访时，发现很多人家都是挂着文人字画、摆放着唐三彩和古琴。孙见喜也告诉笔者，在西安城，也有人还在坚持认为正是古城墙阻碍了西安的开放，只有打碎古城墙才能将封闭的思维解放出来，才能成为现代化大都市。笔者深深感受到这些文化传承者的叹息和忧虑，而且知道孙老师等人一直在调查统计西安的国学教育和文化传承等情况。其实，即便作为游客，来到西安，最欣赏的是什么，也许还是那巍峨的古城墙，那矗立的大雁塔，那满街的书法牌匾……但是，当我们面对那些只徒有地名，早不见历史踪迹的街巷；那南北东西大街高耸的现代建筑，被挤压的城隍庙；古老的大雁塔旁那新潮的亚洲最大喷泉时，是该欣赏古典与现代的结合呢，还是应扼腕叹息呢？在这一刻，笔者深深地理解了20年前《废都》的那份用心和那声叹息。

第二节　文人沉沦

伴随着古老建筑的坍塌，废都中的人更是经历着心灵的蜕变。在《废都》写作的1992年，人们早已告别了浮躁的80年代，而向着更为逐利的90年代迈进，商业化及消费主义文化已经渗透到社会生活的方方面面。商品经济的发展、南方谈话的发表，使得社会转型加

① 贾平凹：《老西安》，北京：中国社会出版社2006年版，第69页。
② 贾平凹：《四方城》，《五十大话》，南京：译林出版社2012年版，第114页。

速，一方面是市场经济所带来的物质产品的快速丰富，另一方面是精神产品的严重物化。在20世纪90年代的中国，在社会转型矛盾中的人们，面临的不仅仅是生产和生活方式的转变，更是思想和价值观念的改变。因为“市场化不是一般地对市场的赞同，而是要把整个社会的运行法则纳入到市场的轨道，从而，市场化不是一个经济学范畴，而是一个政治、社会、文化和经济的范畴”。[①] 因而在急剧的社会转型中，经济成为主潮，市场成为法则，传统失势，知识分子群体也面临着转型和蜕变。市场时代，人文知识分子迅速边缘化，必将发生转向。在这一过程中，有的下海淘金，有的坚守清贫，有的退守书斋，而伴随其间的则是知识分子群体的心灵裂变及如何寻求突围和平衡之路。

所以，在《废都》中，画家汪希眠依靠仿制名家名作赚黑心钱，“上至石涛、八大山人，下至张大千、齐白石”，都可仿制，且专门骗来西京旅游的洋人，因而比一般画家有钱得多。向书法家龚靖元求字要当面交款才能盖章，“一张条幅一千五，一个牌匾三千元。”西部乐团团长阮知非，原是秦腔演员，由于秦腔没落，剧场日益萧条，他干脆辞职开了民办歌舞团，“正经剧团不敢用的人他用，不敢唱的歌他唱，不敢穿的衣服他穿，所以前五年之间走遍大江南北，场场爆满，钱飘雪花一般往回收。”贾平凹在讲述创作《废都》时，以四名人勾连起西京城的市井生活，因为这些人物是他熟悉的生活类型。在文人圈子中，我们也详细考察了贾平凹在西安城内与作家、艺术家等圈中好友来往丛密的情况。当置身其中的贾平凹发现这些圈子中人，早已经被金钱、女人腐蚀和堕落，如汪希眠好女人，有三个儿子和一个私生子；龚靖元虽不像汪希眠那样好女人，但仍有好多女人都自称是他的情人，他却说不出具体名姓；阮知非在乐团被“那么多俊妞儿围着”，他自己也难免有置身其中而又难以归类的怅惘。外部环境的变化，周围朋友生活方式的改变，难免会对他的心灵造成冲击。所

① 汪晖：《去政治化的政治：短20世纪的终结与90年代》，北京：生活·读书·新知三联书店2008年版，第84页。

以，贾平凹以最能把握心灵体验的作家庄之蝶为重笔，来展现文人的沉沦。

西京城内最负盛名作家庄之蝶的出场，伴随着“淡淡的啤酒香”，“先生的衫子，上面的拼音是什么？前心写的是‘汉斯啤酒’，后背写的是‘啤酒汉斯’。”闲人孟云房诧异，“你能去啤酒厂那么长的时间我没有想到”，连庄之蝶也“吃惊过自己，是顺应了社会，还是在堕落了”？因此，即便在此后如火如荼的“《废都》批判”中将庄之蝶等同于贾平凹等同于知识分子的批判如此愤慨，我们也不能忽视庄之蝶的出场时所着的那件汉斯啤酒衫子。如果说孔乙己的出场，那件长衫总显得“既没有进学，又不会营生”迂腐文人的凉薄与落寞，而庄之蝶的啤酒衫子无论正面的汉斯啤酒抑或背面的啤酒汉斯都已标识着顺势而为抑或被裹挟走进新时代的新型文人形象。

在80年代的印象里，文人是人民的代言人，是改革和时代春风的呼唤者、领先者，而到了90年代，却从文化代言转为商品的代言。1986，汉斯啤酒厂在西安奠基，1988年具有德式风味的汉斯啤酒在西安批量生产。1988年3月6日《西安晚报》登载了李敬寅书写的长篇报告文学《淡淡的啤酒香》，为西安市啤酒厂宣传。1988年7月16日《星期天》（《陕西日报》增刊）刊载了5000字报告文学《HG的魅力》，讴歌了西安环保锅炉公司以及经理郭永胜，作者和谷是贾平凹的大学同学和好友，两人同为中国作家协会成员，也曾结伴去报考研究生。1992年5月，刚刚荣获第三届茅盾文学奖的路遥也答应为生产505神功元气袋的中国咸阳保健品厂厂长来辉武写一篇报告文学，后和刑小利共同完成《东方新传奇——记“五〇五”和它的发明者来辉武》。因而，废都中的庄之蝶在扭捏要不要为101农药厂写5000字的文章时，朋友赵京五会开导他不要总是清高，现在的世事是清高就等于清贫，而且5000元也不是小数目，他写一大部头长篇小说的稿费也不过是那个数。看到这些，我们怎么能将庄之蝶简单地类比为贾平凹呢，他的那件啤酒衫子其实是一个又一个奔向商海的文人和知识分子的集体映照，他的身份早已经变得模糊和暧昧。

《废都》中的庄之蝶早已经不是一个纯粹的文人知识分子，他和时代和商品经济已经无法剥离，他身上带着啤酒厂的烙印，他的夫人经营着书店，卖着畅销书金庸小说和《查泰莱夫人的情人》，他的魔幻小说抑或长篇却总是难产。所以，《废都》的开篇，当庄之蝶从啤酒厂走出时，他是带着一丝“是顺应了社会还是堕落了”的迷惘和游移不定。但是在赵京五的鼓动下，很快又走进了乡镇企业家黄鸿宝的101农药厂，5000元的润笔费将其拴住，文章见报并在“我们是害虫，我们是害虫”的鼓乐节中被作为传单散发，斯文扫地。当知道所代言产品为假农药时，再出主意生产为现代家庭夫妻矛盾假自杀的102无毒农药。庄之蝶是《废都》中被浓墨重彩塑造的作家，西京城里最大的名人，但是作品却无时无刻不在描述他与西京城其他名人的差别，那就是周围人都比他有钱。龚靖元家住四合院，手上戴着3个金戒指；汪希眠家是置办的院子盖着二层楼房，老婆戴的是金戒指、金耳环、金手镯；阮知非家里的豪华装修让庄之蝶惊叹不已，房间的壁纸是法国进口的，门窗的茶色玻璃是意大利出产的，房顶上挂着正经的日本货吊灯，卧室摆着硕大的席梦思软床，睡着阮知非的老婆和不知名的男人。相形之下，庄之蝶显得那么寒酸，他住的是文联大院，有人来访都得门房韦老婆子大呼小叫“庄之蝶下来接客”，夫人牛月清也觉得丈夫扮相过于寒酸，就用祖传的两支银簪给庄之蝶打制了一枚戒指让他带着显摆。庄之蝶虽然在西京城声名最大，但随着金钱社会的到来，衡量标准的变化，清高等于清贫的现实，给他造成的心理落差也不能忽视。

我们依稀记得查建英《八十年代访谈录》中知识分子对于20世纪80年代的怀念，那时人们之间没有太多差别，属于集体物质贫困因而只能追求精神富有的时代。伴随着商品经济的发展，尤其是80年代后期通货膨胀的加剧，阶层分化，钱变得越来越重要，而且分化造成的落差以及脑体倒挂现象使得知识分子普遍感到失落和无望，“应该富的人没有富起来，不该富的暴发户却大富特富。”进入90年代的今天，到底谁是“富人”，“根据国家统计局的抽样调查、典型调查和相关资料测算，目前中国大陆收入最高的阶层，有以下几种：承包租赁者、外资企业工作人员、出租汽车司机、个体（户）经营者、演员（指那些走‘穴’多的演员）。”[①] 而随着通货膨胀的加剧和知识的“贬值”，文化人的生活捉襟见肘，处境日见艰难。以至于著名作家贾平凹曾感慨自己历经数年写就的长篇小说《浮躁》，稿费不抵一台打字机的价格，一般文人的生活状况可想而知。丁冬也发表感叹：“文人这般窘境，固然说明中国知识分子工资待遇亟待提高，同时也说明近几年稿费的实际含金量降低了！过去，一本 30 万字的书才块把钱，发表一千字文章就算 10 元稿费，也能买十来本书。如今一本 30 万字的书已涨到十来块，发表一千字就算挣 30 元稿费，也不过才能买三四本书。”[②] 即便是鼎鼎大名的路遥，因《平凡的世界》喜获第三届茅盾文学奖时，也在 1992 年进京领奖前夕，打电话告诉弟弟王天乐，“领奖去还是没有钱，路费是借到了，但到北京得请客，还要买 100 套《平凡的世界》送人，让我再想一下办法。”王天乐费尽周折“拿着 5000 元赶到西安，这时路遥已到火车站。当我把拿钱的经过向他叙述后，并告诉他今后再不要获什么奖了，如果拿了诺贝尔文学奖，我可给你找不来外汇”[③]。1992 年 3 月份路遥的北京颁奖之行领来奖金 5000 元，然后请在北京文学界的陕西乡党聚餐庆贺，因不断有人加入，一桌变成两桌，两桌又变成三桌，结果一顿饭把 5000 元奖金全吃完了。路遥回到西安受到省领导的高调接待，但随后的 5 月份就从一个从来不写报告文学的人变为答应为咸阳保健品厂宣传。即便刑小利给出了很多理由，有朋友的关系、有对来辉武助学行为的赞赏，但我们还是会怀疑其间金钱到底有多大的助力。

其实，这种文人和文化的困境并不仅仅发生在西安，“文人下海”早已成为蔚为壮观的文学一景。“如果说当 1984 年第一次经商热涌入知识分子群体时，知识界仍有相当稳定的基础，仍有众多自甘清贫苦寒的读书人，吟哦‘陋室铭’，对钱嗤之以鼻的话，那么今天

---

① 史文银：《姓社？姓资？——中国市场经济大趋势》，广州：花城出版社 1993 年版，第 181 页。

② 陈明远：《知识分子与人民币时代》，上海：文汇出版社 2006 年版，第 221 页。

③ 王天乐：《苦难是他永恒的伴侣》，马一夫、厚夫、宋学成主编《路遥纪念集》，北京：人民文学出版社 2007 年版，第 336 页。

众多的青年知识分子，在金钱驱动起来的社会车轮滚滚碾来的时候，再也耐不住苦寒的寂寞和虚幻的理想光环，纷纷拍案而起。”① 一些文化人跳出了买书—读书—写书的投入产出链，转而下海经商，炒股，做房地产，干什么的都有。在这一时代浪潮下，《废都》也为我们讲述了“作家下海”的故事。

> 北城门里的细柳巷，近些年也是出了个作家的……细柳巷的人每经过他家窗下，见他坐在里边写文章，一边咳嗽一边吸劣质的纸烟，就嘲笑他，说作家原本是坐家……
>
> 亲戚见他写作清苦，劝着让他去贩菜，他竟看不到眼里……又逢着老婆骂他……就和亲戚合作承包了蒸馍铺。
>
> 他老婆见他生心回头，在家满心欢喜指望他从此弃文经商，能过上正常人家的日月。但是，第十一天里，他却蹬着三轮车回来了，三轮车上放着一捆被褥，还有四麻袋的蒸馍，说：“赔了！”……
>
> 开张的第一天，他们蒸了八百斤面粉，因为碱使得过重，馍呈黄色，又发不开，来贩馍的小贩不买，附近周围的居民也不买。当天又蒸第二锅，和下五百斤面粉，馍却依然不白，而且瓷硬。同样的面粉，又斤量充足，为什么别的蒸馍店蒸出的又白又暄？请教了一位师傅，才知道蒸馍里面学问深厚，要在面粉里掺一定的发酵粉、洗衣粉、化肥，而且要用硫磺熏，但师傅却绝口不授怎么掺发酵粉、洗衣粉和化肥，硫磺又如何熏，熏多长时间……
>
> 结果他五百元扔出去，赚得四麻袋蒸馍拿回来。②

这桩“下海”故事是有原型的，那就是贾平凹的朋友何丹萌的蒸馍实录和陈彦的大特写文章《作家下海十日记》。这篇特写记述了

---

① 东湄：《下海：中国人的突围》，昆明：云南大学出版社 1993 年版，第 2 页。

② 贾平凹：《废都》，北京：北京出版社 1993 年版，第 186—188 页。

作家丹萌率先卷入下海大潮，未过半月，孙见喜告诉陈彦“丹萌下海呛水”，于是，陈彦就采访丹萌，丹萌详细讲述了自己如何“运筹帷幄”，面对汹汹涌动的金钱潮心动手痒。因为身边发财人的潇洒风流是一种诱惑，文坛巨星路遥的病入膏肓是催化剂，王安忆“上帝不再需要我们了”的长叹，使得普通作家丹萌更觉得爬格子无望，于是在亲戚的动员下承包了罐罐馍作坊，并组织了一个由作家、艺术家和在部队有着十年蒸馍经验的大师组成的6人致富小组，浩浩荡荡卷入商战，谁知第一天就蒸出1500个“黑蛋蛋”，第二天蒸出1500张“笑脸”，虽然请来“专家”指点，但仍是蒸出“败笔”，无奈之下四处兜售“破烂”，最终打道回府。何丹萌是陪着贾平凹游商州、踏白浪，见证《鸡窝洼人家》、《腊月·正月》发表的好友，他的这桩“下海”趣闻在朋友圈子中被引为笑谈。在《废都》中被大肆书写，尤其是蒸馍需要掺发酵粉、洗衣粉和化肥，硫黄熏等介绍得极为详细，最终一个“作家”无法适应激烈低劣的商战而败退。然而通过这段书写，我们也可发现作家地位的低下和处境的尴尬，他热衷写作，却不被理解，“细柳巷的人每经过他家窗下，见他坐在里边写文章，一边咳嗽一边吸劣质的纸烟，就嘲笑他，说作家原本是坐家。”眼见卖菜的亲戚挣了钱，“作家的老婆日日骂他没出息。”金钱的肆虐相伴而生的是形形色色的社会乱象，保姆柳月给前任雇主家婴儿吃安眠药，城里供应的牛奶掺水，卖柿饼的马香香整日用生石粉沾在柿饼上充白霜，豆腐是用石膏水点的，削面汤里放着大烟壳子，以至于龚小乙也投诉买的毒品竟掺假……甚至在阿兰遭到王主任强奸后，阿灿找区政府告状时，对方却振振有词地回应：“现在是什么时代了，组织上还能为这类事情上纲上线?”“要改革开放，过去的道德观念、价值观念都发生了变化，许多过去认为是绝对不允许干的事现在却正是要肯定或算不了什么。”种种社会乱象随之而生，在道德观念、价值观念发生翻天覆地变化时，以往的平衡和坚守势必被打破。

所以，在《废都》中，庄之蝶越来越像一个在夹缝中生存的人，他有着“我是作家”的理想和操守，多次提及“我是作家”来强调自我与他者的不同，然而，这种自我认同却越发脆弱。当他走进编辑部，发现业余作者在给刊物拉“防性病内裤”的广告，自己的学生作者迫不得已“下海”卖馍。赵京五劝他去写农药厂报告文学，说写一部长篇小说，也抵不上5000字的广告宣传；自家书店的雇员洪江也嘲笑他，现在什么时候了，“光靠写文章发什么财，一部中篇小说抵不住龚靖元一个字的。”在庄之蝶“顺应社会”的过程中，当被压抑的欲望、被约束的本能被一步步释放时，正如那潘多拉的盒子一打开，各种形形色色的怪状就出现了。唐宛儿和柳月不约而同地发现了他作为男人的“性压抑”，于是庄之蝶在“性解放”中发现了自己原来是“能行的”，一发不可收拾；赵京五和庄之蝶同有收藏癖好，就设计谋取龚靖元家的字画，害死龚靖元；为了讨好市长，打赢官司，他将柳月许配给市长家的残疾儿子大正……这个时候，庄之蝶才发现“我还是什么作家，我也不要这张脸了”！

在20世纪末，《废都》着重刻画了从传统一元社会向现代多元社会转变时，庄之蝶如何从一个“自觉的人”变为“不自觉的人”的沉沦史。他一方面穿着啤酒汗衫、写着101农药厂的报道宣传文字，另一方面却是怀疑这样的行为是顺应社会了还是堕落了。在被“废都”中的其他人裹挟着向前走时，他的内心始终有着“新与旧”的参照与挣扎。对于夫人牛月清的古老家史，庄之蝶最乐意陈说，每当家中有来客时，总要夫人牛月清拿出她祖父的那张照片给人来看，拿出当年水局的骨片水牌来看，看罢了，还要走到双仁府的街巷上，向人指点牛家独居这条巷子的情境。当突破男女间的道德界限，在家庭之外拥有情人时，庄之蝶也怀恋其年轻时期的友情，感叹自己“多年前与景雪荫太纯洁了，自己太卑怯胆小了，如果那时像现在，今天又会是怎样呢？庄之蝶狠狠打了自己一拳，却又疑惑自己是那时对呢，还是现在对呢？”他很在意自己的声名，故事开篇时，对于夫人雇人经营太白书店，庄之蝶一直不愿介入，他说：“我是作家，作家靠作品，外界知道我办书店，会有什么想法?!”而当打官司的过程中，周敏出主意诋毁景雪荫时，庄之蝶立即站起来，脸色都变了：“你怎么能想出这种主意?！咱说话不要说讲责任，起码得有个良心啊！”在故事前半段，庄之蝶还是以道德、良心、声名来束缚自己，还有着文人的自觉意识。也许在内心中，他还有着80年代或曰年轻时期的理想主义和温情所在。而随着故事的推动，当景雪荫不念旧情，坚持诉讼，并将其列为二号被告，但是罪状用词最多，又极尽挖苦之事，把他描绘成了一个声名颇大但灵魂龌龊，甚至是个忘恩负义，靠出卖友情，编造风流韵事来损伤他人的卑劣男人。看到这些，庄之蝶的脸色烫烧，他知道景雪荫已经完全撕破两人维系多年的丝丝缕缕友情了，自己在她的心目中已是一文不值。尤其是在他心目中最为"高尚"、"纯洁"的老右派钟唯贤的死去，以及临死前以性命争取到的高级职称小红本本才换来"优待知识分子"，得以提前火化，对庄之蝶的刺激最大。这件故事也是有原型的，来自于费秉勋教授90年代在西北大学任教时一位副教授同事因评职称受到刁难得病致死，书中所用的挽联"莫叹福浅，泥污莲方艳，树有包容鸟知暖，冬梅红已绽。别笑命短，夜残萤才乱，月无芒角星避暗，秋蝉声渐软。"也是费秉勋为那位学者所写，当年这桩"职称杀人"事件在西北大学引起轩然大波。可见，知识分子的清贫自守，以及"高尚"、"纯洁"在争取自己权利过程中的弱势和无力却是那个年代不争的事实。当钟唯贤哀叹自己的一生清贫就换来一个"职称认证"小本本，当庄之蝶将小红本本扔进火化炉的时候，内心也是强烈的哀痛以及与过去的价值体系告别。

这一时期伴随其间的，正是80、90年代中国社会的整体转型，从计划经济逐渐走向商品经济、市场经济。在"摸着石头过河"的过程中，一切都"要坚决地试，大胆地闯"，所有西方的、现代的、先进的经验都被移植来，以此来摆脱贫穷和带来进步。在这个过程之前，中国是一个传统的农业社会，在长久的封闭中，对外来的事情并不了解，这种突发性的转变袭来时，很多人患上了不适应症。也许是过去太突出了"精神"，太忽视了"物质"，也许是市场经济下的"物质"太具有诱惑性，当"物质"变得更重要，人的行为就失去了"精神支柱"。即便道德"滑坡论"、"人心不古"的声讨越来越激烈，每个人却不免被卷入其中。随着80年代末"文学失去轰动效应"，到"导师的位移"，纯文学越来越远离中心，知识分子的边缘化，下海狂潮，文人蜕变……“理想”、“崇高”等社会意识逐渐淡化，“世俗”、“现实”的生活日趋重要。与此同时，是形形色色的社会乱象，《废都》中说谣辞的老头就起着勾连社会现状的作用，“说你行，你就行，不行也行。说不行，就不行，行也不行。”“喝上酒了一瓶两瓶不醉。打着麻将三天四天不困。跳起舞来五步六步都会。搞起女人七个八个敢睡。”“中央首长空中行。省市领导两头停。县上的，帆布篷。乡镇的，‘壹三零’。农民坐的是‘东方红’。市民骑的是自摇铃。”“腰里别的 BB 机。手里拿的步话机。馆子里吃烧鸡。宾馆里打野鸡。”这些谣辞通过一个上访无望的民办教师编说并流传开来，这也是社会心态的反映，以往的矛盾尚未解决，改革开放时期新的矛盾又与之交替重合在一起，只能通过这种可笑、可恨、可叹、可气的方式展现和传播。

梁启超在《中国历史研究法》中讲，“须知作小说者无论其冥想至何种程度，而一涉笔叙事，总不能脱离其所处之环境，不知不觉，遂将当时社会背景写出一部分以供后世史家之取材。”① 在 20 世纪 80、90 年代，中国社会正面临着急剧转型，从静态社会转向动态社会，从一元社会转向多元社会，从理想社会转向现实社会，从计划经济转向市场经济，在涉及地理、观念、价值、道德的转型中，形成了空前的落差和反差。正如前文中学者王晓明所言，突如其来的风浪让自己晕头转向，不知怎么办。正因为率先遭遇到市场经济带来的文化失守，上海的学者才发起“人文精神大讨论”，提出知识分子的自觉意识。而对于身居西安的贾平凹来说，也面临着时代转型所带来的巨大心灵冲击。迎来市场经济的袭击和全球化进程的扫荡，种种急剧的变迁，外部环境的失守，内心的裂变会使人们发现原有的行为方式难以适用，如庄之蝶的不被理解和内心苦闷，只能寄托哀乐和埙音来舒缓心情。而在急剧变动中，社会体制转轨的现代化过程也必当萌发种种行为失范，废都中人物性格的转折与变化，也是从传统社会向现代社会转型的过程中，因以往固有的目标和价值体系瓦解，人们的价值

① 梁启超：《中国历史研究法》，北京：中华书局 2009 年版，第 62 页。

取向发生混乱，造成迷茫困惑。作品实际上通过文人的沉沦，写了转型时期的挫折与颓败、彷徨与游移。从这个意义上说，《废都》的悲哀沉重和乱象重生，都不仅仅是个人的。

第三节　最后的守望者

当年19岁的贾平凹来到西安城读书，后来到陕西人民出版社工作时，虽然一脸村相、处处受人歧视，最终凭借自己的勤奋和才华熬出头来，成为当代最为著名的作家之一。在寻根、改革的潮流中成为“主流”作家，获奖无数的同时，他也有着写出千古文章的夙愿。四十岁不惑之年，一系列的苦难折磨使他“几十年奋斗的营造的一切稀里哗啦都打碎了，只剩下了肉体上精神上都有着毒病的我和我的三个字的姓名，而名字又常常被别人叫着写着用着骂着”[①]。在1992年长久的苦闷中，贾平凹徘徊在城墙根下，听古埙声来转寄哀苦。在长久的官司粉碎了心中留恋的脉脉温情，在疾病的苦痛看清人世的纷繁中，路遥的死成为他觉醒的催化剂。当路遥这位“早晨从中午开始”，啃着冷馒头“圣徒”般的写作者为了文学英年早逝时，经历了物伤其类悲哀的贾平凹也选择解放自己，他豁出去了，这个时候，他开始写作“千古文章”了，写作的时候却没有家，只好“逃离”，他不再刻意地走入农村“深入生活”了，而是将自己20年的城市经验，对西安这座城的感知和思考通过城市小说呈现出来，并把自己化入作品之中。在这个过程中，贾平凹褪下了文学假面，通过呈现自我的心迹、文人圈子的经验以及浮世生活来反观90年代转型期的种种社会现象，写下这一历程中的时代情绪。小说的标准是经验的介入，这些经验通过情感折射出来，并服从思想的约束。有学者认为，小说家是这样一种人，他的个人经验是某一类原创经验。但当他回到自己的无意识状态中积攒心灵火花时，他就会和所有集体无意识联系起来了。[②] 贾平

① 贾平凹：《废都·后记》，北京：北京出版社1993年版，第520页。

② ［美］丹尼尔·贝尔：《资本主义文化矛盾》，严蓓雯译，北京：人民出版社2010年版，第148页。

凹是当代著名作家，他自己并不满意的《浮躁》就因传神地勾画了80年代的社会情绪而备受好评，关于《废都》，虽然因为没有和庄之蝶拉开距离而备受声讨和批评，但我们也不能简单将贾平凹与庄之蝶画等号，因为庄之蝶的沉沦史背负着文人圈子的集体无意识。正是通过他的心迹，为我们展现了世纪末转型社会的流向，通过他对西京城的感受和思考，为我们呈现了历史的变迁。

在《废都》开篇，古都里的很多人都已经具有了“现代思维”，如秦腔演员阮知非很有代表性，秦腔没落，辞职开办歌舞团，和城里的“易俗社、三义社、尚友社”等有着悠久秦腔传统的剧社切断了联系。阮知非本应是“四名人”中的曲艺界代表，从他要求庄之蝶代写论文时，所用的材料还是家传的绝活，“要獠牙”的技巧，这可看出他是秦腔世家出身，但这些祖传技艺只能在评职称时用，现实舞台上他却早已和秦腔这种具有悠久传统和地方色彩的古老艺术告别，非常新潮摩登地领着红男绿女走模特步引领古都时尚。龚靖元的书法明码标价，等价交换。汪希眠为了谋利更是肆无忌惮地仿制名家画作。所以，在故事开头，这些人物都已经具备现代商业色彩，和传统恒定社会、保守社会、人情社会自觉割裂开来。

而庄之蝶却不同，对他的第一句介绍，就是“既不缺钱又不爱钱的主儿”。与此同时，庄之蝶是和古都历史地理、文脉联系最为紧密的人。正是通过他的四处游走，贾平凹为我们重构了古都西安，展现了古城墙、钟楼鼓楼、大雁塔、华清池、莲湖公园、兴庆宫公园等从盛唐袭来的古迹名胜，大兴善寺、卧龙寺、法门寺、云居寺等历史悠久的名寺古刹，东西南北大街、广济街、双仁府街、四府街、大麦市街、芦荡巷、竹笆市街、回民坊、菊花园街、东羊市街等有着古老历史故事和文化积淀的大街小巷，当子这种以花鸟虫鱼为主角的西安传统民间交易场所，葫芦头、羊肉泡馍等西安传统吃食，秦腔等古老戏剧，民间医药、婚丧、嫁娶、诞庆、社火、鼓乐等极具西安地方色彩的民间风俗，这些都为我们诠释了千年古都西安的历史积淀和文化传承。文中，通过庄之蝶兴致勃勃地游走，也将我们带入这座千年古都的城市记忆中。

《废都》中不仅记录了西安具有历史意义的街巷、古迹、风物，也为我们呈现了这座城中如此众多的古人和他们那飘荡的游魂，他们都是盛唐文化的缔造者，也以陵墓的方式安躺在这座城中。以至于王富仁在写作《〈废都〉漫议》时讲述自己80年代在西安读书时的感受，“到了西安，你首先就得进坟墓，昭陵、茂陵、始皇陵、都是古人的坟墓，连半坡遗址都有一片掘开的墓葬群。但是，你却又不能像对待别的坟墓一样对待它们，它们是一种伟大。这是我们的光荣的祖先建造的。他们建造了自己的光荣，也建造了自己的坟墓，使我们这些后代人在活着的时候便心悦诚服地一次次被埋葬，怀着崇仰的心情来瞻仰他们的死亡。”① 无论是贾平凹抑或庄之蝶，都乐于承接这种传统和荣光，除了故事开篇就去杨贵妃墓地吊唁，还费尽心力将保存下来的秦砖汉瓦唐侍女尽可能地收集在自己的书房中。他的书房，摆满了高高低低粗粗细细的古董，有西汉的瓦罐、东汉的陶粮仓、陶灶、陶茧壶，唐代的三彩马、彩俑……在一定程度上，收藏也是以“过去”拒绝“现在”的壁垒，“任何所忆所思，任何心领神会之事，都成为他财产的基座、画框、基础和锁闭。收藏物的年代，产地，工艺，前主人——对于一个真正的收藏家，一件物品的全部背景累积成一部魔幻的百科全书，此书的精华就是此物件的命运。于是，在这圈定的范围内，可以想见杰出的相面师——收藏家即物象世界的相面师——如何成为命运的阐释者。我们只需观察一个收藏家怎样把玩欣赏存放在玻璃柜里的物品就能明白。他端详手中的物品，而目光像是能窥见它遥远的过去，仿佛心驰神往。”② 庄之蝶会兴致勃勃地将“双鹤衔绶鸳鸯铭带纹铜镜”和它的历史送给唐宛儿，“你姓唐，这也是唐开元年间的”，又会发现唐侍女俑和柳月的面貌相似之处，更会细致地观察、品赏赵京五家的大宅院、龚靖元的四合院，他还喜欢古埙、古琴，擅长书

① 王富仁：《〈废都〉漫议》，《〈废都〉废谁》，北京：学苑出版社1993年版，第201页。

② ［德］阿伦特编：《启迪：本雅明文选》，张旭东、王斑译，北京：生活·读书·新知三联书店2008年版，第72页。

法，始终将自己浸润在古色古香的传统韵味中。

然而，这种传统韵味仅仅属于庄之蝶和他营造的个人氛围中，外部世界早已发生变化，时光流转到90年代，随着现代化的征程，推土机的轰鸣，古建筑的倒塌，传统文化的坍塌已是不争的事实。即便作为千年古都，要举办古文化艺术节，目的也是“文化搭台，经济唱戏”。古文化节的节徽“大熊猫”，这个外来品种成为城市的代言；庄老师早已苦闷无力，美国小伙成为外语学院聘任的教师，落住西安；鼓楼大街上新开的西餐厅取代了浆水面、削面。全球化的浪潮已将西京洗刷得面目全非，城随着古建筑的坍塌已不再像古都，人随着现代化已具有现代思维，如孟云房所教育的“婚姻和爱情的分离”，阮知非所提倡的“懒得离婚”。在这个过程中，我们发现时代转型了，传统失势了。《废都》中的庄之蝶，是有着恋物癖的传统文人，他会专程去拣汉砖、拓书画，即便追逐性解放的过程中，他送给两位情人唐宛儿、柳月的信物也是唐开元年间的古铜镜，使之带有才子佳人的味道。当贾平凹抑或庄之蝶意识到这些古老的汉砖、唐镜只能成为文物，那些古老的建筑、城市记忆一点点被消泯、粉碎时，他的内心会是多么的哀痛。尤其是废都中人，也被时代大潮裹挟着向前走，用现代思维来隐藏种种龌龊和不堪时，他会有多大的冲动来记录真相。当废都中闯入美国小伙和西餐厅，当贾平凹来到北京、上海，踏上美国的土地，在古老城市和现代文明的参照中他其实已经意识到这座古都的被弃早已是不可逆转的历史事实，所谓的秦汉文明、盛唐辉煌只是昨天的故事，废都早已是时代的寓言。

在本雅明看来，“寓言在思想之中一如废墟在物体之中。”寓言不仅要说出人类生活的普遍本质，而且要在自然、最堕落的官能性质上说出个人的自传式的历史性。① 一位作家之所以能够借用寓言的形式来表达，是因为寓言能够直接展示出现代世界的内在本质和图景。这个时候，我们会想起贾平凹，想起他走入西北大学，来到城市西

---

① ［德］本雅明：《发达资本主义时代的抒情诗人》，张旭东、魏文生译，北京：生活·读书·新知三联书店2012年版，第26页。

安，见到辉煌气派的钟楼时，那种乡下人进城的战战兢兢。当他在西安这座城里生活了20年，声名渐起，并受到城市文化的晕染，读古书、练书法、弹古琴、吟诗作画，和朋友们夜游古长城，成立“长安古乐社”时，说出：“我爱这座城。我生在此，死却必定在此，当百年之后躯体焚烧于火葬场，我的灵魂随同黑烟爬出了高高的烟囱，我也会变成一朵云游荡在这座城的上空的。”① 可以说已经将生活、生命缠绕于这座城中，然而，当他发现这座城忽然间凋敝、城市记忆也骤然焚毁时，内心难免存有哀伤。他在《废都》中为我们记述那么多的西安地理，考证出如此多的历史故事，其实也是想以史料的方式存在于文学作品和90年代的历史记忆中。在20年的城市生活中，贾平凹和作家、书法家、画家等文人圈子交往甚密，对他们的日常生活了如指掌，随着商品经济运作方式的深入，原有的行为准则失效，对于他们的沉沦史也蕴含着无限哀叹，最终通过作家庄之蝶表现出来。庄之蝶的出场总是和周围人格格不入，夫人牛月清会安排他穿大红T恤、港式服装，戴银戒指，却全然不顾他的感受；朋友孟云房嫌他脾气越发古怪，教导他要以名换取实利；他庄严地说出“我是作家”时，自家书店的雇员洪江讽刺他“写书的不如卖书的，卖书的不如编书的”；赵京五教导他写一部长篇的稿费还不如为农药厂做5000字的宣传……在骤然变化的现实面前，庄之蝶过去的经验已然失效，他不被周围人理解，只能暗自苦闷、游走、神经衰弱、丧失性功能，拣汉砖、赏古董、骑着“木兰”在城中闲逛来移情。当他遭遇崇拜他声名的女人之后，似乎看到新的曙光，觉得自己又是个男人了，有了欣喜和放纵，然而，这条纵情声色的突围之路也很快索然无味，唐宛儿的逼婚、柳月“被毁灭的新人说”、阿灿的逃离使他越来越仇恨自己。其实庄之蝶的仇恨还是带有传统盛名之下的放不开，他的一切烦恼、自责仍带有对自身道德约束、良心责任的潜在话语力量。他一方面用过去来约束检讨自己，另一方面却发现不管是他人还是自己都已经走得太远，已经回不去了，而新的价值体系尚未建立，

① 贾平凹：《西安这座城》，《坐佛》，西安：太白文艺出版社1994年版，第175页。

庄之蝶的传统与现代发生断裂，他成为夹缝中的人，成为找不到信仰和出路的人，所以，他才会“来到街上的十字路口，他却拿不定主意该往哪里？”于是只好“每日就骑‘木兰’去那些低洼区闲逛。他也不知道自己要来这儿干什么，整晌整晌在推土机推倒残墙断壁的轰鸣声中，看那一群上了年纪蹲在土堆上唠叨的人”，听他们唠叨废墟的历史。在无法抗拒外来力量对传统的侵蚀时，庄之蝶发现这座城中已经没有自己留恋的事物，于是他选择告别，告别政治，给市长写材料时故意颠三倒四，不愿做政客的帮闲文人；告别体制，发表声明脱离文坛。庄之蝶选择出走了，从文化古都走向经济南方，然而他却离不开那土气和土音，最终在火车站抱着“装着埙罐的小背包，却双目翻白，嘴歪在一边”。

贾平凹曾讲：“在写《废都》时，我并没有单一的主题，只有一个浑茫的走向，一个整体的把握，只想真实地记录一段生活。我没有去写史诗的欲望，企望写出世纪末中国人的一段心迹。”① 在90年代，伴随着东欧剧变、苏联解体、市场经济的进一步加速，以及中国重新融入世界舞台，一系列的变化都使人应接不暇。如果说之前的中国历史还可用“超稳定结构”解说：“从秦汉帝国建立一直到今天，中国社会深层组织方式一直没有改变，这就是社会的整合建立在人们对某种统一意识形态的认同之上，我们称之为意识形态与社会组织一体化。”② 如果说80年代的论题，仍是延续“50、60和70年代的社会主义历史；而90年代，却是以革命世纪的终结为前提展开的新的戏剧，经济、政治、文化以致军事的含义在这个时代发生了根本性的转变”③。现代化、全球化成为新的思维方式，90年代的时代症候影响着每一个人的生活。因为中国自古以来直到20世纪90年代，基本

---

① 刘爽：《贾平凹答记者问》，萧夏林主编《〈废都〉废谁》，北京：学苑出版社1993年版，第26页。

② 金观涛、刘青峰：《开放中的变迁：再论中国社会超稳定结构》，北京：法律出版社2010年版，第3页。

③ 汪辉：《去政治化的政治：短20世纪的终结与90年代》，北京：生活·读书·新知三联书店2008年版，第1页。

上是一个在方言和文化上有着巨大差异的农业社会。而随着改革开放带来的历史巨变，随着经济发展带来的勃兴以及社会流动的加速，中国逐渐从农业社会转变为城市社会。同时，城市的建设步伐也逐步加快，如“广州或兰州这样的城市，沿江十几公里的区域，政府在几年内就能拆掉全部老建筑，将其改造成公园”[①]。相形而下，西安的旧城改造如此急切，迅速同构于现代文化也并非独有的现象。但是，西安这座城毕竟和沿海新特区被其称为“蛮夷之地”的新兴城市不同，它是千年古都，有着深厚的历史积淀，它的一块砖、一片瓦都有着千年古韵，在城市化的浪潮中，它的古老和封闭将被“先进”的现代文化所解构，所以才会格外令人叹息。

当市场所蕴含的巨大的解构力、侵染力和吞噬力爆发时，当周围人都沉醉于钱、色之事，庄之蝶的“重声名”、“古旧气”显得多么不合时宜。作为传统文人、社会的守恒力量，他试图以传统来抗拒现在，如帮钟唯贤写情书，慰藉“老右派”的苦难心灵；给景雪荫写信解释纪实文学的事情，希望共同念惜过去的情分。然而，这一切并没有得到有效回应，钟唯贤的死给他造成了极大的心灵冲击，“高尚”、“纯洁”也随之灰飞烟灭，“使他把什么都灰了心”；景雪荫据信打官司更是粉碎了心中的脉脉温情。在受到刺激和伤害之后，庄之蝶只能在喧嚣的城市中随波逐流，并以极端的方式投身世俗生活，寻求宣泄。他在女人那里寻求心灵慰藉，却不懂“婚姻与爱情分离的现代思维”，仍试图将其和古典联系起来，如唐宛儿姓唐，柳月像唐代侍女俑，阿灿的身有奇香。这些女人都读古书，每次放纵之后都会吟咏唐诗名句来附庸风雅，都模仿古书中的动作并流连其中。然而，种种放荡、宣泄行为却使他更为无力和空虚，他不仅受不了周围人，也开始受不了自己了。他有时会觉得“自己已是一个伪得不能再伪、丑得不能再丑的小人”，有时又会捧着脑袋说“现在过的是另一种的生活，就这么过下去吧”，有时又“越发觉得他害了几个女人”，会

① ［美］傅高义：《邓小平时代》，冯克利译，北京：生活·读书·新知三联书店2013年版，第655页。

"跪在那里哭"。庄之蝶在"这一种"和"那一种"生活之间的摇摆，它的苦闷和无力急剧扩散，逐渐从身体蔓延到心灵。

从中篇小说《废都》到长篇小说《废都》，它们共同的主题是怀恋，从怀恋土城到怀恋古都，重心都是"废都意识"，是世纪末人们的一段心迹。对贾平凹影响颇深的沈从文曾困惑于"生命真正意义是什么？是节制还是奔放？是矜持还是疯狂？是一个故事还是一个事实？"[①] 这样的困惑同样出现在《废都》中，出现在庄之蝶的分裂和冲撞中，是顺应社会还是堕落了的迷惘中。当更多的人批判庄之蝶的颓废堕落、放浪形骸，却忽略了作品背后隐伏的哀痛和对生命本真意义的寻找。"当世界上的新型城市愈来愈变成了一堆水泥，我该怎样来叙说西安这座城呢？"[②] 当《废都》中的庄之蝶将汉砖、唐俑拣回家，去推土机旁留恋旧建筑时，他已经意识到这些记忆将永久失去，他注定是一个孤独的守望者。当庄之蝶处于尴尬境地时，贾平凹又何尝不是如此，在经历疾病、官司、婚变之后，现实的感触、人生的感悟、生命的体验，各种苦闷的挤压，使他迫不及待写这本书"止心慌"。明知是飞蛾扑火，却大胆袒露自己，庄之蝶成为他的小小代言者，背负着名人的负累，游荡在古城中，他的四处游走，既联系古都的历史文化地理，他的尴尬生存，又彰显了现实的处境和时代的突变。贾平凹刻意写日常生活，所以写得很实，但也因为写得太实，如庄之蝶的作家身份以及他在西京城中的地位，甚至连庄的外貌描写都可称为贾平凹的自画像，所以，当他承受不了"名人"之累，在作品中肆意放纵自我、宣泄苦闷时，竟被认为这些活动也是贾平凹所为，被认为是对作家和知识分子群体的丑化和鞭挞，一时间，关于"贾平凹怎么啦"的惊叹此起彼伏。在当时，大家愤怒于庄之蝶的性行为和被省略的"□□□□"，而忽略了奔放下的节制，故事背后光怪陆离的社会现实。

---

① 沈从文：《水云》，见林贤治编《怯步者笔记》，广州：花城出版社2013年版，第226页。

② 贾平凹：《西安这座城》，《四十岁说》，西安：陕西旅游出版社1994年版，第135页。

波德莱尔最先看懂了“巴黎的忧郁”，却被本雅明给出定论：“他的诗在第二帝国的天空闪耀，像一颗没有氛围的星星。”[①] 贾平凹最先发现在中国的市场经济转型中，城市化所带来的种种乱象，知识分子如何沦落为“不自觉的人”，在描摹废都抑或庄之蝶的颓败转向时，他的守望姿态越发孤独，受到前所未有的攻击和批判。短短半年时间内，13 本关于“《废都》批判”的书籍密集上市。在大批判浪潮中，知识分子群体以道德捍卫者的姿态强烈、彻底地将贾平凹从一个纯文学作家、干净的人怒骂为流氓作家，以知识分子的道德权威来批判作品中作家庄之蝶的性解放。然而，种种批判却沦为书商赚钱的工具，搭着《废都》热卖的顺风车密集问世。同时，知识分子和大众媒体铺天盖地的大批判带来的《废都》误读，直接导致书被禁 16 年以及责任编辑田珍颖的被处分和离职。而拉开时间距离之后，人们却发现它是如此直面生活，抛下文学假面，在解构“崇高”之下，其实那个时期的很多人都是一个小小的庄之蝶，他“虚名”之下内心的欲望与挣扎，他对转型剧变的难以适应，他的自省和迷惘、他的尴尬和困扰，其实早已积淀在每一个人的心灵深处。然而，在当时，持精英立场的知识分子群体仍对世俗文化大肆鞭挞，对王朔“痞子文人”极力声讨、为贾平凹和《废都》贴上“流氓作家”和“色情文学”的标签，但在随后“人文精神大讨论”的检验和争鸣中，本应是知识分子集体激发精神活力和寻求市场经济之下的道德自守之路，却发现这一群体早已是一个零乱的存在，甚至被知识分子内部攻讦为“堂吉诃德对着风车呐喊”。“人文精神”也出现危机，传统的价值观念、文以载道早已脆弱不堪。历史断裂造成的精神裂变使这一群体猝不及防，丧失信仰之后的文人也是一个又一个的庄之蝶，面临着无路可走和重新整合自我的心路历程。

在这个意义上，《废都》更像是一个历史寓言，从地理意义上来说，西部的落后、发展缓慢，西安作为历史古都的辉煌不再，伴随着

① ［德］本雅明：《发达资本主义时代的抒情诗人》，张旭东、魏文生译，北京：生活·读书·新知三联书店 2012 年版，第 9 页。

城市化进程带来的旧城改造，废都中的人们在现代思维下也和传统逐渐决裂，它所弥漫的埙声，总是一曲古老建筑和历史文化共同失守的挽歌。《秦腔》荣获茅盾文学奖，评语说是“成功地仿写了一种日常生活的本真状态，并对变化中的乡土中国所面临的矛盾、迷茫，作了充满赤子情怀的记述和解读”[①]。相比较，我们怎么能忽略《废都》对90年代初期城市日常生活本真状态的描写，书中的通货膨胀、流行时尚、节日宴请、婚丧嫁娶，那不断被城市化进程推倒的古老建筑、历史记忆，那不断涌进的现代思维、被挤压的传统意识，不也是作为小说家对于城市生活的忠实记录吗？从时代意义上，在90年代的社会转型中，虽有“转型，转型，多少罪恶假汝之名”的声讨，但我们无法回避随着市场经济兴起、话语转轨、纪念碑的倒塌、意识形态的重建所带来的乱象丛生。伴随其间的是政治社会已悄然解构为市民社会，全球化已横扫每一个角落，在作品刻意收集的西安城市地理、古今人物，细致描摹的日常生活、行为方式背后，更是有着形而上的思考与追问，有着既传统又现代的有意建构，而贾平凹作为废都文化守望者，将这段历史作了充满赤子情怀的记述和解读。

① 李哲、李蕊编：《茅盾文学奖专题（三）贾平凹〈秦腔〉颁奖间》，http：//www.wtoutiao.com/p/lfevzxs.html。

第六章　余　论

《废都》是贾平凹第一部关于城市的小说，作者太希望将自己对西安这座城的感受尽可能多地融入其中，于是形成这样一部庞大而驳杂的作品。他定是做了许多考证，才写出如此繁多而真实的地名、遗迹、古玩、风物、吃食、人物、典故及其他，在一定程度上，这本书应是20世纪90年代西安历史地理、城市生活的忠实记录。同时，贾平凹作为一个著名作家，这部有着千古文章夙愿的作品也是倾注其极大的心血，融会了更多的文学思考。总的来说，我们会发现，书中有着这样的走向，故事开篇，古色古香，贾平凹以其精到的文言写作，以杨贵妃等历史人物、佛骨舍利等西安古老文化将我们带入其中，然后是浮现在古都中的现代人，语言也是文白夹杂，这些现代人尚还有着古老意识，如庄之蝶、牛月清、周敏等，他们却在“现代思维”中一步步粉碎自己，在故事结尾，当这些携带着传统基因的人们迷失自己，找不到出路，只得通过“改面”（牛月清）、出走（庄之蝶、周敏）来拯救自我时，废都无论从文化或是地理上都失去了意义。最终，赵翘楚故居、双仁府一条街被推土机碾碎，废都中的人们已习惯于商品社会通行的金钱法则，道德失守，传统失势。

这部书既有时代的苦痛，亦有贾平凹个人的苦痛。在80年代末知识分子信念的集体坍塌，自由、理想精神失落，何去何从成为时代和个人的难题。随之而来波涛汹涌的市场经济成为新的分水岭，在社会的急剧变动中，旧的价值体系已然失效，新的价值标准尚未确定，种种失范现象让人不知所措。知识分子并不是最早受冲击的群体，却是有着自觉使命和审视意识的群体。在这一过程中，有人选择退守书斋，有人下海经商，更多的成为夹缝中人，不知何去何从。这时，庄之蝶作为一个“作家”出现在《废都》中，他还沿袭着80年代作家的“声名”，在城中颇具威望和影响力。但在商品大潮中，他也穿上了啤酒汗衫，有着顺应时代还是堕落的迷惘。这还只是对社会走向的反思，作为个人，在和夫人牛月清种种尴尬勉强为之的生活中，他已丧失了性功能，成为无后的人。其实，他早已成为废都中的多余人，他的声名被人热捧，对己而言带来的只是负累，他不敢为自己而活，稍有举动，就会担心政界怎么看，文化界怎么看，读者怎么看。当他遭遇唐宛儿，对方给了他性暗示，他回应了勇气之后，他发现自己重新是男人了，人的欲望也随之觉醒，他变得好色、贪财、颓废、堕落。其实，这些阴暗面早已存在于内心，当他参观完阮知非的豪华家装、听他讲男女之事时，早已心潮澎湃，虽有怀恋那时“我”的单纯，却在步步挣脱声名的束缚，寻求自我突围，也在放纵中毁灭了自我，反而在传统与现代的分裂中更加找不到出路。与此同时，是贾平凹个人生活在“四十不惑”中的裂变，在经历了长久的疾病、官司、婚变之后，他的平静生活被粉碎、洗刷和重建，这个时候，开始《废都》的流浪写作。因大胆地自我呈现与剖析，尤其是文中庄之蝶的作家身份以及露骨的性描写而备受诟病，因而招致铺天盖地的大批判，贾平凹也从文坛上一位“干净”的作家被斥为“流氓作家”。《废都》不仅被知识分子群体围攻，也招致大小报刊的街谈巷议，终于在各种力量的合力之下被北京市新闻出版局以“淫秽色情”、“低级庸俗”下文收缴，长达16年的时间以盗版的方式得以延续。这种瞬间的、集体力量的围攻及被禁使得《废都》长久以来成为被遮蔽的对象，它的意义并没有得到有效阐释。

其实，贾平凹借《废都》传达出一个双城故事，西京—西安，无论从地理意义还是文化意义上都具有共通性，它们共有着历史底蕴和文化积淀，共有着秦砖汉瓦、唐风古韵，那一处处历史遗迹，不仅仅是中华民族鼎盛时期辉煌的见证，更是文化衰败所引发的无尽哀叹。从唐末以后，古都的地位就一步步沦落，从国都、世界性大都市到西北重镇再到陕西省省会城市，并且在现代化的进程中，逐渐成为一个落后的、发展缓慢的城市，即便如此，它还是受到现代文明和全球化的冲击，历史的遗迹一再被荡涤、冲毁，其间生活的人们也经历着心灵的挣扎，最终在时代浪潮的裹挟下一个个有操守、责任意识的作家、文人、名人也沉醉于声色犬马。按照作者想要写出世纪末心迹的意图，废都就不仅仅是空间意义上、历史时空中的废都，更是时代转型期被抛弃的文化、文明之都。

城市只是表现生活的舞台，正是在这个舞台上，贾平凹精心安排了300多位出场人物，他们有的属于古人，是中华显赫文明的缔造者和传承者；有的属于现代，是西京—西安百年历史风云的见证者；有的属于当代，是这座城中的颓废者、堕落者，不自觉的人。不管时空如何流转，这座城仍有着千年古都的气象，它那四四方方的古城墙，它那巍峨耸立的大雁塔，仍昭示着它的古老文明，然而，更多的本属于历史和现在本身的那些街巷、那些古居，却在城市化进程中逐渐消失，它不仅仅被时代抛弃，也被自我抛弃，与之伴随的，正是现代化、城市化、全球化所带来的冲击和威力。当贾平凹去过北京、上海、南方等“先进”城市，走出国门、踏上美国的土地时，他流连更多的是历史的文物和民族的大器，想必在这个过程中，先进与落后也在他心中激荡，西安这座城的凋敝、废弃不仅在国际视野，即便放在国内也是不争的事实。这对爱好古老文化、有着收藏癖好的贾平凹来说该是多大的悲痛，贾平凹对于西安城有着深厚的感情，他意识到城市的凋敝时，也不可名状地生出废都之感。“废都”二字隐含着无尽沧桑。

章学诚说，“一人之史而可以与家史国史一代之史相取证”，用到《废都》中庄之蝶的文人沉沦史，同样适用。如果说，1988年知识界集体围剿“文坛个体户”王朔，称呼其为“痞子文学”，到1993年《废都》出版，知识分子群体在经历了一段沉寂之后，终于寻找到更为合适的批判对象，以所谓的道德批判对其口诛笔伐；再到1993年“人文精神大讨论”中的内部分裂，在关于“崇高”、“宽容”等认识中已出现不同话语的焦虑，虽然有“以笔为旗”、“不能缺钙”的振奋口号，但更多是下海、与大众文化合谋和纯文学渐次转向。到了1995年，朱文的《我爱美元》以欲望白描的形式直接粉碎了知识分子的道德幻想。在王朔和朱文之间，还有着贾平凹以及秉承人文精神的众多知识分子，他们有自身的精英意识和历史使命，却和转型社会格格不入，逐渐远离中心走向边缘。所以，庄之蝶的生存困境并不属于他自己，也不仅仅属于贾平凹，而是属于知识分子群体在社会转型中的种种尴尬和困扰。在尴尬和困扰中，他们一步步褪去“理想”、“道德”等光环，在告别革命之后躲避崇高，从大写的人变为小写的、世俗的、日常生活中的人。《废都》只不过及时将他们还原为个人，只是这个时候，他们还未卸下假面，认清并调整自我。他们以对《废都》的愤怒来自我宣泄，来重塑自我，却只不过比庄之蝶的颓败慢了半拍。《废都》更像是个历史寓言，在这个寓言中，西京—西安共同搭台演绎了时代转折的双城故事，世纪末弥漫其间的迷惘情绪。

附　录

一　贾平凹先生访谈

时间： 2015 年 7 月 28 日 13：30—15：30

地点： 西安市贾平凹先生书房

魏华莹：贾老师，很高兴见到您，因为您挺忙的，我就直奔主题了。我想请您谈一谈《废都》，它的创作背景和写作过程。

贾平凹：《废都》它基本上是啥呢？《废都》是从当时国内形势，从那写作背景上，那是 80 年代末，当时情况，我啥也弄不成。举个例子，那个时候我在《人民文学》发表别的作品什么的都发表不出来。后来是在那段时间，我在《人民文学》连续发表几篇关于土匪的，就是《白狼》《美穴地》，那些作品还能发，实际上其他作品就都发不成。

中国的知识分子，说他是最敏感的也是最敏感的，你说他积极他也积极。但是事情来了以后，说他脆弱也特别脆弱。你说他骨头硬，有时骨头又特别软，知识分子都是这特点。就说是你给他放松，他啥话都说，形势一紧张，他乖得很。这一种也是整个知识分子的特性，当然更是中国知识分子的特性，因为总归是在这种国度下必然的产物。稍微宽松，他那思想特别活跃，他啥话都可以说；稍微一紧张，他就特别乖顺。大部分人，或者有一部分人是沉默不语，这是算最好的了，风向一转，好多人就开始变了。在这种基础上，好多中国知识界、文化人，好像一时都无语了，都不知道该咋弄了。在那当时情况下不知道怎么办，这是一个方面。

再一个，在这个之前，它毕竟是改革的初期嘛，当时改革突然来了以后，当时邓小平的观点就是“摸着石头过河”，也不知道咋弄。社会上也有好多混乱的、无序的状况吧，好多人也一时接受不了，反正就是各种方面的原因吧。改革开放那个形势，好多人不行，本身就难以接受，因为社会秩序就乱了，好多原来的观念就全部变了。80年代末之后，就在这一种中国社会的形态，精神形态基本上就是一种沉闷的或者说是痛苦的、彷徨，也不知道咋弄的这一种状况，当时的形势是这样。

当时我的《浮躁》获得了美国的“飞马文学奖”。在1991年，叫我到美国去领这个奖，这个书出来之后有一个宣传的过程，然后我那时候就几次出去。到美国看了一下，几次出去以后，确实觉得特别新鲜，也对外部世界感到很惊恐，但是确实看到人家的进步和中国一比，就觉得咱一下子比人家落后了有半个世纪那种样子。当时我是看到人家马路上那一种路牙上面石板与石板之间，每一个石缝上面覆盖的一种铁质的罩子，我就觉得比咱国内浴盆旁边那缝儿都做得好。再一个当时是看到人家那高收入，包括人和人很文明的那一种气氛，感受就特别深。

有一个很具体的例子，当时从西安到北京，坐飞机到美国去的。先到香港，在香港待了几天，当时那个奖是在香港发的。待了有四五天，然后直接到美国去的。北京机场那个时候还小得很，去了以后一直到香港机场觉得大得很，又跑到纽约，进纽约以后觉得特别大。待了一个月回来，回来是从美国直接到北京。我和我老婆去的嘛，俩人谁也没出过门，回来以后我说，唉，走的时候不是……是不是北京还有另外一个机场？我说这机场这么破烂，就觉得走的时候还没有感觉呢，这回来是不是还有一个机场在这儿？后来一了解就那一个机场嘛。这是当时产生的外部的那一种对你的震撼，这种大开眼界的感觉也特别强烈。这就是我给你说的当时的形势。

当时的形势，西安的形势，那个时候也开始改造低洼区。因为西安有好多低洼区，就像过去那棚户一样，人特别拥挤。这里面有我当年在西安住过的一块地方，还有北郊一块也是，就是河南人过来的居住区。因为我在那块居住区也有好多朋友，那里空间特别紧张，我专门写过《河南巷》，就说这个。大家那都是自建的房子，特别窄，中间只能过个拉车，架子三轮车那么宽。这边的人家从窗子吐个痰，就能吐到对面街北边的人家窗子里去，就那么近。

当时正在改造，城市改造吧，西安虽然说是西北最大的城市吧，它周围再没有城镇了，就直接从农村进入城市，出了城就是农村。所以说那个时候我有一个最深的感受就是，人这个脚步，鞋下面带进的这个土，从城外一下就带入到城中心——钟楼了。钟楼里面当时附近的那些生意比较好的好多楼都开始兴铺红地毯，那地毯过上一段时间全部成泥毯。那就是脚步，鞋就把土直接带过来，汽车轮子把农村的泥土就直接带进城。这就不像在上海、北京，它大了以后，土带不到中心城市去。所以说西安还是一个农村包围的城市。

而且当时才开始起步改造，也是一片狼烟，到处拆得乱七八糟。在这没拆之前，我感觉它就是一个大的农贸市场。人走路吧，基本上和县城的人一样，车、自行车、架子车互相交杂的，也没一个秩序的，当时那环境，就是这样的。

作为我个人来讲吧，那个时候从美国回来时间不长。还有是 1989 年我父亲去世了，因为我父亲一直是家里的顶梁柱，那个时候我 30 多岁，从来没有经历过亲人死亡。不像现在，我经历的人事多了，无所谓了，那个时候特别悲伤。而且当时的生活水平也特别差，觉得父亲突然走了以后，对我打击特别大。紧接着就是家里有好多变故，我在《后记》上写的，我妹的事情，还有我后来自己婚姻上的事情，各方面事情也特别苦闷。

因为这个时候，当一个社会、当一个时代的那种转折处于一个节点的时候，和你的个人命运投合起来了。这个时候发生的故事，后来我总结，如果国家命运、族类的命运和个人的命运在某一点投合起来的时候，在那个节点上，把那个发生的故事写出来的时候，虽然是自己的故事，实际上它能反映整个社会的故事。《废都》就是在这种情况下产生的，那时的写作背景、时代背景，当时的环境背景就是这样的。

魏华莹：谢谢，很能理解您的心境。您有一段话说，写《废都》就是“为旧秩序唱一首挽歌”，您所谓的“旧秩序”是什么？

贾平凹：当时原有的那一种社会形态全部就变了，这个一变，社会本身在变，个人各种命运吧、各种的遭遇使你意识到也在发生改变，你看一些东西也就不一样了。它这里边有你个人的一些命运的悲怆之处，也有你看到外部世界那一种对你的冲击，然后国家又出现这种情况，当时就写了那个。

魏华莹：写那个，当时除了整体情绪压抑之外，有没有市场冲击的影响？

贾平凹：市场其实对我……这是后来别人在那儿猜想的，别人说我有什么营销啊、会经营，实际对我是一种莫大的委屈，或者对我来说是一种讽刺，因为我从来都不知道那些。现在我写稿子，交稿子我也不选人，不选哪个出版社，谁跟我关系好了，他知道我的情况，谁要得早就给谁了。给了我就再也不管了，啥都不管了。这几年人民文学出版社设计个封面还叫我看一下，别的啥都不管。你印多少我不管，你给我多少钱我也不管，反正你按你的价钱弄吧。那全部是出版社和书商操作的，那个时候的书商力量比现在强大得多。现在基本都是私人书店了，不叫书商，变成书店的时候它还有规矩，书商在地摊上卖，当书商卖的时候，那就毫无规矩。而且毫无规矩就胡说，那都是怎样能把书能卖出去，他就给你怎么弄。当时很多人批评我还说，我是会营销、会炒作。其实投合是一件都没投，要投合我都不写这个书了。《废都》它不是投合之作，《废都》是冒着风险来写的。

所以当时书稿出来的时候，费老师就说，这不合适，你这最好先不发。后来把它发了，半年之后，一下子给我带来的打击特别大。这打击它不光是大家批判你那种，文学批判无所谓。其实《废都》之前那一段，就包括国外翻译我的作品都特别多，《废都》以后我长时间都不弄那些东西了，就再不关心那个东西，从此和外界就失去联系了，我和外部就不联系了。我就是埋头写作，一心想证明自己，就不停地写，就养成那种习惯了。这些处境、这些东西是永远根本没办法给人谈的。所以说，我在好多文章上都讲《废都》给我带来的阴影，它不是写作上的阴影，更有生活上的阴影。所以说它给你那个压力就特别大，还不说全部都是从文学角度来批判你，而从生活上限制你。一般社会、一般人不了解。后来才导致上面组织研究，以保护我的名义，就说这个年轻人还有才华，只是思想倾向不好，应该让他在改革开放最好的地方去体验生活。当时就给我选了地方，开始叫我到广州去，但后来说是广州属于个人富裕，还不是集体富裕，到江南吧，江南是集体富裕，让去那里。

魏华莹：改造思想？

贾平凹：到那儿换换脑子吧，呼吸新鲜空气，体现社会主义优越性。就在那里待了一年。那时我父亲去世了，我把我母亲接来，我母亲还孤苦伶仃一个人。那个时候我还在西北大学，我和我母亲在那儿过。突然要叫我去，我不能不去，就叫我母亲一个人在这儿。她从乡下到城市又不习惯，然后我想办法，就把她送到我妹那儿，然后我去。我去还不能直接到江浙。我先到北京中国作协报到，中国作协派人领我再到江浙。江浙是一去把你交给一个县委宣传部长，一见面，宣传部长给你拿一个表，哪一天参观啥，哪一天参观啥，列好了。这7天完成以后，把我送到另一个县见部长，趁这机会我把江浙两省90%的县都转了一遍，参观一遍，才及时接触了江南文化是个啥样子。后来我想这跟流放差不多，流放那个是你限期啥时去，你就得去嘛，还要求你回来要写东西，我实在写不了东西，我就把我的日记发表了一下。哪天在哪儿参观啥、参观啥，怎么了。

一般人都不了解这些。我与市委书记有一个对话，就是等于教育我的对话，实际上里面就没有我的话，全部是市委书记的话。市委书记当然是宣传部给他起草的，就全部给你讲道理，给你说那些。那当时发表了，他是以体现地方领导对你关心、关怀，把你叫去，他从那中外文化史上来教训你。里面没有我多少话，全部都是领导的话，一篇采访。

像当时在“两会”的时候，当时它这个“两会”，北京参加过一次作协会议和文联换届会议，这叫“两会”。还同时有一个全国宣传工作会议等三个会议在北京召开的时候，领导就开始做报告嘛。做报告领导念着材料中间，忽然把材料撂下，开始说《废都》了。大家都在下面坐着，他一说《废都》，所有会上的脸，唰，我都能听到那声音一样，都来看我了。我那个时候正要起身上厕所去，他一说话去不成了。你还不能说领导一说你就跑了，我就憋着，等他把那话讲完，我才上厕所。我都感觉我的脸色通红，就没办法见人。回来是层层学习。《光明日报》记者，后来是《商报》记者，就在我讨论会门口等着，看我咋说。我只能说哪儿哪儿做得不够，今后应该在哪儿注意，就老是那几句话吧，但我得表态啊。你说市文联表态了，市宣传部开会表态，市宣传部表过态以后，省作协开会，省宣传部开文艺界会议，这层层我都得给人家表态。

那形势可怕得很。因为在历史上我父亲是被打成“反革命”了，经历过“文化革命”。那当时一开始的时候咱也有些害怕嘛，害怕人家不让你写了嘛。所以说你是小时候就受过教育你不准乱说、乱动，长大后你又是这样。当时就觉得日子就难过得很，很难过、很难过。

魏华莹：是，确实挺悲凉、压抑的那种状态。

贾平凹：所以说你在这样的环境下，为啥好多人说你咋老不到哪儿去？我说我到哪儿去嘛？我去不成，也说不成。所以，从那以后你看至今，文坛上发生任何事情我从来不说话，也是那时养成的。再一个只埋头写作，有些人说你为什么老写，不停地写？因为我没事儿干，我就只能写，我咋弄？

魏华莹：是，那段时间您也写出好多长篇吧？当时还去四川一趟，参加画展？

贾平凹：我当时身体又是极度不好，就是最危险的时期。我当时肝上有病，那几年每一年起码有多半年时间都在医院度过的，西安各大医院我都住过，一住两三个月，就这样住。当时我在陕西省附属医院，现在变成交大附属医院了，在那儿住院。当时我是在老干部房住了，干部房就是老干部在那儿住院的。每一个老干部人家手里都有一个《废都》，整天讨论《废都》。我当时化的名，后来人家知道我在那儿，那整天也是议论，一出来就有人议论我，后来我也是待不成了，我就走了，就到四川去了。

魏华莹：那是去江浙之前还是之后呀?

贾平凹：那之前。那时候正批判《废都》。另外四川绵阳也有一个朋友，正好人家叫几个画家到那儿去，我说我也去。去了以后就是看人家都画画，我也画，把我在那儿画的画，在当地办一个小型展览，那是我的第一个小型展览。在人家学校招生处住着，招生处下面有几个报栏，每天下来看报。看到每天的报上都有批判我的文章。举个例子，到河畔游玩去了，那土地上得找个啥垫屁股的嘛，风一吹，唉，看前头风吹过来一张报纸，我说把这个报纸捡过来垫，报纸上还是批判文章。我当时就想着，当时杀韩信的时候，是没有杀韩信，啥上面都有韩信的名字，就想起那个典故。

魏华莹：是。那在之前，书刚出来时不是评价挺好的嘛，怎么突然风向就变了呀?

贾平凹：实际上支持的前半年，那是一片叫好声。紧接着就不行了嘛。你看当时过后，省上一个作协的人，当时他到省上一个老作家，叫魏钢焰的办公室去，因为他是作协的一个党组成员了，魏钢焰是老作家。魏钢焰那个人很直，正在写材料，就准备给上面反映这个《废都》会导致很大危害，他说准备组织人联名给上面反映。后来那个材料没递上去，联名的时候好多人没签字，就没下文了。这证明当时就有好多人，就给上面反映了，反映以后就开始要禁止这个事儿。当时北京出版局就下了个文，就把责任编辑给了一个处分，给总编提前退休。但是那里面没涉及我个人，因为我不属于他们管的。当时就是这样的情况。

魏华莹：很多人现在都讲其实那本书把握当时中国的大时代情绪，把握得非常好，现在回过头来看确实是这样，但当时那种情况下却受到很多委屈……

贾平凹：这个委屈多得很。而且你看那个时候说我会炒作，我看有篇文章说，谁谁谁不声不响挣了一百万，实际上我连刊物到书本一共挣了6万块钱。最后实际上用到我手里只有4000块钱。那时候没那么多，我的钱都给人了。

魏华莹：当时不都已经有版税了吗，毕竟销量很大。

贾平凹：没有，当时它是啥？一千字三百元吧。那个时候是几版，印了一个是20万册，一个25万册，正式版其实只印了45万册。下来它这个半正式的就不公布数字了。那后来形势急剧变化，就是各出版社都来，就卖版型，版型便宜嘛。有一次控制不住盗版了，干脆是卖版型，版型卖给那些出版社，当时有7家出版社来买版型。这7家在印的时候，社会上争抢都开始泛滥了，那时假书就多得一塌糊涂。

那个时候书摊的生意是最好的，陕西来进书，别人给我讲，进书都用卡车到北京直接拉，拿现金去，不像现在。那个时候你得一手交钱、一手交货，还不折价，还要交点供，害怕路上谁抢，还要押运回来。那个时候红火的时候，都在北京印刷厂的外面等，等书出来，等货。过后有多少老板来感谢我，他当年就是卖书或者卖假书，倒发了财了，从那以后慢慢滚动有了资金，慢慢滚起来、生意做大了。那个书商是咋赚钱？开始是说这是"现代《金瓶梅》"，先炒作起来。然后批判文章出来以后，他又把批判文章一搜集起来，又卖，"看怎么批判这个谁"，他是两头儿卖钱，他不站在我立场说。所以那能是我策划的吗？那不可能，我自己不能糟蹋自己。说好还是他，说坏还是他，反正他要挣钱的。

魏华莹：据说当时北京出版社举行售书仪式，在王府井大街，规模很大，还是第一次那么隆重搞签名售书。而且出版社的人刚开始对你也挺礼遇的，风向一变之后，就马上随之都变了。

贾平凹：就是嘛，那变的人、包括领导多得很。有的领导，买了好多，那也有我赠的书，上面话说的好得很。过后人家就变了，就批评。好多人当时说好得很、好得很，风一来就给批判了。所以在那里面我认识了好多知识分子，我说原来都是这样的，这都没有骨头，好多事情就不再说了。

当时我在西安市的时候，在钟楼开始签发售书，那确实是人山人海的，记者把我从人窝里拉走的，拉不出来，你是没办法再签书了。当时有一个领导在会上，我也没叫他，他自动来的，就是要号召人向我学习、表扬我。事情一出来，他马上变了，就说是他上当受骗了。我说谁叫你出来嘛？上当受骗了？那时省上宣传部的一位领导，跟我关系很好，他是晚上来看我，白天都不敢来，白天他有角色。

魏华莹：对，遇到这种情况很难过，却没有办法。那您书里面，写乐器“埙”，我看材料说就是因为您听到埙声找到写作灵感了，是这个情况吗？

贾平凹：因为当时这个埙吧，我有一个朋友，当时是美院的一个年轻老师，现在这个人是我们陕西省文化厅厅长。他是学这个管乐，就是吹笛子，当时是中国第一个管乐学士生。后来他就开始吹埙。他吹埙的时候，中国人会吹埙的人不到30个，知道埙这个乐器的也是少得可怜。当时他在音乐学院当老师，在晚上吹埙的过程中，好多老师、好多学生都不知道是啥东西，都跑出来看。实际上他这个乐器是中国最古老的乐器，后来在文物挖掘中发现了，然后慢慢演绎。

这个人他爸爸也是一个民间音乐家，他在农村做了好多埙器。埙，最早的时候只有一个孔，后来发展到几个孔，就开始吹。当时我对这个埙特别感兴趣，我曾经给埙写过文章，就是“吹土为生”。因为中国乐器里面有金、木、水、火、土，啥都有嘛。但是这个埙它是由土捏的，所以我说“吹土为生”。埙晚上吹了以后，声音很有穿透力，特别悠扬，旷远得很，同时又像鬼哭一样，让人毛骨悚然，好多人害怕。那个时候我和这个人，还有别的一些朋友，就组成了一个乐社。他整天教我学古琴，但我的音乐感不行，我古琴老学不会。像埙那个时候我也吹着，但我老吹不响，就有这个事情。但是对这个乐器，它容易表达一种衰退、哀伤、苍凉的旋律，是受到一种启发，后来写到《废都》里面的。自从写进《废都》，可以说对这个乐器的推广，那是起了极大的作用。现在你到西安甚至陕西省任何旅游点上都有卖埙的。这就是由《废都》带来的效益。那个时候谁都不知道什么叫埙嘛。

魏华莹：那时候为什么喜欢那种声调，像鬼哭一样？

贾平凹：那个时候，因为它容易表现出很低沉的、痛苦的、悲伤的、悲哀的那种调子。当时整个社会也弥漫着这一种调子，我就想把这作为作品的一个基调来。我这个人严格讲什么事情我都能看，但是要叫我行动，我还不是一个积极的革命者。

魏华莹：没有主动参与过？

贾平凹：就像我一生都没有很正式地办过婚礼，办婚礼我觉得害羞，怎么人那么多，脸面不好意思，我都没办过。别人问起来，只好应付，给老家说在西安办了，在西安说是在老家办了。

魏华莹：是吗？这样的。那您原来写那个中篇，写过一个《废都》吧？

贾平凹：嗯。

魏华莹：我感觉到那个好像就有点小城镇的味道，没有像这个大长篇把整个西安都放进去。

贾平凹：对，那是开头写了一个，用了那个名字，后来因为《废都》这个词儿出现之后，也经过好多时间的酝酿，慢慢地清晰起来的，我觉得那这更适合表现一个城市的种种事物。那个中篇是表现一个小镇、农村镇子上的事情。在当时是把那个拿出来应用，又重新写了这个长篇。

魏华莹：我感觉写中篇的时候，好像还有点沈从文那种味道，但是到长篇《废都》的时候，忽然您自己的感觉爆发了，很多东西都一下子涌出来了。

贾平凹：对，因为写这个长篇那是酝酿的时间很长，也是给你说国家的、民族的、个人的，那种种痛苦集中到一块儿了，写这些东西。

魏华莹：那从1989年到1992年写出来，两三年的时间，您一直在构思这个长篇吗？

贾平凹：对，当时我是在桃曲坡水库写的。当时也是年轻，再一个是家里房子也小得很，你想安静写也不行，那个时候和老婆就开始闹矛盾了，干脆出去写。那个地方有一个水库管理站。为啥在那儿？在那儿能解决吃饭问题，好地方多得很，清静地方多，哪儿能解决吃饭，就到哪儿去。到那儿去吧，当时全站就一个电视机，动不动就看不成了，电视信号非常差。那几年的电视上面都有天线的，一来二去接不上，基本是看不到电视，又没报纸，啥都没有，也没有谈话对象，没人和你说话的。那个时候和我同去的还有单位的另一个同志，他也有写作任务。我是在那儿一天到晚写，那个时候真是年轻，完全进入那个忘我的境界。我每天扣除这个休息时间、睡觉时间、吃饭时间、上厕所时间，一天起码要坐十个小时专门写这本书。

魏华莹：那太勤奋了。

贾平凹：其实是40天写完的。40天写完了百分之八九十的草稿，然后就回来了。回来才把那百分之一二十的草稿写完，然后抄改占的时间比较长，花了好几个月。

魏华莹：您都是自己亲自抄写修改的。

贾平凹：对。

魏华莹：那当时我看书里面写的是西安城，您之前的写作根据地都是商州，这次就是想写西安了。当时写的西安地理，好多都还是西安真实存在的地名。

贾平凹：我都用的那地名。因为啥？当时西安已经开始城市改造了，这里面我写到有一个赵翘楚，我认识他的后人，后来把他们家的老宅院全部都拆除了嘛。当时就来了好多日本人，就在那儿留一些影像，日本人那时候还真有这个意识。

《废都》写完以后，从北京过来好多摄影家，就按照《废都》里面写的街面开始拍摄，其实拍摄不久，这里的好多老房子就拆掉了。

魏华莹：您保存的有没有？

贾平凹：没有。

魏华莹：哎呀，挺珍贵，也挺可惜的。

贾平凹：当时我给好多人说，你赶紧把那些巷道的石刻、门墩，把这挪出来，将来有意思得很。但是好多人没听，很快就拆掉了，就没有了。现在有老房子的，就只有在西安晚报社周围保存的相对好些，柏油巷、竹笆市街那些还都在，这些街道虽然是改造，但是它总的格调没变，它还在。别的都没有了，什么双仁府这儿都没有了，我当时就在双仁府住着。

魏华莹：我看有资料显示，据说当时您自己保存有一个古代时的

西安地图，《废都》的城市地理是按照地图上的名称写的？

贾平凹：那倒不是按照地图上写，有人给我一个清代西安的地图，因为我看过，上面标的名称和后来标的名称基本没有动。可以说甜水井、双仁府、四府街、芦荡巷，这些当时都有，就没有变，端履门这儿基本上没有动。为啥当时要用那些真名呢？我是想营造一种氛围。毕竟是小说嘛，但是想给人营造一个真有其事的故事。人物我是虚构的，地名尽量用真的，叫人产生一种错觉吧，就用了这些名字。

魏华莹：好多人说有人把小说中的人物也对号入座，所以写的都是西安的那些书画家、文人。

贾平凹：对，当时我写任何作品，开头都有一个基本原型，本来我这个原型是个打火机。因为在写的过程，你必须脑子里要固定一个方位或几个人物，才能做到写的时候不游离嘛。毕竟是个虚构东西，你不能给它老是虚构的，你老把握不住，那就会写飘了。像盖房扎几根柱子，然后你往这里填充这些东西。开头写的是打火机，写着写着成了烟灰缸。但是开头必须有这样一个基础，我从这儿才慢慢演变到烟灰缸。

书出来以后，那四大名人基本上当时都有原型，最著名的就是那个书法家龚靖元，基本上是吴三大那个样子，后来有个人给吴三大说里边写你，吴三大那个人豪爽，一看说，哈哈（笑），这样写好好好。很多人也对号入座。我也认清了好多事情，有好多女的说唐宛儿是写她的，然后西安有一帮子人说是写她的，因为作品中的唐宛儿是从潼关来的，潼关县城也自己配备了一套人马。包括我写的那些庙里的尼姑，那个尼姑后来对我意见大得很，都在骂我。我其实写的时候，我认得她，毕竟大部分是虚构的，但是咱不应该把那个基本原型弄得太真了。“你怎么糟蹋我？”一讲我她就愤怒得很，就给我发泄一通。我说那是写你吗？哪儿是写你的？她也说不清，她就骂了好几年。我说要不我遭难呢，就为这，成天给我带来不好的信息。

魏华莹：他们都不愿意？

贾平凹：对。

魏华莹：不过以后没准会改变，可能会因为他们是《废都》里边的原型，反而能被记住。

贾平凹：对。另外有一个505元气带，当时很有名的，那时对我意见也大得很，说我里面写元气带，糟蹋他的元气带，我就说是哪句写你505吗？我就说个元气带嘛。

魏华莹：那个元气带好像当时声势挺大的。

贾平凹：那大得很。

魏华莹：我翻阅旧期刊时发现，他们到处跟杂志合作，最后还找路遥他们去代言。

贾平凹：对。现在还不是销声匿迹了嘛。

魏华莹：对，现在可能大家看这本书，才会知道有505元气带。那当时为什么让庄之蝶一出场就去啤酒厂，给啤酒厂去代言呀？书中还有各种各样的代言，当时您自己也有这样的经历吗？或者作为文人在那个转型时期大多有这样的经历？

贾平凹：没有，那个时候好多厂家请我去给它们做，当时还不叫形象代言人，当时叫作广告。我记得有一家灯具厂说你不用说话。我说我不弄，我说一弄别人以为我拿你多少钱，你得给我多少钱？还有一个电线厂让我去做广告，说给我10万块钱，我说我不要你10万块钱，我不给你做。里面不是写个木兰摩托车，当时正兴女士木兰车，过后这厂里给我传话说，厂里要奖你一辆木兰，主要说你《废都》里面写到他这个产品了。

魏华莹：这对您来说是好事。

贾平凹：这最后也没有落实。

魏华莹：哈哈。那一段时间好多文人都下海，您自己下海了没？

贾平凹：没有，那个没有，那个时候文人都下海了，我没有。咱也搞不了别的啥。

魏华莹：文坛劳模。

贾平凹：咋可能？老老实实写作。

魏华莹：是，看您的创作，从80年代开始就一直都受到古典文学传统的影响比较大，包括现在您自己的传统美学风格都很明显。在

那时候现代派、先锋派、后现代等流行的时候，您一直都在坚持自己的民族传统式的写法，这是跟您读书趣味有关吗?

贾平凹：实际上现代派文学，我学得很早。我觉得西方文化传播的最早、影响最快的一个就是绘画，绘画比文学要提前一两年，就是西方现代派那些东西。然后是音乐界，慢慢再是戏剧界，最后才到文学界。因为我当时学的都是西方的结构派、立体派、野兽派、印象派，这些书大量的我都看了。其实我最早写的一些东西，当然那个时候都是学习人家这些东西。但是后来又接触的古典，因为古典咱基本上不敢说把《四书》《五经》全部读完，谈不上研究。毕竟读完的人少得很，我起码读得比别人能多点。

后来我总想，我一看当时出现那些很现代的东西，大量都是模仿的。原来咱不知道，把人家原版搬出来一看，都是模仿人家。我当时就想翻版的必要性，我说你是那么写，我偏不那么写，就是犟得很，表面叫他看不来我是学啥的。实际上我后来一直坚持作品境界与内容上一定要学人家的，形式上我是用不着学人家，我不是还用《四十自述》里面那个观点，“云层上头是阳光”的那个观点，那种观点是我40岁时候就说出来的，那个时候就开始批判“中学为体，西学为用”，实际上我当时是坚持以“西学为体，中学为用”的，因为是骨子里，你作品的境界，这个气要学西方的，西方对人的关注，对人性的这些批判，再一个作品的境界这方面的批判意识从这个角度要学人家的。形式上我一定学中国的，正好是反的。

所以好多人以为这个表面上是个啥，就说你是一个传统的，实际上不是那回事，实际那是一种伪装吧，一种伪装的东西。因为中国这事情，有时还不能太显眼。再一个叫很现代那些人他先搞实验，看他咋弄。我经常说，每一个思潮来的时候，总有一部分人踏得很紧，最后都得“死”了，只有他“死”了以后，后面的人才能跟得上。

魏华莹：跟得上去，是。那后来到90年代的时候，很多作家也都慢慢重回中国古典传统了，是吧?

贾平凹：实际上你从科技人物可以看出，好多科技人物开头都是学西方，反对传统的。都到五六十岁，晚年的时候他都返回来了。我觉得最后还是要落实到本民族一些东西。毕竟最后还要回到这个地方，尤其中国文化里面确实有它很多很好的东西。

魏华莹：我看您最早在《卧虎说》里面，就已经提出来提倡民族的传统。

贾平凹：对。那个时候才30来岁嘛。

魏华莹：有评论家说您写作品，一直在向《红楼梦》致敬，包括《废都》出版的时候，最早也有说是现代《红楼梦》什么的。

贾平凹：还有《金瓶梅》。

魏华莹：是有意，还是自己因为一直走这样一个路子，不自主地自觉传承？

贾平凹：文学里面它有好多共通点，因为你读别人作品，你为什么被这个作品吸引呢？也是你和他所写的东西有共感。这世上的好东西太多了，就看合不合你的口味。所以我是一直讲，每一个作家都是给一部分人写作品，一本书也是给一部分人来阅读的，一个东西不可能取得全民的共识，包括最伟大的作家也都是那样。

我小时候读《红楼梦》时有一种感觉，我能理解，我觉得特别亲切，而且虽然它写大观园的那些生活，我没有经历过，但我能想得来，它和我小时候的生活是一样的嘛，只是人家更雅致一些嘛。所以读《红楼梦》、读《西厢记》，我老觉得那是个真事情，那些我一读，我脑子里都有那种印象。所以说就喜欢看这一路子的东西。因为我一直说，中国文学原来都有一个观点，老是浪漫主义、现实主义。实际上我理解就是水的形态文章和火的形态文章，火的形态它包括，火它特别鲜艳、特别刺激、夺人眼球，很热的。就包括现在好多，在当代作家里面，你比如莫言、阎连科，包括这些人写作品，也都是火的东西，特别热烈……

魏华莹：爆炸。

贾平凹：热烈，和声响一起都来，一下把你逗得很痛快，马上就和别人不一样，色彩斑斓，音响齐发，就是这种东西。这种东西它是一种写法。但这种东西，它必然就把语言要变形，就要用变形的语言，要铺设一些东西，然后是场面，尤其写这个场面的时候，写得特别热闹。

任何现代的事物，最基本的东西还应该是写实功力，有写实功力以后你再荒诞起来，再想象起来，再生动起来，它能落下来。毕竟小说不是纯粹写这些东西，你总要落到一些生活地方来。一旦写现实具体生活的时候，你看好多人他笔力就弱了，就不知道咋写了。但是你写实功力强的，要是你又不会升腾作品的，它就是就事论事，就升腾不起来，就是写得没意思。这看怎么个把握法。

我喜欢水的形态，水的形态是《红楼梦》、《聊斋》，包括《西厢记》，包括废名、沈从文、张爱玲一直到孙犁、汪曾祺，他们这是一路子人。这路子人吧，他们都是唯奇家，艺术性强。它都是像水一样很平静，但是很深沉。表面上没有啥变化，实际上它是越深沉，越没变化。但进去以后它后味强得很，活动性热烈。但火燃烧过后就没有了，它是缺的这。

你看凡是历史上政治性强的，写得慷慨激昂这些人、这一路子作家，他一旦写不动了，戛然而止，就啥也写不动了。像唯奇性、唯美型的作家，他到死，他留一个便条都觉得有意思，你现在看沈从文那信都写得有意思得很。

沈从文，他写啥还都是很唯美的、很美的。所以我比较崇尚这一类东西，这一类里面，它更多的是中国传统型的一些东西。后来我就琢磨什么是中国传统的东西？就是东方人那一种含蓄、隐喻、空间、空杯、空隙大、象征，话不明说。那么是谁写的？反正包括《易经》，就包括历史上咱那些有名的诗类，写诗那一类，你看他基本上都是那境界，他不明说，都是用啥来比喻啥，用这个来比喻啥，叫你答他，他就是这一种思维。因为西方的东西开头的时候它是虚的，它是象征的东西多，它起源的是象征的东西多，然后慢慢地，越来越往实来转。咱一开头，都是实的东西，然后慢慢往虚着来。后来我觉得历史上艺术、一切东西，最基本的它还是写实的嘛，它都是实用，都是从实用来。实用的东西一旦不实用的时候，就变成艺术了嘛，它就变成比如中国的汉字、书法艺术、小说艺术，基本上都是这样发展。

所以，你一定得有自己下笔的东西，中国还都是现实的东西、白描的东西，受这个训练多。这个训练最早我也是从中国戏曲接受的。因为我在很年轻的时候就看过中国戏曲里边的美学书，对我影响特别大。从那以后有意识地吸收这方面的东西，我现在还经常琢磨一个事情，就是什么是中国传统里面那种审美的东西？你看中国戏曲里面，尤其京剧里面有一个小生这个人物。小生他应该是正面人物，但正面人物历来不管中外古今，写正面人物都难写成，都不好写。它和漂亮人不好画、丑人好画一样。其实人和人的区别在于他的缺点，倒不是在于他的优点。对吧？

魏华莹：对。

贾平凹：这个小生他属于是正面、年轻的人物，正面人物他又没有胡子。为什么塑造这样一个人物？为什么推崇这样一个人物，把他变成正面形象来塑造？我老琢磨这个事情。这样就导致了文学作品为什么要塑造正面人物，曹雪芹崇尚的是贾宝玉这种人物，贾宝玉这个人物因为他有啥好处呢？他把他塑造成为一个大家理想化的东西。所有女孩子都喜欢这个人，所有长辈也都喜欢他，他也长得漂漂亮亮，他很温柔，对人关心，各方面优点都往他身上堆。后来我就想恐怕他里面有女性的东西在身上，好像雌雄同体的那种感觉一样，在中国就把一切硬的东西化成软的东西，又把软的里面又包含硬的东西，这是雌雄同体的一种，好像是中国传统审美里面最核心的东西。所以我老想琢磨这个事情，对这个想写一部传统的东西。就像那乖娃一样，就拿现在这些对孩子，哪个孩子乖得很，父母都爱，老师也爱，都喜欢这孩子，不爱那捣蛋鬼，实际捣蛋鬼经常干大事情。

魏华莹：对，他能突破。

贾平凹：所以不知道啥心理基因。

魏华莹：是，那您琢磨得真好，正好下一部又是一个大作品。那平常写作是不是跟您书法和绘画有关系？

贾平凹：因为我在几次文章里面也谈，我说你现在不管搞文学、搞艺术，起码把握三点：

第一个，要有现代性。因为现在是一个现代社会，社会发展到现在，你的作品没有现代性，你就没有出路。举个例子，比如中国现在好多也推崇剪纸、泥塑、面塑这些东西，这些东西它没有现代性，它只能给别人作为研究对象，给别人做一个参考，它永远成不了主流的东西。这是作品，你如果现在写任何作品，搞任何艺术，没有现代性，你就不要弄它，弄它没有意义嘛。这是一点。

第二个，要有传统性。你毕竟是这个族内的人，这个国家的人，这个汉民族或者围绕着汉民族这些少数民族的一个群体，你必须要继承它的东西，你才能显示你，才能显示你和别的民族的不一样。民族的东西要继承，继承民族的东西也是你的记忆，也是你和别人区别的地方。

第三个，民间性特别重要。民间性可以丰富传统的东西，民间性又能推动现代的东西。必须保证这三点，也是最基本的三点。从这三点出发，作为每一个人来讲，他就形成他的一套审美了。我不管你写书、画画还是搞收藏，他审美是一回事情，他喜欢啥，他文章也是喜欢那一种文章，他收藏东西也喜欢那一类东西，他写字画画也是那一种东西。所以，你看我屋里我就买点灰灰的东西、朴素的东西，不买那些花哨、精巧，不买巧东西。

魏华莹：是，内敛，在往回收的。可能是不是中国作家就您坚持这一点，其他人都不太明显？

贾平凹：因为啥呢？这也与西安有关系，西安容易搞到这些东西。这个也是一个心性，他就那个品种，中国的常识嘛。

魏华莹：您最近老是说那个“品种”，“品种”到底是指什么？

贾平凹：品种它有各种名字，你是在哪儿？一个方面是，你是狗就是狗，你是鸡就是鸡，这改变不了。你要叫鸡去给你看门，它肯定给你看不了；你叫狗给你下蛋，它也下不了。这个大的品种先把你决定了。

再一个，你同样一个东西，比如说一根葱，在陕西这个葱是小葱，这么大，到山东那葱长成那么大了，到新疆又不一样了……那还有地方是红颜色的，到陕北是红颜色的葱。它这个环境不一样，土壤不一样，它也变化，它长的样子是不一样的。

我说中国改革开放以来，中国在专制的这一面慢慢转过来走向改革，改革的过程中，对资源的掠夺，分配的不公，中国官员的贪腐，社会危机，这几十年社会那么无序，大家那么有意见，那么多矛盾，在这种环境下，必然就生成了像这一代作家这样。这一代作家，又想正能量，还要想批判你。一会儿想这样，一会儿想那样。所以它产生的文学必然批判你的成分就特别多。所以像中国文学恐怕在目前世界上是批判成分最多的一个文学品种，它是它的品种形成的。后来到下一代人，这一段过去了，就不可能出现这么多矛盾要批判了，它不是又发展下去了。

魏华莹：自己如果没有这种历史感，也就写不出来这样的东西。

贾平凹：对，咱所谓历史就是不停地批判嘛。我最近看外国一个小说，它也说诗意年代，欧洲人也讲诗意，咱也讲诗意。它那个诗意吧，它也有社会批判，但它更指向人的困境，人的本身的困境。

魏华莹：感谢贾老师，提供那么多宝贵的史料！

二　田珍颖女士访谈

时间： 2013 年 4 月 3 日初谈；2014 年 8 月 25 日再谈

地点： 北京市丰台区方庄

魏华莹：田老师，您好！非常感谢您百忙中接受我的采访。《废都》是贾平凹的重要作品，也酿成 90 年代重要的文学事件，甚至有学者将其视作 90 年代文学转型的标志性作品。作为《废都》的责任编辑，请谈谈您所经历的《废都》前前后后的故事。

田珍颖： 关于《废都》，我一直不愿旧事重提。这主要是因为《废都》涉及的并不只是文学界的事，它所引起的世态十分复杂。而我年事已高，要把这一段经历写出来，需要将手中留存的大量资料一一排列整理，做起来费时费力。但不做它，我又担心仅凭自己的记忆，会使一些事情交代不清，违背了真相。另一个原因，是因为《废都》风波已是久远之事，是生活中翻过的一页，再翻回来，有多大意义？佛经上说，心无挂碍，无有恐怖。《废都》对我来说，是人生经历中的一段“挂碍”，越不过它，我就很难有宁静的晚年。我一直觉得，规避它，就是一种跨越的形式。但两年来，你执着地想做成这件事。你的治学精神使我感动，所以，我愿意协助你完成这件事。

关于《废都》的组稿，应该提及贾平凹和《十月》的关系，他早期的一些小说，包括《鸡窝洼的人家》《腊月 · 正月》《古堡》《故里》《晚雨》等都是发表在《十月》杂志上。我是 20 世纪 80 年代初的时候，在文联的一次会议上见到平凹的，在那之前他主要是跟别的编辑联系。从我们那次见面以后，就有了更多的接触。此后是在西安举办的一次会议上谈得比较深入，尤其是我们聊起神秘文化来就有一些相通的东西，我也更加深入了解他的创作过程。

有一段时间，贾平凹不知所踪，后来陕西的朋友告诉我，他在写长篇。我跟他联系上的时候，他已经在户县一个计生委的招待所里。当时平凹给我打电话说在户县，我说你怎么跑那里去了。他说在写一个东西，还说外面天气很冷，自己关上门在房间写，以及怎么吃饭什么的。我当时还开玩笑，说看你找这地儿，到计生委去写。他说觉得写作的感觉很好，我就说那我一定要看。当时我还真的想不出来他在写什么，更没想到是这样宏大的格局。后来关于复印稿子的事情我们也打过电话联系。他说要去复印手稿等，我还开玩笑，说你原稿都不寄来！那时候他可能复印的不止一份。中间，白烨到户县去看他，贾平凹就委托白烨将稿子带到北京。很快，白烨就把厚厚一大摞稿子复印件带到编辑部交给了我，说他匆匆地在火车上翻看了稿子，还没有看完，当时有一个担心，就是性描写有些过度，但是他对这本书的评价，应该说还是比较肯定的，他觉得这是一本厚重、有分量的书。

这个稿子在我们看的过程中，正好开政协会议，贾平凹来北京参加会议，就住在宾馆。我就到贾平凹的房间谈稿子问题，当时组稿的人已经非常多了。在我的印象中，平凹拉开抽屉，里面就有另外一家大出版社的合同，还有 2 万元订金，而且是人家社长亲自来谈的。那时候 2 万元可不得了，但是我们出版社没有这个制度，不能说你可以拿着订金去组稿。我们是一个综合性出版社，文艺在出版社里边并不是独树一帜的，社里没有任何优惠政策，拿着订金去更是不可能的事情。《十月》之前登过很多像张贤亮、丛维熙、蒋子龙等名家名篇，组稿全是凭借编辑的诚恳，全凭编辑去苦干。所以，我就说我没有权力说给你多少钱稿费，稿费是社里统一的。我就跟他谈自己对作品的理解，谈我的审读报告，如果这个稿子给我们我会怎么做，肯定能让这部小说发挥它应有的作用，大概谈了一下午。我们在谈的过程中也没有说能给他多少优惠条件，一定要印多少册，这些条件都没有谈。后来平凹自己说，就是凭借我们对作品的理解，所以他决定退掉那个订金，将《废都》交给《十月》刊载和北京出版社发行。应该说是完全凭我们对《废都》这部作品的理解把握把稿子拿到手了，绝无其他关系。贾平凹为什么最后做决断给我们呢？我觉得这有点宿命。我前面说过，他以前在《十月》发的作品，并不是交给了我。

魏华莹：从拿到文稿到出版之前，您和贾平凹做过哪些沟通交流，对于《废都》的性描写，您在编审过程中有担忧吗？稿子是否做出修改？

田珍颖：几乎没有改动，就说它有些字不清，或者有一些不够准确的地方，做些小的改动。当时，我跟他商量，对有些细节过多的性描写做出改动，就给他写信，把原文中我建议删掉的每一段性描写中的几句话给他抄出来，给他一一举例，第几页第几行，从哪儿开始到哪儿的性描写，不是手稿中的那些方框框，而是个别地方的性描写，我建议把它删掉。平凹坚决不同意，他回给我的信里就写着他坚决不删，他那儿应该还留着我给他寄去的那封信。平凹的稿子是非常好看的，纸面非常干净，他不是涂抹得很厉害的，应该说《废都》除了个别的错别字或者句子，我没有做任何改动，我是完全保留了他原来的、原本的、原生态的东西。

事后我才知道陕西有一些人，他们预先看了《废都》，都有这个担心，适不适合刊发，但当时我并不知道，我在看《废都》的时候，除了白烨给我那样一阵轻轻微风以外，任何干扰都没有。我当时为什么同意不删性描写，主要是我做编辑，不愿意高高在上说你必须这样改那样改，不能把所有作者写的稿子都改成我的风格。我觉得我一定要寻找当时作者的思路，他为什么这样写而不是那么写，为什么要冒出这个火花。所以有几次我在讲编辑课的时候我就说编辑一定要做一个庖丁解牛的高手，要游刃有余地寻找作者的思路，不能一看到"障碍"就要把它删改了，这样才能保留作品的原汁原味。另外，贾平凹当时不愿意改，我觉得他内心也很痛苦，当时一定是一气呵成写出来的，是融贯着文学激情，笔墨很饱满。这时候如果要删掉他的东西，他可能觉得更痛苦。我也在自我检省，觉得自己的想法可能"小"了一点，你不还是为了求稳吗？难道把那几个地方删掉就稳妥了吗？该有风险还会有的，删掉那几句有什么用！所以，我就想着还是大气一点。后来在审读报告中，我就说不能因为它的“细枝末节委屈了这本书”。而且，我至今不认为《废都》的性描写就很淫秽，四十万字的书，性描写不过几千字，而且它是为人物和细节服务的，它不游离、不猎奇，所以我尊重作者对于性描写的坚持。

魏华莹：《废都》当年引发争议的话题除了性描写，还有知识界对其热销的不满，请问关于此书的发行，您做过哪些宣传工作或者之类的努力？

田珍颖：《废都》的稿子组到以后，出版社非常重视，也考虑到它的畅销前景，尽管出版社的领导没有专门搞文学的，但是对这个书的估价是一致的。发行部也出了宣传广告，主要是到新华书店去征订，大家对贾平凹的第一部城市小说还是很感兴趣，征订数目很高。

书出来后，在王府井新华书店，还专门搞了声势浩大的首发式，当时很多读者排着队购书，贾平凹现场签名，出版社的主要领导全程陪同，可以说，北京出版社从来没有过这样隆重的签名售书场面。贾平凹在签字，领导站在后边，我在旁边，我还要帮他照看女儿，当时人非常多，怕他女儿丢了。还有很多记者来采访贾平凹，他顾不上说就让人家来问我。当时领导是非常风光的，我现在还保存着现场的照片。

就在王府井那样一个轰轰烈烈的仪式之后，出版社还用很高的规格来请贾平凹吃饭，当时我们作陪，社领导都出席。但是贾平凹这个人呢，是不太懂得应酬的，他不懂得要跟出版社去做任何交往的。于是我们领导，就是那位终审领导找我说，让我出面出钱，在贾平凹所住的北三环陕西办事处替贾平凹摆一桌酒席，让贾平凹请我们几位社领导赴宴；许诺我垫的钱，回到社里报销。我虽然觉得这种做法很可笑，但照办了。席间觥筹交错，说文论诗谈兴甚浓。但，谁料不久后形势就变了，《废都》引来了风雨，他们也就没有人再理贾平凹。

关于《废都》的宣传，有人提出现代《红楼梦》、《金瓶梅》之类的说法，我可以明确告诉你，我们《十月》没有提，说它是现代《红楼梦》，这是我们出版社终审领导的意见。我自己没有这个评价，因为我觉得完全没有可比性，它们完全是两个截然不同的时代，两个性格不同的作家，作者的文化修养也不一样，去做这样的比较，我觉得没有意思，对两个作者都无益，对我们认识《红楼梦》和认识《废都》也都无益。而关于现代《红楼梦》的评价，那位终审领导大概不只对我一个人讲，他也会对新闻媒体说，这是他的评价。当时他还对我说过这样的话，“替我转告平凹，我们感激他，感谢他，感佩他”，还有一个“感”，我现在记不清楚了，都是他亲口说的。所以关于现代《红楼梦》的说法，后来有人问我的时候，我都一笑置之。

魏华莹：当时报纸上出现很多关于《废都》的评论文章，包括一些大报刊载出整版的作品后记，是您或出版社组织宣传的吗？

田珍颖：没有。我们做编辑的，当时还跟不上商品经济的发展，还是考虑这本书的价值。你看我的审读报告最后写的还是说我们要坚守纯文学阵地，另外就是不要委屈一部好作品，就是说推出一部好作品是我们最好的坚守。我们发行部可能当时也没有想到这本书会这样。当时我们确实寄书给一些评论家，希望他们写评论，如雷达、曾镇南、缪俊杰、白烨等。他们之中确有人写了文章，写得很漂亮。陕西的费秉勋教授还汇集了不少评论，编成一本书出版。但也有评论家婉言拒绝，客气地说：我就不写了吧！听得出是对书有负面的评价。但我依然尊重他们，和他们是朋友。贾平凹曾认识一位中国作协创研部的评论家，一直很欣赏他的作品，特别让我找这位评论家写文章评论《废都》，但人家说“不写了”。对这样的人，或是批评《废都》的人，我毫无怨言。一本书呈献给社会，肯定与否定，都是一种最正常的文学现象。作者和编辑都要以平和的心对待赞扬和批评。

魏华莹：有召开作品研讨会吗？

田珍颖：根本来不及，很快就禁掉了。

魏华莹：从7月发行，到第二年1月被禁，中间应该有半年的时间呀？

田珍颖：那个时候就已经风风雨雨了，而且当时还说要对北京出版社罚款，后来据说没有罚等。所以给我的印象，你说中间有半年时间，我都觉得没有，我觉得《废都》出来不久，很快禁出文件就出来了，根本没有庆祝欢乐的时候。记得当时给那些批评家发了书，请他们写稿子什么的，这些正做的时候，有一个报社文艺版的人就给我打电话，说田大姐我上当了，他说这个《废都》，我给你做的是正面宣传呀！我说那你就上我的当吧。那时候就有风声了。

我还记得特有意思的是《北京青年报》几位年轻编辑，还要来采访我。我就说你回去问问你们主编看这采访还进行不。他说怎么了？我就说你还是回去问问吧。你看当时我们都已经知道风声了，那边还要采访，那应该就是书刚出来不久。

魏华莹：关于《废都》的印数，您做过统计吗？

田珍颖：书出来后，我们拿到的可能是三个版次，十一万、三十七万、四十五万，就三个版次，就那几天印，很快就印出来了。后来就是到底印了多少册，社里不允许问。我们有一位副主编去问过，被社里训了一通，我们就知道不能问了。我们编辑部最终也没有知道总印数。

魏华莹：当时还有很多出租版型，印了大量的书，这些都没有统计数字吗？

田珍颖：没有，确实有编辑不知道自己书印了多少的情况，就是《废都》。当时社里和贾平凹签合同，明确写着稿费六万元，而且还有印数稿酬，就是你印多少，要有百分之多少提成给作者，当时还不叫版税，是要根据印数付给作家报酬的，但是后来书被禁了，就没有人再提这个事情，就只是付给了贾平凹六万元的稿酬，印数的收入完全没有兑现。这是否就叫“单方面”撕毁合同。

魏华莹：突如其来的《废都》批判给您带来哪些压力和困扰？

田珍颖：困扰最大的，是展现在我面前的世态。《废都》的被禁，将一切都溢出到书之外，一些非文学的社会现象，让你对文学的脆弱，感到无奈，以至无言。比如出版社有人三三两两，联合向党组表态，当然是表示批判《废都》；有一位总编室的干部，则干脆说：一个女编辑怎么编这样的书！还有一位在中央某部委工作的陕西人（平凹的同乡），前脚带着书商来买了两千册刊有《废都》的杂志，过不久就出了本小册子批《废都》，书中以捏造事实、胡乱猜测为

“揭秘”，这小册子出版的迅速，很让人感到作者是奔钱来的，哪里还有“两眼泪汪汪”的乡亲之情呢！至今，我手里还有一本批《废都》的评论集，是河南一家出版社出的，写文章的都是名校毕业的。时下他们都是当红的一线评论家。可当时，他们却用“湿漉漉的《废都》”这样的文字动摇了评论的神圣。现在，每当在研讨会上遇到他们，我仍有心之波澜的微动，不解他们当时怎么了！批判也是件严肃的事呀！

还有一个小报上登了一条消息，说的是一个青年犯罪被捕，从他的枕头下搜出一本《废都》，以此说明《废都》与他抢劫罪的“关系”；还有南方边远地区的一位工人，寄信给我，字写得极工整清秀，信里附上的是他找出的《废都》的错别字。那时我受到的压力极大，无暇顾及这样的信，就未理睬；谁知他接着来了第二封，威胁说，要是不给他多少多少钱，他就把找出的错别字在报刊上公布。我知道他看的是盗版书，但我已在“批判”的压迫下，无招架之力，只好在感叹“人心不古”时，由他去吧！其实，那时，我们收到不少读者寄来所买的劣质《废都》，凡经我手的，我都恭敬地回赠一本正版《废都》。至今我还存有十几本盗版《废都》。

还有一个现象，是我当时最为不齿的，那就是骂《废都》的很多是女作家和女性，包括我的女同学。当时，我曾和一位老同事说过这个问题，他说他也注意到了。他说，妇女对性的这种表白，无非是标榜自己的清白，多么难“解放”自己呀！我说他说得极对。

那时，我父母都在香港，他们都年事已高，隔山隔水地为我担心。我母亲还把香港报纸上关于《废都》的大小文章剪下来，要留给我看。后来，我因书而受了处分，我的外甥们都竖大拇指说，为这本书，受个处分值！可我父母说：不值，太不值！

其实，我自己当时很茫然，来不及考虑什么值不值的事。但对于我们遇到的来自各个方面对《废都》的阻遏，我当时都没有告诉平凹，因为我觉得他的肩膀比我的柔弱，以年长者之责，我应当去承担这场风雨之灾。这里又有一个宿命的问题——不是把这书没给别人，而给了你吗？那你不承担，谁承担！

说到我的处分，那是个奇异的过程，因为不是出版社决定的，而是北京市委决定的。事先，没有人代表组织和我谈话，进行教育什么的。而是在我不在场时（没有人通知我）召开了处级干部会，会上，由北京市委书记处书记、宣传部长来宣布的。宣布后的第二天，才由社领导向《十月》传达，我就是那时和普通编辑一起知道了这个处分。会后，我要求社领导给我看处分文件，没有人正面回答我。再过一天，我的办公桌上出现了一张打印好的“文件”，内容是“证明”主管社领导没有审读过《废都》的稿件，下面已有几位《十月》领导的签名。这么荒唐的举动，当时就如此堂而皇之地进行着。我无言地拿起笔，签上自己的名字，但我心里在问：这么大的出版行动，近百万印数的一本书的发行，出版社领导竟然没有审读过书稿，有人会信吗？但是，这张纸是写给市委宣传部的。后来，我明白了，需要信的时候，他们就会信的。事实与道理，和他们有关吗？至今，我从未问过这张“证明”是何人所为？其实，谁之为是次要的。但它却能折射出一本《废都》引起的纷扰，完全超出了书之外。

魏华莹：什么原因让您坚持下来？

田珍颖：当时贾平凹住进了医院，情绪很不好，他写信或电话上对我说，有很多人给他送吃的，很多人去看他，这对他是一种安慰。出版社所有这些事情我都没有对他讲，他根本不知道这些事情。我觉得这个小兄弟挺可怜的，那么努力写出一本书来，那么认真地想要对生活做一个交代，但是人家就一兜冷水泼下来。我觉得以他的经历，他撑不住。他是遇到了一种世情的压力，就是一个满腔热血、想把自己交付给文学的作家，他拿出这样一个他心里本来是忐忑的、惶惶不安的书，想要和这个世界作个交流。但是，这个交流被蛮力所阻断。

我记得很清楚，稿子到我手里没几天，他就给我打电话，你读了没有？你读了什么感觉？我觉得他自己心中也是很忐忑的，加上那时候西安有很多人在说这个危险性，现在不该出啊，这都是我事后知道的。他给我稿子的时候，他没有说这些。那么在这种情况下，我觉得平凹是满腔热情，但是又颤颤巍巍把它推出来的，结果呢？没有想到一棒子打下去，他的精神承受不了这个时代之重。因为他毕竟只是一个作家，而且在这个过程中，在文学思潮里面夹进了很多人为的东西，所以老让你觉得是世情而不是文情。如果是文情的话，那我们大家都拿它当一个学术问题来对待，那就挺好的，但它不是，它有很多世情，有很多恨你的人，嫉妒你的人，或者怎么样的人，他都掺到里头来。你看我刚才举的那个例子，有错别字，你不给多少钱，就怎么样，借这个来趁火打劫，就很伤人，就会让你觉得这个世界原来是这样！所以说平凹就在那一段住院的过程中，他一方面感受老百姓对他的那种关怀，知道他是贾平凹后，就有读者给他送粥、送汤，还有不认识的朋友，送花什么的，但是在文学界他就是人人喊打的处境，平凹当时精神都快崩溃了，他根本受不了。所以那时候我更应当出来担当。就是无论从同乡来讲，从年龄来讲，从一个编辑本身的职业道德来讲，我觉得自己必须出来承担，不承担，以后就不要做这个编辑了，做人就太失败了。

另外，谈到在这样的情况下，还能坚守文学阵地，我要特别感谢《十月》杂志给我的滋养，这是一个很高的平台，它使我有了努力工作的空间。我刚到《十月》时，就遇到批《苦恋》，全编辑部对这部作品的看法是一致的，没有人趁机做小动作。批判结束后，要有人代表《十月》做检查，据说是当时的社党组书记陆元炽挺身而出。这事在我心里引起很大的震动，我从小就敬佩这些堂堂正正的人。

在《十月》工作不久，我听说《十月》真正的创始人叫王世敏，他当时已调走。但正是他在新时期文学刚蓬勃发展时，审时度势，依靠大家的力量，创办了《十月》，这个文学平台的第一块砖，是他垒上的。我很佩服他的视野的宽广和果断的担当精神。我想，他们的精神在潜移默化地影响着《十月》和我。

在我为《十月》工作的时段里，我认为，那时这个编辑部是一个向心力很强、承担力很强的编辑集体。个人之间也会有这样那样的纠结的事。但对杂志，大家是出力的，并一心把杂志办好。《十月》遇到的挫折，自《苦恋》后就无间断过。记得“清除精神污染”的运动时，我们被上面拉出要批判的作品名目，列了两页字纸。那时，我们全编辑部被安排到一个学校的招待所里“学习”。但，对于文学的一致认识，我们从未动摇过。这就是我能在《废都》风波之后，还试图坚守阵地继续在《十月》工作的原因。

魏华莹：但《废都》却是一个重要的转折，或者说是您编辑生涯的一个节点？

田珍颖：是啊，我觉得我的文学梦就做到《废都》为止。就是突然终止了，忽然就醒了，觉得那种将全部心血献给文学的热情没有了，忽然发现原来文学这么脆弱。大家当时都很茫然，但在茫然的过程中我觉得知识分子的操守应该是思考，或者说静观、沉默。但是在《废都》事件中不是这样，我觉得相当多的知识分子都是做了各种表演的。

在这之前，我遇到的作品批判都还是在政治思想方面，还在文学范畴里面。但《废都》完全不是，它引发的绝对是文学之外的一个社会锁链。有人拿道德来看文学，就有各种各样的表态。有人拿商品来连接它，就出现盗版书横行，全国出现那么多关于《废都》的盗版书；而且很多人编排一些关于《废都》的书，诸如“揭秘”等，一下子成千上万地拿钱。你再看我们的法制意识，出版社跟作者是有合同的，你得按合同办事，但是没有，单方面撕毁，贾平凹不敢说话，因为书是被禁的。所以整个链接我觉得就是把社会什么都包罗其间，个人的、社会的、集团的、出版社的，等等，方方面面都有影响。

魏华莹：在经历如此重大的打击之后，您和贾平凹包括《废都》还有关联吗？

田珍颖：之后，大概是1996年的时候，翟泰丰同志主持中国作协的工作，他对贾平凹很爱惜，就想让贾平凹到华西村去生活一段时间，并没有安排写作任务，但是这个事情在平凹那里就说不通。后来张锲同志找我，他当时也是作协书记处的，我们比较熟，他给我打电话说，你能不能说服平凹。我说我试试吧，那是个任务啊，当时我觉得这也是对平凹的一种保护吧。我就给平凹打电话，我说你要借这个机会调整一下，让你去华西村，你就去好了。你猜平凹给我提什么理由，“那我妈怎么办？”我说你妈怎么了？他说他妈身体不好，老了。

我说你真是榆木脑袋，让你妹妹去照顾，我就说服他，我说平凹你这次一定要去，你不能把所有人都拒之门外对不对？人家领导在关心你，你也拒之门外，我觉得这样不好。我说你是在生活转折的过程中啊，平凹你要经得起，这不是要放弃你的信仰、你的信念，是吧？你作为一个社会人，而不仅仅是一个作家，你得调整自己，你不能跟谁都皱着眉头。平凹是捏着鼻子去华西村的，他不愿意去，他可能觉得这是不是让我下放啊，好像是不是有一种变相地对我的改造啊，他可能理解成这样了。但翟泰丰对他还是很好的，没有提任何要求，就说你下去看一看吧，那是个新农村嘛，物质条件也比较好，就是让他换换环境。我觉得他们是在用这样的方式爱护他，所以在这种情况下，平凹去了，他也没立即写什么东西出来，也没有人对他有什么责难。

过了很多年之后，我去陕西开会，开会的过程中平凹也去了，他就很急切地找我，那会上有很多年轻的女记者围着他，就没有办法跟我说话，于是他告诉那些女记者：我们在说话呢，你们等等，但她们根本不管这些，还围着他。就在这个过程中平凹告诉我，《废都》要再版了。我说那很好，其实在这之前我也听说了，听到消息说作协在运作，我都不吱声，我也没有给北京出版社说。那个时候北京出版社的一些编辑还说，为什么不让田老师把《废都》再版拿过来给我们？我就笑了，我说你们知道它再版的背景吗？那么多人为它努力，这里面有你们出版社一个人吗？所以平凹告诉我再版的消息后，我说那很好，我很平静，也不感到这件事情就能让我特别兴奋，或者觉得有了出头之日，没有这种感觉。

《废都》再版的时候，我们家的电话被打爆了。大家都说，田珍颖，这就是给你的一个说法。我说很好，用这种形式也挺好。再版之后，贾平凹送给我一套书，写着“田珍颖责编、老师、大姐：十七年前为此书，您倾注了心血，也受到了委屈，成为我们心中的一个痛。十七年后解禁再版，最想告知最要感念的是您。十七年岁月过去，往后的日子，盼您健康快乐。不管怎样，我们干了一件事”。

这个书从编到最后，用平凹的话来说就是完成了“一件事”，这件事完成得很复杂，很艰难，很费力，也很伤感，很痛心，大家都很辛苦。在经历的过程中，我觉得大家都成长了，包括我自己也成长了。后来这么多年贾平凹的其他小说，我都不太跟他沟通，因为我觉得这可能是一个干扰，就是你身份摆在这儿，就是一种干扰。而且我也不太喜欢人家介绍我的时候说，这是《废都》的责任编辑。

有时候我也在想，《废都》事件过去之后，我退休之后，反而有了更多活动。我在我的一本报告文学集《金色生命》的后记里面写道，我从北京出版社出来那一天，抬头一看蓝天，这么广阔。真是这样，我在出版社一直就是一头牛，老是在那低着头，苦得不得了，累得不得了。真是离开出版社的那天，忽然仰望天空，就觉得轻松得不得了。关于《废都》，目前我能讲的就这些。也许，过一些时候，还可以再说一些，但都无关“揭秘”。

魏华莹：再次感谢您接受采访，还原当年的激情和苦痛，为我们留下宝贵的文学史料，谢谢！

三　费秉勋教授访谈

时间： 2013 年 8 月 11 日 15：00—18：20
地点： 西安市昆明路

魏华莹：费老师，您好！贾平凹的人生散文集《朋友》写到您的时候，特别用题名《先生费秉勋》，对您很尊重，想请您谈一下您和贾平凹的交往情况。

费秉勋： 好的。我最初认识他是在毛主席“向雷锋同志学习”那个题词十周年，就是 1973 年。当然就那个时期他的创作，也还是受着政治的影响，还没有像后来那样成熟。当时是个什么背景呢，“文革”期间，基本上陕西全省就没有文艺刊物了，刊物像《延河》等都停刊了。就我们陕西省群众艺术馆，因为是一个工农兵单位，所以保留着，别的刊物都撤销了，把那人员都下放到外县去了。我们有个有名的刊物，叫《陕西省工农兵文艺》，它的前身就是《群众艺术》，后面又改成《群众艺术》，再后来又改成《百花》。

当时贾平凹他写了一个学雷锋的故事《一双袜子》。当然虽然是和当时宣传那个口径一样，但是他写得比较生动，而且是两个人合写的，大学同班的还有一个冯友源，冯友源前几天才去世。这是他的处女作，是个很有情节的作品。所以那篇发表了以后，我就对他说你文笔很好，写景啥的，就把他们商周的风俗氛围写出来了，就后来连续用了他 4 篇还是几篇稿子。以后到了 80 年代有了更多交往。初次交往是在这个时候，是 1973 年。

魏华莹：1973年他是在西北大学读书吗?

费秉勋：对。当时我没在西大，现在一般外界都以为我俩的关系是我在西北大学教书，他上学，所以才有师生之谊。其实不是这样。

后来我就成了他的研究者了，因为喜欢他的创作。我记得是在1980年吧，在《延河》第8期上发表了一篇刊登他创作的评论文章《试论贾平凹小说的艺术风格》，这是研究他的第一篇文章，后来发表文章就很多了，全国各地刊物上发表研究他的将近有30篇吧。

我记得是1982年，陕西有一个很有名的评论队伍，叫作“笔耕”。“笔耕”组当时还没有诞生，这一次就是慢慢形成的一个起因。因为评论家和作家的关系很密切，就是陕西过去的那种传统，过去评论家胡采和杜鹏程、王汶石、柳青这些人的关系非常密切，都在一个单位，经常讨论他们的创作。因此就继承了那样一个传统，贺敬之在全国某一次会议上还提到过、表扬过这个组织。1982年其中有几个人，就是王愚、李星、陈贤仲他们几个人就说了，要开一个贾平凹的作品研讨会。实际上也就是批判的，他们在这前后也是多次把贾平凹叫来，坐下来跟他谈话。就是说他那个创作的路子，走得不对。当时一些领导就跟他这样谈。他们也暗暗地看到我好像是支持贾平凹，所以对我也形成很大压力。就拿个小事情来说，比如说加入中国作协，都要通过他这儿。我是“文化大革命”以后，恢复作代会我算是参加得比较早的，好多人都是进入比较迟，发的文章也没有我多，但是他们都早早地成了中国作协的会员了，我最早还是成为舞蹈家协会的会员，后来看没办法了，而且贾平凹名声也大了，感到他的势头大了，他们不去批评贾平凹了，而且反转过来老是跟着他了，这时候我也才成了中国作家协会的会员。当然那一次会议主要意思是批评他的作品。

魏华莹：《二月杏》?

费秉勋：当时这个《二月杏》好像还没有出来。就是《二月杏》前面那一次，感到他的作品思想比较灰暗、消极，主要是这个意思。我当然也不能说是，他说消极，我说不消极。我就不谈这个作品思想，主要从艺术方面谈，而且就是谈他的创作方法，不是现实主义的创作方法。而当时陕西作协的文学观念，他们从上到下虽然内部有很多的矛盾，但是创作思想观念都是非常一致的，基本上就是在他们的观念里面，认为最高的标准应该是俄国批判现实主义，那是他们的一个标杆。当时，我那一次会上，我主要就是说贾平凹的创作方法不是现实主义的，他是别的主义，究竟是什么主义？我说这还很难说，起码有浪漫主义，或者说一般人不说的，我自己认为应该就是中国古代文学艺术里面的印象的东西，叫印象主义也可以。但是，他这样来写和别人用的方法不同，你要用现实主义的尺子来量他，就不合适。那时候贾平凹因为还没有经历过这些事情，就非常害怕。甚至开了会后回去连觉都睡不着了。我们当时来往就很密切。那时候因为我是一个编辑，他是一个作者，住得也比较近，就是靠近北边的城墙边，我在那个城墙里边，他在出版社，到这儿来比较近。

魏华莹：就是他在陕西人民出版社刚工作的那个阶段？

费秉勋：就这已经说到 80 年代了嘛。那时候我还在西大读研究生，读研究生一个礼拜回一次家，有时候我到他那儿，有时候他到我这儿找我。虽然别的也谈，就是朋友间的事情也谈，但是大部分时间就是谈文学、谈创作比较多。

后来就是基本上他当时出的作品，我全部都看过。或迟或早就是他把作品送给我，我都看一下，他出的新的东西都送给我。如果说后来就说我是他老师，可能是这个原因。那个阶段，我基本上都有文章出来。到了 1990 年就出了《贾平凹论》那本书。

魏华莹：《贾平凹论》，那是研究他创作的第一本专著。

费秉勋：对。从哪一本书？就是《废都》出来以后，后来《废都》之后又写了几个中篇、短篇，以及一些散文以后，我还看过，也写文章。《白夜》、《怀念狼》都写了。就是到后来《高老庄》以后，当时我就这个眼睛要看长篇的东西不行，字小了以后，看了以后眼睛疲劳受不了。加上主要的原因，我看就是研究他的人特别多了，他也已经火了，我就不用去写文章了。

魏华莹：《贾平凹论》是在什么情况下写的？我看当时那个年代，贾平凹还很年轻，您就已经把它作为一个研究专著来写了。

费秉勋：就是喜欢他，另外对他比较了解。其实那本书就是把那些文章组织了一下、串起来。

魏华莹：费老师写得非常好。现在很多老师讲课的时候，也还提到您这本书，说您提出来的观点，现在还有很持久的影响力。

费秉勋：主要是他那个《山地笔记》以后，那个时候因为没有成名，评论的人比较少。我是系统地写过文章，书里面也写到。所以那个书有价值，一个是那方面，一个就是我觉得我能摸到贾平凹的创作特点。

魏华莹：抓得比较准。

费秉勋：对，抓得比较准，甚至在理论方面对他有一定的影响。就是把他尽量引导到中国特色，中国的民族文化传统。所以在这方面贾平凹尤其是在语言上，下了很大的功夫，尽量不要欧化，或者是像翻译过来的语言，尽量谈吐就是用中国的语言。当然也是我当时业务方面的原因，我是教古代文学的，教古代文学的来研究贾平凹，本应该参照现代文学、当代文学。但是当代文学国内的其他作品我看得很少，所以我还是最好和古代文学做参照。

魏华莹：其实这一点很重要。

费秉勋：所以在这方面就对他有影响，他尽量在学中国的文化元素。但是他学得比较好，他学得不是像有些人只是表面的那些。比如说像章回小说，像过去的老先生那种《吕梁英雄传》，他不会写出那一种。我研究中国古代的文学艺术，我自己就认为中国古代文学艺术，就是两条线，一个就是走民间的那个路子，民间的路子势力很大，比如说明代那些长篇小说名著，基本上是以民间这个体系为主，就是市民阶层诞生了以后，在勾栏瓦舍里面说书的时候，那个情节，尽管最后成书是有文化的人集大成把它写出来，但是那些故事、细节或者是语言都是在民间，就是说唱里面相传的。还有一个体系就是文人体系，文人体系和民间的不同就是它是个性的东西，就是中国文人里边有一个词叫作意向或者积蕴生动。所谓个人的那种风采、个性气质就渗入到作品里面。比如最早我就看其实唐人小说里边有那个味，就属于文人在文字上下功夫，那个文人气很强，到了后来的《金瓶梅》，特别是《红楼梦》，最典型就是像《浮生六记》那一类的，这个是文人传统。贾平凹学古代文学章回小说里面，他学的就是说把故事传达给读者的时候，就像古代人来听书，能听得很明白。但实际上他追求个人的风格里边的东西，主要是我谈的第二个体系。

魏华莹：是，我有一个疑问。当时《废都》出来之后，很多人都说好，但它后来受批判了。您当时提出来一个观点，您说这个书太超前了，不宜出。您当时判断的依据是什么？而且有材料说贾平凹把他的手稿也给您看了。

费秉勋：实际上那个话现在来看是不准确的，而且任何东西都是需要经过时间来考验的。从现在时间上来说，那当时他应该出那本书，我那个说法的应该是不对的。文学艺术是一种创造性的东西，就是应该超前，当时我那样说其实是一种私心，就想叫他安全一些，因为他是好朋友嘛。

当时是那个想法，而且因为我的胆子有时候说大也大，说小也小，当时我有些想法就没有写文章，也不敢写。因为当时写文章就得罪广大群众了。

魏华莹：我看孙老师关于贾平凹的传记中写到《废都》书出来，就是他离婚的过程。然后您中间还调节，做了很多工作。当时贾平凹是遇到怎样的人生低谷了，写出这部作品。而且他确实用您说的《金瓶梅》、《红楼梦》的传统在影响写作，确实在这个书中体现得较多。

费秉勋：我向来写文章就是尽量避免写私人的一些事情，这几次都有人来游说我，写一本这样的书，这类书很好卖。我就说有好处我也不写，我写东西应该带有研究性质的、理论分析的。确实这一本书就是在他离婚的过程中写的。确实是这样，他那个时期是非常痛苦的，就是痛苦催生了这一部作品。

离婚是最痛苦的。我觉得单位的人事纷争，影响没有那么大，有些人要整他，那也有支持他的，这倒不是很重要的。而且就是文联有几个人都是因为个人利益，想承包刊物，当时在《长安》嘛，就是争权夺利一样。基本上就是他手下那几个人，就是那种年龄比较大一些，和对方斗起来，手段上不行，斗不过那种厉害的。所以，这方面当然对他也会造成苦恼，几件事情碰到一块儿。还有和另外一个女的打官司。细节我没有了解得很清楚，总之就是因为出版社有一个年轻女编辑，实际上原来是非常爱慕贾平凹的，两个人也好像走得比较近。但是，贾平凹作为一个男性，可能跟你交往，在一块儿做朋友可以。他自觉地认为对方是官宦出身，就不宜来结婚，而且当时好像他已经结婚了，这是打官司这个事情。但是说来说去最痛苦的还是他个人的婚姻家庭问题。

总之就是那个时期他非常痛苦。写那部书的时候，最先是在李连成家里面，户县的李连成和我也是好朋友。所以，就是在那儿写，当时写作的精神状态很好，就是钻到里面了，但是身体状况很差。因为这正是和他，就是跟他弄到一块儿的女的，有时候也偷偷去看他。当时他爱人知道以后，正在闹离婚过程中，他爱人知道后，当然是比较生气的，反正来回这些是是非非的。加上有些朋友也不好，互相传话，矛盾越搅越乱。

离婚这个过程很长，我只是说到最后差一点把两个人捏到一块儿了。就是在啥时候，当时中国作协给了一个名额，就是到北戴河去疗养，就像现在这个季节。当时就叫他一块儿去，他也正在那儿苦恼着，那个时候都已经到了离婚末尾。就在去之前，我就和景频，他比我年龄还大，我们和贾平凹关系都很好的。我们两个就把他叫着，市作协也跟他谈话了。我们说这是一个好机会，就是你去疗养，你把老婆带上，你啥话都别说，这事自然最后就平息了，当时他也接受了。而且他老婆韩俊芳是非常自尊的，她也不是一般女人。她自尊心很强，就是她也是把主意定了就要离婚，我主要是还做韩俊芳的工作。我就劝她这一次不要那么任性了，我们一块儿去，一块儿去外界自然会报道说贾平凹夫妻去北戴河疗养。那一次韩俊芳都接受了，贾平凹也接受了，好像当时把票都买好了。但是晚上回去以后，贾平凹就说那我要去了，将来咋交代？也不是说不去，就是说去了以后咋了结这个事情？这韩俊芳一听就不干了，因此后来就没去成。我和我老婆、他领的是他的女儿，我女儿也去了，那两个小孩虽然年龄差距比较大一些，但是能玩到一块儿。在那儿半个月还是多少天我忘了，回来的时候正好就是他那个《废都》出版了。然后就去北京签名售书，我记得是在陕西办事处住。那时候他已经离婚了。

在那段时间，我和我老婆和贾平凹接触很多。我老婆一直对贾平凹非常关心，她和一般女人不一样，不是说这个人成了名了，就上来贴得很近，她还确实就是真心爱护贾平凹，觉得是我的一个朋友。后来贾平凹很红火了，有一次他从外地出差回来，好多人到什么地方去接他看他，我老婆就说咱就不要去了，就在他困难的时候咱帮助他，雪中送炭。现在他红火了，咱不要加里面去凑热闹。我自己也是这种想法，比如我后来不写文章，也有这方面的原因。

为什么说我老婆，对贾平凹很重要？就是她给贾平凹在西北大学要的房子。因为我老婆是什么性格？她是个外向的人，交际啥的都有能力。西大的书记和我关系也可以，他中文系的，和我也能聊得来，我老婆也熟悉。另外她和校长的爱人在出版社是一个科室的同事，有时候到她家里面，和校长也很熟悉。她跟校长提出来，你应该把贾平凹弄来做西大的客座教授，给他分一套房子。贾平凹那时候离婚了，还没地儿可去。

后来这个校长一想，对啊，贾平凹这样一个名人到西大来，对西大很有好处，他也是西大毕业的。所以后来就给他分了房子。这从北京回来以后，我老婆就说，说现在是这情况，咱们就两个人，我现在就去贾平凹那里做饭。他经常肚子疼，也不知道是啥原因。她说现在你每一顿吃饭就到平凹那儿去，我在他那儿做饭，你一个人跑也没有啥不方便的，所以那个时候做饭在贾平凹那儿。

这后来到了1995年，过了两年我老婆生病了，生病的时候就是他亲自送的医院。因为他在那儿住过院，跟那儿的人都比较熟悉，就在那儿交代了一下。另外，我老婆经常看到他给别人写字，后来就住在医院里，在病床上跟我说，叫贾平凹给她写两个字，那是因为经常看贾平凹给别人写什么海风山骨啥的，她说她的意思就是要写一个，字不要多，能把她自己的性格表达出来就好。后来我就给贾平凹说了一下，贾平凹一听住院检查出来的是肝癌，就赶紧给她写了“义侠”

两个字，后来就在她的墓碑上背面刻着。包括我老婆去世的时候，贾平凹本来在外边，一听到消息他马上赶回来，赶回来到我家里面，就说立刻要写一个东西，我就给他找了一个，一个很长的，比这个桌面还要大，就像这么宽，比这个还长，就一块布，当时就给他，他就在那儿写，写了很长的一副挽联。

回过来说，说到他写《废都》那本书的时候非常痛苦，痛苦到啥程度？他们夫妻两个人一直非常恩爱，贾平凹都是集中力量干他自己的事情，就是对外的朋友之间啊，或者是社会上的那些关系，就主要是韩俊芳给他处理，处理得非常得力。离婚这种东西最复杂了，这个说不清楚，谁都说不清楚。那当然明眼人来看，那个女人和韩俊芳比就差太远了，你说那个素养、贤惠都不行。所以就在他离婚办手续以后，就第一个先到我家来了，来就哭着。那就是感情很复杂。没处去嘛，所以后来我就说，说你到户县去嘛，我就把他送到那儿了。

魏华莹：是您把他送去户县的?

费秉勋：对。为啥送户县？因为户县李连成是商洛人，家里面做的饭特别合他的口味，他在那儿也住熟了。他写上一本长篇的过程中，草稿也是在那儿写的，后来又到大队里的朋友那儿，也改了一段时间。再一个就是在那个耀县水库上，景频两口子去看过他，我还没去那儿看过，他在那儿住的时间也比较长。有一次我就到户县去看，那时他书已经写过了，就叫我算卦看那本书前景怎样。那都是游戏性质的，我向来不算的，朋友之间有时候在一块儿玩玩。一算就按照那个卦上说，那是财爻，前倾及底，父母管文财，我一看就说你这个书出来有经济效益，但是会惹来很大的麻烦，所以就有顾虑。

魏华莹：怪不得都说您在这方面这是在国内有名的专家。

费秉勋：这都是笑话。当时好像啥杂志上的朋友，就把我算卦那一个照片给登出来了。

魏华莹：我看到过。

费秉勋：在这中间有一次我记得有一个什么挺大的活动，记得是在新城广场，市话剧院的舞台上面，开了一个会，贾平凹好像是很重要的角色，叫他在会上讲话，这个时候还是《废都》没有写成，还是正写的中间，我陪着他在台上坐着，有些人还给我提出问题让回答，讲的啥我现在记不清了。总之还是另外一个朋友，就是西安晚报社的，提前就安排好了，那时候贾平凹已经名气比较大了，出来讲完以后人都把他围住了，就那个朋友把他带到人民大厦那儿，说这儿离得很近，就最后把他和我一块儿带去，就在那儿吃了一顿饭。这个时期是他最痛苦的时候，我记得他讲话里面，特别是跟我讲的，我现在记不来有没有文字记录了。这一部书写作的动力，我就一直认为他的痛苦起了重要的作用。

魏华莹：痛苦无法排遣。

费秉勋：对，这个理论就是最早在司马迁的《史记》自序里面，以及他给任少卿的信里面谈到的，他的意思是传世的作品都是痛苦的寄托，你学文学的也都知道。

司马迁不就是说传世那些经典著作，都是人在危难的情况下，古代把这种叫“穷”，穷不是经济方面的穷，就是人生的那种困境，他举出《春秋》、《离骚》、《国语》等古代的一些例子，而且这种理论一直在中国文人里面传下来了。就像后来清代评《红楼梦》，还有李贽评《水浒》，包括后来的人评《红楼梦》比较多，好几个评论家，名字我都记不住了，还有评《聊斋志异》，都属于贯彻了这个理论。就是作品是一种寄托，就把自己的孤，有的叫孤愤，寄托其间。比如说评《聊斋》的，就把这些孤愤，他那些孤愤最后都要有一个突破口，就是以什么来抒发这个东西，就以“狐鬼”发之。李贽评《水浒传》就是这种苦闷痛苦是以强盗发之，强盗是指《水浒传》中的 108 个好汉。这种理论就和那个西方的“愤怒出诗人”有相近的地方，那我想也确实是这样。如果他痛苦不是那么大，他不会几乎写成是一个自叙传，把他自己真实的东西全部坦露，一般人不会写得那么明显，会把自己的事情尽量隐晦一点，贾平凹这时候可能就不顾忌这些。我好像关于这个理论专门有一篇文章，我不知道那本书里面写到没有。

魏华莹：《废都大评》里面？

费秉勋：不是，《废都大评》是我编的，没有我的文章。我说那本书指的是《贾平凹论》。这个理论是比较系统的。我的语言表达不行，再另外一个说话的时候不细密，想得不深刻，我善于写文字的东西。后来是他得了法国的啥奖。

魏华莹：费米娜文学奖。

费秉勋：记得在北京什么地方开过一次会，那还是关于《废都》的，我在那个会上就充分地把这个理论发挥了一下。我想的那是非常浅层次的一个想法，就是写出来，无论是政府、一般的民众都会有意见的，民众一般就是浅层次，就是那个性描写。政府就是政治上那些考量。

魏华莹：就是那些哲学家牛，还有那些歌谣，还记得有……

费秉勋：揭露贪官这些。

魏华莹：是。

费秉勋：写官僚的腐败什么的。

魏华莹：但是那时候他能有这样的高度，有这样的寓言性实属不易。因为那个时候可能社会刚转型，大家还没有意识到。但是现在看看他写的问题，现在就是那样一个状态。

费秉勋：因为过去一直是不能揭露人性的阴暗面，写那种就揭露了。所以你看我不知道把他封杀了那么久，现在好像还没有解禁……

魏华莹：已经解禁了，2007 年就重版了。

费秉勋：再版了就是，那我看报上还有文章，好像再版是再版了，就没有明确开封。

魏华莹：是的，没有明确开封，当时是以贾平凹三部出现的：《浮躁》、《废都》、《秦腔》。

费秉勋：我关于《浮躁》的印象也可以给你说一说。

魏华莹：好。

费秉勋：《浮躁》出来之后，我有印象就是他当时病得很重。他一直有肝病，再没有别的病。那一阵经常到他家去，当时他和俊芳关系都挺好的。他就在传染病院住着，韩俊芳在他面前没有表现多难受，但是出来后就在野地里面蹲在那儿哭了好长时间，因为当时他已经肝腹水了。这后来美国给他评了一个飞马文学奖。外界评得很好，也有说他就是迎合了这种传统的习惯，但是他在后记里面说得很清楚，他是很痛苦用这种写法，他说以后再也不会用这种写法了。那就是我主张的，以及他习惯的，后来形成的散点透视方法，就拿透视学来说是散点透视，就是古典文艺里面，我不知道你有没有看我书上写的贾平凹与古代美学的关系？

魏华莹：读过。

费秉勋：所以他后来的一些作品，特别是一些短篇，特别是《太白山记》那一系列，还有志怪的小说都差不多形成别具的美学风格了。

魏华莹：对，那您一直在指导着他？因为他确实是走出来自己的路子，也就是和古典的联系，以及中国本土化的语言方式，把中国传统元素凸显出来了。

费秉勋：他是容易走到这个路子上来的。因为他本身就也是倾向于民族层面的写作者。所以，我也没特别去像讲课一样给他说，我就在文章里面我把自己的看法写出来，他一看就接受了，他就向这一方面追求。

魏华莹：我看有材料说，《废都》是他第一部写城市的作品。当时是因为《浮躁》得奖之后，他去美国了。然后去美国之后，就是有一个演讲，但是大家听不懂他说的话，后来他觉得写乡村的东西，背景知识太多，而且中国城乡这种二元结构和国外是不一样的，他就想转变，想写城市，之所以从乡村题材里拔出来，是不是这个原因？

费秉勋：好像他自己说过吧。他跟我交流过，我记不起来了，我记得当时好像是他自己答记者问，那个人也不一定是记者，可能是评论者，就和他对话，我记得好像是登在那个《文学家》，应该就是在陕西。

我记得好像就是我那个书里面有一章，就讲贾平凹与古代文学艺术里面，和那一篇文章在一期上登着有一个。当时好像北京的一个作者，曾在延安插队，后来编《文学家》杂志，给他提一些问题。我记得他说文学要走向世界，不能只写这些东西，比如说你像写这个户口、粮油关系、以工转干，写的一些名词外国人都看不懂。必须说很多话给它做一些解释，外国人才能看懂的。

贾平凹这种写法也不是纯属写城市里面。因为他农村题材的作品还要继续写，但是他已经在城市生活了这么多年，就是和朋友间这种生活，这些他要写的话，他能写好多。他就写他自己这一段的经历的，背景只能放到城市里面。

魏华莹：《废都》里面写的很多都源自真事，好多人物都在西安有原型，他写出了当时身边人的种种状态？

费秉勋：他写作品有一个特点，就是生活里边他接触到的人，利用率高得很，基本上经常见的会写进去，他虚构的有多少，最近几年我就难说了，就是前一阵，谁讲的啥，比如说那好像是在《废都》里面，就是我在学校里面搞的一副挽联，他把它都写进去。那个人是北大研究生，专门学过语音的一个老师，水平也很可以了，就是在评教授的时候，系主任当时因为有一些桃色事件，这个人把他揭露了，他就报复，这个人本来能够评上，系主任就没有评他。后来，这位老师死了以后，我给写了一副挽联，那个挽联在学校里面引起很大的轰动，我们那系主任都有点害怕了。挽联是这样的，“学问能救国，黄泉君颜可闭”，就是你搞这个学问其实可以救国，你也不要遗憾，在黄泉之下，你可以闭上眼睛了。下联是“职称可杀人，红尘无意难评”。就这个挽联。所以后来外界学校里面就把这个通俗化了，说“职称杀人”。那个系主任因此压力很大。那我记得《废都》好像把这个写进去了。他吸收的，谁讲的笑话啥的，最终都会写到他作品里面去。人物有好多人比如说那个吴三大就是我们这儿有名的书法家。

魏华莹：还有董子竹。

费秉勋：董子竹是支持他的，就是你咋写都可以。

魏华莹：他说孟云房瞎眼睛，到底是真的假的，练气功瞎了一只眼？

费秉勋：这个不是，原型不是和他完全一样，董子竹没有瞎眼睛。

魏华莹：哈哈，那也是关系亲密的朋友，才能那样写。

费秉勋：可不是，外界还有误会，以为写的是我。我说那绝对不是我。那后来都知道是董子竹，因为作风就不像是我的作风。歌舞团有一个人现在已经去世了，就是他开了舞厅，有时候好像领了一个演出队。这个人好像还干过啥事，就是和谷写西安市的一个市长，那是群众拥护的一个市长张铁民，他那个报告文学得了奖，他在北京领奖的时候，就这人给出的钱，和他一块儿去的。里面有一个人物，好像就写这个人的。

魏华莹：那你们圈子里面读《废都》的时候，是不是觉得更有趣。看谁是这个样，谁是那个样。据一些材料显示，董子竹把这部作品看得很高，说是《清明上河图》、《离骚》，原来他就是孟云房的原型。

费秉勋：当然孟云房是有董子竹的成分，但是他还有别的，不完全是那个人的。那其实贾平凹也是在这个基础上，然后进行艺术加工，但是他当时写的确实也是西安文化界的生态图。有一些演艺界的，这都是他接触到的一些人。

魏华莹：当时贾平凹在西安的地位就已经像书中的庄之蝶那样，那么多人都很尊敬他崇拜他，在文化圈里面地位很高吗？

费秉勋：当然他早已经成为名人了，这是没问题，那有些虽然可以说是个自叙传成分很浓，但是也不能全部画等号。他写《废都》那一阵，虽然比一般人接触的各行各业多一些，但是没有现在这么广。像官员、商人、做生意的，都想和他接触接触。当然会有一个缺点，都是觉得他是一个名人，和他接触的时候也不能深谈，了解也不会多深。了解深只能是你和他是朋友关系，啥都给你说出来，那能了解深。

魏华莹：那您怎么看待书中所写的西安？

费秉勋：他不是全方位地、历史性地，或者是史诗性地来写西安，他就是选取了一个角度，就写西安的文人。再一个就是和庄之蝶有关系的，怎么样来写庄之蝶的，来放到西安的背景上来写。《白夜》我还看得比较细，我评《白夜》的文章很长，我印象中都发过，而且后来武汉出了评点本，我评的就是《白夜》。孙见喜也参加了，孙见喜比较聪明，我比较笨一些，我就是按照那个古代的评点里面，画龙点睛的方式，有些地方就短短几个字，用的意味就更深沉一点。谁知道最后稿费是计算字数的，而且他里面的评论书，里边引用我的东西，比我的文字还要多。后来拿那个稿费，我拿一千多块钱，他拿四五千。

魏华莹：哈哈。

费秉勋：不只是写研究文章比较多的，就是说我认为最重要的，写得最多，评论得比较透的，就是一个《白夜》，一个是《怀念狼》。你看山东河南人到西安，西安人不像有些北京人和上海人，对外来户会歧视，西安人对待外来的人会同情他，跟他很亲和。外来者很快就在这儿安家了。再一个西安人不是自大，他好像是一种自信吧，就你外地或者是京城里面来的人，我也不把你看多高。就是那种文化积淀，它是十三朝天子脚下生活出来的。而且西安正因为文化积淀比较厚，啥人都有，各个方面都有。文人不说，手艺人，各行各业出众的人西安都有，所以西安人经见得也多。

魏华莹：当时在《废都》受批判的时候，您当时是怎样的心理？

费秉勋：就是我刚才说的，我怕得罪政府和民众。你想那一阵开一个啥会，电视台的都会把我叫上。我当时也很尴尬，一个我在场面上就不擅于说话，再个我也不知道该咋说。你看我为什么编了一本《废都大评》，我就感觉我有力量编这本书，作为评论者我没写文章。董子竹就是演说家，口才很好。那一次我编《废都大评》，那个书出版的过程也比较复杂。开始就是我和西北大学出版社联名写组稿信，因为我虽然是研究贾平凹，我个人他们不会信任嘛。出版社单独力量也不足，就是我和出版社联合起来，向外边组稿，基本上写信的人都写了文章。

但当时受批判了，就是那段时间在国内不允许写《废都》的评论文章，但是没有明确的命令。对，我现在就说说编《废都大评》的过程。很快就编起来了，编起来以后不知道怎么样，出版社积极得很，那是西大出版社。可能是出版社给出版局说了没说，我就不知道了，总之是出版局知道了这个事情，就来制止，这个东西不能出，当时就在陕西被封杀了，这后来有另外一个朋友，和平凹和我都认识，是四川文艺出版社的年轻人，叫做金平，金平知道了这个事情以后，怎么样知道的，是听谁说了，还是我告诉他了，反正到最后他说他来出。于是把书稿又原封不动地寄到金平那儿，四川出版局又知道这个事情了，说你胆子真大，此前因为某一件事情差点把你们出版社的营业执照给吊销了。

魏华莹：是不是《查泰莱夫人的情人》？

费秉勋：不知道啥事情。金平非常为难，觉得已经给我做出承诺了，最后又不能出，感到很难为情，那也没办法。后来只好又把那个稿子寄回来。这时候有一个人，他是在中华书局当编辑，当然和这一类文艺小说没有关系。他是个朝鲜族人，经常到韩国去，他不知道怎么得知这件事情，因为当时我印象是有一个朝鲜人，将《废都》翻译成朝鲜文了，因为这个人来回两边跑，翻译肯定不是他翻译的，就是他中间拉线。他当时就想着，就是把《废都》翻译并在韩国出版，把这个评论文章也同时出版出来。就因为这件事情还专门来到西安，通过好多人最后找到我以后，他就谈了这件事，我就把稿子又给他了。给了他以后，最后实际上又出不成了。这不是政治原因了，可能就是出版社觉得小说能赚钱，评论文集赚不了钱。所以他磨蹭了半天不出，又还回来了。

还回来以后，就是在这个时期，贾平凹又到美国去，他说他回来会经过香港、台湾，就叫他把书稿带上。经过台湾，好像在台湾也没有联系好，但是在台湾他又买回来一本我的书，就是《贾平凹论》的繁体，头版出版的，比这个二版字数要少一些，繁体是水牛出版社向西北大学出版社把版权给买去的。买去以后这个出版社没有兑现承诺，原来签的合同给多少样书，给多少版权费，我记得当时上面还说，我和这个出版社平分这笔费用。但是它把这个卖给台湾以后，连样书都不给了，不给样书就不说了，你都出了，还不给人家版权费。后来贾平凹到台湾一转，在台湾书店买到，碰到这本书了，他去买了两本，留了一本，给我了一本。关于《废都大评》，后来他到香港，肯定也是见到一个朋友，最后就说这个地方能出。

魏华莹：天地出版社。

费秉勋：对，天地出版社。

魏华莹：那这次给版权费了没？

费秉勋：这个弄得也不好。这件事情我做得也不好，因为组稿的过程中，我这人一般办事情不愿意去求人，所以原来和这些作者的联系，就没有靠出版社，我也没有说这个组稿，应该是你出版社把钱先出了，都是我自己花了不少钱，这来回寄的那个稿子，来回又是修改，做这些过程。最后是香港出版社出来之后，也没有给稿费。

我就想要给那些作者稿费，都没有办法给。但是后来我就想怎样处理那些样书，我也没法给人样书，人家追问怎么没有稿费，我该怎么办呢？我最后就留下来了。因为他就算了给了多少数字，我具体记不太清楚了，比如说给了他十本，给了我多少？就是给作者，一人给两本，另外好像给我也是两本。我最后就也没有给作者寄去，一来寄还得麻烦，就弄得这事情，最后这些书现在我手头也没了，啥原因？就是有一次现在的贾平凹文学艺术馆馆长，和我也是好朋友，到我那儿来一看，你这儿有这么多好东西，就弄到贾平凹艺术馆里面了。我说你给我留两本。他给我留了两本，最近和你有点类似的，我也没有记清楚，是武汉还是哪里的，写贾平凹论文的，他要这本书，我就提供给他了，提供回来我就害怕他还不回来，我就说你用了以后，还给西大刘卫平老师。最后我问刘卫平的时候，对方是给他了。很快把那个一复印，把书还给刘卫平，但是现在在刘卫平那儿，这个书又要不回来了。后来木楠就是贾平凹文学艺术馆的馆长，他原来送人比较随意，给一些人，大概送了两三个人，后来贾平凹就给他说了，这个书以后不能再送人了。

魏华莹：我看有资料说，当初您编这本书是80万字，后来出版后并没有那么多。

费秉勋：当然我干事情就是尽量想不引起非议，最后字数太多，又不能全出，就删掉好多，只能出多少字，好像是30万还是多少。

魏华莹：对。

费秉勋：我就把这一切都交给贾平凹了，我说你看着办，要把谁去掉就去掉，贾平凹首先把董子竹说好话的全部保留下来了。我说那个就是废话特别多，让我改我把好多都删掉了。董子竹也是个怪人，也很有才，口才非常好，而且他在监狱里面，我有看他的文章，他在监狱里面跟搞哲学的人关在一起，他看了点书，出来他也懂了一点哲学。他经常就需要有一个偶像，有一个在南山里面听人讲禅学，就崇拜那个人，非常崇拜。回来就把这个人的像放到他的家里面，还每天都烧香。四书五经讲心学，就王阳明那个心学，他一步一步的。

我有一篇文章，谈贾平凹书里面写那个《邵子神数》，写里面搞得那人眼睛瞎了，好多人都没有看懂我那篇文章，现在外界都不了解，但是我也不能说，我写文章也不能把那个写透了，我都用暗示性的语言，但是一般都看不懂我暗示性的语言。我说搞这个《邵子神数》的人，最后眼睛瞎了。我是在说，不是这个人眼睛瞎了，就是着急要求给算的那些人眼睛瞎了。那是盲目，就是眼睛就瞎了，盲目去看他。

魏华莹：《废都》的意象是什么？到底《废都》在废什么？

费秉勋：《废都》基本上是写文人的，知识分子的整个群体，不仅仅是知识分子的问题，其实那就是各种因素，历史的因素、文化的因素、政治的因素，凑成了文人的迷途的羔羊一样，找不到方向了，就沉沦了。

魏华莹：他那个书应该写在1992年吧？

费秉勋：主要是1992年、1993年。可能有1991年。离婚我记得1984年就开始闹腾了。可能我记不太清楚，因为有一个情况，我从来很少问他要字。就是有一次他就是在布上，那个布也不是一块长线的布，就是伞，中间有窟窿，伞的一个里子，就是最下一层垫的那个东西，就是很粗糙的再生布，他在那上面写的。写的就是晚上和韩俊芳一起读《老子》，由于那就是他那一阵离婚，写的那个里面已经有了。所以，我后来没问他要过啥。当时要那个他舍不得，他在那儿挂了几天，后来还是给我了。那时候他特别迷信，就是有人让江湖术士给他看一下八字，好像他缺土，所以他当时还有一个名字，叫“双土居士”。记得那一块布那个最后署名就是“双土居士”。

我在研究贾平凹过程中，还有一个方面，这个我一般对外不说，一说好像我自作多情似的。就是贾平凹在性格方面，好多跟我一样，所以我写文章的时候，特别在心理上，在他的艺术追求上，我用我的心理来印证，印证有时候还很准确。这是贾平凹给人算命的方式，他也是一个办法。就是他不知道从哪儿学的，把人分成13种，然后再给你说的时候，用其中一个典型的人，真实的人，就按照那个给你说，很准的。

魏华莹：他有您算得准吗?

费秉勋：我不算，我不爱算，我基本上拒绝给人算的。比如我们相近的家庭出身，父亲都是教师，农村里面基本上就是一个农民家庭背景，但是家里面有懂文化的长辈，再一个就是父亲是老师，父亲是老师那种对待儿子都是无形中就会用对待学生那些比较严厉、比较严肃的方法，所以我们就缺乏父爱、性格胆怯。另外，我们相同的就是，比如爱吃农村的那些饭，生活比较俭朴。再一个就是比较吝啬，这因为过去过的是穷日子，穷日子也不是那种最穷的农村人，贾平凹给我说过他为啥吝啬呢？就是他父亲太大方了，以前有点钱全用来买酒，把全村人叫来喝酒，他感觉我们的钱都浪费，把它都糟蹋了。

魏华莹：他说得也对。

费秉勋：反正心理上，比如在对女性的那种态度，那些就是很原本，表面上都是很守规矩那种人，可能就是在艺术上面那种审美，也有共同的。有时候他写那些作品，作品评论的过程中其实心理印证很重要，就是他为啥写成那样？情节为什么那样走？把这个人的性格写出来。我经常就是用我自己去印证，心里想着他一定是这样，反而比较准。

魏华莹：您怎么不接着写贾平凹的研究专著呢?

费秉勋：我现在写书画文章比较多，那都是不写没办法的，那外界也就是说，我写谁是的确写出来就是那个人。评论书法绘画，可以追溯到作品，反正也有一些其他人写得多得很，而且就是书画家也不求说是你把他写得准确，就是只要你能给他写。那么我书画这方面，要求我写的人很多，我写得比较少。一个就是说人的德行要比较好，再一个上点层次的我再去写，其他的我也不去写。另外就是没有出名的，比较在底层，但是比较好的，哪怕就是支持他，也给他写。

魏华莹：是，那在文学上你是最支持贾平凹的。

费秉勋：就是他最艰难的时候我支持他。

魏华莹：那您说《废都》写的时候就是这样一个离婚过程，把他弄得非常痛苦。看有材料说他当时也有肝病，那个时候病情很严重吗？

费秉勋：病得比较严重。但是贾平凹的病现在好了。

魏华莹：现在是经济条件好了的缘故吗，因为那时候看他写文章说，《浮躁》的稿费还不够他写书稿时抽烟的钱，经济很困难。

费秉勋：不是，那跟经济没关系，那谁看病能缺钱啊？但是肝病是好不了，特别到他那么严重的。当时你想这是文学界的互相之间那种嫉妒啥免不了，所以他那几年病得比较严重，外界还希望向外传递这种信息，就是他的病有多严重了。那个病确实也重，但是在我看来他好像也没害怕过。没害怕的原因就是好像他认为他是长寿的人，另外就是钻到艺术里面，把这事儿忘了。

魏华莹：离婚呢？

费秉勋：就是双方从年轻时走来，有些摩擦。还有韩俊芳整天讽刺他，讽刺方面也没有什么辛辣的讽刺，就是在生活中并不是把他当作一个偶像，并不像外界说的那么严重。我觉得相比较有些女人、名人的夫人，韩俊芳还是好的。就有些人认为她老公是一个名人，作为老婆她好像就崇拜得不行，跟在屁股后面，自己也总在那宣传老公。韩俊芳绝对不是这号人，有时候还打击他，比如说他爱看足球，就讽刺他，你自己不行你还在那儿评论。

魏华莹：那可能是因为韩老师是在贾老师没名气的时候两人结的婚，可能心里面就没有那么高大的地位，就觉得你什么时候都是这样，有平等相处的心态。

费秉勋：就是任何时候都把他看成是一个平凡的人。就这个说到底也不是根本，这也都是枝节的原因。人在婚姻爱情上是最复杂的。

魏华莹：在评价《废都》的时候，董子竹的声音，您怎么看？

费秉勋：我经常是打击董子竹。董子竹是非常可爱的人，就是你怎样打击他，他都不恼，而且笑眯眯的。他就说那些谬论，我经常当着众人的面打击他一下，他也是一笑，所以他有点害怕我，看我在座的时候不敢多说。也是因为熟悉的缘故。

包括我和贾平凹的关系，其实，我们都是寡言的人，经常相对无话，但很多时候心灵还是相通的。

魏华莹：谢谢费老师，讲了这么多，都是很宝贵的史料！

四　孙见喜先生访谈

时间：2013 年 8 月 9 日，9：00—12：00

地点：西安市双仁府

魏华莹：孙老师，您好！我想请您讲一下您个人以及您和贾老师交往的情况。

孙见喜：我上的大学现在叫西安工业大学，精密机械专业。1970 年分配到河南南阳镇平县的伏牛山一家三线厂。伏牛山有好多国防军工企业，我就在那个 358 厂先当工人后当技术员，当时生产的炮队镜全部在越南战场使用，它用于炮兵部队的指挥。那时候山里边没有什么娱乐，下班了就是读书，也写些小东西，年节里给厂宣传队编写节目，厂工会有个三结合创作组，我是成员之一。我厂宣传队排演的歌舞剧《白毛女》在当地有些名气，曾在豫西这一片的工矿企业大面积的巡演过，我当时是在乐队里混着。

魏华莹：时间是什么时候?

孙见喜：演节目是在 1974 到 75 年前后。业余写一些诗歌啊小文章被工会的人抄在厂办公楼前的报栏里，也算是一种发表。当时的写作，文体意识也不是很明确，随笔、散文、时论，也模仿王汶石的小说。当时镇平县和南阳地区都办创作学习班，厂里推荐我去，听老师和当地发表过作品的作者讲文学创作的基本知识。是南阳地区文化局吧，有个郑张老师，每年的创作学习班和改稿会都由他负责。他认识省上的南丁啊，老李准，杨兰春等等，74、75 年办的班他请来河南省出版社的老编辑顾仕鹏老师辅导我们，目的是想出版一本南阳地区作者的小说集。从各个县、各个企业抽调的业余作者集中在一起，在淅川县那次的改稿会规模较大，记得有李克定、夏挽群、马本德、刘先琴等等，还有一个作者后来调到河南农民出版社当了编辑。改稿会后还游了丹江口水库。但这批稿子后来都用不成，因为第二年四人帮就倒了台，省上怕这些基层作者受委屈，还到各单位去给予解释，顾仕鹏老师还专程跑至到我们厂面见领导，因为那一批作品都不可避免地受了当时政治思潮的影响。后来，77 年，还是顾仕鹏老师重新召集这批作者，拿新作品来改，这本书在 78 年正式出版了，就是南阳地区作者的小说合集《跃马坡》，这个集子里也收入了我的短篇小说，算是个处女作吧。

77 年后，河南《奔流》杂志的老编辑杜道恒，他是南阳人，连续几年在南阳组织改稿会，改成功的短篇小说在《奔流》上发表。那时候大家住到一起，吃在一起，讨论作品，反复修改，一个稿子能修改五六遍。有一次他带来许昌作者李佩甫、刘向阳，介绍这俩作者很有潜力，李佩甫好像是“文革”前的中专生，年龄跟我们差不多。四十年过去了，李佩甫果然不负众望，佳作迭出，现在是河南省作协主席。还有西峡的乔典运，作为老作家请到改稿会上给我们业余作者传授经验，他爱抽烟，老咳嗽吐痰，喜欢和我住一个房子，我们一聊就是半夜，听说后来调他去省上他不去，在县上当了人大主任。但有件事对不起老乔，我临调回西安时，他委托我买一架缝纫机，当时这东西紧缺，我没有办成，很遗憾。

《奔流》是一个老牌刊物，鲁迅当年好像就是创办人。杜道恒杜老师有次跟我聊天，他说你是西安的？我说我是陕西商洛的，跟南阳地区相连着的。杜老师就说：“哎呀，西安有一个青年作者很有前途。”我说是谁呀？他说是贾平凹，我说我读过他的作品，我 1978 年在上海出差的时候，读过他的那个《满月儿》，我在那等车的时候买了一本《上海文学》，以前读过他不少作品，但不知道他是西安的。杜老师说贾平凹是陕西人民出版社的一个助理编辑，是工农兵大学生分配去的。他说你有机会回陕西的话，可以去拜访一下这个青年作者。

当时“解放”了的一批作家，王蒙啊、丛维熙啊这些人创作重新进入喷发期，还有一些刚冒出来的青年作家，刊物上随处可见他们的作品。业余作者嘛，对这些人都很崇拜，大家在一起交流信息，谁发表了啥作品，贾平凹和他的作品就是我们经常的话题。好像是1978年的春节吧，我给贾平凹写了一封信，就是说我读了他一些作品，说我自己也在学习写作。在商县老家过完年回到河南厂里，就收到他的回信。他说当时他也在商洛，他说他老家是丹凤棣花的，两个县近邻，俩老家相距只有20公里。我很高兴，没想到商洛还能出这样有才情的青年作家，难怪读他的作品总觉得有家乡话的味道，这对我来说情感上就近了一步。

后来回西安探亲的时候，我到他那个出版社的红楼上去看望了一次，我给他拿了小小一瓶咱河南出的芝麻香油嘛！当时他住在出版社那个六楼别人家的灶房里，大概只有三四平方米，刚能搁一张单人床一个小桌子，单人床旁边连一个凳子都放不下，他就坐到床上趴到那个桌上写作。那屋里的杂志啊，随地摆，摞有一人多高。我很惊讶，他眼界那么宽，信息量如此之大，我说这里头都有你发表的作品？他说不一定，各地寄来刊物约稿的多。他当时找了个对象，很漂亮，她就在小阳台上忙着给我们烧水。我说你是西安人吧？女子一笑说：“哎呀！我怎么是西安人，你看我像西安人？”她说她也是丹凤棣花的，和平凹一个村。

魏华莹：是韩俊芳吗？

孙见喜：是韩俊芳。这是我们三人的第一次见面。后来我写过几个短篇小说，给贾平凹看过，他挑了一篇推荐当红女诗人高红十，高红十把这个短篇发表在陕西人民出版社办的文学刊物《绿原》上。读贾平凹的作品，感觉语言很对味，他那时候真是高产，但凡文学刊物上隔三差五总能见到他的小说或散文。事实上，贾平凹在粉碎“四人帮”之前就出名了，当时上海办了一个刊物叫《朝霞》，上边就有他和刘心武的小说。

魏华莹：是《南瓜弹弓的故事》吗？

孙见喜：我在《朝霞》上读的是他写的《铁妈》。杜道恒杜老师就给我们分析过这个短篇中的细节。后来到 1981 年，有一个机会，我调回西安了。西安有解放军总参的一个厂，厂里有一个老工程师，他老婆孩子在南阳的邓县，夫妻两地分居解决不了，他就给我厂去了封信，说希望能调过来离家近生活方便，还说如果有对调的手续上更方便。

魏华莹：这是挺好的机会。

孙见喜：当时我们厂办公室主任是我的同学，我当时家属在陕西，经我这位当厂办主任的同学联系，一对调就成功了，我回到了西安的 1001 厂，他去了南阳镇平的 358 厂。我过来住他的房子，他过去住我的房子，顺得很。到西安以后，我和贾平凹之间的联系就更密切了，当时他在北郊的方新村租房子住着。

魏华莹：当时出版社没有分房子吗？

孙见喜：轮不到他，出版社是个老单位。他是 20 多岁的小青年，结婚后带着媳妇、娃在北郊租着农村的房子。我在南郊住，礼拜天骑个自行车到北郊去找他。我那时候 30 来岁，从南郊骑自行车过去，几十公里路程 40 分钟就蹬到了。我从河南临走的时候，厂里给我们技术科分了买一辆自行车的票，同事们说你回到了城市，这个更有用处一些。我就花 175 块钱买了这辆凤凰车带到西安。

魏华莹：哟，当时是很贵重吧！

孙见喜：当时工资才 50 来块钱嘛。

魏华莹：三个多月的工资！

孙见喜：把自行车从南阳托运到西安，托运费 5 块钱。我就骑着这辆凤凰自行车每礼拜一休息时就往北郊贾平凹的家里跑。他那个地方当时已经聚集了一批业余作者，有工厂的，也有社会上的，还有一些教师什么的，都是业余喜欢写作，经常在他那儿聚会，都是每个人拿着自己的作品，相互交流一下，互相看一下，提提意见，也互相推荐给各自熟悉的刊物。

魏华莹：这些人大多都是西安本地的？

孙见喜：是西安本地的，这形成了很小的一个圈子。陈忠实也进来了，他们就命名叫“群木文学社”，像一片树木，大家争着朝上长。到西安后，我在这边的刊物上发表了一些短篇小说，慢慢在这个圈子也混熟了。1984 年，陕西人民出版社要办一个大型文学刊物，这个事儿平凹老师知道后，就向编辑部主任刘成章介绍了我，人家把我的作品看过后，就把我先借调过去看社会来稿，当时社会上的自然投稿量很大，我们几个借调来的业余作者就负责初审社会来稿。一年以后，我正式调到陕西人民出版社做编辑编杂志，当时我们一块儿调去的三四个人都是业余作者出身，就一边编稿子一边自己搞创作。后来出版社办了一个大型文学刊物叫《文学家》，里边有一个专栏叫“当代作家研究”，每期选一个作家，有他的作品，中短篇小说或者长篇片段，有一组评论，再有一篇记录作家创作生活的纪实文学。86 年有一期推出的是贾平凹。介绍贾平凹创作生活的这篇文章领导分配我写，我写了四万多字。这时候贾平凹已经从陕西人民出版社调到了西安市文联从事专业创作。

魏华莹：为什么要调走呀?

孙见喜：他爱人在丹凤县剧团工作，从剧团调到西安来很难，虽然当时他已是全国很有名气的青年作家。可巧的是，西安市文联要办一个文学杂志叫《长安》，为了壮大编辑队伍，主编白浪主动找平凹说，你到我们编辑部来工作，我们负责解决你的住房，解决你家属进城，人家还答应给他更多的创作时间。虽然陕西人民出版社是省级单位，西安市文联是市级单位，但他全然不顾，很果断地调到了西安市文联《长安》编辑部，文联也兑现承诺，很快把他爱人从丹凤县调过来在文联服务部工作，同时分给了一小套房子，这样基本上他全家就正式进入城市生活了。那个时候，我们喜欢每到礼拜天就到他家去打麻将。

魏华莹：那个时候喜欢打麻将?

孙见喜：唉，80 年代，整整玩了十年，打麻将是一种娱乐形式，通过打麻将也交流好多信息，你写了什么呀，发表了什么呀，最近最火的小说是什么呀？哪儿又冒出来什么作家呀？实际上也是个激励。他那里每天都有一大堆信件，重要的信件他看看，一般的东西，一大堆，他拆都顾不上拆。后来我们起哄他，大家都有好奇心嘛，怂恿他把每个信都拆开，我们就轮流看，一起议论，说这个信件你应该回复，那个信件还有什么约稿，等等，给他挑出来，在这个过程中我们获得好多信息。我那个时候有时会做点记录。得到他允许的话，说你这个材料不要了叫我拿走，你这个杂志我拿回去看一看。因为他那里的资料太多，放不下，过几天就会清理出来一大堆，当垃圾处理了。实际上，通过这种方式，我们发现好多有价值的东西，我由此就积累下来一些资料。后来有个老编辑陈策贤就说，这个贾平凹，别看是小青年，将来前途不好估量，你既然有这么个条件，可以看他的资料，又是老乡，经常在一块儿玩，你注意搜集一些资料，将来可以写一些东西。

魏华莹：这位老编辑点拨得挺好的！

孙见喜：当时我也朦胧。但开始有意识收集保存有关贾平凹的创作资料了。包括他发表的作品，人家是怎么评论的，特别是社科院的《文学评论》，包括其他评论刊物，查找有关贾平凹的评论，自己随时做笔记、记录一些人事，这当然也是一个很好的学习过程，有时候也随他去参加一些文学活动，北京或外地来了作家，方便时他就请我一块儿去见这些人，见这些人就是介绍一下，哎，这也是一个业余作者。然后，我就听他们谈话，有价值的记录下来。参与陕西作协的一些活动更多些，像笔会呀、改稿会呀，研讨会，报告会，这些活动就经常参加。根据我的观察和记录，我写了一部记述贾平凹创作生活的书，这就是《贾平凹之谜》，1991 年由四川文艺出版社出版，掐指算来，初版至今已过了 25 年，现在网上还可以淘到二手书。

魏华莹：那是最早的关于贾平凹的纪实作品？

孙见喜：应该是第一本记录他创作生活的。四川文艺出版社有一个散文作者叫金平，他跟贾平凹是好朋友，给贾平凹出过书。后来我们认识了，我说我有这部稿子。他说他看看，他一看很感兴趣。这书后来印了好几版。网上有人说是我捧红了贾平凹，这说法是不对的，第一我没有这个能量，第二他的文学影响力到了读者需要了解他的时候。

魏华莹：我在孔夫子旧书网上买到了。

孙见喜：哎，还有一个啥网上也可以买到，但书的品相不大好。

魏华莹：你后来还出了几本，也很受读者欢迎。

孙见喜：后来我把这个《之谜》扩展了一下，扩展了以后，叫《鬼才贾平凹》，由山西太原那边的北岳文艺出版社出版了。那个书实际上走的是民间发行渠道。当时刚好是《废都》出版，1993 年前后，它是跟着那一股热潮顺风走的，发行也不错。

魏华莹：对对，当时《废都》确实挺轰动的。

孙见喜：好多读者都想了解一下《废都》的作者，《鬼才贾平凹》发行的时候印了八万册，但是后来别人说印了几十万册呢！当时书稿是通过民间渠道的一个发行人跟山西北岳出版社联系的。

魏华莹：那个时候已经有书商了？

孙见喜：哎，有书商了，当时叫包发。

魏华莹：因为那一段时间出了好多关于《废都》的书，一二十本。

孙见喜：是的，那种小本本有十几种，各个方面的内容都有。实际上我这个《鬼才贾平凹》就是《贾平凹之谜》从时间上往后延续了几年，两卷本的，后一卷基本是新写的内容。后来随着时间的推移，他的创作在继续，于是我又续写了一卷，分成三卷。广东花城出版社有一个肖建国社长，也是一位小说家，我们之前有过交往。有一年他到西安来，就在一起吃饭。他说，哎呀，四川出那个《贾平凹之谜》影响蛮大的，我说我把那个扩大了，扩大成了三卷本。他说多少字，我说大概 130 万字。他说，哎呀，那规模挺大的，让我回去考虑一下，看能不能在我那里出。我说这书规模比较大，我害怕发行量上不去，担心你赔钱。他回去后就来信说叫我把稿子发过去，三审后就同意出，这个三卷本叫《贾平凹前传》。这中间呢，就是这样一个演变过程，在这个过程中，好多出版社来联系我，要求从这个书中抽出来一部分内容独立成书。你比如这个花城出版社还叫我把关于《废都》出版前后内容这部分抽出来独立成书，这个就叫《危崖上的贾平凹》。

魏华莹：《危崖上的贾平凹》？

孙见喜：实际上从这里面抽出一部内容独立成书，网上还有人把这个连载了，名称叫作《贾平凹的爱情历程》，著的是我的名，内容是从三卷抽出来拼凑的，但我没有往网上发，不知道是哪个网站弄的，我还请律师王康帮我打这个官司。我说这连载没有通过我，而且拼凑为文，且各大网站互相转载，影响不好。

魏华莹：可能大众比较关心这个问题。

孙见喜：后来王康律师告诉我说，这个服务器不好找，不知道服务器在哪里。查到好多网站都说是转载别人的，最早的那个始作俑者的服务器，要找成本大得很，划不来，人家这个律师所也不可能给你投最大的成本，再说服务器若在香港，就没有办法找到，就是这个原因，所以最后放弃了，听说现在这东西还在网上。后来呢，陕西一家出版社动议，说青年业余作者最愿意了解贾平凹创作初期的情况，他是怎么成长起来的，从农村娃成长为一个名作家。我就把他早期的作品和创作情况收集到一块儿，编成一部《贾平凹的道路》，给青年读者作者看的。还有呢，上海人民出版社，把这个三卷浓缩到一块儿，形成一个《贾平凹传》，这又是一本。然后呢，还有这个郑州大学出版社，它要出《当代作家评传》丛书，其中有贾平凹。它最早联系的陕西的李星。李星感到他那个时候资料不够，他也很忙，没有时间，就找到我，我就从那个三卷里面捡出部分内容，它要的是评传嘛，就要有相当一部分评论的，在介绍他个人成长经历的部分，浓缩到一块儿，我给了老李一个初稿，他加工了一下，以我们两个人的名义，在郑州大学出版社出版了。这个事想想，一个是这么大的国家，这么多的读者，一本书根本不可能覆盖全国，但是出版社要求不到一定征订数它不给你开印，因为现在出版社多改成企业了，它不可能为你赔钱出呀，它起码要订到5000册以上才能开印。贾平凹他又是个热点作家、偶像作家，新时期一直贯穿下来的，到现在还在持续写作。但对我而言，问题来了，上海一家文学报刊，几次登文，说我故意炒作贾平凹，天哪，你真是井底之蛙，贾平凹用得着炒作吗？他几乎是每两年出一部长篇，每每印数都在十万以上，如此的读者群面对了贾平凹的各种传记或纪实文学，印个万二八千册的太正常了！还有一个什么人，写文章说我写贾平凹太多，靠这个生财。有人叫我回应一下，我说太小儿科了，不值得。首先，他就不知道如今出版社出书的运作程序，不是你想出书就给你出的。他要先做市场调查，然后做选题论证，再形成选题报到国家出版总署，批准了才能获得书号，然后他和作者签合同，交稿后他要经过三审，成书出来还有质量检查，错别字超过万分之１．５算不合格产品。他印了征订单全国征订，不到五千册折本不开印。我出的那些书都经过这一系列的法定程序，你说我那一点不合法？这个年轻人想出名你得先把出版程序搞清楚啊！

魏华莹：文学界也是一个众声喧哗的场地。我还想问问您，贾平凹刚大学毕业，在陕西人民出版社工作的时候，是怎样一种状况？

孙见喜：他属于工农兵大学生，这是那个特定的时代决定的，社会上有人就看他低人一等，所以分配工作原则上是“社来社去”的，就是从哪儿来毕业后再回到哪儿去；但是第二呢，他已经发表了大量的文学作品，是工农兵学员中的优秀者，当时出版社多年没有分配年轻人进去，急需用人，所以出版社主动到西北大学去要他，这样的情况下他就留到省城、分配到陕西人民出版社当编辑了；第三个，当时的出版社编辑部是个老头子的世界，你个小青年，去了只能给老编辑们拖地板、打开水、看社会来稿，当时的编辑制度非常严密，看完社会来稿必须要有记录。

魏华莹：还要有记录？

孙见喜：是啊，你看了谁的稿子，主要内容是什么，你的处理意见是什么，这些都要记录在笔记本上，贾平凹干这些都非常审慎认真。刚到编辑部，他给老编辑抄写退稿信，然后随原稿寄回去。出版社接触的都是书稿，后来他负责初审社会来稿，写的退稿信要指出稿子之不足。这样的退稿信，须要老编辑过目一下才能寄出，这叫助理编辑，你不能独立处理稿子，更无权独自出外组稿约稿。一年以后，他可以独立处理稿子了，那个退稿信，不必经老编辑过目了。在这样的工作环境中，工作压力很大，但他还是拿出很大的精力用在创作上，晚上一写就是大半夜，周日更是他的黄金时间，开会时他坐在角落里偷偷写小说，有时候看稿子也偷偷写，他把字写得很小，别人瞟一眼根本看不清他写的啥。他结婚后，媳妇在丹凤，社里分房排不上他，解决两地分居也排不上他，他就把生活上的困难，化为创作上的动力，没黑没明地写。

魏华莹：贾老师在写《废都》的时候，很多人都说是离婚导致的这样一部作品？

孙见喜：有这样的一个背景，就是互相有一些猜疑吧，据说背后也有人介入，但我没有拿到这方面的资料。家务上的事情说不清，大家也做了好多工作，但公说公有理婆说婆有理，最后还是分开了。

魏华莹：当时就是在痛苦中写了《废都》?

孙见喜：《废都》的构思，他考虑得更早一些，素材的积累也有个过程。他在耀县锦阳川水库写《废都》时，老婆带着孩子还去看他嘛，他不是也写过他们几个人到玉米地偷苞谷、回去煮玉米棒子吃，还有其它趣事，这都是真实的，他回来也给我们讲那些笑话，因为《废都》写的时候前后大约有两年时间，到稿子完成、白烨带回北京交给田珍颖，俩人就很不和谐了。

魏华莹：噢，他说的那个官司是怎么回事啊？就是在那个后记里面写的很压抑、很痛苦，他的妹夫又去世，自己还生病，后来我看了一些资料，说那个官司就是因为别人写了一篇文章，说他跟大学里面的一个女同学谈恋爱，然后人家女同学不愿意，要告他，后来调解不成，打起了官司……

孙见喜：事情是这样子的，那是 1985 年，我所在的《文学家》杂志，推出了个“当代作家研究”专栏，专栏里配有一篇有关作家创作生活的纪实文字；这篇纪实文字就是我写那个四万来字的东西。

魏华莹：噢噢，那个是您写的。

孙见喜：四万字那个东西呢，后面写到他初到出版社的时候，一个农村稼娃、工农兵大学生，在那个高大上的世界里面，他毫无优势可言，没有任何家庭背景，也没有任何经济背景，更没有任何权力背景，就是他这样一个稼娃闯进了那样一个世界，非常孤独。当时有一个校友，也到了出版社工作，但人家父亲是省上什么部门的干部。这个人对贾老师还很关心，经常给他送一点吃的，找书给他看呀！很关心他，两个人的关系比较好，应该是纯友谊的，都是青年人嘛，对此他贾平凹也不敢有啥想法，门不当户不对的。我也给他们传过刊物信件，这在贾才入社会的时候，是很美好的事情。这种美好的友谊我不能不写，但我也怕给读者带来误会，就用了个“M 女士”，有些故事呢，也是听他跟我讲的，在电线杆底下谈话呀，年节里送些吃的呀，他们不像是谈恋爱，我也没有当“恋爱”来写，但是俩人的友谊或者情感是很真挚的，比较纯洁的。刊物出来后，出版社就有人炒作，说“M 女士”是谁谁谁，看着那么正经呀！也有人杂刮贾平凹是想吃天鹅肉，议论纷纷，对号入座，这个女的从外地回来后很生气，难以接受这个氛围，也有人给出这主意那主意；我当时想给解释一下，毕竟大家关系都还好，也有领导给我说你早解释早主动……我也理解，人家父亲是省上的领导，什么时候受过这种委屈呀，无白地受人非议，当时的出版社里，确有些人对贾平凹不以为然，编辑不好好当，写小说出了点名，这下看你娃咋收场！我也是到出版社才一年，是业余作者的身份进入编辑队伍的，好像不是正规军是编辑中的土八路；在这种种因素的作用之下，又有好多人在出版大院煽风点火，所以她一怒之下，把出版社，把《文学家》，贾和我，全告到了莲湖区法院，说是侵犯名誉权，此后打了六年官司，也给出版社和贾老师带来很多烦恼。

魏华莹：六年，为这事儿打了六年官司？当时她自己在哪里工作呀？

孙见喜：都在出版大院，但人家在局里。

魏华莹：然后呢？

孙见喜：有律师义务给我们代理这个案子，区法院审理来审理去，审不出什么侵权，也构不成别的什么，第一文章没有说你的名字，外面的读者也不知道 M 是谁；第二，这中间写的是美好的交往，也没有写是你们两个在谈恋爱，或者有爱情了怎么样，没有这样的字眼，都讲的是两人之间的友好交往，这怎么说也不能算是侮辱了谁！所以，区法院就没有判侵权，判她败诉了。败诉了以后，人家上诉到省高院，省高院就没有审这个官司，直接就判了。

魏华莹：怎么判的呀？

孙见喜：就判我们侵权了，然后叫我赔了257块钱，就是打官司的那个费用，这中间已经把贾老师从被告中剥离了。当时，我就找到省高院去，质问为什么连审都不审就判了？人家就说，你这都是搞写作的人嘛，还用我们解释？咋，再判一次？再判一次，正式给你出个文件，记者在报上再报导一下，有什么意义？这官司不要再登新闻了，判你输了，她就不再打了，就是这个意思。当然这中间，出版局的领导后来也烦了，高局长给我说他亲自给省高院院长打电话了，说这是个啥事嘛，判来判去的？但终判的结果还是出来了：陕西人民出版社须在《陕西日报》登道歉信，出版社也不愿再纠缠，就叫一个学过法律的编辑写了几句道歉话送陕报登了，事前也没告诉我；登出来我才知道，我就找到陕西日报社去，总编是我文革间就认识的，比我高几届的老大学生，我给他的散文集还写过评论。我说老骞，你这是怎么回事情？登这个道歉信也不通知我！他说，哎呀，你不要再说了，我们这里压力大得很，上面直接打电话过来，只能这样弄。他还解释说你看这个也没有在正版上登，在广告版中间夹着呢。

魏华莹：哈哈。

孙见喜：老骞说你也理解我吧，咱都是小人物，我也难处得很，都是咱的顶头上司，这事就这样过去算了。我说，你也不明辨是非，我有啥没办法，咱是小人物，没有权力背景。他说，不说这事啦，中午在我这儿吃饭。饭没吃，但我感到权力在这个事中的作用大于事件本身，出版社，局里，报社，他们有他们的无奈。

魏华莹：赔钱了？

孙见喜：是啊，257块钱，我们编辑部几个人说，好好，咱把它给分摊了。最后我们每个人出了些钱，算是被执行了。

魏华莹：嗯嗯，打六年官司，有点太耗人了。

孙见喜：社里，局里，法院，都是一直拖一直拖。因为人家一直找得不行，省上，宣传部。有一次，省上组织一些作家开一个文学研讨会，省委宣传部的毛部长，这个部长还真不错，他能把会上十来个作家每个人的名字都叫出来。会上大家就说些俏皮话呀，甚至风凉话啊，他都一笑了之，这次开会中间上厕所，我和这个毛部长遇到了，他就笑着说，见喜呀，这个事情哎呀、哎呀，哎呀了半天。我说你这个部长不为小民说话。他说，哎呀，不说这个事情，过去就过去了，对你也没有什么影响，嘻嘻哈哈了一番，情况就是这样，大家心里都明白这是个啥官司。部长也是想安慰我吧，就唉呀了几次，但那几年我内心十分煎熬，连累了朋友，也让领导受了难场，可以说是身心俱焚，咱父亲是个农民，手里握着的唯有锄把子。

魏华莹：那这六年是不是也影响您的创作了呢？

孙见喜：这六年就是本来要写部长篇的，为此事推后了好多年。

魏华莹：那他写的《废都》里面，周敏身上就用上这些素材了。

孙见喜：周敏这个人物，是由几个原型合成的。我们一个朋友，在商洛是个工人，但是喜欢文学，漂到西安来了，在这个编辑部当当编辑，在那个报社当当记者，在那家杂志跑跑发行，贾老师一直很关心他，给他找工作，帮他处理事情，他有时候也惹一些麻烦，贾还得去处理，但是大家还是在一块儿玩，周敏身上综合了好多人的素材。就像鲁迅说的，小说人物往往嘴在浙江脸在北京衣服在山西。

魏华莹：周敏会吹埙吗？

孙见喜：吹埙这个事，又是我们文化厅刘宽忍厅长的事，贾老师听过他吹埙，就想要去学这个乐器，这个乐器很特殊，当时没有多少人知道，西安半坡遗址挖出来是六千年前的。有次贾老师领着我和出版社的王新民，一块儿到音乐学院去找刘宽忍没有找到，刘宽忍出去办事了，路上他觉得要回来取个东西，回到大门口就碰见我们了。他说，哎，我回来得好。到他那个房子，他拿着那个土罐罐吹奏，又介绍这个埙的特点，来来往往我们和刘宽忍成朋友了。后来我们还合作出了一盘埙乐盒带。

魏华莹：请您再介绍贾平凹当时作为作家的一些情况，好吗？

孙见喜：其实比较一下陕西的三位作家路遥、陈忠实、贾平凹。路遥更像是政治人物。因为“文革”期间他担任过县革委会副主任，后来清查所谓的“三种人”，路遥的心情很消沉，这个路子走不通了。好在他老早就跟着老镢头诗人曹谷溪搞创作，所以他回归文学也是他的宿命。路遥写的陕北那种文化，接近游牧文化，那北边就是内蒙草原，比如那里的人们爱情表达比较坦率，从他作品中的许多民歌就能感受到。陈忠实呢，他描写关中文化，北宋的时候不是有个关学吗，濂洛关闽理学的四大学派，张载是关学代表，他的“横渠四句”强调知识分子的担当精神，也算是儒家后来的一个延续。《白鹿原》里写到一个书院，写到乡约族规，还有孝呀，仁义啊，弥漫着儒家的气息。而贾平凹处在陕南，这个商洛东连河南，南接湖北，是关中和古长安通往中原的唯一通道，中间有个武关。在北宋吧，宋金的分界线就在他那个村旁边，遗留的两座庙紧相邻，两庙中间即边界线。所以这地方楚文化更多一些。有个评论家董子竹，他就认为平凹作品里面是“雄秦秀楚”的交混，秦文化的那种雄强，楚文化的那种秀丽，在贾的作品里化合着。陕西的这三个作家，语言风格不一样，反映的风土人情不一样，地域性文化的样态更不一样。

贾平凹创作 40 年了，有关他的评论非常多，最早是肯定他的路子，《满月儿》、《果园里》啊，田园牧歌式，写纯真青年的理想和奋斗，年轻人之间很美好的东西；当时文坛上的主流写作是“伤痕文学”，他不跟这个风，却大写风花雪月，散文中有大量的这类作品，就是说他不随文坛主流的步伐走；接下来他又专门写了一种对现实强烈批判的作品，《二月杏》啊，《山镇夜店》啊那种短篇，所以 1982 年的时候，陕西“笔耕文学组”开他那个研讨会，主要的声音是对他批评，“笔耕文学组”由搞评论的一些人组成，如提出过“形散神不散”理论的肖云儒啊、研究“三红一创”的王愚啊，西北大学的费秉勋啊，《延河》的陈深，还有从人大毕业的李星啊，省社科院的胡义成等等，这些人大多和贾老师的文学观念不太一样。贾老师的很多作品很难用现实主义来概括，概括不住，就他那种语言形式，也很难说是现实主义特点的语言。到 1985 年他一年就发表了 10 部中篇小说。其中写改革年代人情世态的三个中篇影响很大，《鸡窝洼的人家》、《小月前本》、《腊月・正月》，全被拍成了电影，《腊月・正月》还获得全国中篇小说奖，这些全是现实主义的写法。这个时期的评论，一边倒地赞扬他，一直到《浮躁》。这一段时间就是说评价比较高，包括了〈天狗〉、《远山野情》、《古堡》等。到90年代初就是《废都》，《废都》只出来一片颂扬，几乎隔夜间全国讨伐，接着被查禁。

魏华莹：我看你的那个书中说，那个夏女士，之前就跟你们这些朋友说，贾平凹要写一部大作品。

孙见喜：平凹老师那个稿子夏女士看了，我没有看，她是这么评价的。说明当时他俩文学方面的交流比较多。

魏华莹：那夏女士她也挺有文学素养的呀！

孙见喜：那当然了，当演员一直得读剧本。人家就看出来这是一个大作品，她有这个艺术眼光。

魏华莹：她本名就姓夏吗？

孙见喜：姓什么不重要，关键这个人的价值。因为吸取了教训，所以这个人写出来以后呢，没有人主动对号入座。不知道的人呢就不知道，知道的人呢就不说。就是从贾老师创作道路来看，有那么两股力量一直对他产生着影响。用比较容易理解的话来说，一种是赞赏性的，一种是批评性的。赞赏性的呢，就是评论界有一派认为贾老师最早的那一批作品，比如从《满月儿》到后来的《腊月·正月》、《鸡窝洼的人家》写改革时代生活的变化、人心的变化，主流评论家对此评价都很高，这批作品改编成电影电视后在大众中造成了很大的影响。另一派呢，就是以批评为主的几个青年评论家，个别的几乎专打贾平凹，你写啥我批啥，一杆子扫。雷达还是持两分法的，他有个著名的评论："贾平凹是自然之子，平民之子，中国文化和精神之子，他生于丹江之侧，长于商山大野，啜饮传统文化之雨露，博采现代文明之精英；在创作实践中，他一面坚持中华民族的审美精神，一面以极大的注意力关注着世界文学的动态，为我所用；他的创作河流是趋世界文学而动的，但那河床却是中国的。"平凹自己早期在《卧虎说》一文中说他追求"中国的气派，中国的味"，这和韩少功的《文学的根》一文成为"寻根派"文学最早的两篇宣言。现在看来，早些时候那些站在社会历史的角度来评价他的作品，并未击中靶心，错着茬，我说是买米用尺量、买布论升斗，度量衡没用对。后来不少论家从文化的角度切入来评价他的作品，应该说比较贴切，能说准。

有段时间，批评的声音似乎盖过了肯定他的声音，贾老师有时候还有意无意地跟着大声音走了，不知道他是认了呢，还是有什么策略。有些批评家解读贾平凹的作品，是六经注我，是用某种模子套，套上了就是好，否则入另册。第一这有可能误导作家；第二也误导读者、误导文学界。当然不只是对贾平凹的作品，对其他作家的作品也存在这个现象。现在批评界似乎有一种倾向，作品对中国的现实、对中国历史文化批判得越深，否定得越彻底，挖苦得越狠心，好像这样的作品越伟大。这种声音肯定是片面的，局部的深刻难掩总体上的荒谬。雷达说他的创作“是寻着世界文学的目标而去的”，“河床始终是中国的”，这一句话很重要，说明了贾平凹的作品的丰富性，有人说是“双向批判的”。比如《土门》，比如《秦腔》，他对城市，对现代生活，有赞颂，同时又有批判；写了许多农村落后的人事，却也在字里行间有对农耕文明、田园牧歌的向往和怀念眷恋。包括《古炉》呀，《带灯》呀，他这个情感很浓很浓。尽管他也是在批判，就像我们自己说父母一样，哎呀，我那个父亲爱抽烟、爱咳嗽，但毕竟他是父亲，就像这样的情感一样。但这一部分没有人向源头上追索，圣王那里是什么形态，元典文化之于五千年文明的作用。你看他很多作品里面都要写到和尚呀，道士呀，隐者啊，卜筮中医啊。实际上这也是一种文化情感的表现。

魏华莹：你们会算卦是吧？

孙见喜：不会不会。中华道统三元素，儒释道中充满哲学。五四时有个“科玄”之争，元典专家刘明武出版了那么一本厚书论证，说所谓的“玄学”其实都可以量化，都可以检测。有空了读读他的书，中华书局一次就出了他四本书，他是珠海的一个学者，原来是地质工程师。还有一个视角，就是对中国传统美学、传统文论的继承。很少有人从这个角度进行小说研究。可能目前的研究者没有人具备对中国传统美学那种深刻的理解和感悟，更难用这样的眼光来关注贾平凹的作品。贾平凹对明清建筑写过文章，对民族音乐写过，他自己在画中国写意画；书法方面，他自己一直在实践，这都是中国美学的一些基本元素。从这个角度进入可以写成大文章，甚至能写出专著。我再给你提个建议，就是贾平凹的平民视角、平民立场。你看他写东西，始终是站在老百姓的角度来看世界的，并不是像你说北京那个谁呀，老是站在上头向下看的，那种情感和立场是不一样的。你抓住这三点，不是很新颖的吗？

魏华莹：谢谢孙老师的指点。

孙见喜：你不管是写他和西安的地缘关系还是其他，要记住这几点：一个是中国传统文化，一个是中国审美精神，再一个是民间视角，你抓住这三点，大体没错。他和西安的地缘关系吧，写了那么多，河南巷，方新村，西安小吃，他写东西南北大街，写甜水井，梆子市，方新村那个井水，那妇女洗衣裳，梦幻般的感觉，整个都是浸淫在传统审美里的那种境界，他访兰，鉴月，观沙粒，十八碌碡桥，又是陶埙古琴……

魏华莹：嗯嗯嗯，那个散文写得特别美。你现在居住的这个双仁府是不是《废都》里面写的那个双仁府呀？

孙见喜：就是这一块儿，他原先在这旁边住着，我是后来搬来的。我搬来的时候，他已经离婚了，从附近的柏油巷搬走了。他写了西安好多风情的、民族的东西，这个都可以贯穿到你的研究里面。

魏华莹：后来的《白夜》，调子有点阴冷了，没有《废都》气势那么宏大。

孙见喜：怨气淋漓，冤气满腹。《白夜》在《废都》之后，处于特殊的精神压力之下，但关于民族文化的成分还是比较多。你看他写的那个四川的目连戏，现在已经列入国家级的“非物质文化遗产”了。

魏华莹：噢，是吗？

孙见喜：你再查一查，列入了，你看人家贾老师关注这个多早！那里面的“孝道”，里面的“报应”，这都是中国传统文化价值观方面的。

魏华莹：我这次来西安，找不到《废都》中那种街巷的感觉了。

孙见喜：是啊，你看这一块儿它属于西安城的西南角，城里别的地方的井打的水都是盐碱水，喝起来是苦的，只有这一块儿井里打出来的水是甜的，所以叫甜水井。西门里有一个大井，那个大井直径有两三米，装了三个辘轳，可以同时你在这边绞水，我在那边绞水，三个人同时操作，三只水桶你上我下。这井水过去是卖钱的。过去那些水夫，拉个大木桶，把水打上来以后，拉到各家各户去卖呢。

魏华莹：大井呢，还有没有？

孙见喜：还在，在西门瓮城里面。

魏华莹：这个叫甜水井？

孙见喜：甜水井是这一片地方的名称。西门里面的那个大井还在，你可以去拍照，给老西安留个纪念。

魏华莹：我一定去看看。

孙见喜：这井对西安的城市建设也有警示意义。我在西安参加过好多种的各类会议，包括城建上的会议。有一年呢，开了一个关于西安城市建设研讨会，也是关于唐代城市建设的论坛，是以市委书记的名义开的，三个副市长参加，在曲江宾馆。当时请了西安文学界的三个人，一个是贾平凹，一个是我，还请了《西安晚报》的一个作家。贾平凹他就没有去。《西安晚报》那个作家坐了一会儿有急事走了，只有我坚持到底。其他参会者都是什么城市设计界的、建筑界的，西北建筑设计院啊，都是这些专家。文化界的最后就剩我一个人，在这个会上我就对西安的城建提出了尖锐的批评，我和它没有利害关系，我没顾虑，我不怕你工程不给我做，所以我就直言。我说西安的南北大街改造是失败的，因为它导致千城一面千街一面，而西大街改出来的仿唐一条街，这个思路是对的，把唐朝在这儿的“秘书省”做个建筑小品，用几国文字标明，很好。我还批评了西安的有些小区，包括命名、道路名都没文化，科技几路，高新几路，恶心人！所谓现代化的城市改造，实际上完全丢了文化品格。你看北京的“鸟巢鸟蛋大裤衩”，什么玩意儿，是外国建筑疯子在中国人的脸上抹黑，把明清文化风格踩到脚底下了，这个早晚有人要出来清算，你看着。我批评过西安北大街的“凯爱大厦”，上海一个朋友来了看到就问这个名字是什么意思，我就说是秦始皇当年出征六国的时候，跟他的爱人说，等我凯旋咱们再相爱，就这样调侃了一下，发在《西安晚报》上，后来这个大厦的业主看到报道后，就把那凯爱大厦四个字铲掉了。城市建设，文化人不说话是不负责任，不能任由那些款爷糟蹋祖宗。西安在唐朝的时候，比现在的西安城大四倍，那么多街区，都有名字啊。我就说可以把原名恢复啊，现在西安城墙里面的这一圈实际上是唐朝的皇城和当时的政府机关所在地，都应该有标志。后来西大街“秘书省”立了个碑子，别的地方还有其它标牌。这样历史感就出来了，不枉老先人在这里的辉煌。西大街的仿唐为啥成功，因为唐代建筑的三大特点它都有了，大屋顶、红柱子、人字形斗拱。就是外边的人来这里，唐代的建筑到底是什么样子，在这里大体就有个感受。但是现在叫一些牌匾或者命名给弄坏了，我还是写文章批评。比如它有个建筑叫“国会一号”，整个对西安是个破坏，唐朝有国会吗？现在中国有国会吗？这种建设，本质上是破坏。贾老师为这些街巷写过好多文章，你把他的散文好好读读。

魏华莹：好的。

孙见喜：再一个，他写的那些《陕北游记》、《陕南游品》、《南国笔记》，都可以在里面捋一捋，中国文化的、中国美学的一直渗透在其间。你把这个给它搜集出来。包括《废都》里边，你看他写的那些西安的书法家、画家，歌唱家，戏曲名演，为啥那个时候都处于一种恍惚状态，精神的无所栖息的状态。他为什么恍惚？因为经济一转型，社会变样了，人们迷糊了，作家也一时失重了。新的体制没有完全建立，旧的体制早早就被改革了，这个时候大家的精神之树没地方种植，内心很苦闷呀！

魏华莹：我想了解一下，到底在西安这个圈子里贾平凹是一个什么样的地位？就是像他写的庄之蝶这么高的一个地位吗？就是这么多人很尊崇他，很喜欢他，就是那个时候就已经那样了吗？

孙见喜：不是在西安是这个样子，在其它地方一样，王府井的签名是什么样儿？复旦大学的演讲是什么样？网上都有照片。其实贾平凹最早的成名不在陕西，他有影响的作品不是发在北京就是发在上海，那时候本地的“笔耕组”还批他哩！他这个炫目是京津沪给点燃的，陕西越扑他越亮！在延安开会平凹看佛经，胡采主席发现了还批评他哩！但这人就是吴清华喜儿般的人物，舀不干的水，扑不灭的火！加之他外柔内刚的性格，你还磨不过他，他拿创作跟你说话，他拿勤奋跟你较劲；比起其他作家，他更有个人魅力，路遥吧，他绝对不会和这些小作者在一起打牌、吃饭、开玩笑、讲段子。贾平凹他始终是一个平民角色。你看他开会，老是坐到个角落里，人家叫他坐主席台显眼的地方，能不上去尽量不上去，有人说他低调，有人说他伏小，这是他一种做人的姿态，他是这种性格，就是这种平民本色，农民本色，造成了个人很特殊的魅力，所以慢慢地他身边就聚集了很旺的人气，文学圈的，新闻圈的，教育卫生的，工商的，书画的，企业的行政的，一种无形的力量将他塑造成偶像级作家。他又喜欢独自到民间去，走访了 70 多个县，绝对不叫基层给他有什么接待。有的作家稍有出名就高高在上，跑领导关系的，钻营文联作协的，到县市去，至少是文联、文化局接待。就是在全国，贾平凹已经是一个很大的明星了，他和王蒙他们一同获得全国第一届短篇小说奖时，只有 26 岁，是最年轻的作者之一。下来是中篇小说奖，下来是长篇小说奖，国际上的，他都收获颇丰。更重要的是，他对外面说坏说好不大在意，不乱其心，风雨不动安如山，这份定力使他耐得寂寞，也承受得住辉煌。

魏华莹：《废都》受到那么大的批判，那时候他在干什么啊？

孙见喜：他一走了之嘛，到四川去了，不是还给一个领导用电报发了一首打油诗嘛！调侃自己调侃领导！对《废都》的批判也是评论界突然转向的。因为当时那些性描写，超过了人们的接受能力了。再一个，原来那些普通读者群，也一时花眼，怎么能这样写？这书没办法叫我孩子看啊。就是这么从上到下里应外合的，一下子反对声就起来了，把那个内在的含义就遮蔽了。有一个当时写文章激烈批《废都》的专家，有几年在陕西挂职，有时找平凹聊天，就真诚地说：那时候真把这本书看走眼了，抱歉啊！大家笑说往事，一派轻松。包括文学评论界的许多大腕，都蒙蔽了，说贾平凹是玩皇帝的新衣，其实是自己患了白内障。雷达在一篇文章里提出个观点，《废都》写到这个知识分子在社会转型期，鸟儿一样，那栖息的老树被伐掉了，新树还没有长起来，鸟没地方宿，恍惚，胡乱扑腾，可能撞墙而死。后来这个观点普遍被评论界接受了。再一个，你看《废都》里面写的那些腐败现象，他怎么就有如此的前瞻意识？十年二十年以后的腐败，包括那个环境的污染，那个老乡把牛直接拉到城里来，卖鲜奶。后来不是奶粉出了问题吗，三聚菁胺的事。大作家不仅有文化前瞻性，更有政治前瞻性。差别就在这里，伟大作家是用大作品堆起来的。贾平凹他是从基层出来的，对于中国社会的变化非常敏感，指头尖扎一下特别疼，因为神经末梢敏感。

魏华莹：确实是这样。《废都》写了西安的文人圈子，书法啊、绘画啊呀、音乐呀，作家呀，有材料说八九十年代的时候，你们专门去西安城墙弄古乐，您当时还是其中的核心人物。

孙见喜：当时叫“四人乐社”，实际上也没有搞过多少活动，都是在一起讨论文化，音乐只是“借壳上市”。还是以那个刘厅长刘宽忍为圆心，有费教授、我、贾老师。我们四个，当时从学这个埙，扩展到中国民族音乐。《废都》出来以后，刘厅长想把这个故事以音乐的形式表现出来，他专业是笛子硕士，第二专业是古琴，还拉二胡，作曲，当时是西安音乐学院民乐系系副主任。他吹埙，就想用古埙的音乐把这个古城的故事展示一下。他就找到陕西歌舞剧院的作曲家崔炳元，崔炳元毕业于中央音乐学院作曲系，很有才华，后来是陕西省歌舞剧院院长，他最后写成大型交响乐《废都》，有 20 多分钟吧，他还用了好多现代的表现手法，但不管怎么样，这是个很有意义的探索，用音乐来表现一篇长篇小说，这恐怕在中国当代是绝无仅有。这个当时还出了盒带。一面就是这个埙乐协奏曲《废都》，另一面有四个小曲：《风竹》、《坐望》、《夜行》、《如莲》，由贾平凹老师命的名，我用文字写出乐曲的主题提示要交给作曲家，整个都是中国文化的一些概念性的东西，体现了中国文人的一些哲理思考，格物致知啊，天地人的关系啊，道的思考啊。我写的提示有点长，由贾老师压缩了一下，每个乐曲只三五句话，比如《风竹》，风中的竹子，风以竹显形，“无日天混沌”，类似这样的话，每个曲子体现一个小主题，刘厅长拿着这个标题和提示，到西安音乐学院找作曲的教授来创作。这四个小曲中，这几十年一直在流行是埙独奏《风竹》，网上能搜索到。好多影视剧在描写一些特殊场景的时候，把它作为背景音乐。全国搞埙乐的人，都会这个曲子，可以说《风竹》基本上成为名曲了。

这在创作之初，刘宽忍说你提了这么多概念性的东西，作曲家他未必有这么深厚的文化修养啊。风中之竹，南方的还是北方的？水边的还是山坳的？他说贾老师你能不能给咱随便凭你的想象哼一段。贾老师酝酿了一下，就闭着眼就“哼”了一段无主题的那种旋律，他心中的那个味道出来了，刘厅长记谱很快，简单的几句，依此作为基调，提供给作曲家，作为一个参考，就是这么创作出来的。据刘宽忍讲呢，埙在半坡遗址里面发现时，像个泥罐罐，上边有几个孔。吹起来音不是很丰富，但是已经有了乐器的雏形。后来在别的文化遗址里面也有，仰韶啊等。

魏华莹：古城墙，埙乐，几个文人，是古城那么一种味道。刘宽忍跟你们吹埙的曲子，你们常在一起这么玩吗？

孙见喜：刘宽忍在城墙跟儿吹过，那种回音很苍凉。为了找一种感觉，我陪他到南郊一个长满荒草的野地里去吹过。当时是个夏天，我们还带了个西瓜，他在草中吹，我站到不同的方位去听，吹着吹着就下雨了，朦朦的雨，有点神秘；他吹着一边在荒草地里游走，我转到他旁边，发现他身后是一座新坟，好像是刚埋了人的，可他浑然不知，还在忘情地吹、吹，我招手叫他往别外去，他说这个地方吹吹还别有味道，你听听声音不大一样。他甚至坐到坟旁的一块石头上吹，我在不远处体味，忽然我远远地通过树缝看见过来俩个女的，本来要从这草径上经过，听到这个声音，站住了，支着耳朵听，面露惊恐，待看到这坟，扭头就走，几乎是小跑着离去。这样的环境下埙的悲凉之音确实有点恐怖。这个故事我们给平凹讲过，他说，荒草地里，新坟里说不定是冤魂，又传出阴森之音，还有俩不三不四的男人，再胆壮的女人经过这里，都要跑掉的。这情境和后来《废都》里的某个场境十分吻合。

魏华莹：《白夜》里面就专门写一段你们到城墙上去组建乐社，

还找古琴来演奏。

孙见喜：我们在城墙上转悠过几次，有时乐器都没拿全，主要是聊聊，天上一轮明月照着，我们坐在垛口上，体味古意那种感觉。刘宽忍送过贾老师一张古琴，他学《阳关三叠》，能弹几句。后来这张琴他借给咸阳一个人，这个人后来死了，联系中断了，琴就收不回来了。原西安音乐学院有个琵琶教授叫杨少彝，他是浙江平湖派的传人，他儿子和我们是朋友，有次从美国回来，到四川音乐学院曾成伟那儿背回来两张古琴，给我和平凹一人一张。后来宽忍还来教过他，他学会几句，很高兴地给我演示，就是《阳关三叠》开始的那几句，但他太忙没有坚持下去。我和费教授买了中央音院李祥霆的教学碟，后来又请国内制琴四大家之一的李明忠指导过几次，他女儿是音乐学院古琴研究所的，也指导过，但我愚钝，《阳关》学了几年，还弹得结结巴巴。费秉勋教授有恒性，他能弹五六首，尤以《平沙》为佳。

魏华莹：在朋友圈子里，据说音乐方面您是最在行的，您年轻的时候就是厂里的文艺骨干。

孙见喜：我家里的乐器可以组建一个民族乐队。我啥都弄过，但啥都是业余的业余水平。人家费教授年轻的时候就在宣传队待过，吹笛子、拉二胡都可以。刘宽忍当然是专业的，因为有他逗惹我们，大家就喜欢这民族乐器中的三个老祖宗：埙，箫，古琴。八几年吧，贾老师逛仙游寺，在河滩里捡了一截朽空了的古树，我说这像琵琶，他就找了两根钢丝绷在上面，手指一弹，空嗡嗡的好听，他放在书房里不时地嘣几下。

魏华莹：仙游寺？

孙见喜：就是白居易写《长恨歌》的地方，在周至县南山里，中国作协的周明老先生是周至人，他还找了不少名人给寺上写碑刻石。后来那地方修水库，把仙游寺整体搬迁到对面山上去了。

魏华莹：那你们也跟刘宽忍学习吹埙吧？

孙见喜：刘宽忍他的专业是笛子。他在音乐学院是笛子专业研究生，但同时兼修古琴、二胡，那都是专业水平。我们学不会吹埙，好像大家气都不够。

魏华莹：看来贾老师挺喜欢音乐，喜欢古乐器，听说他还会唱民歌？

孙见喜：他八几年跟何丹萌去商洛七县游走，丹萌教他学了几首陕南民歌，他唱得最有名是《后院里有棵苦李子树》，都唱到“美国之音”去了。那时他是市作协主席，就有人建议把这支歌定为西安市作协的会歌。他到陕南的安康、汉中也学了些原生态的歌。后来他对陕北民歌开始感兴趣，也有热心人教他，我见过他的陕北民歌老师有好几位，他唱的《三十里明沙四十里水》入情入味酣畅淋漓：“三十里明沙，四十里水，五十里路上我去看妹妹你。半月里跑了十五回，把我跑成了罗圈腿”。有次去汉中的镇巴县搞活动，他给我们唱了一路，当时我用手机录下来了，经常放给人听，后来这手机给丢了，很遗憾。他唱陕北民歌有他自己的处理方式，哪个地方换气，哪个地方发重声，他跟别人的处理方法不一样。他唱《羊兜子手巾三道道蓝》加进去的“喘气法”是自己的创新，说这样更能表现上坡时的情景。因为陕北民歌在全国影响很大，是陕西的一个文化品牌嘛，他到外面开会，经常有人叫他给唱陕北民歌，开始是为了应付场面，说作家得学一两首吧。后来就当了真，这几年是跟来自陕北的民间歌手王红梅学习，那个专心啊，一字一音都不马虎。他还给王红梅老师写了一篇叫《民歌红梅》的文章，发表在《人民日报》2009 年 5 月 2 日第 8 版上。王红梅在全国比赛中得过奖，他评价她的歌是“声音宽厚，元气充沛；既野而文，率真又华丽”，唱出了“长哭短哽，纠缠挣扎的悲怆画面”。他说：每个人都有唱的潜能，因为心可以唱歌，心烦时歌唱把烦恼像抽丝一样抽走了，在身子不适时歌唱可以使血脉通畅，在高兴时歌唱让快乐如酒一样挥发，像山倾一样轰然。请王红梅当老师原是一个偶然，有友人领个高个子白脸女子来请他写几个字，这女子唱陕北民歌要出个光碟，叫他给题个名字，这样就认识了，就拜师了。

魏华莹：看来音乐、书法、绘画对《废都》的创作有很大影响。

孙见喜：是的，因为埙是很生僻的一个乐器，一般人不知道。他自己第一次听到埙那种声音以后，感觉很独特，很震撼，所以他把它叫作“土声”，土地的声音。书法是他小的时候，他爸是个教师嘛，在外地工作，他和他妈、弟弟、妹妹都在老家，经常要写信，小的时候他妈就让他给他爸写信，对写字他特喜欢，拿个树棍儿到处划。不知道他家南面的房子拆了没拆，过去农村是土墙，土墙用泥抹以后还没干，他就爬得高高的在上面用树枝写上好多字。这应该是他年轻时候的事，好多人还拍了照片，这个房子如果没有拆，字应该还在。当学生的时候，他写字在一般同学中写得比较好，所以他到水库以后，有人就说这娃字写得好，去给咱写标语去。后来又让他办工地战报，写字这个长处就用上了。

魏华莹：那到西安城里之后，看他写的朋友里面有书法家吴三大等，书法界的朋友很多，他是不是也受到这个环境的影响？

孙见喜：严格来讲，他的书法意识比这些专业书法家觉醒还早，因为他在方新村住的时候，还是80年代初，他经常写一些条条溜溜的，挂到他的书架上，那些哲理话、经典的名句，是要提示自己的，用毛笔写起来挂起来方便颂读，也是书屋的装饰，一种氛围，也有玩的成份；他经常是写好以后，在书架上用书本一压，吊在哪儿，但是好多朋友去了以后，就顺手牵羊拿走了，可他还不知道。过几天少一张，他也不大介意，就再写一张又挂上去。当时好多朋友都喜欢他的毛笔字，他写的自由奔放，也不过分讲究什么技巧。后来书法进入市场了，这个时候好多人就来有意识地收藏他的书法。他忙，没时间写，有些人就带些礼物，烟、酒什么的，慢慢后来有人直接给钱，无形中就有了市场价，五百块钱一幅四尺的整张，当时五百块钱都是有钱人来买的，后来就是五百、一千、两千、三千、五千、一万、两万、五万、六万，这跟着就起来了，反正有那些职业书法的价作比照，且只会高不会低，反正有人要，他也不是现货交易，现在是九万，看他的时间有点空才给你写。有些老板拿上钱立马现要，这不可能，人家不是靠这个吃饭的，无所谓的，他不想让人占他的时间。他是中国当代书法热中的一个异数，一个特殊人物，不在书法行里面，润格却高得出奇，有的专业书法家心里就酸酸的，网上有人说你好好写你的文章别在书法圈来搅局；又有人反驳说书法不是谁家后院，外人莫人，欢迎书法界朋友到文学界来搅局啊！山西有个局长说他退休了也写书当作家啊，作家韩石山就说他退休了去当局长呀！好多人更看中他作为文学家的地位和名利，同时他的书法内涵着另一重人文意义；中国古代没有专职的书法家，要么就是官员，要么就是文人，咱现在才算有专门靠写字为生的人，叫书法家，也可能他肚子里并没有几本书。这是他书法润格年年彪升的一个原因。

魏华莹：那他的书法有人教吗？他自己也临帖子吗？

孙见喜：他临帖少，读帖多。他不像有些专业书法家，一天到晚在那儿临摹王羲之的啊，颜鲁公啊，赵孟頫呀，一笔划一个字地仿描，他不那样。他拿上一部帖以后，仔细在心里琢磨，研究这个字的结构。后来结识了书法界的朋友，有人就按照书法常规给他指导，所以有人就说贾老师你的字怎么越写越丑了？他笑答，专家指导的结果啊，有人告诉他说这叫参赛体，你看每届全国书法展，得奖的不少字都丑得出奇。

魏华莹：90年代初兴起的练气功和神秘文化热，在《废都》中也多有体现，这是不是也和你们当时的交往有关系？

孙见喜：费老师最早在90年代初他就成立了中国神秘文化学会。学会开幕式我去了，平凹也去了。平凹说过："当我二十岁出头时认识了费秉勋先生，命运决定了今生对他的追随。"他的处女作是经费先生的手发表的。费秉勋后来到西北大学中文系当教授，研究中国古代文化，对他产生了不少影响。那次会上，来了些奇奇怪怪的人，包括搞风水的，拆字的，易经算卦的，还有用气功画画的，用气功写字的。费先生颇诧异，他成立学会主要是推动对中国传统文化的研究，有的外国人不理解就说是神秘，费先生是要破解这个神秘的。后来平凹有病，听说在西安城里有一个人气功很厉害，能治病，我跟他一块儿去了。去了以后，看他叫一个人往那凳子上一坐，然后叼根香烟，让对方闭眼静坐，他站在三米远的地方用手指比画了几下，就问，你有气感没有？对方说有气感，他说你回去病就好了。贾平凹跟我说，他对这个人不大相信。他说你抽着烟发的气功，不是把烟气都传递给别人了？气功应该是一种清正之气嘛！我说当时轮到你看，问你有感觉吗？你给人家说有感觉。平凹说当时就是也有点感觉。我说可能是你自己给自己的心理暗示吧！当时还给韩俊芳治过什么病。现在看来这种潮流之下真真假假泥沙俱下，让人莫辨。

魏华莹：全民气功热，您给我讲进当时的情况吧？

孙见喜：当时全国好多的气功大师到西安来做报告，我跟贾老师到陕西省测绘局，测绘局请了一个气功大师做“带功报告”。哎呀，手指一弄，所有的人都昏昏迷迷的。我们到那个礼堂去了以后，那个人讲话好像是外地口音。听起来很吃力，听不太懂。我们两个在那儿听了一会以后，觉得没啥意思，他就到省人艺办事去了；我们还和张宏堡在一个桌上用餐，有人一再邀请张宏堡演示几下，张笑而不答。待餐具摆上来，每人面前都是三样，不锈钢的叉子、勺子、刀子，说话间张把这三样餐具拿两手轻轻一搓，三样餐具就像麻花一样紧拧在一起，大家轮流往开掰，怎么也掰不开，有人说要掰开你得夹到虎钳上，用专业搬子。这三样扭在一起的餐具平凹说他收藏了，如果搬家没丢的话，应该还在他那儿；我还听过严新的报告，反正很神奇。我俩在商州石门沟还拜访过神仙苟百斗。民间神鬼东西是说不清的，用现代科学是没法儿解释的，是屡禁不绝的。有人突然会治病了，有人突然出现了什么特异的功能了，这事是有的。苟百斗他老婆说，他害了一场大病，回来以后，路边拔一把草就能治病。村里一个有病的小孩，去几个医院都治不好，抱回来家里不打算再治了。他去家里看了一下，把娃头摸了摸，把鼻子给捏了捏，娃就醒来了，要吃要喝，要下炕，病就好了，神仙的名号就是从这儿传起来的。他老婆说这个娃叫啥名字，前头哪个村住着呢，你们去看这个娃去，真人真事。苟百斗把治过的病还做了记录，那么厚一本。当时发行量很大的一个杂志叫《女友》，还派了一个记者去采访，拍了一组照片。贾平凹访问过不少民间的怪人、奇人、高人，他对民间这些神秘事物心怀敬畏，多数时候是相信的。真正从民间走出来的作家，都不否认这些东西，因为这些现象大量存在于民间，因为深山里没有现代文明的干扰，天地自然中，更多地保存着原生的文化现象。现代科学解释不了。但现在是科学万能主义主导世界，他们解释不了就说是假的，是封建迷信，这实际上把科学也迷信化了，这才真正是反科学的，你老实承认科学也有局限，解释不了是正常的，因为科学也在发展之中。

魏华莹：你们怎么看待佛学？

孙见喜：佛学这门，贾老师在胡采时代就接触了。我们陕西有一个老文艺评论家叫胡采，他1942年参加过延安文艺座谈会，文革后一直是陕西作家协会主席，一直活到九十多岁。改革开放以后，陕西作家协会仍旧办着《延河》文学月刊，柳青，胡采，杜鹏程，王汶石，魏钢焰等，这些人组成的陕西作家团队，在全国很有影响。在延安开文创会时，胡采批评贾平凹读佛书，胡采认为年轻作家还是多读一些马列的书、毛主席的书。这个意见也对，但贾平凹总想开扩自己知识视野，他读《武经七书》，读川端康成，读《山海经》等古典，还是要丰富自己，他和蓝田县秦岭山里悟真寺一个和尚保持着多年的友谊，又是给题匾哩，又是赠东西哩，这和尚挖了一株百年野山药也给他送来，这是生活中的，也是实践上的，他要从这些人那里学些东西，听他们讲那一方世界里的故事。作家嘛，耳朵长一些，视域宽一些，这决定他的创作能走多远。这都是八九十年代的事，费老师讲过，佛道也是中国哲学的源头，要把这作为一种文化来接受。他们和楼观台的任法融道长交往更多，任现在是中国道教协会主席，原来是陕西道教协会主席，楼观台就是老子骑青牛入关讲《道德经》的地方，也在周至县。他跟任法融交往，从研讨《道德经》版本开始，他喜欢把自己弥漫在那种气氛中，并融入到那个境界里，在这种背景下，在这种文化的映照下，他描写当代的民间社会。你看有些年轻人的作品，很纯净，没有什么底色，就在白纸上画画的，跟白描一样。还有外国那些意识流呀，动不动就引入一个外国人的什么观点，像是在空中悬浮的，不接地气的。贾平凹的文学是有文化根基的，是生长在中国文化土壤上的，所以他的作品有较长的生命力，不会枯萎，几十年后还能再印，再读，再评。

《浮躁》里那个不静岗，那里的孕璜寺、仙游寺；《废都》里面的那个和尚，牛发表的议论，包括他那个老太太很玄虚的一些感觉。整个是中国民间社会的氛围，是那个味道，那种气息。他在上海有个演讲，谈“寻根文学”怎么兴起的，改革开放带来了“西化”风气，但知识界好多人渐次觉醒，自己的传统文化没了，山西的作家郑义提出的“五四”文化断裂带，韩少功写了“文学的根”，说中国文学要有自己的根，根深才能叶茂嘛。然后当时一批作家，从这个理念出发，写中国传统的东西。贾平凹他写的“商州系列”，东北的乌日尔图啊，上海的王安忆啊、湖南的韩少功啊，包括阿城啊，等等，这么一批人。韩少功有段话说“有些知识人似乎被洋枪洋炮打懵了，只能一直靠西方批发想法，总是忙于打听西方的说法，争着在远方学界的注册名录里认领自己的身份，以至文化软骨症重到了残障程度：比如明明是说及吾国吾民之事，却念念不忘在关键词后加注译名……否则就如无照驾车和无证经商，足以令人惶惶不安，足以招来同行们的窃笑和声讨。”① 他对这种“西化”的现象，特别是学术界里“西化”现象的批判十分深刻。贾老师他与众不同的是，他从创作实践层面上进行文化推进，他十来部长篇作品，每一部都是在这个掌子面上挖掘，从社会生活层面上追寻。尽管写社会的变迁、农村的变化、人事的变化、心灵的微妙，但是他那个氛围和质地，就是雷达所说的，他的河流始终是沿着中国的河床朝前奔流的。

魏华莹：我现在都觉得雷达老师概括地说贾老师笔下的人物都有点像巴尔扎克那种《人间喜剧》色彩，他现在总的来说，确实是这样，写那个城市，包括《浮躁》里面，金狗开始走向城市，然后《废都》里面的周敏，从乡村进入城市的过程种种，我就觉得这些人物，很可能就是一个序列在往前走。

孙见喜：对，改革开放时代的人物序列，通过这一系列人物可以反映社会几十年的变迁。人们对西安城有很高的文化期待，汉唐盛世呀、佛教八大宗派六大宗派祖庭都在这儿呀，《道德经》，文化的源头啊，都是很深、很厚实的。西安这个城市自从辛亥革命以后，跟着中国文化演变的大潮，它往往是走在前面的。辛亥革命是在武昌爆发的对吧？西安是第一个响应革命的城市。辛亥革命它不就是以打倒孔

① 韩少功：《熟悉的陌生人》，上海文艺出版社 2012 年版，第 393 页。

家店啊，宣扬民主自由啊，什么“德先生”、“赛先生”呀，然后和传统文化做彻底决裂为标志的嘛。所以，为什么作为省会第一个来响应呢？就是这里面存在着一定的反叛土壤、反抗文化的土壤。第二个，还有一个延安的红色根据地，它当然是传承是马列主义的，不是“德先生”、“赛先生”，传承的马列主义，但是对中国传统文化，他们实际上也是抗拒的，是消解的。然后你看到“文革”期间，西安的大专院校数量在全国是第三名，除了北京、上海，西安的大专院校是最多的，当时有50多所大学吧。所以说“文化革命”西安闹腾得也是比较厉害的。它的表现就是破四旧嘛，打倒封资修。说的是封资修，实际上对传统文化的破坏更厉害，几乎所有的寺庙都被毁坏了。

我们到四川去看，人家那庙，保存得那么好。青城山，包括那成都城里面的那几个寺保护得那么好，我都很吃惊。可是在西安城里面，你看当时的卧龙寺，1923年，康有为到西安来，到卧龙寺还试图把那部经拿走嘛，形成一个文化事件嘛。佛教的西五台，还有城西北角的藏传佛教的喇嘛庙，基本都破坏掉了。对道教文化这一块儿毁坏得更厉害，八仙庵啊，楼观台啊，当初鲁迅到西安来讲学的时候，他有个目的就是想写关于杨贵妃的一部长篇小说。到这儿一看，找不到一点点感觉，只能放弃了。就说明西安这城近代以来，对中国文化的保留和传承与国人的文化期待相距甚远。

再一个，改革开放以来，西安提出口号要建国际大都市，这在内涵上和中国文化传统是抗拒的、相悖的。所以说这四个方面，对中国传统文化在西安的消解作用和破坏作用是短时间内很难恢复的。西安的知识界在“全盘西化”上，从全国来讲可能还是走在前面的，一谈起来西安的历史，一谈起来中国传统文化，那种厌恶的姿态、那种蔑视的口气，唉，枉为这块土地上的炎黄子孙，所以陈忠实受不了了，有次研讨会上有人就说，西安的古城墙是导致落后和封闭的根源，说西安城墙是中国保存最好的，也是最严密的，也是封闭思想最严重的，一定要把古城墙拆掉。这都是咱们知识界这些大腕、精英说出来的话，非常横、十分恶，很无知；陈忠实再也忍不住了，他问：你把西安经济发展不了的原因归结到城墙上，那么城墙咱明天就拆了，经济就发展起来了吗？把什么不好都朝城墙上吐唾沫，这个风气非常不好。陈忠实当时很生气，就公开提出批评。作为西安的文化人，他这个立场表明得很及时。这也说明，咱们80、90年代接受西方文化是勇敢的，但也存在很多问题。这些年大家的重视程度都提高了，西安城的国学班也蓬勃发展起来，这都是好现象。

魏华莹：不少读者希望你继续追踪去写《贾平凹传》，为当代文学留下资料，将来都有文献价值。

孙见喜：花城出版社出三卷本《贾平凹前传》之后，这项写作我就停止了。因为我转入了长篇小说《山匪》的写作，之后进入文化研究领域，这几年参与推广国学活动，民间的，高校的，十分忙，也觉得很有意义。我目前的兴趣主要在这个领域，同时正撰写一部文化论著，出书了寄您分享。

魏华莹：祝贺大作早日出版，谢谢您今天和我聊了这么多，这对我的研究是个促进，谢谢！

五　韩鲁华教授访谈

时间：2013 年 8 月 8 日，10：00—16：00

地点：西安建筑科技大学

魏华莹：韩老师，您好！想请您谈谈和贾平凹先生的交往情况？

韩鲁华：好的。我大概是 1986 年和他第一次见面。因为我是学中文的嘛，大学毕业以后，我原来在陕西广播电视大学，刚好他们那儿没有现当代文学专业老师，我就教这个。我自己很想搞研究，实际上那个时候想法很简单，就是因为要评职称，评职称就要写文章，所以就想去研究谁呀。刚好就是当时就碰见一个现在在陕西省出版局的王新民，他也是大荔人，跟我是老乡。有一天他到我那儿去，我就说我想见见老贾，当时新民还在陕西旅游出版社还是不知道哪个出版社，给人家编本书，就是《贾平凹游记》，他把那本书编出来了，编出来后就叫我跟他一起去。这就是当时初见贾平凹的情况，那个时候他已经被调到西安市文联工作了。

当时他住在柏油巷，这是第一次跟他见面，见了以后也没有说什么，就是聊了聊，就说是想要写他的文章，就是从那个时候开始交往的。那时，他也很年轻，小孩还在上小学，当时我记得到他家去的时候，就是浅浅，现在在我们这儿中文系当老师，当时是刚上小学吧，她是 1979 年生的，那时候就是六七岁，她妈俊芳，就是贾平凹的前妻，很热情。当时他有一个房子，就是客厅很小的一个房子吧，大概就从那个时候开始认识。认识以后，我跟他实际上联系交往并不多，我平常一年见不了他几次，但是每次要写东西的时候，我就要见一见他。

魏华莹：找资料。

韩鲁华：对，找资料。有时候把自己的一些想法和他聊一下，就是讲一下自己的判断，还有一些东西，了解一下他创作的一些情况，所以，我写他的文章，大概第一篇文章是1988年还是1989年。

魏华莹：还挺早的呢。

韩鲁华：那个时候发他的第一篇评论文章。他当时刚好完成了《浮躁》，《浮躁》以后他写过一些作品，所以研究那一部分作品，印象中那篇文章还被人大复印资料全文收了吧。我印象中好像就是从那个时候开始。

我觉得我和老贾的关系，不属于那种社会上功利主义的，或者那种吃吃喝喝的、拉扯的关系，不是那种，我和他纯粹是一种就是作家和评论研究的关系。就是他搞创作，我搞研究，说到底就是这样一种关系。从开始到现在一直这样，就是靠这种信任建立起来，所以是平常人家都喜欢跟他拉拉扯扯的，我跟他也不拉扯，就是写文章的时候就找他了。

魏华莹：是一种精神交流。

韩鲁华：对，那个时候就开始建立这种关系，穆涛说过一句话，我是比较认可的，所以，有些人和他看起来是很热乎，实际是叫貌合神离，就是表面上很亲热，实际上精神上两个人不投。我好说，我是属于那种刚好相反，我是认可这一点的，叫貌离神合。

魏华莹：貌离神合，有意思。

韩鲁华：我们在这一方面属于这种交往嘛，所以不多。接触得比较多的时间，大概在90年代，实际上，我和他主动地接触的一次，就是在他写《废都》的过程中。

魏华莹：到《废都》这个写作过程了。

韩鲁华：《废都》这个作品，他在哪儿写，或者到底怎么想的，我都不太清楚，就是后来才从报纸上看到一些，看他在大荔写过，在户县写过，在这些地方写作。在当时我就是从朋友那儿听到了一些说法，因为在那个时候，现在过去几十年了，也不回避了。

魏华莹：都有什么说法呢？

韩鲁华：一个就是他在那个时候，正在离婚的过程中，他完成《废都》的过程，实际上整个就是离婚的过程，这是一个方面。

第二个，就是在当时，在80年代的时候，80年代末，他在单位上，反正生活的、生存的环境上也不是很好的，有一些人就是带有排挤的性质，还有一些是非，具体过程我也不了解，只是我也听人说。因为这么多年我和老贾交往，和老陈交往，不管和谁交往，没有是是非非的事情，只要属于是是非非的事情我从来不介入，不喜欢介入这些事情。

我对这些不感兴趣，我只搞我的研究。总而言之吧，在那个时候就属于他的困境期吧，生存的困境。我听说这些情况，但是我同时也听说，他正在写一部小说，因为他那个《浮躁》完成以后，反响当时还不错，在1988年，获得了美国美孚公司的“飞马奖”。所以我听说这一个事情以后，这也是唯一给他写过的一封信，可能现在都找不到了，不过他在《废都》后记中提到过，后来他见了我跟我说的。他就说，正在这个时候一个朋友给我来了一封信。

魏华莹：后记那段话原来是说您的？我看到那个，他说那封信对他很重要。

韩鲁华：那就是说我的，就因为从那以后，我们接触还比较多一些。

魏华莹：您那封信是不是劝他说一定要把作品完成好？

韩鲁华：是，我当时就这样讲，我说再困难或者再怎么样，不管怎么说，咱们都是农民出身，从农村来的，到城里头来有个立足的地方不容易，不管作为作家来讲，咱要干一些事情，不管怎样说要把这部作品完成。现在时间长了，也记不住，反正写了几张纸，那个时候也没有信息，也没有记录什么的。

魏华莹：肺腑之言。

韩鲁华：就是跟他讲，不管怎么说，咱是农民的儿子，出来不容易，一定要把这个事情要做完，作品一定要写完，我的意思就是说，其他的事情都可以不管。其实，对他离婚的一些详细情况我也不太了解。他的私生活我从来不过问，我只研究他的作品。不过我对他们的婚姻问题有另外一种解释，就是说，他们两个人都是从农村来的，在过去的时候，平凹还没有名气，他就是个没名气的作家。那么俊芳呢是一个很漂亮的县上的演员。在那个时候，戏剧还比较吃香着呢，人家正走红，很明显这个情况呢，两个人之间是平衡的。那么，随着这种发展，老贾他不停地向前走，我认为在这个时候，两个人在文化性格上出现了很大的差异。

魏华莹：是，应该是这样。

韩鲁华：不可否认，其他方面也有，但是，最重要的一个原因就是说，他这种性格上可能产生差异，就是俊芳她不可能在文化这一块儿再向前走，但是俊芳人非常好，到现在我们都是朋友，人非常好，很正派，又漂亮，又能干，对接人待物，弄啥都非常好。

魏华莹：那也挺可惜的。

韩鲁华：但是就是可能这一方面出现了问题，两人的差距越来越大，我认为这是一个潜在的一个原因，我自己的解释是这样。这种体验是怎么得来的呢？就是我上大学，后来工作了十多年，那么我有些同学，中学的同学，他没有上大学，比如他在县上上师范，在地区上个师专，他下来以后就留在乡村了，这样的话，按道理我们一块儿脱离农村的，但是他后来又回归农村，我在城里头待了十几年以后，发觉回去以后就说不到一块儿去了。这就是差距，也会产生这些差距，我认为这也是一个非常重要的原因吧。

当然这一方面，你要从另外一个角度，他为什么会产生这一些东西？那你细细想一想，开始的时候，老贾把他的作品，念的、读的，俊芳还在那儿听呢，是不是？他的作品还写过这一段。但是你再想一想，比如说，他后来写的那些东西，连搞研究的人，读的时候都费劲，那你想给俊芳读到底能不能产生共鸣？是不是？那一直到现在，商洛还有些人说，平凹写商洛农民是糟蹋商洛农民的，他就不理解人家老贾追求的是啥？他光看着把农民写得不好了，实际上不是这一回事情。

大概就是在那个时候吧，反正整个的过程，好多人在研究这一部作品，包括写成这个样子吧，大概就是那段时间和他接触比较多一些。大概就是《废都》出来，《废都》出来应该是7月份，7月几日我给忘了。

魏华莹：应该差不多，比《白鹿原》稍晚一点。

韩鲁华：他比《白鹿原》晚一点，他是1993年7月几日我忘了，书当时出来以后，我还在陕西广播电视大学，我在那儿，他就给我送那本书，就是《废都》的那个版本，7月15日还是7月几日，他就到那个学校去找我。当时我还没在，我出去有事，最后他等了一天，到了下午我4点回来。回来以后，当时我们学校里面的办公室主任，还有乱七八糟的那些人，我一进门把我就骂得厉害，就说你干啥去了？我说什么事？他说，贾平凹来了找你哩，找你都没见到。我说，他又没有给我说他要来，那时候不是电话都没有嘛，没有电话，也没法和我联系，我说他也没有跟我说，我怎么知道他来了，对不对？你们怪啥哩。

魏华莹：等了一天呢。

韩鲁华：他们好像就是很生气，这也说明平凹在陕西吧，起码就是西安，就包括普通的、一般的人，对他的那种仰慕。

魏华莹：确实是这样？

韩鲁华：确实是这样，非常仰慕。前两天别人要书，要签名，我到他那儿去，在一个饭馆里头，他急着有事，我给他联系，到那儿去签字，吃饭去了，一堆子人一看便说，哎呀，这是贾老师，我签字都签不成了，一堆子人围上去，就照相去了。

魏华莹：噢，是，当时都已经到这样了吗？90年代初的时候。

韩鲁华：90年代就是这样。

魏华莹：90年代他没有太多的职务和交往吧？不像现在，他很多朋友？

韩鲁华：那个时候都很有名了，他1978年《满月儿》获奖以后，那个时候获奖不像现在，现在实际上获一个“茅盾文学奖”，还不如那个时候获一个“短篇小说奖”那样轰动，在读者中间产生那么大的影响，那个时候文学作品比较少。

魏华莹：我看有材料说，说交警，在他骑自行车经过路口没有注意信号灯就拦着他了，然后他说他是贾平凹，交警给他敬个礼，放他走了，我以为是开玩笑的呢。

韩鲁华：这可都是真事，包括有时候坐出租，这都有可能。然后我见过，有时候一见，就要照相的，要弄啥，确实是这样。

他人挺好，我那天到那儿去，也是他那个时候给我写了一幅字，他写字我也没专程要过，那个时候还不太值钱，不过也值钱，那个时候几千块钱和现在的几万块钱一样嘛。

就是给我写了个对子，我实际还没要，就是人家都知道他的字值钱，我们办公室的几个人在那儿叫他写的，他当时高兴，当时陪着他的有陕西另外一个前辈，也是我的朋友，叫王仲生，在我们陕西也是很有名的，是一块儿到我那儿去的，那次和他算是比较深入的一次接触，大概就是他写作《废都》的时候。

那个时候到我家去，然后把书给我。当时是我们学校的原来的一个副校长，知道他这个字写得好，就跑到我们家里去，拿着笔，拿上这个纸，叫老贾写。老贾不好意思，就在那儿写了，写了以后，老贾开始不想写，说没有章子，他啥都没有带嘛，在当时他就拿什么呢，就说你有油印吗？他说有，他就那个洋火——火柴棒蘸着油印画了一个章子，画了一个平凹，就是画了一个章子，在那时候，我没给他要，他说来来来，我也给你写一副，写就写，写了一副对子。实际上内容就是谈学习，就是学习啥，好像是学习上自己要切忌跟着别人走。

魏华莹：独辟蹊径。

韩鲁华：就是这么个意思。这大概是我印象中接触比较多的，就那个时候比较多的。还有一个就是在那段时间我跟他接触比较多一些，我忘了，他后来不是《废都》出版以后，又到外地转了，到处跑，没地方待，后来不是西北大学把他聘请为兼职教授嘛，西大给他弄了一套房子，当时叫他去住。

魏华莹：离婚了没地方住。是吧？

韩鲁华：没有地方住，在西大住，我到那儿去看过他。看他的时候，当时还没有装修。到他那儿去以后，连人坐的啥东西都没有。

魏华莹：没有家具。

韩鲁华：我见了他印象最深的，就是那个油漆筒筒子，上面弄了个木板板，就是装修的时候用的那些木板板。就是那个箱子板板什么的，往那个桶上一放，然后就弄个茶壶泡茶哩，见面聊的啥我忘了，就是到那儿去看他。听说他在，就过去看过他，就是那个时候开始就接触比较多。

魏华莹：他可能非常感谢你那时候写的一封信嘛，自己那样的心境和状态，然后你写了一封信，点醒他了。

韩鲁华：那也不是点醒，就是说人有时候需要权力支持，有时候他需要金钱支持，有的时候他还需要一些精神支持。有时候，比如说这物质和权力的支持，他是需要付出代价的。但是，真正的这种情感这种支持，是不需要付出代价的。那就是，我总觉得真诚地相处不容易。

魏华莹：是，是。

韩鲁华：那个时候也没能看到，他能走到今天，咱也没有长远的、那么强的眼光，但是我只觉得，写了《浮躁》以后，咱不能说这个书写得就非常完美，但是他抓住了一个，就是整个这 80 年代后期，整个国家民族时代的这种精神特征——浮躁。

这个他把握得很准确。第二个就是他在这个作品中虽然写得比较直，比如说考察人，这就是太直了，谈的一些东西，很明显是他说的话，实际上就是对中国的民族文化心理的这种分析，我觉得在那个时候他已经很有自觉性了。再有最主要的就是《浮躁》中，从那个时候开始，他走向行动和意象。

所以在那种情况下，和他就交往比较多。在他家住过一夜，就是西大那个房子，我忘不了，是国庆节还是元旦的时候，有一天，家里开始有电话嘛，办公室也有了电话，还是有电话以后，我就给他打电话了。我就问他，我说你干啥呢？他说在家里。我说家里头有谁？没有谁，就我一个。没有朋友到那儿去？没有。我说那这样吧，我马上就过来。当时我给他打电话的时候已经晚上八九点了，我跑到他家的时候，就九点多十点了。说的啥我忘了，就是在那个时候我们两个人就聊天，那天晚上我就没有回家。

聊了一夜，反正聊了以后就睡觉了嘛，睡完觉以后，第二天我就回去了。当时倒不是其他的，我这个人不太爱凑热闹，基本的为人吧，当朋友非常红的时候，我一般不去凑热闹，我也不是说怕朋友或者怎么样。

我觉得什么叫朋友？朋友就是需要你做的时候你才去，当时我确实心里不落忍。我之所以到那儿去，我给我老婆子说，我现在要到平凹那里去，她说咋了？我说现在平凹一个人，都过节了，他平常不是人都多得很，结果那天晚上就他一个，我说我上平凹那里去。

魏华莹：可能那段时间是《废都》最痛苦的时候呀？

韩鲁华：就是那个时候，最困难、最艰苦的时候，所以我就到了。

魏华莹：你是不是去劝解他去了？

韩鲁华：我也想去劝他，但我不会劝人，我就是光会跟你就这样聊天，像现在这样现场聊天，就这样，我总觉得朋友在这个时候，就需要朋友聊天，尤其是在过节时候，他又刚离了婚，朋友都不来了。大概那个时候和他接触比较多。再往后，就是在《废都》以后，当时我就开始和王仲生老师准备要写研究老贾的书。那本书实际上最终动意的时候，就在1992年，还是1993年，《废都》出版的时候，那个时候已经开始动意了。后来你查一下，就是《当代作家评论》上，发过一篇我和他的访谈，实际上那个访谈就是为我写这本书做准备的。

当时提到了好多问题。实际上那个时候我就开始全面思考，在当时最早的时候，就是那个时候要准备写他一本书。当时就是从意象这个角度，但是意象是和王老师一块儿弄的，后来就没有弄成。我写了一章了，他还没开始，这就几年就过去了。到后来，再见王老师，我们两个思路就对不到一起了，王老师当时也很忙，也就没法合作了。我那个时候比较喜欢艺术形态学，我说从艺术形态这个角度来研究老贾，王老师提出了意象这个问题，后来，就拉了个提纲，现在那些东西都在，后来不行，最后我们俩没合作成。

魏华莹：是不是因为当时《废都》不让出书了，也有这方面影响？

韩鲁华：那倒不是，就是因为各种原因。我们都是关系很好的朋友，就是因为他有这事，我有这事，最后时间弄不到一块儿了。

再就是思路不太一样。这就到了1997年，他病了，就在现在的八院，他在那儿住院，在那个时候，基本上我这本书的思路形成了。我这一弄以后，我就看原来和王老师我们一块儿商量的那个提纲就差异很大，我说我就一个人写了。在那个时候又采访过贾平凹，然后专门跟他聊过，我就提出了两个问题：第一，这个问题不是我首先提出来的，最早提出来的可能是费秉勋费老师，下来是王老师在那儿，我说你的创作上整个艺术建构是意象主义。第二个，我在当时提出来，在那书里也提了，我说你不是现实主义的创作，也不是什么现代主义的。我当时提出，我说你是主体精神表现型的。

魏华莹：主体精神表现型？

韩鲁华：我那个书上也有。这是我提出来的，提出这个以后，他非常感兴趣，他说，这还从来没有人谈过这个，就因为我提出这两点，当时他有病了，就说，哎，行，那咱谈一谈，那一次我们谈了。在当时，香港不知道哪个公司里头，出版社要出他一本书，就是中国当代作家的作品，贾平凹卷，人家要求写个序，他说那你把这个序写了，我说我能给你写序？他说咋不行？所以我就给他写了个序。到书出来之后不叫序，叫导读。后来这篇文章在《小说评论》上发了，反正就是"贾平凹意象……"反正就是这一类的，这是在那个时候。

魏华莹：对，因为他的《浮躁》、《废都》确实就是意象，觉得您把握这个确实把握得挺好。

韩鲁华：主要是啥呢？是因为我要写东西，然后这一路走下来，可以说基本上我是一直追踪他、研究他，基本上他出小说我都会写文章。但有些我也没有写什么。比如他的《病相报告》没有写，有些没有单独写。这几年我确实在《秦腔》以后，没怎么多写意象方面的东西，我觉得还是达到了另外一个层次。平凹确实一直对我非常好。

魏华莹：对，是不是因您人坦诚。

韩鲁华：对，我坦率地告诉你，一直到今天，我到老贾那去吃饭，他从来没有叫我掏过钱。就是我要掏钱，也不让我出。

魏华莹：不是有传说老贾小气吗？

韩鲁华：那倒不是护他，确实没有过，就是说一次都没有让我掏过钱。当时有时候吃得比较简单，有时候多些，就花几百块钱，有时候比如说，有事得办，到他那儿去，他说那到我这儿，我请你吃，花几百块钱，人家也把钱掏了，不叫我们掏。这是真的事情。

反正我跟他这儿交往多年，除了就是《废都》那一段时间他一个人，到我家去，啥时候来，这个时间我记不住了，给他擀过面条，给他包过饺子，我老婆弄的，也是那个时候认识的，他爱吃素饺子，就给他包素饺子。到我那儿去，我老婆子中午有时候就在家做饭吃了。我请人吃饭要么吃面，要么吃羊肉泡馍，那是90年代初，我的情况还比较困难，我说你要吃好的，我也没有。

都是这种交往。当时有两次动意他叫我去他们文联。

魏华莹：您怎么不去？

韩鲁华：很多原因。一次就是办《美文》的时候，当时有个杂志叫《长安》，《长安》停了以后办的《美文》嘛。办《美文》的时候，当时需要一个理论编辑，那个时候，穆涛还没来，是在穆涛之前。然后贾平凹说那你来，我说行。因为那个时候，我本来该1989年评职称，因故几乎推迟一直到1992年才开始评。大概就是1991年、1992年的时候，他跟我说这个事情，在那个时候就是1991年、1992年的时候，我要评职称，单位要分房子。

魏华莹：噢，正好赶到一起了。

韩鲁华：我就跟他对话，我说如果去，你给我评不评职称？他说现在不评，将来会评的。我说你们现在给我房不给？他说现在没有房子，将来会有房。我说你没房你让我去干啥？老贾说，你不来算了，那么多人想来，反正跟你说了。确实就是因为这就没去。我当时也确实要评职称，我在1992年、1993年评的讲师，我是1993年住上的房，1992年分的房。

我就没有去。所以过了几年以后，学校里面待遇不好嘛，没有那个地方好，发钱发得多。老贾见了我，说我叫你来你还不来，你看现在后悔了吧？

魏华莹：开玩笑的。

韩鲁华：这是一次。还有在印象中大概是1995年、1996年，因为那个时候，我一直想离开那个广播电视大学，咱不是说学校不好，那个学校的房很好，发钱发得相对多些，可是它不是做学问的好地方。

对我来讲，就不适合于这个生存环境，所以我就想走。想走的时候，他们文联想成立一个理论处，想搞这一类的事情，然后就物色人选，老贾就给我说，也有别人向老贾推荐我，总之是极力推荐我。就是王仲生老师极力推荐我，说你把鲁华弄过来，说我是实实在在做事情的人。他就跟我谈，我说行吧。当时确实跟我谈了，我说那行。但是，他说，我现在给你说了，你知道，中国这个事情，作协、文联它有一个党组，党组管人事的。我就去谈了，是非什么我也不说了。但是，谈了以后，可以说是话不投机。

魏华莹：说不到一块儿去。

韩鲁华：那个人纯粹是从行政官员的角度，来看待一件事情，来要求我，我一听就不乐意，我想到那儿去了以后，整得就给那个政府机关的秘书一样，或者弄啥的，成了这一类工作，我说我才不干这事情呢，我说我大学毕业的时候，叫我搞行政我都不搞。话不投机，所以我就跟老贾说，我说不去了。

魏华莹：哦，因为不投机。

韩鲁华：这两次他都是真情诚意地叫我过去，都是因为我个人的原因没有去成。所以在这一次，是2003年，我就来这儿了。后来我给他开玩笑说，我这人的命背得很。他说咋了？我说该你领导我，到最后还是要你领导我的。不是他在这儿当院长，我当中文系主任嘛。第三次确实还是因为他，后来俺那老婆子说人这一生要有贵人帮助哩，说实在的，到现在为这一类的事情，我没有给老贾送过一根烟，确实没有，跟他的那种关系绝对不是酒肉朋友那种。但是，逢年过节我给他拜年去，看一下。后来因为跟老婆子都认识嘛，跟我娃都认识，都很熟悉。

这是到2002年年底我要离开那个学校，当时联系的西北大学还有西北石油大学两个学校，都在办，比较慢。在这个时候，这个学校里头要办中文专业，2003年第一届招生，第一届招生确定以后，就聘请平凹当人文学院的院长，聘任学院院长以后，这个中文专业谁来办？就叫平凹推荐人。刚好在这个时候，他在西大，昨天不是还在那儿说，就是老贾正在那儿带研究生吗，他给我打电话叫我过去，给他研究生讲课，说你给我的学员讲课。我说那讲啥，老贾说你想讲啥？文学研究方法，这儿没有人讲，我说我去吧。讲了两次，当时在那边也遇到一些小事情，我说我走了，不干了，不在这儿干了，就要离开那个学校的时候，他说你到这儿来。当时对话很简单，我说这个学校我一个人都不认识，他说你别管嘛，我给你去说。那怎么行？我说你叫我再弄其他事我弄不了。他说那你不要管。这就给人家说了。说了以后，有两个礼拜，这个学校里就给回话了，就请我和老贾吃饭，成立中文专业，当时叫作人文学院，他当院长，然后叫我过来当中文系主任，校长徐德龙就跟我谈。谈了两三个小时，很直接地说，韩老师你过来，我这个人比较直，我还给校长说，我说谁办得快我就来。大概只有一个多月，就是连说这个事到人过来上班，两个月的时间就办好了。

魏华莹：哎哟，那是好事。

韩鲁华：就这么快。就是年前说这个事，一开学我就上班。

魏华莹：调动就办好了。

韩鲁华：调动手续没办完，我人就先上班，工资就开始给我发了。就这。老贾当时给学校怎么说的我不知道，过后给我说，他说是人家问我这个人的情况什么的，老贾当时给校长他们说了三句话，说是人品没有问题，能力没有问题，还有搞研究学问没有问题，就说了三个没问题。后来，他给我说，哎呀，说你看我说啥？我说你说得好嘛，我心里想你把三个关键点都说完了。

平日里，我一般不太打搅他，原因是啥？他确实有他的事，他如果闲了，肯定就四处走走，在别人看着好像是很闲的事情，实际上有些人不太注意，他在无意中，比如他要参加一些会议，他要参加一些活动，或者弄些事情，他肯定都是为他的创作做准备的。

我当时就逼着他上课呢。他是啥？他害怕，他上课很认真，他上课认真到什么程度？在他上课的时候，他必须要提前起码一个礼拜，甚至一两个月，他要准备讲稿，还是自己亲自手写讲稿。关于文学语言那篇文章，就是给我们的学生讲课的讲稿。还有讲的关于沈从文还是谁的。

魏华莹：他提到过沈从文对他创作的影响。

韩鲁华：好像是讲沈从文，还是张爱玲那一次，都是给我们学生讲的，发的那个文章，你可以去查一下，具体标题叫啥，那就是给我的学生讲课用的。那一次我逼着他上课，去接他，他重感冒，还是答应了。八点起床，九点来开始上课，就那样也讲了，重感冒也讲了。讲过两次还是几次，但是，你要叫他长期讲课，这个不行。

魏华莹：对，他没那么多时间、精力。

韩鲁华：也确实，老贾有时候是躲了，他事儿太多，只好躲了，有些人理解，有些人不理解。我是这样看的，你比如说，作家这些名人，你一个人都不去的时候，他感到寂寞，去的人多了以后，他感到烦，去的人很多的时候，他就是确实从内心烦，他又不好意思拒绝，他有时候就采取推拖这种办法。

所以我就特别能够理解，有的时候，包括发一下火，或者弄啥也好，而且人家骂你你还不能还口。现在就是人家骂去，人家还会说，唉，骂不得。你是名人，你为什么要还呢？问题是，那就光兴你骂他，就不兴他还一下？所以这些名人的苦楚，我特别能理解他们。

魏华莹：《废都》里面写了好多西安的人物，还有《白夜》、《老西安》吧，很多人都说《废都》里面就是写周围的朋友有原型。

韩鲁华：有原型，但是这些原型有些我知道，有些人我不太知道。

魏华莹：能讲讲您知道的吗？

韩鲁华：比如说，书法方面呢，有人说是不是原型是吴三大这一类的人，他有时候可能把几个人弄到一块儿，可能都有一些原型，但详细我没有考证。我觉得要写老贾和西安的这种关系，不仅仅是他作品中保留下来的那些街道，现在可能都找不见了，还有这些名人有些已经都不在了。

西安这座城给我们现在留下的主要是文化心理性格上的影响，包括生活习俗上的影响上。比如说西安，我总觉得陕西这一块，你还要理解陕西人的这种文化性格。我觉得能体现河南人的性格，刘震云和阎连科的作品，肯定能。

比如说，他们表现出来河南人顽强的这种生命力。河南和陕西相比较，陕西人整体上来讲，要保守得多，河南人要开放得多。河南因为它一直作为中原，从古代战争，还有黄河，这已经决定了这些人，他生活上不安稳……他就容易动荡，所以，人家说，河南是中国的吉卜赛，这一点上确实有，性格上这样。包括你看山东，齐鲁它是有区别的，齐，齐国，就是姜太公——姜子牙封地，它是靠近海，鲁国是靠近中原这边是的。齐国人它的文化性格是商与兵，再加上沿海，面向海洋的这种，他是另一种性格。所以，你看，莫言的性格就很符合这个，他很聪明，有商的那种性格。

陕西这边，基本上据我所知道的，老贾和老陈没有人做这些事情，根本没人弄嘛。现在可能慢慢开始意识到了，这是这一个。再一个，这个地方的城里头形成的这种文化性格，它对文化、对文人，包括这种心态，跟南方不一样。

魏华莹：我就想，要是如果让您用一个词来形容西安的文化特点的话，您怎么形容？

韩鲁华：我还给你真说不上来。就是它既有历史的遗迹，但是也有非常糟糕的一种心态，就是“阿Q心态”——俺祖上比你阔得多。所以“废都”是啥？就是为啥叫“废都”？就是已经废弃的东西，就是几千年的古都已经废弃掉了。

魏华莹：到底是，是废都，是废人，是什么意象啊？《浮躁》就

是人的心态，那么《废都》呢？

韩鲁华：《废都》实际上就是写的，他认为中国是世界上的一个废都……就是一样，中国的文明几千年，到了现代以后就已经落到后面去了，废弃掉了，实际上中国从近代，特别是现代以来，我们所建构的这种现代文化，是以西方为参照物的，以西方为参照，所以我们现在弄的这些东西，都是西方的，不是中国本土的，所以从这个角度来讲，是西方的文化侵略了我们中国的文化，然后建构起来我们现在所谓的现代文化。

魏华莹：对，确实这样。

韩鲁华：它是这样。但是，中国过去的一些东西，我认为它是死而不僵，你要把它彻底弄掉又弄不成。

魏华莹：有生命力。

韩鲁华：对，有生命力，它在生活中存活着。你比如说，咱们一直到现在，孩子上大学管父母要钱，这是中国的传统，这不是西方文化习惯，是不是？那么，你不管你上到哪儿，它都这样……虽然从文化形态来讲，它的传统还在，但是，它有现代的一些东西，比如说，民主啦、自由啦这些又弄进来，那可并不是中国的，也是舶来品。是不是？其他的还有，整个中国的教育的科学这种体制就是按西方的，全部是西方的。

魏华莹：对，现在评价的标准很多都是西方的。

韩鲁华：都是西方的，所谓现代化的过程就是西化的过程。

魏华莹：但是他把人写的好像也废了，写庄之蝶，成那样一种状态了。

韩鲁华：他不是写他自己，与他自己肯定有关系，与生命的历程有关系。我在当时读了他这本书以后，跟他说了句话，可能他现在都忘了。我说我读到有这个感觉，带有绝笔性的这种，我读了以后是这种感觉。一个是他感觉到整个社会发展的过程中，我想是世纪末情绪，它是存在于80年代末期的心理情绪。

魏华莹：无能为力之感。

韩鲁华：他就产生了一段时间的迷茫，有些人可能还没有觉得，但是，在这个时候，还有些人一直在坚守着，但是他们始终就感觉到好像是这样，他没有预感到后面要发生很大的变化，也许老贾微微感觉到了，也许没有真正地像后来评的这么清醒。我到现在还认为，刘心武的《班主任》，它的价值一半是他写出来的，一半是评论家评出来的。

在那个时候，老贾就很敏感的，他已经感觉到这个，就是说，被这种现象打懵了，你想知识分子精英他要建构一个理想化的一些东西，“砰”的一下子，就像那个肥皂泡一样的，看到这么美丽的，马上就要起来，结果突然把它戳破了，大家绝望了。整个知识分子就是说，那知识分子怎么办？紧接着 1992 年，我的印象是 1992 年的时候，你可以注意，他这个写的过程，我为啥提出这个呢？中国的社会主义市场经济就是在 1992 年、1993 年提出来的，那么，1992 年、1993 年以后，整个中国你看一下，就是在那个时候出了几部很有意思的作品，包括《白鹿原》都是在那个时候出来的。

魏华莹：还有好多长篇小说。

韩鲁华：都是在这个时候出来的。那么中国知识分子发生的这种变化，整个社会发生的变化，文化发生的变化，大概就是从 1993 年开始的。为什么 1993 年，王晓明、陈思和他们提出来人文精神讨论，就是因为人文精神失落。

魏华莹：是。

韩鲁华：那么，2000 年以后，我说整个从那个时间开始，整个中国的知识分子堕落了，包括我也堕落了。我认为我也堕落了，我说我答应当这个副院长的时候，就已经堕落了，谁还给你说谁没有堕落？比如说，很好的这些哥们儿，他一方面还在坚守哩，比如说，老孟、晓明他们这些人，他部分在堕落，比如他追求一些东西，他向这种社会世俗甚至向权力的妥协，这就是堕落。

在陕西的时候，80 年代初期，他就写了《厦屋婆悼文》、《沙地》那一组文章，《二月杏》，然后陕西当时有个笔耕组，给平凹开过一次讨论会，虽然说叫讨论会，实际上对他提出严肃的批评。一分为二地看，那次批评以后，一方面迫使他深入生活，写了《商州系列》，这是它好的地方。但是从另外一个方面来讲，我认为批错了，就他创作本身批错了。1985 年提出来的文化寻根，你读《厦屋婆悼文》、《二月杏》、《沙地》，他并没有说我在文化寻根，在这个时候他已经意识到了。

魏华莹：有这样一种意识，他确实很超前。

韩鲁华：超前，他已经意识到，他就应该这样去做，就在这个时候，所以我认为现在批错了。当然那个时候我还上大学呢。他们开老贾的讨论会。

魏华莹：那个时候也是由当时整个社会的思想意识决定的。

韩鲁华：比较僵化，咱不能说这些老师是怎么样，但是我认为这个是批错了。但是你不能说胡采老了，胡采是很有水平很好的一个人，但是他就是那种文学的观念，咱也不说其他的。人是很好的人，但是就是说这件事情反过来历史地来看，弄错了就错了，好了就好了，我对这种人比较敬佩。

魏华莹：《废都》有炒作的成分吗？

韩鲁华：那是书商那些人搞的，不关老贾的事情。咱也能理解，它商品化以后，就是市场化以后，出版商掏了钱，它的目的就是赚取最大的金钱嘛，正因为过去是作家主导着出版，现在是出版要规范，就是要控制这个稿源，他要控制作家。

老贾这种人，他是啥？他柔，他不会做过火的事情，所以你从他的作品中可以看到，我就认为他的整个叙述，都是一种有节制的叙述。

这是一些，包括中国的文化底蕴，西安的城市文化你反正要吃透。再一个要注意，老贾，理解这个人，就是他的家乡商洛地区，也是楚文化和关中文化，这两个结合起来，形成了他。因此，他既有着关中文化那种厚重的东西，他又有楚文化的这种诡异和空灵。这两个结合起来形成他文化的一些东西。

我只能这样讲，肯定这些从文化、精神、生命情感上是在老贾的生命中存活着，你看一下《高老庄》，就可以非常明显地看出来。你再看一下他后来写的《白夜》，实际上他有很多矛盾的东西，他既要用一些传统的东西，他又喜欢一些现代的事物，是不是？

作家的创作，他必须和自己的生命情感进行对应，要有对接。所以说，从乡村出来的这些作家，他一回到乡村的时候他对接上了，他就和这个乡村的河流对接上了，他到城市里头，他和城市的河流对接不上，错位着呢。所以从他的文化精神上来讲，他不能说没有现在的东西，但是从根子上来说，我认为包括我，我们这些人从乡村到城市里头了，我觉得我们并不是城市文化的建构者，我们是城市文化的寄居者。

魏华莹：您和贾平凹访谈的时候说，你们是来城市的第一代人，就是城一代了，如何看待西安这个城市文化对你们的影响？

韩鲁华：两难境地。城市文化中，城市里的东西，我们不能完全地接受，这种接受不是表面的，我也在接受了，这种环境我都适应了，楼房我也在住了，但是从生命文化性格深层的角度来讲，它好多是据斥的，融不到这里面去。

魏华莹：在农村十几年那么重要吗？

韩鲁华：你把弗洛伊德的东西读一下，还有外国书叫什么，叫文化模式，那把那本书好好读一下。它就讲到，人这种童年的记忆问题，特别是这种文化对人的影响，其中又像什么呢？就是当你在18岁、19岁、20岁以前在乡村，它对你整个的文化性格已经形成了，打成底色了。打成以后，所以说，你整个思维的过程中，这个东西一辈子都去不掉了，处理问题弄啥都去不掉了，所以你一直在这痛着。现在问题是什么？城市里面我们无法完全融合，现在回到乡村我们也无法融合，我成天说，我们一代人是啥？是周星驰的那个电影，叫啥？人死了，赶到城外一块儿群鬼夜会，我们在文化上来讲，就是属于这种“夜鬼”。

回不去了，乡村。你比如说叫我回到乡村，哎呀，不回去，这一放假，老家，父母还在，就想想回去很好，但是一到那儿去，又不行，又发生错位了。在这边是错位，到那边还是错位，所以，我们这一代人是属于什么？属于处于城市与乡村两个文化的中间地带的尴尬处境，两边都有，两边都回不去。那边回不去，这边也回不去，所以故乡，我现在越来越理解，故乡纯粹是一种生命情感的寄托，而不是整个生存的环境了，你回不去。因为一回去，待上第一天，父母见见还可以，待得时间长了，人家忙其他事情，现在很多人又不认识了，就会有一种陌生感，找不到位置。

魏华莹：贾老师在西安，从上大学以来这么多年了，然后也写了很多关于西安的一些作品，但是还总是会讲“我是农民”呀？

韩鲁华：是，他骨子里就是这样，这是中国的文化，他和西方、和美国不一样，美国它纯粹是移民，它是移民国家，所以就这一块，我最近还看一些东西，我就建议说，研究中国的东西和美国的比较，比如，中国的乡土文学和美国的乡土文学，和福克纳他们那些人写的根本不一样。中国它就是连着根，叶落归根，或者干什么，这种情结它始终在，文化心理性格上情结上存在这个东西，但是你真正要叫他在这儿待，待不成。

魏华莹：是。像《废都》，因为它是贾老师第一个关于城市的长篇小说嘛，他说是因为去美国，然后，他就觉得自己写乡村，外国人没有共同的语境和记忆，就想写一个关于城市的这个小说，有没有这回事？

韩鲁华：这个我没有听说，我不敢厘正。但是我想他之所以写这一些东西，从他写的话，看的话，就是他那后记中说的，你始终要抓住那句话，是他生命之轮运行过程中出现破缺和修复这种生命的破缺。

到现在我还认为，支撑老贾精神亮点的支柱，是爱和美，包括爱情，这是支撑他的亮点的东西。爱，就是他在他的生活生命中必须有爱的力量支撑他、激活他，这是一个。第二个，对艺术上的追求，这是他生命的两个支柱。你看一下，老贾说过很形象的一句话，人家说，你这都这么大年龄了，成就这么大，你还在这儿写啥了呢？他说没办法，跟那个鸡要下蛋一样，肚子有蛋，不下它憋得很，憋得难受，你必须把它下出来。意思就是说，不管好蛋和坏蛋，你就要把它下出来。像老贾这种人，虽然他也在写字，也搞其他的活动，会画画，也干这些东西，老贾是把艺术当作一种生命存在的方式，它不是一种谋生的手段。

魏华莹：那就是因为离婚对他影响这么大吗？

韩鲁华：这最大。我认为就是，他生命中间出问题了，你注意看一下，他的生活幸福时，最幸福的时刻写得都是非常美的，他出现破缺这个过程就出现一些审丑，审丑不是从《废都》开始的，你读一下他的《美穴地》、《白朗》、《晚雨》，那把这几个作品读一下，他后来叫“逛山”，费老师把他叫作“土匪系列”。

你注意看一下，其间就有很大变化。他为啥会出现这些东西，肯定他生命里出现了问题……具体是啥我不知道，我在1990年还是1991年的时候，在西安音乐学院开一次他的作品研讨会，我把这一批作品看了以后，我说老贾肯定生活中出现问题了，具体是啥我不知道，这是我从作品中读出来的，我给我很好的一个朋友说过。他说，你咋知道，是不是知道？我说啥事？我当时确实都不知道，有的说要离婚，或者是其他事情，我一点都不知道，但是我从作品中能读出来。因为在此以前，他的女性形象全部是好的，但是在这个时候，女性的形象都是美中带残缺的。

比如《美穴地》的那个女的那么好，最后是咋了？一方面是追求美，另一方面就是破坏了。那个女的非常好，破相了。他造了个穴地是假的，他儿子是戏台上当皇帝。所以，《五魁》建立了一个菩萨，最后发现菩萨还是人，最后和狗在一起，最后破灭了。所以，他有很多东西，是隐喻在里头。我好多感悟是从读作品得来的，在那个时候我有这样的感觉，有人说，你是不是知道啥？我到现在都不知道发生了什么事情？

我不关心其他乌七杂八的事情，但是我从作品中能知道，他肯定在生命的历程上，他的生命运转中一定是发生了一些事情，是啥我不知道。所以到《废都》这一块。到这些你注意，到他写《白夜》那个作品，你看女性形象开始发生一些变化，那么这一个时候，我的印象中大概他是二次婚已经结了，稳定了。再到后面这些，你看一下所有的女性形象，就没有出《五魁》中这一类的形象。

就包括我刚才说，看到这些东西，我发现他发生了变化，但我只能说一下，但是，你要作为点对点的这种推论，这没办法去整。所以我尽量地谈谈，比如说是西安这座城，一个是城市文化与他精神上的、文化上的这种关系，再一个，就是写他对城市的一种看法。

你记住《废都》中有一句很有名的话，不知道你有没有印象，城市是啥？城市是一堆子水泥。实际上在那个时候，中国的城市化建设还没有很激烈地进行，还没有真正兴起，那是进入市场经济以后，特别到2000年左右的时候，这城市就是1995年以后，城市大量扩张的，你不信可以查一查全国的这种城市建设。但是，他在那个时候就说“城市是一堆子水泥”，他是从另外一个角度，就是城市建立起来，城市这种人和人之间的隔膜，不接地气，他从这些角度来谈的。

比如说，甜水井巷这一类的，载着过去的文化气息在里头，这些东西，就是他所写的这个城，和这个城对他在文化精神上的一些影响。我不知道你听说没听说，这些究竟是老贾怎么处理，反正是肯定涉及一些东西啊，但是，在研究的时候，我觉得一定要以很严肃的态度对待他。

其他方面，就是城市里好的文化，和人的这些关系，或者他在这个圈子里融入过程中对他的影响，它形成了一种文化圈子，文化圈子里头形成了一种文化的气场。这个文化的场域对他创作上的一些影响，从这些角度来多谈一些。你细细想想，老贾的这些东西，假如没有西安的这种文化的场域，他也不行，是不是？

魏华莹：西安确实有文化气息，到处都是书法、牌匾呀。

韩鲁华：如果没有这些东西，就不会在《废都》中呈现，所以再研究一下，陕西人对文化的敬重，这在其他地方或许也有，但是没有像这里这么深厚，所以西安很特殊。西安当然也有一些作家，比如很多人见了以后，甚至马路上见了也都很尊重。但到深圳，人家就不管你这些事情了，没人在乎这些事情了，是不是？就是说，陕西的这些作家，我始终认为，作家的这种文化的根对他们的创作影响是非常大的，甚至它规定了你要走的方向。

魏华莹：他本来就是出自农村，然后一路走来。

韩鲁华：从农村到农村。再一个是你注意一下，全国里头出外打工的，人数最多的是哪个省，人数最少的是哪个省，其中就有陕西这一块。陕西就是古书的这种“老婆娃娃热炕头”，全国都有，但是陕西这一块它就特别重。

魏华莹：贾平老师说也不愿意去外地发展，比如像很多作家都会到北京去？

韩鲁华：不愿意去，他就在这儿。他到北京，那个环境不适合他，在西安这儿，他就适合这种环境。就跟那个树一样，它适合栽哪个地方，那反过来讲，也是那块地适合长啥。当然也有离开的，比如像在北京的搞文学批评的白烨等，人家也是陕西人，是不是？人家也生活、发展得很好呀。

但是，我写的这个文章，我觉得五四以后，实际上中国的文学，不是现在讲本土化、中国化的问题，中国问题，就是一直没有完成的一个事物，我觉得是在莫言、平凹他们这一代，整个把中国文学推向世界，得到世界范围的认可。当然，可以说以“茅盾文学奖”为一个标志性的东西，也可以说，从另外一个角度，有些人讲，因为中国强大了，所以外国人也就开始重视起来了。

就这种情况来讲的话，我觉得“50后”这一代的作家功不可没。虽然现在可以说，从鲁迅那一代开始，一直到莫言、平凹他们这一代，才开始真正把中国的文学推向世界舞台，这是一个。第二个出现的一个问题，就是建立中国的叙事，中国的故事。

魏华莹：这个似乎贾平凹更契合，其他很多作家更适应西方的语境。

韩鲁华：这就是老贾伟大的地方。就是建立中国的叙事，为啥呢？我一直在做老贾的一个研究，老贾要把中国文学拉通，五四是割断的，他尝试从艺术精神上开始拉通。

反正就是你要叫我给你讲西安的这些历史，从意识形态方面没有啥，我觉得好多东西包括民俗的，包括陕西人的这种性格——生成的“愣、拧、倔”，这些它都是，为啥形成的？和秦代有关系，这愣的这些。但是它有些厚重的，厚重这一块还是历史，所以，厚重还是很重要的。你比如说陕西这三个作家，很有意思，路遥、陈忠实和贾平凹，这三个人所代表的就是陕西三个地域文化的特点。

魏华莹：您说他们分别代表三种陕西文化？

韩鲁华：比如，听别人说过一句话，说是路遥获得“茅盾文学奖”以后，和他的一个朋友说，这是真是假我不知道，我是听一个朋友说的，他说是这一下把别人踩到脚底下了。老贾获得“茅盾文学奖”也说了一句话，是天空晴朗。你不说这两个人谁坏谁好怎么的，这不是好坏的问题，这是两个人的性格不同。所以路遥的那种他是草原文化与狂浮文化的结合，所以你看，他有一种草原式的格调在里头，养成人性格的征服欲。陈忠实是关中这一块，实际上说陕西主要指的是关中，关中这一块那种历史、凝重、厚重的这些东西，文化的积淀的东西，就在老陈身上，老陈的性格就是典型的关中人性格，所以他就是实践儒学的这种性格，所以那种历史的厚重性，我都认为，写到历史的厚重性到目前为止，没有一个人超过陈忠实的《白鹿原》。

你看老贾的东西，他写得再厚重，再笨，我就说，跟他那个字一样，那个笨笨的、憨憨的里头透着的是一种灵气。你再读这些人的作品，没有老贾那种灵性东西在里头。这不是说有就好，或者不好，没有这个意思。他本身就投入，你比如说看他那个字，你看拙拙的，你再看有些灵性的东西在里头，他的作品也是这样，他有一种通灵的东西在里头。虽然写得很实，很厚重，但是他绝对不是用石头在垒山。

魏华莹：是，我觉得《废都》、《带灯》都写得很好，都是有那种您说的空灵的感觉。

韩鲁华：所以这个不是我自己得到的启示，不是我的原创，是台湾有一个学者，叫徐复观，徐复观写过《中国艺术精神》，我看过这本书，因为啥呢？我觉得他跟我的看法是一样的。包括到了魏晋南北朝的时候，中国文学艺术成熟的时代，你看那些人写的东西，你就能看出来，包括中国的书法、绘画、雕刻这些东西，它追求意象，追求意象必然是要追求这种空灵的东西在里头。

它是写意性的，写意性的必然要有升腾的东西在里头，写实性的东西就不是这样。所以，中国的，它是一种散点透视的东西，它不是那种聚焦式的。西方文化是聚焦式的，中国的不是，它是写意。所以对中国来讲，就目前他们这一代，我认为最得中国艺术传统精神的就是老贾。

魏华莹：谢谢韩老师，感谢您提供的宝贵史料！

六　王新民先生访谈

时间： 2013年8月9日，15：00—17：00

地点： 西安市北大街

魏华莹：王老师，您好！感谢您在百忙之中接受采访。您编写了很多关于贾平凹的书籍，想请您谈谈和贾老师的交往情况。

王新民： 这个说起来话就长了，就是我过去是在出版社工作，从西大毕业以后，1983年分配到陕西美术出版社工作，在那里待了8年。是在1985年吧，也就是我工作第3年，我们编辑一套《旅游文史》丛书，要把贾老师的游记选到里面去，当然也有和谷的，还有其他作家的游记。就是通过编《贾平凹游记选》算是正式认识他了，过去当然也知道。以前，我在西大上学的时候，他就给我们做过报告。然后工作以后，也常见面，但就是从编《贾平凹游记选》这本书，就算正式打交道了吧。然后就组稿啊，到他家里去，然后他提供稿件，我这边也给他提建议什么的。他写的《陕西小吃录》也编进去了，另外还有一些，我现在也记不很清楚，大致就是给他有些建议吧，他基本上都采纳。那本书1986年出版，反响比较好，他也比较满意，所以我们之间也就建立了比较信任的关系。

以后我虽然离开出版社到出版局做行政干部，但是业余受出版社孙见喜老师的邀请，也策划了他的一些书。主要有《贾平凹游记精选》，这个是孙老师编的，在他们人民社出的，后来成立太白文艺出版社，也再版了。还有后来的《贾平凹书画》，在陕西美术出版社出了，1998 年策划了好几本书，除了《贾平凹书画》，另外还有《贾平凹序跋书话集》，主要是他写的一些序言、后记呀，还有评论别人作品的一些书评呀、一些文论吧，这个编了一本，是由内蒙古人民出版社出的。

那年还参与一本书，当时叫《老西安》，这是江苏美术出版社要出一套书，老上海，老××，其中有《老西安》，我也介绍提供了一些资料，首发式的时候也去参加了。这中间我到上海财大学习了一段时间，大概有一年半，回来以后，策划了他的那一本书就是《西路上》，他的手稿本，这是唯一的书稿本，之前云南人民出版社好像出了他的印刷本，我们做的是手稿本，这个书当时出版以后，反映也挺好的。平凹这个人比较低调，说人家老作家都很少出什么手稿本，咱好像是出得有点那个。他不愿意搞太出头的事儿。所以，这本他算是比较满意吧。但是，后来再没有出过手稿本。策划的、编选的他的著作主要有这些。

另外《废都》出版前后，也策划编写了一些，先是和孙老师搞了一次征稿，就是围绕《废都》介绍贾平凹的创作情况。

魏华莹：当时那些策划的书出来没有？

王新民：书出来了，书当时的稿件组来得不少，有那个啥，几百号吧！后来就选了有两三本，陕西人民出版社出了一本，叫《多色贾平凹》。那本书相对全面，也不太全面，因为当时不主张搞大部头，都是小开本，所以就不到 20 万字，还有好多稿件，怎么办？后来又选了一本，就是《贾平凹谜中谜》，太白文艺出版社出了，孙老师责编的。另外，我当时在出版局搞出版《纵横》杂志，也搞了一个专刊吧，就是《贾平凹与废都》。

魏华莹：对，就是大开本的那个。

王新民：大本子的那个，这是一种。另外就是重庆那边，有书商也来找一些稿子，后来就选了一部分给他，在甘肃人民出版社出了一本，叫《废都啊，废都》。那个主要是评论，集中对《废都》的一些评论文章，有肯定的，也有些批评的。

魏华莹：是，您那些书很及时。当时编书的出发点是什么？

王新民：当时就是意识到《废都》可能引起很多的争论，包括对贾平凹的创作啊，对贾平凹这个人的认识。有些人反正就是说他是鬼才呀，神神秘秘的，说这些，好多呢。我们也是听了一些笑话，那就是把他神话了，包括一些丑化什么都有。咱就是想通过这个，还原那个比较真实的贾平凹和他的创作的一些情况。包括对他作品的认识，特别是对《废都》的认识。因为《废都》加上一些政治因素，一些人的道听途说，有些人甚至连书都没看过，就听别人说这个书怎么黄，怎么怎么的。然而在那个年代，可能也是有点超前，这个费老师当时也谈到了，要放到现在也不算什么。

买《金瓶梅》当时就得通过介绍信，县处级干部才能买到，所以人们对这方面就是，怎么说呢？有些神秘，加上有些人故意夸张，当然也有一些别的因素，有些人还唯恐文坛不乱，不敢说是唯恐天下不乱，说一些不负责任的话，所以咱们就是说通过征文、编选这些文集，就是想客观地告诉读者，贾平凹和他的作品到底是怎么回事。当时有些传言神乎其神，现在看来，也是一些笑话。

魏华莹：您说的传言指的是什么？

王新民：比如咱们当时《陕西日报》下面有一个周末版叫《星期天》，《星期天》有一个专刊，它就是每周末出一张报纸，一个小报，都是登载一些逸闻趣事啦。当时就是咱们宣传部一个女同志写的，当然她写这也没有啥，就是说《废都》的稿酬比较高，就是围绕这个写，结果校对失误，把那个《废都》1000 字 160 元，在现在算啥嘛？当时算是比较高的标准，当时一般的三五十块钱 1000 字，这个 1000 字 160 元，好像就是挺高的，当时校对失误，把那个点给漏了，这个稿酬变成了 100 万元！

魏华莹：那就比较厉害了。

王新民：这个就搞得最后好像《废都》洛阳纸贵、价值连城啊什么什么的，实际上并不存在这么回事，作者可能就得了 6 万元稿酬，这是后来他的责任编辑在我到北京时跟我讲的。当然《废都》解禁以后，责任编辑借助媒体，进一步澄清了，确实只有 6 万元。当时后来再版，达到100万册，本来应该再给作者一些稿酬，但是那个时候查禁了，出版社受到了罚款，所以就不了了之了。

魏华莹：也没有再后续的版税什么的？

王新民：版税也没有，就那6万块钱。当时我的《贾平凹与〈废都〉》那本书，把这个事情澄清了，上面专门有一篇针对这个以讹传讹的问题澄清了一下。像这样一些，还有关于那个框框，哎呀，好像是那个原作里面就是什么都有，后来这个出版社做了大量删节等，都有一些不同的误传。所以有些人当时就想100万元买《废都》的手稿。

魏华莹：全本？

王新民：全本没有，不可能，查禁了，所谓的出版的删节本，实际上也不可能，作者他本身就有节制，是出于为情节的需要，有些不得不写。当然编辑也很负责任，这个编辑是咱们陕西临潼人，田珍颖是个很有责任心的编辑，她的审稿报告，你一看就知道了，是比较客观的评价。当然根据国情、读者承受能力，做了一些适当的删节，这都是比较妥当的处理。所以，咱们做了一些敲边鼓的工作，我这个就是一些事实真相，就是一些资料性的工作。

魏华莹：当时有没有主动跟书商联系？

王新民：没有，这个确实没有。因为当时我在出版社，我和书商也有一些认识，但是，搞这个事的时候，确实也没有想到什么，要从经济利益，或者什么别的想法，那个时候人都比较纯真，包括老孙，年龄长一些，他也没有搞。现在看来对《废都》争议比较大，但是，当时还没想到要弄到被禁，这些都是刚开始时没有想到的。所以说那啥，搞一些书……因为都是朋友嘛，那时候没有多少考虑，但是后来要说也有一点稿酬，稿酬咱都是给各个作者的嘛，包括田珍颖她在北京见到我，说哎呀，就你这个给我付酬了，其他的好多光要稿子，后来啥都没有给，连样书都不给。我是给她样书，给她稿酬，因为咱们做事本身就没有别的利益考虑。

魏华莹：对对，我看有资料说，您当时是被出版社派去取《废都》的稿子，要在陕西人民出版社出版，但当时不是被田老师他们

拿去了嘛，没有办法，然后赶快就开始编别的书，这个是不是真的呀？

王新民：这个对我不是真的。当时我是希望在陕西出版，但是陕西当时是有不同的认识，有些人当然也希望那样，还有些人也对平凹有看法，就是对他的作品意见并不一致。

魏华莹：当时并不统一。

王新民：不统一。像后来《废都》被禁了以后，有些人就庆幸，多亏咱们陕西出版界没有出，就是这种投机心理、侥幸心理。但是你看田珍颖她一直对《废都》不改初衷，这就是一个比较专业的、敬业的编辑的胆识和认知。咱们陕西当然也有一些好的编辑，像孙老师他也是这样的编辑，有些人他的水平有限，这也难免。

魏华莹：是。您后来又编那本《一部奇书的命运———贾平凹〈废都〉沉浮》，是基于什么？

王新民："奇书"这个不是我想的，这是田珍颖的审稿报告，她第一句话就叫"这是一本奇书"，所以咱就顺手拈来，做了一个书名。其实这也是最新的、最详细地把这个事件来做一个来龙去脉交代的一本书，唯一的。起码目前看到的这是唯一的。前一些时间，我们的一个副巡视员，他看了以后，他说好得很，这个珍贵得很。就是看完后觉得缺点照片，因为当时他们河北出版社想出版。一个是因为时间比较紧，再一个成本要限制，最后就没有在陕西能够出版，而是河北花山文艺出版社出的。

陕西人还是有些保守，也不无道理，不光是这个，他没说出来，哎呀，《废都》虽然解禁了，但是有些领导对这好像还有看法，你弄这会不会将来引起麻烦，我们出了以后会不会没赚钱，反而惹一身骚，仍然就是心有余悸吧，有些人。

魏华莹：但是这件事情过去这么多年了，也解禁这么长时间了，还是会有这样的顾虑吗？

王新民：哎，这就是不求有功，但求无过。我自己搞过一本1998年出的《贾平凹打官司》，那个也典型得很，那比这个还要曲折。当时也是转了一圈子，教育出版社的社长，我的原来出版局的研究室主任，算是帮了一把忙。西大出版社、陕西旅游出版社、太白文艺出版社，还有人民社，陕西的这些出版社，还有省外的也都谈过，都打退堂鼓。包括书商也是这样。后来有一个书商，就是西安市什么发行公司的经理，姓萧，这人看了后，觉得还不错。

魏华莹：其实您披露的都是史料呀。

王新民：对，对，当时他也害怕，写打官司的书出了以后，会不会再惹起新的官司。当时这本书主要写什么呢？主要写 1994 年一本假冒贾平凹《废都》的图书，叫《霓裳》，这个就把那场官司整个都写上了，当然里面还附带写了有一个女士告贾平凹《废都》里面抄写她的诗，这个后来做了很大的删节，因为出版社顾虑比较大，而且这位女士就在西安，当然，前几年已经去世了，当时她人还在，他们还有一些担忧，说建议我那块做删节。

魏华莹：挺遗憾。我看现在很密集的，包括孙见喜老师出的《废都里的贾平凹》，还有鲁风的《废都后院：贾平凹“后院”的生活：道不尽的贾平凹》等，都是就生活琐事来串联的嘛，你们怎么都是这么强调《废都》标题？怎么都是以《废都》命名？

王新民：当然《废都》确实在中国当代文学史上，我认为在中国当代出版史上都是独一无二，影响最大的一本书。为什么这样说呢？就是不光是从它的争论那么大，被禁，它的发行量，还有就是从它的印数，据不完全统计，正版是在百万册以上，盗版可能在一千万册以上。就是《废都》的影响开了中国当代长篇小说畅销的先河。因为在这之前，长篇小说是很不景气的，中短篇比较受欢迎。《废都》因为种种原因，弄得畅销以后，带动了当代中国长篇小说的创作和出版。所以说，现在每年这个长篇小说出版量在 1000 部以上。

魏华莹：对。当时是不是有人借机炒作，说这本书是当代《红楼梦》、《金瓶梅》，来抬高发行量？

王新民：那个反正我看到的很少，我正式看到就是孙见喜老师到我们老家大荔看望平凹时一个简单的对话采访。实际上就是客观地谈了一些《废都》的创作情况，平凹也不愿意多谈，因为当时去了，问了这些，简单地说了说，而且有些话就很简单地回答，“哎，这个我就不说了，反正还是让读者去看书吧。”就这么个意思。后来有些小报，可能是捕风捉影，这些也没办法，作者怎能管得住那些乱七八糟的。

《废都》其实对出版史影响很大的，我认为就是从出版史角度都可以搞一个像样的东西，但是现在咱资料很少，我觉得田珍颖可以搞一本像样的东西，这个前前后后肯定很复杂，因为在当时要查禁，北京出版社为了避免经济上的一些损失，也同意有些印刷厂再印一些，当时有些半失控。据说，武汉好几个印刷厂都印了，你看那版权页上，它印刷厂不同的，印数也不同的，好几个那样的印刷厂。所以说当时对中国的出版这一块冲击很大。一本书很难能有这么大的利润，这个作为长篇小说的一个特例是值得下功夫做研究。因为我在出版上我知道，包括查禁以后，这个盗版层出不穷，在另外一个方面——反向说明，好的长篇，可以形成一个比较大的产业链。

当时因为《废都》被禁以后，电视、电影也不能改编，要不然才厉害呢。但是从出版这一块，纸质书就很厉害了，因为我当时也参与收集盗版书，每年都有好几种，光我看到的就有好几种盗版书，我提供了起码七八本，贾平凹那可能收集了五六十本。每种都不一样，好多书商通过印《废都》大赚其钱，国家的税收大量流失，作者稿费没有得到什么，因为盗版不可能给作者付酬，他们都是偷着干，所以这个现象值得好好研究。但是咱对这方面的资料掌握得有限，也不好推测，田珍颖她应该掌握得比较全面，当然她后来也被迫提前退休，后边的情况她可能也不太清楚，这个得做些工作。

魏华莹：是。我看您书里面都是提供很多外部的材料，没有从内部来讲贾平凹为什么从这本书开始写城市了。书的后记里边那么多的痛苦，他自己怎么了，文联怎么了，您怎么没有从这个方面来写？

王新民：这个客观地说，一个是一手资料有限，我这个人写东西，一般要一手资料，我写书基本上90%是我自己查到的一手资料，当然也有少数情况。再一个有些事情当时已经搞得很复杂了，咱也不愿意在那个事情上再进一步搞得更复杂，现在，90年代这个《贾平凹纪事》，我把有些地方提了一下，包括他的婚变。

魏华莹：就是一笔带过的那个？

王新民：因为那段他不太愿意让人言说，因为这个事还是有点不堪回首吧！总不是一个很好的回忆。呵呵，但是这一次我也是简单地写了一下。

魏华莹：《90 年代纪事》，还没有看到。但是你们是亲历者，你们如果不把这个资料保存下来，后世的人只能靠想象了，或者捕风捉影。

王新民：但是这个事只能一步一步来吧，因为就是它要解密，过多少年之后，也许可以，但是没过那个时间段，那就不好说啥，因为当事人健在。从这点来说，从一种爱护的心理，就不愿意说那个，起来就是有点揭伤疤的那种。他不是一般的人物，老百姓的那种，一个是压力比较大，当时一些舆论啊、小报啊、狗仔记者，把这个炒得很厉害。再一个，要我说他们两个并不是因感情破裂，离婚时候民政人员就问，你们这是啥原因离婚呢？两个人都不知道咋说了。这韩俊芳就问对方，一般是啥原因？人家说一般都是感情破裂。他们就说，我们的感情还没有破裂。韩俊芳就是这样，很直率，我们感情还没有破裂。后来平凹说了，反正事情多得很，这边妥了，反正看这关系，那就算了，那就写我们感情破裂吧。

还有媒体介入，还有一些所谓的朋友在把这件事情搞得复杂化，那各种原因，如果不是名人，可能就复婚了，如果他不是贾平凹，可能就破镜重圆了。

魏华莹：这本书很多写的是西安的文人圈子，我觉得那些也挺有意思的，写了西安的那些书法家、戏剧家。作为朋友，您怎么看？

王新民：都是他熟悉的生活圈子。当然他就是和一些书画家交往，他自己也搞书法、绘画，自然和书画家交往多。你看他是文联主席嘛，什么人不打交道？就是书画都和他有关系，书画、美术协会这些都是属于文联的下属单位。

魏华莹：《废都》中有人物原型吴三大，散文集《朋友》中也有吴三大，包括《远山野情》里边也写过吴三大，是符合真实的情况吗？

王新民：肯定还有一些虚构，也不全是，都是有影子，肯定是有影子。他这个作品，就是鲁迅说的那个毡帽是张三的，什么上衣是李四的，下衣可能就是王五的。

魏华莹：那你们知情人读来更觉得有意思。

王新民：这个基本上写出了西安文人的那种味道，因为我在美术出版社干了八年，我也接触过很多书画家，有些确实是有才气，着衣打扮一看都有特色，包括一些言谈呀、举止呀，我们有些同行编辑就是美院研究生毕业，大学生什么的，有些还是“神童”——邵梦龙，那是9岁时书法就小有名气了，那在美术出版社当了一辈子编辑。包括当时我们那个副总编，就是后来到美协当副主席去了，邹宗绪，前几年去世了。

魏华莹：西安有这样庞大的书画圈子，文化味儿就格外浓厚。

王新民：对，文化味儿还是比较浓的，因为西安的历史文化悠久，虽然它经济各个方面比较滞后，刚好有文化的积淀，这里大专院校也多，大专院校它包括美院嘛，培养好多专业人才就近就分到出版社呀、书协呀，或者在别的单位。包括公安厅，你都想不来他们那里还有一些书画家。

魏华莹：能谈谈在贾平凹写作《废都》前后，你们的交往情况吗？

王新民：记不清具体哪一天了，我那个日记上要翻能翻到。当时我和孙老师都在西关王家巷家属院住，他就说陪平凹到南郊转转去。我说那行，转转去。然后就到音乐学院。还到兴善寺去转了一下，先去兴善寺还是先去音乐学院我现在记不很清楚了。到音乐学院以后，还见了一个叫什么伟，也是搞那个二胡演奏的，也有些名气，然后就见刘宽忍。就在单身宿舍里边见了他，见了就给我们先吹笛子，他是咱们国家第一个笛子研究生。然后，又拿出那个埙就吹。

魏华莹：之前您听过吹埙没？

王新民：我那是第一次。平凹前边是不是听过，我不知道。反正我是第一次，当时就感到很惊奇，哎呀，这么小的东西，吹出那么复杂的心绪，当时，那种环境下感到非常惊奇。不管怎么说，当时的环境还是有点压抑的，各方面形成的，古都这儿吹出这种味道。刘宽忍当时心绪也不好，吹出比较悲凉的味道，就和《废都》比较吻合。《废都》中实际上写的那个吹埙的，可能就是平凹提的那个刘宽忍或者其他人，估计都是男性。所以就和老孙建议刘宽忍，一起策划搞演奏会呀什么的。演奏会当时没搞成，后来搞了，那是过了若干年了，我听过，在这附近哪个酒店搞了一次。

魏华莹：贾老师就是因为听吹埙声，跟自己的心境吻合了，然后写出了《废都》，有这么大的影响吗？

王新民：唉，这是一个影响，但也不可能那么大。当时也与作者的心境有关，当时遭遇呀什么的，他的婚变呀，包括家里出了一些事故呀，还有一些人事上的是是非非呀什么的，这些都有影响吧。

魏华莹：那您感觉他这个“废”到底是废的什么呀？就是写这个西安城的文化味，还是知识分子的心态？

王新民：当然有西安文化味，我觉得主要还是反映了一代知识分子那样一种有点悲凉、甚至颓废的心理。一个前边说当时的社会环境，就让人感到非常不可思议，感到很痛苦。再一个也与陕西西安有关，反正这个地方，怎么说呢？历史非常厚重，也很辉煌过，但是现在落后了，由首都变成了现在这样。变成西部的一个省会城市，而且还是欠发达的、相对落后的，经济上不如以往，各个方面都比较落后，所以人会有这种心理，祖先曾经辉煌过。像到大明宫去散步，我就有这种感觉。我的女儿都不愿意去，她不爱到这个地方，她说历史是不可想象的。我说这里确实是辉煌过。但他们年轻人现在就是喜欢北上广，公务员考上都不愿意干，就是要到北京去，她就认为西安没劲，到北京就感到有活力。

所以，这也能说明西安现在建设国际化大都市什么的，但是这个毕竟基础有限，你再发展不可能发展到像北京、上海、广州那样，区位有局限吧。别说思想解放什么都要有一个过程，我们也曾经经历过思想解放，1979 年上大学刚赶上，但是你说我们思想解放到了啥程度？也不好多说，起码 1992 年我没有下海。

魏华莹：对，当时北京、上海很多作家都下海了。我看一个采访

问陈忠实说你下海不下海？他说我不下海。然后问贾平凹，贾平凹也不下海。就是为什么西安的作家当时就没有下海的意识？北京、上海的作家就相对活泛些。

王新民：要说起来当然个人有个人的原因，主要就是咱们西安这个地方在其他方面欠发达，但是文化积累还是不少的，对于搞文学创作我觉得还是一个比较适宜的地方。为啥好多地方请陈忠实、贾平凹到深圳去，到了以后别墅、洋房什么都给你收拾好、弄好，他们觉得到那里去，就不一定那啥，就是按现在说，接地气，这地气恐怕就断了。你像深圳咱都去过，那个现代化、那种时尚，我觉得很难像西安这样就是能把心沉下来，因为那里节奏那么快，西安节奏慢点，对经济发展可能不太好，但是对文化人就容易保持一种比较好的心态，起码不至于那么浮躁，可能还有好处。

这就是啥事都有利有弊，弊处就是现在对经济、对思想解放可能比较差一些。贾平凹他这个人也不是很时尚的，他有时候自己还承认比起外地来的什么的，总是慢上半拍儿，但是他能沉下来，写得比外地的也会更深刻一些，这是他的成效。这个就说明，他能够认识自己。再一个可能就是出生地的影响，咱们陕西的作家好多都是从农村走出来的，陈忠实最典型的，他当了多少年的农民和乡镇干部，包括他到城里面住了以后，当了专业作家，当了作协副主席，他还在这儿住不惯，在城里写不出大作品，他本来是要回到老家写，虽然热得不行。最后还是跑到朋友家的土窑洞里面写，反正不能在城里写，回城里写可能味道就变了，气息可能就受影响。因为他出生在那儿，他到那个地方，感觉能出来，就像咱们回到老家一样，那感觉不一样。

魏华莹：对，您讲得很有道理。

王新民：因为他写的也是老家的事。你要写都市的生活可能会不一样。这就说到陕西作家写的作品，也主要是农村题材，不管是陈忠实，还是贾平凹，还有其他作家，大部分都是写的他们熟悉的农村题材。你说在大都市里面，写这些肯定就会受影响。

魏华莹：但是90年代的时候，贾平凹他写《废都》，包括写《白夜》，他是想写城市的呀，他有意识地往这儿转，为什么会出现

这种情况?

王新民: 1994年《废都》被禁以后，春天吧，当时我陪他到四川唐家大院看了看，木建筑结构，雕花门窗，具有典型的川西民居风格。还有城里面一些博物馆，大象化石、恐龙化石什么的。唐家大院那些建筑，他非常欣赏，看得很仔细。后来他的《白夜》里面的建筑描写也受那个影响。

另外，就是到那儿看了《哭诉兰》的光盘以后，对那非常喜欢，当地也送了他光盘，还有《哭诉兰》那个顺口溜，编的时候他自己哼的一些。这个当时都有，《白夜》里面写到哭老太太，实际上就是哭诉兰嘛。他当时，当然想向城市这方面转，但是，他除了《废都》中描写的文人圈子，其他的还是很有限的，不可能完全一下转变什么的，他可能是试过的，后来你看他的长篇，慢慢就转回去了。从《白夜》这个城市，然后《土门》的城乡结合部，然后《高老庄》又回去了，又反弹了。这以后就，你看，他主要写农村题材，包括现在的《秦腔》呀，《高兴》呀。《高兴》当然这里头写到城里打工的群体来了。《古炉》写"文革"的这段历史。最新的《带灯》实际上也是写乡镇的，他主要熟悉的就是乡村、乡镇，因为他的根是在那儿的。再一个就是好多亲朋呀都是农村迁过来的，给他提供这方面的信息，当然这里面也有乡镇干部给他发的一些短信，看了这些使他下决心这样写作。

魏华莹:90年代是不是有一个大的社会转变呀，为什么贾老师忽然就开始尝试写城市了。

王新民: 这个很难，因为他自己承认是一个农民。因为你这根子在农村，农民这种身份很难改变，起码他这一辈子我看是很难完全城市化了。像我们也是在城市待了三十多年了，比在乡村待的时间长，但是，现在也没有完全融入这个城市。这不是一代人的问题，一般两三代人才能真正融入城市。所以说，作为一个作家，也不例外吧。

魏华莹:对，看他写《废都》的时候，很想写出西安的这种古城味，旧房子、吃食呀，肯定也是做一些考察才这样写的?

王新民：这个肯定要考察嘛，肯定要做一些走访工作。像他说那个《老西安》，他就是做了一些走访，让朋友提供了一些老照片什么的，有些要选到书里面去，这个肯定要做，因为他毕竟在这儿生活了好几十年了。他现在在城市生活四十多年了，他从 1972 年来到西安上大学，你想现在多少年。

魏华莹：我看到书里面有好多写编辑部的故事，包括《浮躁》啊，《废都》啊，都写年轻人进入一个编辑部的故事，有很多压抑之感。然后我就想您在人民出版社编辑部的时候，是不是也有那样的感受？

王新民：对，有他那样的感受。因为当时《废都》出版前我在那里组稿，其中也给他们那个顶头上司，人文社的文艺部主任，发去征稿信，那老汉也写了一篇。写了平凹在出版社那一段往事，他就写平凹在那儿先实习，后来正式分到那儿，还要看书，有时还悄悄地写点东西，最后就是评价两句话，是什么："平凹也许是一个好作家，但不一定是称职的编辑。"

为啥这样说呢？因为当时平凹确实也是立志创作吧，所以对出版社的工作有一个适应过程，再说那时候，可能也给作者提供了一些先进地方，比如烽火大队，陪着作家一起去采访，做宣传什么的。他的《满月儿》也是在那儿陪着作家去采访时写出来的，是自己的意外收获。包括当时推荐全国青联委员什么，出版社给出的介绍，也都是这个样子。那个时候的人也不像现在，怎么粉饰一下，他比较客观，就是刚才那两句话。意思就是什么呀，确实是一个勤奋创作，但是也没有编什么好的书，这就是基本事实。因为编辑这种职业吧，特别是出版社的编辑，都要有一些口才呀，外交要求比较高。因为我在出版社也干过，特别是到后来，越来越感觉和作家搞好关系的重要性，也是要适合国情，适应这种人情社会。

作家需要一种独立思考，它是一种比较寂寞的工作，所以，平凹可能性格上有点不适应，后来他也是为了解决和老婆两地分居，就调走了，当然也肯定有很多不适应的地方。包括最近在上海的书展上，他接受访谈，说他庆幸他干的工作和喜欢的是一致的，他这个职业也是他喜欢的一个事业。有些就是，如果在出版社，特别是现在，每年给你定的任务，你要完成多少利润什么，你完不成你这工资就不全发，先给你发60%，完成以后才给你全发，所以你想想，压力也很大。但也没办法，有时为了它那个任务，为了出版社的利益，从领导他那儿考虑无可厚非，但是就是作为你一个作家要在这儿，你就可能感到憋屈。

魏华莹：那段时间，《长安》变成《美文》了，贾老师出任主编？

王新民：当时《长安》有些文章可能将几个主要编辑牵连了，所以这杂志等于撤销了。因为西安当时是文化重镇嘛，没有一个杂志，当时《延河》又没有起色嘛。事实证明这个办对了，《美文》呢，现在你看，成人版两万多册，一直保持着；少年版八万多册，在全国甚至海外还是有影响的。因为它办了一点海外《美文》大赛嘛，和西大联合办的，全国的美文大赛。每年获奖者能保送到什么名校，获奖作文甚至可能入选中学课本，所以说，影响还是越来越大。

魏华莹：现在已经成品牌了。

王新民：已经成了品牌。总的来说还是杂志办成功了，所以他也算是争了一口气。当时在出版社憋屈，人家说他不是一个合格称职的编辑。他可以说我可能不是个称职的编辑，但是我是个称职的主编。他确实是一个称职的主编，他前期每期都要写读稿人语什么的，进行一些点评啊，后来主要让穆涛写写，重点稿子看一看，基本上现在可以说走上了比较有特色的发展道路。

魏华莹：那他前期的时候投入的精力还是很多的。

王新民：很多的，经常要召集开会，自己掏钱请大家吃饭。天热了给大家买点西瓜什么，降降温呀什么的，都是想把杂志办好。他这个人投入事业也是很执着的。

魏华莹：当时《废都》出来的时候，就有争议，说好的时候特别好，然后批的时候特别严厉，您当时怎么来体味，怎么来把握这些不同的声音？

王新民：当时因为我也在西安生活了多年吧，也主要在文化系统工作，出版也算大文化系统，而且在美术出版社干过，和书画家接触得不少，自己也搞一些写作，和作家来往不少，编了好多作家的书，我当时一看，我就觉得味道写出来了。首先咱就是觉得写啥自己也看到了，但咱们没有写出来东西，就是感到有共鸣，还有一点就是写得相当深刻。他写作上确实是一个勇敢者，他是什么困难都不怕，所以我觉得他是写出了当时文人内心的一种苦闷，对前途的一种渺茫啊，这种迷茫心态。所以《废都》的结尾我觉得处理得挺好，特别是你就是出走，你到其他地方，也未必行，因为你那种心态恐怕也需要好好调整，所以只能用中风的处理方式，就比较有味道。

魏华莹：是。他写到海南，到海南当时是个潮流，是不是受了1992年南方谈话的影响？

王新民：那是一个方面，主要就是文人的一种逃避或者说是一种出走。像我刚刚说的和谷等北上的南下的，有些也是处于一种无可奈何的境地。你看和谷最后还不是回来了嘛，他回到这种有地气的地方，他才又写出了好多作品。他还是觉得这边亲切，他在海南书店看到我的书，平凹在上边作序，就是什么寂寞心理，看到后他就感到非常亲切，就买了一本。他后来见到我说，他还是和这边人气啊各方面契合。他回来以后，你看他，包括现在退休，创作精力还是很旺盛，承担了作协的一个重点扶持项目，写的就是追逐老家对乡土的认识，另外还写一本柳公权的传记吧。就是作家出版社搞的北部中国名人传记什么的。你从这儿就能看出，他硬是要回到这个地方。当然当时他是无奈，待不住了，各种很复杂的原因吧。

当然，当时就是下海狂潮，那时候人人都赶时髦嘛，好像就代表一种先进，你不下海，说明你这人没有能耐，你没有什么胆魄，怎么怎么的。

魏华莹：那也就是离婚、下海好像所有事情忽然就一股脑儿全涌来了。

王新民：离婚也能反映出当时一种社会现象，既有沉默、沉闷，对婚姻不满，包括受到一些社会时尚的影响，因为与离婚潮也有关系。你看当时好几个，包括孙老师，我给他帮着搬家呢，那心里是很难受的，眼泪汪汪的。贾老师，说多了，这个怎么说呢，个人有个人的原因，但是也与着时代大潮有关系，那一段实际上人就是脑子发热，确实脑子发热，有些人后来确实后悔了。

魏华莹：就在那个时代转型期，离婚、下海都成为无法抗拒的潮流？

王新民：对，有时候你很难抗拒，除非你的定力非常好，像贾老师这种定力非常好，他不被这个洋楼、名车啊什么的诱惑，要不然他到深圳去了，到别的地方去了。

魏华莹：是，路遥的离世据说对贾老师也是一个刺激？

王新民：路遥去世对贾老师离婚的影响很大，他决定离婚就是在参加完路遥追悼会的当天晚上。第二天他户县也不去了，本来计划第二天就回户县继续写作，就不去了，整天地在家里翻箱倒柜找结婚证。为啥？他听说办离婚必须拿结婚证。当然他的事我也没问过，这种事情外人也不好过问，但是我从各种分析，路遥的死对离婚起了很大的作用。因为他从路遥的不幸，看到了他自己，因为路遥的妻子去北京之前呢，两个人都很有个性，也都有工作，都有自己所谓的事业，所以这个婚姻协调就很难了。因为作家的这种工作呀，怎么说呢，需要妻子做出很多付出，但是，将来这种情况就很难处理。

韩俊芳也有相似的情况，人家也是在职女性，也工作着。再一个是人也比较倔强，所以有时争吵，弄得很头痛，反正也影响创作，心绪就不好啊，本来身体也不好，肝病什么的。身体本来就不好，加上这一天到晚闹矛盾。

当时肯定还有其他社会原因，包括我和他到人民社总编那儿领《贾平凹游记精选》的稿酬去了，让那工作人员给办一下，总编说咱们坐一下，总编第一句话问啥？他说，平凹，你的老婆还没变吧？那个总编居然就问这样的话，我当时就感到特别意外。这个与当时潮流有关系，好像离婚成了时髦。再一个他是不是也听到了一些什么传言，或者是善意的玩笑，你老婆是不是该考虑更换了，我当时感到非常吃惊，当然现在想起来，还很纳闷，总编已经去世了，也不好追问当时他为什么这样问话。

所以就是当时客观的、主观的情况都有，但是主要还是主观的方面，主观的就是鞋合适不合适自己，脚最清楚。因为当时就是收入也不高，稿酬也不多，给老家父母寄点钱，条件有点差，这类事情就会把人搞得非常难堪。没办法，那个时代你们可能没经历过，那都是非常艰难。那个时候非常困难，一个是思想苦闷，再一个经济也不行，各方面压力很大，包括老家亲朋啊，你是写作的，你挣稿费的，再一夸张，有些再以讹传讹，《废都》稿费100万，你这家伙整天装穷的，你还不给我们资助点。作者可能就很麻烦。他自己也有家，就为这些事，有时两口子可能就有矛盾，包括有些朋友有困难，有时也去张口伸手。你说你不赞助吧、不资助吧，就会有矛盾，一弄这个自家生活就受影响了。后来孙老师他不是也反思了，我们那个时候咋能那样呢？不自觉到人家家里一谈就是半夜，这都影响人家夫妻生活嘛，影响人家的家庭生活，在人家那儿吃、住，成夜打牌。名人妻子不好当，都很难。

你看看路遥，你知道他的日子是怎么过的？他半夜三更写到饿得不行，家里也没有什么吃的，敲开邻居的门，要个老馒头，就着开水一吃，这就是他的更多的真实生活。那你想他收入有限，他不过就是偶尔喝咖啡那样弄一下，或者给女儿生日买个匹萨什么的，那更多的是日子每天是怎么过的，这是很多人忽视的，没有看到的，锅碗瓢盆这些磕磕碰碰，这些一般人都不注意，对不对？

陕西文人我觉得这点确实还可以，并不像外界传的有矛盾，路遥固然有他强势的一方面，但是两个人还是比较友好的，我觉得陕西作家心胸还是开阔的。早些年平凹、陈忠实发起的那个群木文学社，他就是说大家都朝上长，才能形成一片森林，你一个人光杆司令，你也长不了多高，这一点看来我觉得还是可以的，都还是比较包容的。

魏华莹：当时就有很多人挂念他的身体情况，当时肝病那么严重吗？

王新民：当然很严重了，当时他们两个可以说都是大家预测到的。特别贾平凹，因为他的病比路遥发现得还早，他20多岁在陕南，去体验生活，去采访，感冒打的那个柴胡，针头都是反复用，农村嘛，乡镇嘛，条件有限，就传染上了。几次病危，我都到医院看过，都很严重，但是他就是心态比较好，能调整过来。再一个不是那种先天性的，是传染引起的，路遥致命的原因后来分析说是有先天遗传，因为他几个弟弟也都相继是这种病走了。

魏华莹：而且路遥是不是很突然，查到后没多久就去世了？

王新民：也不太突然，因为在他前面好像也去世了一个弟弟，也是这样的病，当时应该就是有些没当回事。这个人主要就是自己也不太爱惜自己，本来如果像平凹那样注意调节、注意保养，可能还能再多活几年。他就是拼命写作，加上闹离婚，生活也没人照顾，可以说饿了就吃个冷馒头，这咋能行？钢铁汉子也受不了，何况这个遗传本身也不是很好。这个也有一些别的原因吧？咱也不太清楚。

怎么说呢？各方面的对作家身心影响，包括盗版，虽然有些打击，但是那个初级阶段，人们收入有限，他们花点钱看看算了，他也不想收藏，正版书太贵了，所以，作者也受到一些损失。他有时也向我们反映，我们也尽力给他搜集，但是咱现在各种情况，不是这个行业能解决的，侵权现象，包括说的假书，一些说不上来的，诗人告状啊对他也造成很大困扰。当时，他那次也很危险。

魏华莹：女诗人打官司？

王新民：就是女诗人告状那阵子，你想《废都》查禁，还有告状，什么侵权呀。当时那很严重嘛，所以当时几乎不告诉他，就是想叫他好好地看病。1989 年以来一直这个病，一直困难得很，反正几乎是一两年就要严重一次，就要住院。在西一院住，那都早了，1989 年，那个时候时兴提罐头嘛，你想 80 年代嘛，那时候看人就是罐头嘛。我拿了几瓶罐头，到西一院去看他，还有八院，现在的传染病院，电视塔的旁边，我去了几次，我和出版社的社长都看过他。

魏华莹：看您的著作都是很有学术见地，而且您把握的度特别好，特别客观，就是尽量把史料给客观呈现出来，这些都是很珍贵的。

王新民：也就这点可能，因为做别的也静不下来，你看我们这环境，都是业余时间整理，然后理一理。首先也谈不上啥，就是一个比较真实一点，反正留给学者呀、同人呀，包括你们。

魏华莹：我要能看到您那本《90 年代纪事》就好了，您的那本书最近能出吗？

王新民：现在就看出版社了，反正上礼拜把稿子就弄过去了，这个《新世纪这十年》你有没有？

魏华莹：我还没买呢。

王新民：我送你一本。

魏华莹：谢谢！然后，您下一步就是 90 年代、80 年代一并给编了，一本一本出？

王新民：编一本算一本，现在这都不好说了。

魏华莹：谢谢！这太好了。您编这书很重要，因为很少有人能做这个。

王新民：韩鲁华写了个序，我们是同学。

魏华莹：噢，你们是同学，西北大学中文系同学。那你们比较投缘，我感觉你们性格都是很随和的。非常感谢您！

七　穆涛先生访谈

时间：2013 年 8 月 10 日，10：30—12：00

地点：西安市太白花园

魏华莹：穆老师，感谢您接受采访。我想请你谈一下，您和贾平凹老师的交往情况，以及您个人和《美文》的情况。

穆涛：我跟老贾做同事，如果正式地讲，做同事是从 1993 年开始，今年是第 21 个年头。我到《美文》来做编辑，跟贾平凹有直接的关系，我原来在河北省文联的《长城》杂志。我编小说，就是当时一直约不到贾平凹的小说。这里面有个原因，1981 年的好像是第 4 期，当时，《长城》杂志还是季刊，一年出 4 本，发表了贾平凹的《二月杏》，知道这个小说吗？

魏华莹：知道，受批判了。

穆涛：这个开始受批判，是《工人日报》发起的，后来由《长城》组织了一场也是批判性的东西，就开了一个《二月杏》的研讨会，定调是格调低下，诬蔑我们地质工作者，是吧！其实，时过多年，我们看《二月杏》写得多普通啊，很简单的。但是，那个时候，人性这个东西还不能被提出。就是我尊重贾平凹的一条就是，除了他有文学才华呀，另外还有，我们看到他早期的一些东西，他为什么受批判呢？就是因为他触碰了我们的一种社会思潮。其实，他里边就展示了一种最基本的人性。我们现在看没有什么，他把人的正常的人性写出来了，写了一些正常的朴素的情感。但是，我们那个时代是讲集体。很多时候，大家都觉得贾平凹在思维方面有沉着的一面或者说他并不先锋，是不是？如果我们从这个角度看，贾平凹是有他的认识上的先锋的一面的，他触碰了一种，在解冻时期，他敢碰那个冰碴子，是吧？这个河流，黄河是有凌汛的，他去碰这个凌汛，碰这个冰碴子。

从这个角度讲，他还是有先锋的一面。但是，当时大气候不行，他就挨批判了。接下来呢，《长城》的人就感到不好意思，总觉得对不起贾平凹。我自己作为一个编辑，也不好意思跟他约稿子。但是，像他这种作家，《长城》内心总觉得是一个结，不解开这个结不行。后来，我到《长城》工作之后，就交给我一个政治任务，就是要拿到贾平凹的小说。

魏华莹：哦，您是哪一年去工作的？

穆涛：我先到的是《文论报》，由《文论报》转到《长城》，我原来是理论编辑，转到《长城》，我编理论，也编中篇小说。后来，我来这儿是1990年吧，找老贾。我1989年还到西北大学来读书，我记得是1991年毕业，当时在西北大学读书时，我不认识贾平凹。后来，我就通过别人找到老贾。当时《长城》说，“你必须得拿到贾平凹的小说”，我说，“行”。而且，我通过一个熟人找到他了，就开始聊天。当时我写了一篇文章《贾平凹近作倾向持异》，在《文学自由谈》批评他呢。

魏华莹：大概是哪一年的事情啊？

穆涛：1991年吧，还是1992年，但是，1991年已经在一个报纸上登出来了，后来又登出来在1992年第4期的《文学自由谈》，也就是我拿着小说的时候。

魏华莹：这些您都还保留着呢？

穆涛：这个我留着，因为是我对老贾的文章提出的批评，因为我对他很尊重。

魏华莹：是批《浮躁》吗？

穆涛：不是，针对他的《太白山记》。我把主要观点给你说一下。就是80年代后期的小说创作开始展示出深层次的活力，这种通过内容显示力量的行为，训练了一批优秀作家，就是所谓的叫作“寻根派”。就是“寻根”，我们原来讲形式，像西方学现代派的技巧，后来“寻根派”出现了。但是，我没有用“寻根派”这个说法，我觉得这个说法特滑稽，但是我讲的是“寻根派”，就是80年代后期的小说创作开始显示出深层次的活力，这种通过内容显示力量的行为，训练了一批优秀作家。“寻根派”是用生活展示出来，它不是从形式或者基本受南美的那种影响。但是，这些作家中的一些跋涉者，行进途中也暴露出一种偏执力，阅读它们时，我感到一种揭秘和探险的风气，神秘主义的味道渐渐浓郁起来，像蛛丝粘到脸上，即使拂干净了，还觉得别别扭扭，不舒服。贾平凹似乎是这类作家中颇具代表性的一位，他的《太白山记》收录了十二篇这样的作品，神叨叨，雾昭昭，欲云非云，欲雨非雨，冷时不结冰，热时不冒汗。

在陕西作家中，我曾比较过他和路遥，路遥是社会型作家，而平凹更倾向于心灵的写作，陷入此道太深了，涌出的泉水如何滋润或灌入阳光下的稻田呢。尤其是其中《寡妇》和《挖参人》是一根秧上了两个葫芦。我就觉得他就是说，主要是倾向于心灵写作的作家，他这种揭秘、探险或者说心灵的那种走向，神叨叨不是一个大作家的走向。我在讲这个问题。

这应该是1989年的文章，贾平凹是一位文化人，这是我的定位。在长篇小说的操作上，他像个颇具深度的诗人，这是我不喜欢《浮躁》的原因，他的《浮躁》像个诗人，不像小说家。那种一意孤行，有时候像个颇具深度的诗人，而中篇小说的风范则证明他是个十足的小说家。如果把他的单科成绩，中长篇小说、散文诗歌乃至地方戏随手取一份分给别人，也足以使这个人舒服地活到死了。其实，他在80年代末取得的成就已经很高了。他是个复合型的作家，那么就是说，我在讲他这个里面存在的问题，我见他的时候主要讲这个东西。

魏华莹：噢，他也挺认可的吧？

穆涛：他听的时候特高兴。我说，你这种写作如果倾向于心灵的揭秘东西，或者说内心异禀的东西。他问我：“这种东西好吗？”我说：“好，大家爱读。”我们的蒲松龄是一个很好的作家，但是他不是大作家，因为他的思路在那个套路。

袁枚的《子不语》，也是这个套路。你再比较纪晓岚的《阅微草堂笔记》，你看看纪晓岚也是讲故事，里边也有神、鬼、仙，但是，出发点不一样，跟袁枚不一样。我说，你的写作，我觉得是这个样子，是我对这个问题的看法。聊的时候他特别高兴，我记得当时我们聊到凌晨1点来钟，在他家。

魏华莹：那挺尽兴的。

穆涛：聊得特别多，开始他说他没有小说。我们就聊，就胡扯，扯的时候他特高兴。聊完了，他说会下围棋，我说你应该会下，咱俩下一盘。我说，你要是赢了我，那你就得给我写个小说。他说"行"。我就故意输给他，但是未遂，他水平太差，我说"想输给你都难，注定拿不到你的小说了"。这实在太难，而且我给漏出这么多破绽。

魏华莹：还是没有输掉？

穆涛：但是我们聊得特别好，一下子彼此……

魏华莹：拉近距离了。

穆涛：其实，那天晚上谈的，那种接触、那种聊，让我们俩一下子就近了。

魏华莹：贾老师当时在哪个地方住？

穆涛：在五味十字，西安的城墙下面，老城下面。这事聊完了之后，他说，"我写了个小说，你给我看看"，我说，"好"。这时候他就拿出个信封来，他都封好了，是寄给金宇澄的，那也是我的好朋友，《上海文学》的编辑。他自己撕开了，我才不撕呢，我不做对不起朋友的事情。他撕开让我看，我心里想好了，你给的是我稿子，不是说给金宇澄的，我说，"行"，这个时候我就内心一阵狂喜，我说，"今天当你赢了"。他说，"不是，这是请你看的"，我说，"好，太晚了，你也休息"，他说，"再聊一会儿"，我说"不聊了"。穿上鞋，拿着稿子就走。第二天一早，先去复印他的手写稿，复印完了之后，我再接着去邮局把原稿寄回《长城》，我在西安留着，看他的复印件。

魏华莹：没看就先给寄走了？只要是他写的？

穆涛：那个已经寄走了，就是我要防止他反悔，我看复印件，但也是要有很多调整，当时是有很多调整。就这种一次性的聊天，而且我跟他聊，我是讲他写作的时候倾向是不好的，这点一下子吸引了他。

当时老贾说，“我正在创办一本《美文》，需要人手”。当时是1991年，我记得是年底吧。我说行，我考虑一下，后来，我就来了。老贾还给我写过两封信，就是希望我来。这样的话，1993年，我记得刚过完春节，应该是2月份，我就来西安了。

魏华莹：贾老师当时正在写《废都》。

穆涛：正在写《废都》，《废都》没写完，1993年的2月份，我过完春节就来了。

魏华莹：您怎么下定决心的？因为《长城》是国内非常有影响力的杂志啊。

穆涛：当时《长城》的名气非常大。其实，我觉得我是个职业编辑，职业编辑就跟职业球员一样。比如说，那个时候，需要你的判断，是吧？你这球员要加盟哪个队，哪个教练更好，他要成为超一流。因为我是文学编辑，《长城》杂志当时基本是如日中天的时候，名气很大的。但是，我觉得老贾这个人是能把一本杂志办好的，他是大牌球员，我就跟着大牌球员去踢球的话，总能有好场次，容易出成绩。再加上老贾说过一句话，他说“咱一起编吧，咱编一本，我们二三十年代的那种杂志”。他当时跟我说的时候就讲明了，关心社会、关注社会，就是关注社会进程，关注社会思潮。

你看《美文》发刊词，贾平凹开头讲得非常明确。大散文的理念，我也是看了他的发刊词，我就觉得贾平凹的想法，包括他跟我讲的东西，我觉得比较契合。

魏华莹：噢，气场对了。

穆涛：所以立即来了。当时，我媳妇是不同意来的。我在那边是有房子的，虽然小一点，那也是房子，到这儿来住宿舍的，职工宿舍，就一间。

魏华莹：您当时已经结婚了？

穆涛：孩子都有了。一间房子，连办公带住，我是在这种情况下来的。

魏华莹：确实很艰苦。

穆涛：但是我觉得现在挺值的，我们现在看当时的判断，当然《长城》现在它仍然不错，它现在也挺好，《美文》这些年它在往上走，我也基本上印证了自己的想法，踢足球也得跟个大牌球星踢是吧。我觉得贾平凹确实在我们创刊的前几年用了很多心力。

魏华莹：您 1993 年来西安，那是贾老师因《废都》备受压力的一年，是吧？

穆涛：当时《废都》还没出来。我的决定是在 1992 年年底，我觉得他要是受批评，我更要来了。但是，他还没写完呢，还没受批评，真正的受批评是 1994 年。

魏华莹：那您整个也算陪着他把最困难的一段时间走过来了。

穆涛：也不是陪着，我就是编辑嘛。小说是他写的，他自己弄的。就是他有两个工作，他一个是写作，一个是当主编，是吧？他个人写作我怎么介入，是不是？就是这个。而且老贾在自己最困难的时候，受批评的时候，是不给编辑部添一点乱的，人特别好。

魏华莹：举个例子？

穆涛：就是说，他平常吧，比如说以前受批评之前跟编辑部大家聊啊，一受批评了之后，编辑部他不来了，编辑部什么事情他也暂时不问了。

魏华莹：不管了？

穆涛：他不是不管，他怕万一中央给他个处分呢，也会牵涉到杂志。但是他还是爱这本杂志的，这就是当时我到这儿来的原因。

魏华莹：当时，创刊的时候一共多少人啊？

穆涛：我们是 1992 年 9 月创刊的，我来的时候已经出了四五期了，当时，我们的编制是 15 个人，就是十二三个人。当时是月刊，后来我 1993 年到了之后，反正就那么开始了吧，后来 1998 年主持《美文》工作。

魏华莹：杂志刚开始处于什么样的情况，包括约稿容易吗？以及怎样从西安走向全国，这个过程是不是也比较艰难？

穆涛：可能让我主持《美文》工作，也跟我1993—1998年有直接关系。

魏华莹：您就讲一讲这一段？

穆涛：当时，贾平凹提出的是大散文理念。我跟他有一次长谈，后来我把其中的一部分，谈的个人的一部分出了一本书，叫《七日谈》，又叫作《平凹之路》。

《七日谈》也叫什么《贾平凹精神自传》，是它们青海人民出版社起的名字。但是，他提出大散文，我建议你把那个大散文概念，就是发刊词你看一下。那里面，我觉得他讲得非常好。因为那是他当时比较完整的文学观。还不仅仅是散文观，他用散文角度去讲他的文学观，当时他提出大散文，但是大散文是一个理念，一本杂志不能老喊口号。当时我做的第一个工作就是说，我觉得这里面要做几方面的事情。首先要做的就是，你既然提出一个概念，你首先得自己说清楚大散文是什么，而且我们需要界定，他也说不清。我说，“好，那说不清，那我们让别人说吧”。

我做了三方面的工作，第一方面的工作就是说，先探讨诗歌跟散文的界限，再探讨小说跟散文的界限，先剥离出来，让诗人和诗歌评论家来讲诗跟散文的界限。这个行为不让散文出面，就是说不让写散文的人出面。诗人，好的诗人，诗歌评论家谈诗歌跟散文有哪些区别，就是把属于诗歌的东西你都拿走，那剩下的就是散文。我给他出的题就是说，你把这个诗歌跟散文都放你这儿，你拿走诗歌部分，剩下的不就是散文吗？你就把属于诗歌的都拿走，那剩下的肯定是散文。小说家也是，把小说跟散文给你，你动手把属于小说的东西拿走，叫《笔谈》，我做了一个笔谈，一共是十几个人谈，包括铁凝主席也谈了。

后来比如说，我们先重点选择十个省份，我们在那个省选一个作家，选一个带头的作家，选这个省五个人、八个人，比如说，我们按照省专辑，山西散文创作专辑、山东专辑、上海专辑、北京专辑、云南专辑、新疆专辑，我一共出了那么些专辑，由一个人带头，一下《美文》的名气就起来了。在这个省选一个有名气的，创作能力强的作家，他来选几个人，这一下作为一个专辑，别的杂志没有那么做过，那段时间我做了十几个省，一下就叫响了，就觉得"哎呀，贾平凹很有想法，你看人家贾平凹编散文这么编"。当时，一下各个省，因为按照省出编辑系列没有人做过，我是这么做的。以至于后来，香港回归，1997 年 7 月那一期，做的是香港的《世纪回归》、《倾国之恋》、《香港散文专辑》，记得是 1997 年 7 月 7 日，当时在咱们文学杂志界非常轰动。

魏华莹：对。但是，像 90 年代的时候，好多纯文学的杂志，要么就改刊，要么就走向企业化，生存很困难，那你们是怎么解决这个问题的呀？一直还保持这样一个高的文学水准，怎么来维持？

穆涛：《美文》一直在努力解决这个问题。比如说，其实我们办下半月刊，也是为了解决过日子，也是为了找更多的读者群，我们要扩大我们的发行量，如果我这本杂志弄坏了，我编着编着不好编了。你看，《美文》没有发过报告文学。

魏华莹：很多期刊在 90 年代的时候都是这么做的。

穆涛：全都这么做，或者这么做的比较多。《美文》没做过一个，《美文》就那么就过来了。

魏华莹：还挺不容易的。

穆涛：我觉得也挺好，大家还挺好，就是坚持着这么走，而且有一次，中宣部在上海交通大学开一个会，谈文学期刊的生存，大家讲很多，都讲我们现在是经济时代，文学是低谷，文学杂志是低谷。我当时提了一个问题，我说，"我反对文学是低谷的说法，我也反对文学杂志是落伍的说法。如果说，我觉得用这个词说法不对，可以讲讲为什么落伍了"。你说是低谷，它是自然造成的，落伍可是这支队伍自己造成的。而且，我举个例子是 80 年代为什么文学的东西唤起那么多人，让大家那么着迷，首先是有很多吸引人的东西，先锋的东西，思考走在前面的东西。

魏华莹：能引领社会的意识。

穆涛：比如说教育问题，尤其是刘心武的《班主任》涉及的是教育的问题，教育问题当时是那个样子，教育者的历史问题和青少年的心灵问题，他提出这些问题。李存葆的《高山下的花环》提出的是战场上也有人性这个基本命题。刘心武的《爱情的位置》、《我爱每一片绿叶》，所提出的是仅有集体感情，讲共性不讲个性是不对的。那么这些东西都是很前沿的，这些思考的都是社会焦点的东西。就是老百姓听到你发出这个声音，他是欢呼的，文学作品是走在思想、思潮前头的东西。那么，再看看我们现在的作品，是否能够达到这样的程度。当时的作家为什么那么受欢迎？因为他们思考的是社会前沿的东西，看出了社会焦灼点的东西。我们现在看看，我们的社会焦灼点在哪里？社会思潮的最前一排的浪头在哪里？我们现在看，谁能看得清这个问题。

魏华莹：也是。

穆涛：我们把作家，把中国作家协会会员作为一个群体，我们把经济学家、社会学家、医学专家、法律专家、传媒专家放在一起，作家这个群体在这些人中占优势吗？如何来看待社会的进程呢？

魏华莹：现在更多的是经济学家和法律学家发言。

穆涛：他是不是占优势，对不对？我没有说谁发言，他看社会问题占优势吗？他不占优势。那你不占优势就是你没进步，文学是要写出文化眼光，是要看出社会变化规律的。社会的焦灼问题你要看到，并且提出来，你提不出来，那这样还行吗？而且，什么叫文化眼光，比如说，“三十年河东，三十年河西”，这是句老话，这是明朝的话。但是，我们放在 20 世纪去讲，你去分析这句话，它是文化眼光啊？为什么“三十年河东，三十年河西”？为什么中国的社会的变化规律是这个样子？1919—1949 年这是多少年？1949—1979 年这是多少年？这就是河东与河西，文化眼光你要看出这个，作家要看出这个东西来，你看不出这个东西来，如果说刘心武他们、李存葆他们当时只是看到了社会焦灼面，社会思考的那最前一排的浪头，他看到那儿了，如果他能再看出规律来，再看出“三十年河东，三十年河西”这种规律来，他们就是划时代的作家。但是你只看到最前排的浪头，好，你就叫那种潮流作家，过几年就把你淹没，你没有看出这个东西，是不是？

那么，就是说，我们再看看我们的文学杂志，我们是低谷，我们是什么……你翻开，你不用看你发了什么文章，只需要看看你的目录，你看看你写的那些东西陈旧不陈旧，老百姓愿意看吗？你弄来的那些文章，你在那谈的什么话题，谈哪一作家很有水平，“我那个文章写得很好”。他写了一堆一个人，什么《一个人的城市》、《一个人的车站》、《一个人的道路》，我说，“你是谁啊?”你这是什么文章啊，伪文章，我说你要是元首可以说是“一个人的道路”，都封了，全禁了，就你一个人走，你是谁啊？你目中无人啊？就这个文章我怎么可能发表？哦，他突然觉得我说得很尖锐。我说，“不是你的语言问题，你的语言很漂亮，你的意识不行。”因为我们俩特别非常好，他说，“我知道了”。你看他后来一调整，特别好。就是说，你一个人的意识如果有问题，就没有办法写出好作品。就是说一个人取决定性因素有两条，第一条，作为一个正常人，你要分出大小来，如果你这个人看不出大小，不知道哪头重，分不清大小，你老追着小的走。你分不出大小，就是你这个人的脑子有问题，基本思维有问题，那你就做不成事情。

魏华莹：对。

穆涛：你看能够做成事情的人，就算做成普通的事情，就是一个人，我交给这个人十件事情，他能做成八件，这个人基本上就是可信任的人。如果这个人做成三件以下，是典型的分不出大小，如果这个人意识到分清大小是人做事情最基本的方面。就是任何事情拿过来，“哦，这个大，这个小”，你要有这个衡量，你就知道怎么去做事情了，对不对？这是第一条，你这个东西掌握了之后，第二条是什么？就是说，讲你做的事情独到，有的人在没分清大小之前讲独到，这就错了。

你得分清大小之后，掌握基本做事情的规则、规律之后，再去找独到，那大东西就出来了，是吧？一下你基本上就是一个成功人士了，你具备做成功人士的素质了。这是对一个人这样，对一本杂志也是，你去连续翻它，把十二期的杂志放在那儿你去翻，只看目录，那个里边有多少，吸引你爱读的。

当然，这个人群也很重要。而且上海有《故事会》。你看看喜欢它的读者群，知识结构、层次整个的东西都不同。《美文》解决日子难过的办法，就是我 1999 年下半年开始操办，2000 年基本成型，2001 年正式出刊的下半月刊。下半月刊一把就转变了我们上半月刊比较困难的局面。

关于贾平凹，我有文章《距商州最近的一间房子——贾平凹的写作间》写得特好玩，别人看得直乐。发表在《当代作家评论》上。你再找找一个《写意贾平凹》，《光明日报》上，写的也很有趣。

魏华莹：谢谢穆老师，感谢您提供的宝贵史料！

参考文献

（一）报刊、史料

1. 期刊：《延河》、《文学家》、《当代作家评论》、《文艺争鸣》、《读书》、《文学自由谈》、《文艺研究》、《南方文坛》等。
2. 报纸：《西安晚报》、《陕西日报》、《星期天》、《文学报》、《中华读书报》、《新民晚报》、《文艺报》等。
3. 陕西地方志、西安地方志、西安市各区地方志等。

（二）著作

1. 丹萌：《贾平凹透视》，天津：百花文艺出版社 2004 年版。
2. 王辙：《一部奇书的命运：贾平凹〈废都〉沉浮》，石家庄：花山文艺出版社 2011 年版。
3. 贾平凹：《空白：贾平凹诗集》，西安：陕西师范大学出版社 2013 年版。
4. 储子怀：《作家贾平凹》，西安：陕西师范大学出版社 2012 年版。
5. 贾平凹：《废都》，北京：北京出版社 1993 年版。
6. 贾平凹：《平凹文墨》，北京：新世界出版社 2011 年版。
7. 王新民：《书友贾平凹》，西安：三秦出版社 2001 年版。
8. 马一夫、厚夫、宋学成主编：《路遥纪念集》，北京：人民文学出版社 2007 年版。
9. 贾平凹：《朋友：贾平凹写人散文选》，重庆：重庆出版社 2005

年版。
10. 贾平凹、谢有顺：《贾平凹谢有顺对话录》，苏州：苏州大学出版社 2003 年版。
11. 贾平凹、穆涛：《平凹之路》，西宁：青海人民出版社 1994 年版。
12. 孙见喜：《鬼才贾平凹》，太原：北岳文艺出版社 1994 年版。
13. 贾平凹：《人极》，武汉：长江文艺出版社 1992 年版。
14. 孙见喜：《贾平凹传》，上海：上海人民出版社 2007 年版。
15. 贾平凹：《心迹》，成都：四川文艺出版社 1985 年版。
16. 费秉勋：《贾平凹论》，西安：西北大学出版社 1990 年版。
17. 贾平凹：《四十岁说》，西安：陕西旅游出版社 1994 年版。
18. 贾平凹：《人迹》，广州：广东旅游出版社 1990 年版。
19. 庐阳：《贾平凹怎么啦——被删的 6986 字背后》，上海：三联书店 1993 年版。
20. 贾平凹：《守顽地》，北京：人民文学出版社 1991 年版。
21. 贾平凹：《太白》，成都：四川文艺出版社 1991 年版。
22. 贾平凹：《抱散集》，北京：作家出版社 1991 年版。
23. 贾平凹：《坐佛》，西安：太白文艺出版社 1994 年版。
24. 王娜：《贾平凹的道路》，西安：太白文艺出版社 1998 年版。
25. 贾平凹：《闲人》，北京：作家出版社 1993 年版。
26. 孙见喜：《贾平凹之谜》，成都：四川文艺出版社 1991 年版。
27. 肖夏林主编：《〈废都〉废谁》，北京：学苑出版社 1993 年版。
28. 井频、孙见喜：《奇才鬼才怪才贾平凹》，西安：西安出版社 1993 年版。
29. 贾平凹：《月迹》，天津：百花文艺出版社 1982 年版。
30. 贾平凹：《腊月·正月》，北京：北京十月文艺出版社 1985 年版。
31. 贾平凹：《贾平凹游记选》，西安：陕西人民美术出版社 1986 年版。
32. 江心主编：《〈废都〉之谜》，北京：团结出版社 1993 年版。
33. 王新民选编：《多色贾平凹》，西安：陕西人民出版社 1993 年版。
34. 陈辽主编：《〈废都〉及〈废都〉热》，徐州：中国矿业大学出版社 1993 年版。
35. 星明编：《贾平凹谜中谜》，西安：太白文艺出版社 1994 年版。
36. 刘斌、王玲主编：《失足的贾平凹》，北京：华夏出版社 1994 年版。
37. 贾平凹：《静虚村散叶》，西安：陕西人民教育出版社 1990 年版。
38. 贾平凹：《平凹文论集》，西宁：青海人民出版社 1985 年版。
39. 贾平凹：《爱的踪迹》，上海：上海文艺出版社 1985 年版。
40. 十月编选：《沸沸扬扬话〈废都〉》，北京：中国友谊出版公司 1993 年版。
41. 《出版纵横》编辑部：《贾平凹与〈废都〉》，西安：陕西人民出版社 1993 年版。
42. 黄海舟编：《废都之谜》，贵阳：贵州人民出版社 1993 年版。
43. 先知、先实选编：《废都啊废都》，兰州：甘肃人民出版社 1993 年版。
44. 费秉勋编著：《〈废都〉大评》，香港：天地图书有限公司 1998 年版。
45. 贾平凹：《老西安》，北京：中国社会出版社 2006 年版。
46. 多维：《〈废都〉滋味》，郑州：河南人民出版社 1993 年版。
47. 孙见喜：《贾平凹前传》，广州：花城出版社 2001 年版。
48. 郜元宝、张冉冉编：《贾平凹研究资料》，天津：天津人民出版社 2005 年版。
49. 田克恭、王民权：《西安老街巷》，西安：陕西人民教育出版社 2006 年版。
50. 荣新江：《隋唐长安：性别、记忆及其他》，上海：复旦大学出版社 2010 年版。
51. 朱士光、吴宏岐主编：《西安的历史变迁与发展》，西安：西安出版社 2003 年版。
52. 西安市地方志馆编：《西安今古》（内部资料），西安：西安新华印刷厂，1986 年。
53. 史红帅、吴宏岐：《西北重镇西安》，西安：西安出版社 2007

年版。
54.《陕西省志·文物志》编纂委员会：《陕西省志·文物志》，西安：三秦出版社 1995 年版。
55. 王会昌：《中国文化地理》，武汉：华中师范大学出版社 1992 年版。
56. 陈芳惠：《历史地理学》，台北：大中国图书公司 1978 年版。
57. 陈平原、王德威、陈学超编：《西安：都市想象与文化记忆》，北京：北京大学出版社 2009 年版。
58. 李欧梵：《上海摩登：一种新都市文化在中国（1930—1945）》，毛尖译，北京：人民文学出版社 2010 年版。
59. 王光明等著：《市场时代的文学：二十世纪九十年代文学对话录》，合肥：安徽教育出版社 2008 年版。
60. 陈明远：《知识分子与人民币时代》，上海：文汇出版社 2006 年版。
61. 戴锦华编：《书写文化英雄——世纪之交的文化研究》，南京：江苏人民出版社 2000 年版。
62. 谢冕：《论二十世纪中国文学》，北京：中国人民大学出版社 2009 年版。
63. 陶东风：《社会转型与当代知识分子》，上海：上海三联书店 1999 年版。
64. 邵道生：《中国社会的困惑》，北京：社会科学文献出版社 1996 年版。
65. 文史哲编辑部编：《文学与社会：明清小说名著探微》，北京：商务印书馆 2010 年版。
66. 黄仁宇：《资本主义与二十一世纪》，北京：生活·读书·新知三联书店 2006 年版。
67. 东湄：《下海：中国人的突围》，昆明：云南大学出版社 1993 年版。
68. 梁启超：《中国历史研究法》，北京：中华书局 2009 年版。
69. 梁启超：《中国历史研究法补编》，北京：中华书局 2010 年版。

70. 张军：《走出黑洞：当代中国失范现象批判》，北京：中国经济出版社 2000 年版。
71. 金观涛、刘青峰：《开放中的变迁：再论中国社会超稳定结构》，北京：法律出版社 2010 年版。
72. 汪辉：《去政治化的政治：短 20 世纪的终结与 90 年代》，北京：生活·读书·新知三联书店 2008 年版。
73. 孟繁华：《中国当代文学通论》，沈阳：辽宁人民出版社 2009 年版。
74.（清）沈复：《浮生六记》，彭令整理，北京：人民文学出版社 2010 年版。
75.（元）王实甫：《西厢记》，张燕瑾校注，北京：人民文学出版社 1995 年版。
76.［德］卡尔·曼海姆：《意识形态与乌托邦》，姚仁权译，北京：中国社会科学出版社 2009 年版。
77.［美］亨廷顿：《变动社会中的政治秩序》，王冠华等译，上海：上海人民出版社 2008 年版。
78.［美］利罕：《文学中的城市：知识与文化的历史》，吴子枫译，上海：上海人民出版社 2009 年版。
79.［荷兰］佛克马、蚁布思：《文学研究与文化参与》，俞国强译，北京：北京大学出版社 1996 年版。
80.［加拿大］斯蒂文·托托西：《文学研究的合法化》，马瑞琦译，北京：北京大学出版社 1997 年版。
81.［美］詹明信：《晚期资本主义的文化逻辑》，张旭东编，北京：生活·读书·新知三联书店 2013 年版。
82.［法］涂尔干：《社会分工论》，渠东译，北京：生活·读书·新知三联书店 2000 年版。
83.［德］本雅明：《发达资本主义时代的抒情诗人》，张旭东、魏文生译，北京：生活·读书·新知三联书店 2012 年版。
84.［美］贝尔：《资本主义文化矛盾》，严蓓雯译，北京：人民出版社 2010 年版。

85. ［德］韦伯：《新教伦理与资本主义精神》，苏国勋等译，北京：社会科学文献出版社 2010 年版。
86. ［英］斯密：《国富论》，郭大力、王亚南译，南京：译林出版社 2011 年版。
87. ［德］本雅明：《巴黎，19 世纪的首都》，刘北成译，北京：商务印书馆 2013 年版。
88. ［美］休斯克：《世纪末的维也纳》，李锋译，南京：江苏人民出版社 2007 年版。
89. ［英］英格利斯：《文化与日常生活》，周书亚译，北京：中央编译出版社 2009 年版。
90. ［英］威廉斯：《文化与社会：1780—1950》，高晓玲译，长春：吉林出版集团有限责任公司 2011 年版。
91. ［英］本·海默尔：《日常生活与文化理论导论》，王志宏译，北京：商务印书馆 2008 年版。
92. ［法］丹纳：《艺术哲学》，傅雷译，南京：江苏文艺出版社 2012 年版。
93. ［德］阿伦特编：《启迪：本雅明文选》，张旭东、王斑译，北京：生活·读书·新知三联书店 2012 年版。
94. ［德］比格尔：《先锋派理论》，高建平译，北京：商务印书馆 2002 年版。
95. ［德］阿诺德：《文化与无政府状态》，韩敏中译，北京：生活·读书·新知三联书店 2012 年版。
96. ［美］卡林内斯库：《现代性的五副面孔》，顾爱彬、李瑞华译，北京：商务印书馆 2002 年版。
97. ［美］傅高义：《邓小平时代》，冯克利译，北京：生活·读书·新知三联书店 2013 年版。
98. ［法］马舍雷：《文学在思考什么?》，张璐、张新木译，南京：译林出版社 2011 年版。
99. ［美］瓦戈：《社会变迁》，王晓黎译，北京：北京大学出版社 2007 年版。

后　记

本著作基于我的博士论文完成。选择这个题目作为博士论文，源于恩师程光炜教授的一次讲课，他在讲到《批评对“贾平凹形象”的塑造》时提及《废都》是一部伟大的作品。恩师在我心中已属伟大，伟大之中的伟大意味着什么，意味着机会，于是我一改被动性格，主动要求来做这个题目。程老师没想到他的无心之言被我看重，先觉得有些难度，就问我该怎么写，我属于无知者无畏的状态，自然说不出个三三两两。但到了下学期，还是交予我写篇“《废都》批判”的文章。写的过程极其艰难，但结果还好，蒙老师大力推荐和《文艺研究》厚爱，得以发表。我又乘胜追击，要求毕业论文以此为题继续写，程老师出了很多主意，献计献策。如何释放作品的意义，成为我思索的关键问题。程老师建议我从《废都》与西安的双城故事入手，寻一个角度，释放文学意义与文化空间。

此后，开始了毕业论文的奔波，先是寻访《废都》的责任编辑田珍颖女士，她生活在北京，是当年“《废都》事件”的最直接参与者和受害者，虽然约见多次才幸得面谈，但她确是很真诚、坦率地对待我的打扰，为我讲述了当时的种种情状。我面对这位老人，忽然感慨16年的误读对于一部作品来说还有重见天日的机会，对于一名编辑则意味着职业生涯的终结和青葱岁月的不再。历史如何来看待，文学史将如何来书写呢，也许只是轻轻一笔吧。

我来到西安，在西北大学中文系周燕芬教授的热心接待下，寻访费秉勋、孙见喜、韩鲁华、王新民、穆涛等贾平凹的朋友们，他们的讲述使我加深了对作品的理解。当70余岁的费秉勋教授回答我何以如此贴切理解贾平凹，写出迄今为止最为妥帖的《贾平凹论》时，告诉我他和贾平凹有很多相同之处，两人父亲都是教师，从小在严厉环境中长大，性格都很内向，见到很多事物都是内心很活跃，但行为很拘谨。老人的天真和坦诚感动着我，学术当如此，有童心、有诚心。当我登上大雁塔、钟楼、鼓楼、碑林，走访回民街、云居寺，感受着古城的魅力和岁月的激荡。

此后，我博士毕业来到郑州大学文学院工作，这里是我的母校，有我的一批恩师益友，感谢他们对我的宽容、接纳以及帮助，感谢学院为我提供很好的教学和科研平台，我也以回母校任教、报效为荣。工作期间，为了修改、完善书稿的写作，我又趁着暑假时间来到西安，见到贾平凹先生、费秉勋教授、孙见喜先生等，对他们做了更为深度的访谈。非常感谢他们的真诚相待，让我深深感受到西安和陕西人的大气、质朴与醇厚。

书稿完成之时，我也衷心感谢3年的人大博士生活，感谢其间深厚的学术氛围，程光炜、孙郁、马俊杰、李今、杨联芬、张洁宇、杨庆祥、王家新诸位老师给了我很多的帮助，感谢我的同门黄平、陈华积、杨晓帆、张书群、李雪、李立超、原帅、张楠、耿瑛丽对我的关怀，感谢我的同学朱厚刚、胡红英、范阳阳的相互鼓励与温暖陪伴。感谢程教授的“人大课堂”，这里直接孕育着我的成长。感谢我的室友吴咏梅，感谢你的温婉和宽容。3年间我俩同甘苦、共命运，相处和谐、亲密，免去很多麻烦，真正是为了理想和学术共成长。更感谢我的母校中国人民大学，使我一个普通青年能够在毕业时，在博士学位授予仪式上代表全校700多位博士学位获得者发言，给予我莫大的荣耀。我也会谨记承诺：不忘初心、守护理想、守护信念、守护人大精神！

尤为感谢我的两位恩师，吕伟民教授和程光炜教授。他们是大学同学，一生挚友。我的硕导吕伟民老师，也是我本科时的授业恩师，自1985年河南大学中文系硕士毕业到郑州大学文学院任教，至今年退休，勤勤恳恳教书育人31年，备受学生、同事尊敬。年轻时被公认青年才俊，中年则德高望重。为人恬淡，从不争名逐利。每次面对我的求助，从不过问原因，却一再全力帮扶。程光炜老师是业界公认的好老师，对待学生从来都是视如己出。曾有师兄毕业时统计读博3年间和老师的邮件往来，数量颇多，而我们的都应不少于此。程老师带博士真是付出很多心力，既要传道授业解惑，又要根据学生特点因材施教。可以说，每一位学生的成长都离不开老师的辛劳。两位恩师也是我心里最为敬重的人。

同时感谢我的家人，对于我的选择，虽不能理解，却一如既往支持，我想这就是温暖与爱。遥想自己准备考博时，女儿刚刚两个月，每天一边在婴儿床边陪她，一边读书备考的情形。现在她已经六岁了，活泼可爱。我陪伴她的时间很少，却得到她很多的爱，这也是我的惭愧之处。

最后，感谢本书的责任编辑慈明亮先生，他是我的博士师兄，同在中国人民大学接受熏陶。师兄读博时因读书多杂、知识面广、见解独立，得到程老师欣赏。他毕业后选择做编辑，也符合其宽厚的心性。在担任本书的责编中，他的认真、细致，深深感动了我。再次致谢！

所有的痛苦都属于过去，我们也应微笑迎向光明和未来！